As obras-primas
que poucos leram

VOLUME 3

Organização

HELOISA SEIXAS

As obras-primas *que poucos leram*

VOLUME 3

TEATRO E POESIA

EDITORA RECORD
RIO DE JANEIRO • SÃO PAULO

2006

CIP-Brasil. Catalogação-na-fonte
Sindicato Nacional dos Editores de Livros, RJ.

O14 Obras-primas que poucos leram, As, vol. 3 /
v. 3 organização Heloisa Seixas. – Rio de Janeiro: Record, 2006.
Coletânea de ensaios publicada na Revista Manchete entre 1972-1977

ISBN 85-01-07337-7

1. Literatura – História e crítica. I. Seixas, Heloisa, 1952-.

CDD – 809
06-1377 CDU – 82.09

EDITORA RECORD LTDA.
Rua Argentina 171 – Rio de Janeiro, RJ – 20921-380 – Tel.: 2585-2000

Impresso no Brasil

ISBN 85-01-07337-7

PEDIDOS PELO REEMBOLSO POSTAL
Caixa Postal 23.052
Rio de Janeiro, RJ – 20922-970

Sumário

Grande literatura e grande jornalismo

Num livro, poesia e teatro. No outro, não-ficção — ensaio, biografia, memória e reportagem. São os gêneros abordados nestes dois novos volumes de *As obras-primas que poucos leram*, reunindo artigos publicados na revista *Manchete* entre os anos de 1972 e 1977. A série, uma idéia do então diretor da revista, Justino Martins, recebeu esse título porque tinha por objetivo falar de obras da literatura — da Antiguidade até o século XX — que, mesmo "famosas" para o grande público, fossem comparativamente pouco lidas. Foram, ao longo desses cinco anos, mais de duzentos textos escritos por nomes como Otto Maria Carpeaux, Paulo Mendes Campos, Carlos Heitor Cony, Josué Montello, R. Magalhães Júnior, Lêdo Ivo, Barbara Heliodora e Ruy Castro, entre outros.

Trinta e cinco artigos foram selecionados na categoria poesia/teatro e trinta na de não-ficção (o que, somado aos volumes 1 e 2, totaliza 135 artigos na coleção). Assim como nos dois primeiros (com artigos sobre obras-primas do romance e do conto), os textos destes novos volumes, embora centralizados em uma determinada obra, são também enriquecidos por dados biográficos do autor (com um panorama político ou histórico de sua época) e uma análise de outras de suas obras. A organização dos volumes, salvo pequenas alterações, segue a ordem cronológica de publicação na revista. É bom lembrar que quando os artigos começaram a ser publicados em *Manchete* não houve um planejamento *a priori*, e os próprios colaboradores da revista é que iam sugerindo os livros a ser abordados. Dá para notar inclusive que, às vezes, um nome mencionado *en passant* em determinado texto se transforma no autor a ser abordado no artigo seguinte. Da mesma forma como nos dois volumes anteriores, as referências datadas foram mantidas, e as datas de publicação constam ao final de cada texto.

Algumas curiosidades: no volume de teatro e poesia, um mesmo autor aparece duas vezes, o que é único na série. O escolhido foi Sófocles, que teve duas de suas obras-primas analisadas por Carpeaux — *Antígona* e *Édipo*. No volume de não-ficção, há um texto que não é nem ensaio, nem biografia, ou reportagem — *Abelardo e Heloísa*, sobre as cartas trocadas pelos dois amantes.

Outro artigo atípico é o de Roberto Muggiati sobre *A fazenda africana*, de Isak Dinesen (também no volume de não-ficção): esse texto só foi publicado na revista *Manchete* em 2000, numa série inspirada em *As obras-primas que poucos leram*, mas foi incluído porque seria uma pena deixar de fora essa fantástica escritora dinamarquesa.

Outro fato curioso é que o texto sobre *Os sertões*, de Euclides da Cunha, escrito por Dirceu Soares (também no volume de não-ficção), foi o que inaugurou a série *As obras-primas que poucos leram*. Na revista, ele trazia um número 1 no alto da página e tinha forte tom de reportagem, característica que os artigos iriam perder ao longo da série. Já a numeração continuou sendo usada até o 78º texto, escrito por Lêdo Ivo sobre o livro *Memórias de um sargento de milícias*, de Manuel Antônio de Almeida (volume 1). Só a partir de então é que os artigos deixaram de ser numerados.

*

Paulo Mendes Campos, que colaborou com *Manchete* praticamente desde sua fundação e escreveu crônicas para a revista por mais de dez anos, é um dos nomes mais presentes no volume de teatro e poesia (sete artigos), e nada mais natural que seja assim: a poesia às vezes parece escorrer de seu texto ("A fama de García Lorca abriu-se em círculos concêntricos como a água mansa ferida pela pedra"). Entre suas contribuições, eu destacaria o artigo sobre Neruda, fechando o volume de teatro e poesia, que ganha especial contundência se lembrarmos que foi escrito apenas seis meses depois do golpe no Chile e da morte do poeta — no calor dos acontecimentos, portanto, e numa época (1974) em que o Brasil ainda vivia em plena ditadura militar.

É também natural que, no volume contendo ensaios, biografias e reportagens, o jornalista R. Magalhães Júnior apareça como um dos principais colaboradores (sete artigos), ele, que era tido por seus colegas de redação em *Manchete* como uma enciclopédia ambulante, sendo consultado a respeito de qualquer assunto. Qualquer assunto mesmo. Mas Otto Maria Carpeaux ainda é (assim como o foi, nos dois primeiros volumes) o campeão de aparições, com um total de 19 artigos (12 de teatro e poesia, sete de não-ficção), o que é sempre uma ótima notícia.

Nos artigos de Carpeaux, nota-se a mesma informalidade e as mesmas digressões observadas nos primeiros volumes, embora seja sempre bom ressaltar que suas associações de idéias vêm tão cheias de informação — muitas vezes resultado de vivência pessoal — que são complementares e enriquecedoras. Como já dissemos na introdução dos primeiros volumes, a erudição de Carpeaux era lendária. Nascido em Viena e vindo para o Brasil durante a Segunda Guerra Mundial, dizem que ele, depois de aprender o português e desprovido de seus livros de referência (que teria deixado para trás ao fugir do nazismo), escreveu os oito volumes de sua *História da literatura ocidental* usando apenas um instrumento: a memória. E quem conviveu com Carpeaux em *Manchete* conta que ele usava um processo mnemônico, fazendo a memorização através de associações de idéias.

A política é outra marca de Carpeaux, homem de esquerda que expressava suas posições da melhor forma possível naqueles anos de chumbo. São referências como a que aparece em *Antígona* ("Em 1968 foi *Antígona* representada no Rio de Janeiro, pelo Teatro Opinião, e quem se lembra dessa representação sabe que a tragédia, até hoje, depois de mais de dois mil e quatrocentos anos, não perdeu nada do seu efeito terrificante — e, diriam, encorajante"); ou em *Lisístrata* (ambos no volume de teatro e poesia), quando ele chega a parecer repetitivo ao criticar a censura nada menos que dez vezes ao longo do artigo. Outro exemplo é a frase que aparece no seu texto sobre *A interpretação dos sonhos* (volume de não-ficção): "Um enredo inventado é capaz de ser mais verdadeiro que toda a história documentada de uma ditadura qualquer, com suas bandeiras, hinos e chefões, manifestações vãs de um sonho meramente simbólico; ou de um pesadelo."

A forte presença de Carpeaux na série *As obras-primas que poucos leram* (principalmente na fase final) é explicada não só por seu interesse óbvio por literatura, mas também porque era para ele uma oportunidade de ganhar algum dinheiro, pois Carpeaux levou uma vida pouco folgada em termos financeiros. Essas dificuldades, bem como o esquecimento a que ele andava relegado nas últimas décadas, são uma mostra de como o Brasil trata seus intelectuais (nascidos aqui ou brasileiros por adoção, como era o caso dele), e quero crer que a publicação da série em livro esteja ajudando de alguma forma a trazer de volta o nome desse homem tão brilhante.

*

Se, na introdução aos dois primeiros volumes, eu já demonstrava minha admiração com a qualidade desses artigos publicados numa revista de variedades como *Manchete*, mais ainda o faço diante dos textos que compõem os dois novos volumes, uma vez que ler poesia, teatro e ensaios (biografias seriam a exceção) é certamente hábito cultivado por uma fração ainda menor da já pequena parcela da população que lê no Brasil. E o nível de sofisticação dos textos, para uma revista popular, chega a ser quase inacreditável. Só para ficar no campo dos ensaios, um texto como o de Paulo Perdigão sobre *O ser e o nada*, de Sartre (volume de não-ficção), jamais seria publicado na grande imprensa mundial de hoje. Talvez nem na revista *New Yorker*.

E uma última questão: quando da publicação dos dois primeiros volumes, houve quem estranhasse, e mesmo criticasse, o título *As obras-primas que poucos leram*, por considerá-lo errado ou inexato. Acho lamentável que, diante de artigos tão preciosos para quem se interessa por literatura, a imprensa especializada tenha perdido tempo em suas resenhas fazendo a crítica do título e não do conteúdo dos livros. Até porque, em primeiro lugar, a discussão é extemporânea, pois o título da série foi dado há trinta anos, e um livro reunindo tais artigos não poderia ter outra denominação.

Em segundo lugar, é preciso ressaltar que esse título, dado pelo inventor da série, Justino Martins, é uma denominação de fantasia, que precisava ser atraente, uma vez que estamos falando do universo de uma revista semanal, com público bastante amplo.

Na verdade, os autores dos artigos fazem, cada um, uma interpretação particular do título. Para uns, "obras-primas que poucos leram" são livros completamente desconhecidos ou até considerados "menores" dentro da obra de determinado autor, como por exemplo *Pedra Bonita*, de José Lins do Rêgo (mais conhecido pelos livros do ciclo da cana-de-açúcar). Para outros autores, "obras-primas que poucos leram" são livros muito conhecidos, mas que, na verdade, poucos lêem na íntegra, como *Dom Quixote* ou *Moby Dick*. Outros, ainda, ao colaborar com a série, nitidamente quiseram falar de obras-primas da literatura que lhes eram queridas, e que gostariam de dividir com o leitor de *Manchete*, não importando se eram famosas ou não. Seja como for, muito mais importante do que discutir o título é dar ao leitor brasileiro a oportunidade de conviver com grande literatura e grande jornalismo. E isso *As obras-primas que poucos leram* fizeram e continuam fazendo.

Heloisa Seixas

Os lusíadas

de Luís de Camões

(por Irineu Guimarães)

Nas regiões do mundo onde se fala o português, comemorou-se este ano o quarto centenário da publicação de Os lusíadas. *Muitas loas se entoaram ao monumento maior de nossa língua. Apesar disso, tem-se a impressão de que Camões continua sendo mais citado do que lido. E é pena. Porque o relato em verso da expedição de Vasco da Gama e sua companhia, à descoberta de* novos mundos, *por mares* nunca dantes navegados, *é tão empolgante quanto qualquer romance moderno. Com cenas de amor sublime e lances de heroísmo, o engenho e arte de Luís Vaz de Camões construiu a última grande epopéia da literatura universal.*

Quando Camões se queixou, com amargura, de ter a lira "mais afamada que ditosa", havia um anúncio profético em seu lamento. *Os lusíadas* continuam sendo a obra mais bela e mais completa de toda a literatura portuguesa. Mas também uma das obras-primas menos lidas do mundo. Entre nós, qualquer pessoa medianamente alfabetizada sabe de cor um ou outro verso. Mas mesmo os bem falantes, que costumam abrilhantar os papos de botequim com um solene "cessa tudo quando a antiga musa canta", ou que gostam de deixar transparecer fumos de erudição com evocações daquele *engano d'alma ledo e cego*, e daqueles famosos sete anos de pastor do paciente Jacó — mesmo esses são, muitas vezes, incapazes de dizer ao certo de onde vem o verso. Há uma estranha injustiça nesse desconhecimento de Camões. Por que é tão raro encontrar quem tenha conseguido passar além da Taprobana, e chegar até o final do décimo canto de *Os lusíadas*?

Para permanecer no nível das explicações mais simples, é preciso reconhecer que, durante os quatrocentos anos de sua existência, a obra de Camões teve a suprema infelicidade de ser apresentada aos adolescentes por professores de gramática particularmente quadrados. Esta tal de *análise lógica*, e a famigerada *ordem direta* de nossos tempos de ginásio transformaram Luís de Camões num dos maiores chatos da literatura universal. Para quem penou naquele emaranhado de *poliptotos, quiasmas*, e outras *prosopopéias*, que velhos mestres-escolas, reconhecidamente sádicos, armavam para os alunos como arapucas, o retrato sisudo do poeta caolho ficou sendo uma espécie de leão-de-chácara da gramática portuguesa.

Mas é perfeitamente possível, e relativamente fácil, reabilitar Camões perante os leitores de nível médio. Primeiro, e sobretudo, porque o poema é realmente uma das coisas mais bonitas que já se escreveram neste mundo. É bem verdade que existem alguns latinismos rebarbativos, como *gesto*, no sentido de perfil ou rosto, *baixo mundo* no sentido de profundezas do mar.

Há também uma porção de esdrúxulas repelentes, do tipo *cerúleo* e *equóreo*, que lembram o decoreba vazio da eloqüência de outrora. Mas seria suficiente fornecer ao leitor algumas *chaves* principais. Bastava, por exemplo, um editor com imaginação ter a coragem de fazer, com Camões, o que os franceses fizeram com Homero: traduzir a epopéia para uma linguagem simples, ilustrando inteligentemente as cenas da mitologia, explicando, com recursos visuais, as complicadas linhagens dos semideuses e heróis pagãos, reproduzindo mapas e trajes da época. Todo mundo poderia apreciar a substância da obra, o palavreado opaco ficaria transparente, ninguém mais se atrapalharia com os apelidos das ninfas e dos promontórios. A força do enredo despertaria, com certeza, a curiosidade do leitor, para a excelsa perfeição da forma no verso original. Porque, na verdade, a única coisa que *Os lusíadas* têm de realmente chato são os especialistas. Mesmo assim, alguns camonianos mais pra frente, como o professor Rubem França, no Brasil, estão empenhados num esforço inteligente e admirável para facilitar o acesso dos leigos ao poema clássico.

Para compreender a epopéia de Camões é preciso, em primeiro lugar, saber o que ela representa no contexto de sua época. Este negócio de ficar repetindo que *Os lusíadas* marcam a fixação definitiva de nosso idioma, e que é, para o português, o que a *Divina Comédia* é para o italiano, isso tudo é muito erudito. O que se tem de fazer, logo de início, é recolocar *Os lusíadas* em seu contexto histórico. Na realidade, o poema de Camões representa um momento essencial da história da humanidade. Virou lugar-comum, hoje em dia, citar a classificação de Toynbee, que divide a história humana em duas grandes etapas: antes e depois de Vasco da Gama. O que equivale a dizer, antes e depois de *Os lusíadas*. Já se tornou também lugar-comum afirmar que a façanha dos grandes navegadores é incomparavelmente mais importante, para a história humana, do que o feito de nossos contemporâneos levando o homem à Lua. A proeza daqueles argonautas, que têm em Camões o seu aedo, elevou-se a uma dimensão cultural e humana mais profunda que a dos nossos astronautas. É preciso lembrar que, até Vasco da Gama, os habitantes da Terra viviam num universo geograficamente reduzido e misterioso. Os confins do nosso planeta se localizavam à beira daqueles mares antigos, onde terminava a chamada civilização. O resto era apenas noite e lenda. E este resto era quase o planeta inteiro. Quando os portugueses rasgaram os *Caminhos das Índias* pelo Cabo das Tormentas, descobrindo novos continentes habitados por seres humanos dotados de sentido e de razão, aquilo desmantelou totalmente os esquemas da cultura de então. É difícil reconstituir, hoje, o impacto psicológico, intelectual e social dos grandes descobrimentos sobre os contemporâneos. Até aquela época, os homens tinham dominado um mundo que terminava em *Finistérios* e *Finlândias* (*Finis Terrae* — o fim da Terra), que era banhado por mares mediterrâneos e marcado por alguns *Pontos.*

A ciência de então não tinha absolutamente nenhuma certeza sobre o que podia existir para além dos *mares nunca d'antes navegados.* Havia presunções, hipóteses, meias certezas, uma tremenda mistura de especulação racional e de temas tradicionais, transmitidos de geração em geração pelo extraordinário acervo documental da mitologia. Os portugueses enfrentaram o oceano na marra, o peito cheio de esperanças e pavores. Foi realmente uma das maiores aventuras do homem rumo aos *segredos abissais do pélago imenso*, desafiando os caprichos de semideuses ciumentos e a *fúria das procelas*, sem defesa nenhuma contra os feitiços fatais das sereias e as ameaças dos monstros marinhos, *aquele gado que Proteu apascentava.* Esses aventureiros não tiveram o apoio de nenhuma segurança científica. Não sabiam o que iam encontrar do outro lado da noite. Depois dos grandes descobrimentos, o perfil geográfico da Terra ficou terminado. Para citar mais uma vez Toynbee, "Vasco da Gama colocou os homens de todos os continentes sob um mesmo teto". Revivendo a epopéia dos navegadores, Fernando Pessoa resumiu este momento da humanidade num verso admirável: "E viu-se a terra inteira, de repente, / Surgir redonda do azul profundo." Muito mais tarde, o primeiro astronauta, Yuri Gagarin, iria repetir este verso, que pertence ao inconsciente coletivo dos grandes descobridores: "A Terra é azul." Convém deixar bem claro que a análise da obra de Camões revela que o poeta genial teve perfeitamente consciência disso tudo, quando imortalizou a vocação grandiosa daqueles que saíram pelos mares *dilatando a fé e o império*. Recolocados neste contexto, *Os lusíadas* deixam de ser uma epopéia simplesmente portuguesa e adquirem a dimensão de um poema da própria humanidade. É aliás muito mais fácil de se entender a obra, quando a gente parte desta contemplação mais alta. Camões tinha uma erudição assombrosa. Assimilara todo o acervo cultural da antigüidade clássica e todos os conhecimentos científicos e humanísticos da Renascença: Náutica, Astronomia, Mitologia, História, Geografia, Flora etc., e toda a alta tradição literária das grandes escolas. Seus versos, de "alto coturno e não de baixo soco", refletem uma cultura fantástica para seu tempo. Aliás ele mesmo o reconhece, em plena maturidade, com uma grandeza viril que exclui qualquer falsa modéstia ou vã jactância: "Não me falta na vida honesto estudo / Com longa experiência misturado / Nem engenho, que aqui vereis presente / Cousas que juntas se acham raramente."

Na falta de documentação mais segura, os biógrafos de Camões acreditam que ele tenha adquirido esta extraordinária base cultural, aos tempos de sua mocidade em Coimbra. Contam que havia, no Colégio Santa Cruz, um cônego bibliotecário, seu parente. O poeta deve ter decorado a biblioteca inteira, numa época em que livro era coisa rara e praticamente proibitiva. Quando escreveu *Os lusíadas*, no Oriente, não dispunha de nenhum documento, de nenhum arquivo. Foi tudo de cabeça mesmo. E a gente tem que recordar as circunstâncias dramáticas em que compôs sua obra. É ele mesmo que conta, no Canto VII, evocando, perante as jovens ninfas, suas confidentes, a carta de despedida de Cânace, filha do Rei dos Ventos, condenada a se matar com o *fero gládio* que lhe enviara o próprio pai. Cansado, diante "desta fortuna que o traz peregrinando / novos trabalhos vendo, e novos danos", ele descreve as condições em que compõe, "qual Cânace que à morte se condena / N'ua mão sempre a espada, e noutra a pena".

A grande expedição de *Os lusíadas* tem muito de autobiográfico. Segundo o Professor Hernâni Cidade, considerado o maior camoniano vivo, a ação central do poema começa propriamente no Canto IV, com a chorosa largada dos navegadores, na Praia das Lágrimas — que era então o nome da

Praia do Restelo — e termina na Ilha dos Amores, com o repouso dos guerreiros, que ganham ninfas ao leito, por descanso. A descrição da largada tem a solenidade comovente das grandes despedidas da epopéia clássica, como na *Odisséia* ou na *Eneida*. Camões recorda "Como fui destas praias apartado, / cheio dentro de dúvida e receio / que apenas nos meus olhos ponho o freio". Lembra a gente que assistia à saída das naus, concorrendo *uns por amigos, outros por parentes*. Escorre triste o pranto das esposas e se levantam as imprecações das namoradas, denunciando os navegantes por quererem "que o vento leve, com as velas, o amor que têm no peito". Os aventureiros de *Os lusíadas* embarcam *sem o despedimento costumado*. O verso em que Camões explica a razão deste não se despedir é simplesmente maravilhoso: "que, posto que é de amor usança boa, este despedimento, a quem se aparta ou fica, mais magoa". A tristeza daquele adeus é autobiográfica. Camões evoca sua própria amargura ao deixar Lisboa, rumo às Índias. Acabara de sair da cadeia. Para ele, a expedição era mais castigo que aventura. Em outros versos, descreve o que foi seu ir-se embora, recordando que "enquanto Galatéia namorada. / Movia consigo os ventos sossegados, / Eu, trazendo lembranças por antolhos / Trazia os olhos na água sossegada / E a água sem sossego nos meus olhos". Antes, documentara um primeiro adeus: "Aquela triste e leda madrugada / Cheia toda de mágoa e de piedade / Enquanto houver no mundo saudade / Quero que seja sempre relembrada."

A velha saudade que, segundo Fernando Pessoa, vive enrustida nas pedras de todos os cais de porto do mundo, está presente à hora em que se vão os homens de Vasco da Gama. Mas eles têm que ir. É seu destino. No momento da partida, surge o célebre episódio do *Velho de Restelo* que, com *saber só de experiências feito*, denuncia, perante os navegantes, em estilo profético, as tentações *da glória de mandar* e da *vã cobiça*. Há quem veja nesta passagem realista um brado de alerta contra os perigos do ufanismo ultranacionalista dos portugueses, naquela suprema euforia dos descobrimentos. Outros dizem que aqueles versos do Canto IV constituem uma síntese genial da alma portuguesa, dilacerada constantemente entre extremos de altivez e de humildade. Mas isto são interpretações.

Nos cantos seguintes, Camões descreve as peripécias da expedição e as dificuldades exageradas da missão. As referências constantes ao universo mágico da mitologia são, ao mesmo tempo, um recurso de erudição e uma tentativa de explicação. O choque entre as duas culturas, a cristã, de vocação profundamente proselitista, e a dos mouros e gentios, ainda não credenciados ao convívio com a elite do mundo, e de Deus... é particularmente dramático. Até nisso Camões é genial. Mas o que interessa é que os portugueses cumprem sua missão. Abrem os caminhos. Dilatam o Império e a Fé. Levam o evangelho e a civilização até os confins das Índias, de onde carregam, em troca, muita *riqueza vã* e muita especiaria. Ao final de tantos padecimentos, impostos sobretudo pelo tremendo mau-caratismo do deus Baco (logo ele!), que não vai com a cara dos lusitanos, os heróis regressam alquebrados, mas triunfantes. Vênus, sua protetora, lhes proporciona então um merecido descanso na Ilha dos Amores, do Canto IX. E faz questão que seja ali mesmo, no mar, naquele "Reino de cristal, líquido e manso" onde tanto sofreram, que eles encontrem "algum deleite e algum descanso / algum repouso enfim com que pudesse / refocilar a lassa humanidade". Os portugueses se refestelam diante daquele prêmio inesperado, ao verem sair d'água as ninfas, "nuas, por entre o maior aos olhos dando / O que às mãos cobiçosas vão negando".

A empresa de Vasco da Gama está realizada. A realidade do mundo mudou. A distribuição dos prêmios, na Ilha dos Amores, representa a recompensa dos sentidos, da inteligência e da vontade de poder. Os temores que o ciumento Baco tinha exprimido, na magistral proclamação do conselho dos deuses, no início do poema, eram realmente bem fundados. Os homens tinham fendido o mar com lenho e pano. Tinham desafiado o espaço com o vôo inaugural de Ícaro. Júpiter não devia ter deixado os portugueses abrirem as portas do novo mundo, *quebrantando os vedados términos*. A advertência solene de Baco, contra o atrevimento humano, pedindo ao Olimpo para impedir que os homens "que do Mar e do Céu em poucos anos / Venham deuses a ser, e nós humanos", tinha pois sua razão de ser. Mas os vetos da mitologia foram inúteis. A audácia dos navegadores rompeu a treva sagrada. Aí está o mundo. E Camões entrega, em seu canto final, ao povo e ao Rei de Portugal, "As novas partes do Oriente / abrindo a porta ao vasto mar patente". Depois, se recolhe à sua condição de poeta soldado: "Para servir-vos, braço às armas feito / Para cantar-vos, mente às musas dada."

O gênio de Luís de Camões edificou em *Os lusíadas* talvez o último monumento épico da história. Mas o poeta também ficou gravado de corpo inteiro em sua própria obra, com todos os relevos e os cavos de sua personalidade complicada. Dizem os entendidos que Camões é sobretudo um lírico. Mas é, ao mesmo tempo, um tremendo realista amargurado. Também como sofreu o poeta! De sua mocidade se sabe muito pouco. Salvo que foi um desses seres tremendamente apaixonados, que não cabiam direito nas estruturas mesquinhas de seu tempo. De uma certa maneira, a gente pode dizer, sem medo de errar, que Camões andou sobrando em sua época. Aliás, ele deve ter sentido logo a distância enorme que o separava da mediocridade ambiente. A cultura excepcional e a extraordinária sensibilidade poética, levaram-no, muito cedo, a sorver a vida a largos tragos. Primeiro, tem aquela tremenda ambição de amores nos salões da corte. Quando entra pela casa dos vinte anos, descobre em Lisboa a tal da Dona Catarina de Ataíde. É a anagramática Natércia de seus amores, a quem dedicou poemas enlouquecidos de paixão. Segundo alguns estudiosos, deve ter sido em Lisboa que Camões recebeu o primeiro impacto direto da grandeza dos feitos portugueses. A capital lusitana era, àquela época, a maior cidade da Europa, a grande encruzilhada do mundo.

Aos mastros das naus fundeadas à foz do Tejo, os portugueses viam tremular todos os pavilhões de todos os países. Excessivo em tudo, na ternura como no entusiasmo, Camões deve ter percebido o sentido profundo das grandes obras da arquitetura normando-gótica, onde ficaram gravadas na pedra as glórias de Portugal. Lendo, ainda hoje, o episódio de Inês de Castro, a gente tem a impressão muito nítida de estar vendo as estátuas monumentais de Dom Pedro e de sua amante, nos túmulos do Mosteiro de

Alcobaça. É quase uma descrição visual daquele "Colo de alabastro que sustinha / As obras com que amor matou de amores! Aquele que depois a fez rainha." Há até quem pense que toda a passagem referente a Inês de Castro constitua uma composição à parte, posteriormente engastada no corpo da epopéia. Mas, difícil e insatisfeito, completamente *duro* junto àqueles fidalgos medíocres mas endinheirados, amarrado aos cipós de mil ressentimentos, Camões deve ter dado alguma mancada grave. Porque, pouco depois, vamos encontrá-lo despachado para o degredo em Ribatejo. Vem o primeiro grande ataque da dor de amor, que é "fogo que arde sem se ver / é ferida que dói e não se sente / é um contentamento descontente / é dor que desatina sem doer". Em Ribatejo, o poeta pede transferência para Ceuta, onde serviu como soldado. Guerreou e perdeu o olho direito. Dois anos depois, está de volta a Lisboa.

A vida castrense azedou o gênio, já não muito fácil, do galego. Camões voltou mais barra-pesada ainda. Mas poeta de coturno cada vez mais alto. Num dia de grandes festejos, durante as comemorações da solenidade de *Corpus Christi*, foi defender uns indivíduos que julgava amigos seus, e acabou partindo, a sabre, a cabeça de um tal de Gonçalo Borges. O moço era simplesmente guarda dos arreios da casa real. O poeta pegou nove meses de cana, e o único jeito de se livrar da cadeia foi se alistar como soldado numa armada que estava de partida para a Índia. Camões tinha passado dos 30 anos. Embarcou num domingo de março do ano da graça de 1553. A viagem durou seis meses. Mas acabou chegando a Goa, tomando parte em escaramuças e combates, desde o Malabar até o estreito de Ormuz, desde o cabo Guardafu até as Molucas. Da Índia foi à China: um amigo tinha arrumado um emprego para ele em Macau. Mas voltou logo, preso, segundo se diz, por crime de prevaricação. O barco em que viajava naufragou na foz do rio Mekong, o mesmo do nosso Vietnã atual. Conseguiu salvar os capítulos já prontos de *Os lusíadas*, que ele recordaria mais tarde como "... os cantos que molhados / vêm do naufrágio triste e miserando/ dos procelosos baixos escapados / das fomes, dos perigos grandes, quando..."

Mas perdeu, no naufrágio, a companheira chinesa com quem vivia, a lendária Dinamene, a quem teria dedicado o imortal "Alma minha, gentil que te partiste". Encontramo-lo, um pouco mais tarde, em Moçambique, nestas tristes andanças em que foi deixando "a vida pelo mundo em pedaços repartida". Um amigo seu, por nome Diogo do Couto, escreveu, em depoimento: "Em Moçambique, encontramos aquele príncipe dos poetas de seu tempo, meu matalote e amigo, Luís de Camões, tão pobre que comia de amigos, e para embarcar para o reino, lhe ajuntamos os amigos toda a roupa que houve mister e não faltou quem lhe desse de comer, e naquele inverno que esteve em Moçambique, acabou de aperfeiçoar as suas *Lusíadas* para as imprimir."

É o começo do fim. De volta a Lisboa, o poeta submete sua obra à censura da Santa Inquisição. Passou. Obtém alvará do Rei D. Sebastião para publicar *Os lusíadas*. Um decreto real lhe outorga uma tença de 15 mil réis anuais durante três anos. Não é lá grande coisa, mas ajuda. Ocorre, porém, que os oficiais do tesouro atrasam o pagamento da pensão. E Camões chega assim ao auge da tristeza e da depressão. Mas se trata de uma tristeza existencial, imensa, que ultrapassa o nível do contingencial e interroga a própria razão de ser da vida. Desabafa tudo na famosa exclamação: "Mísera morte! Estranha condição!" — Camões, na idade madura, toma consciência subitamente de que essa imensa tristeza lhe vem desde o berço. Qualquer psicanalista saberá analisar o quanto de densidade melancólica tem no verso em que se refere a seu nascimento: "Quando vim da materna sepultura / de novo ao mundo..."

O acaso se aproxima e o poeta canta, abandonado, sua suprema vocação de gênio triste: "Eram enfim, remédios que fingia / O medo do tormento, que ensinava / A vida a sustentar-se de enganada. / Nisto uma parte dela foi passada, / Na qual, se tive algum contentamento / Breve, imperfeito, tímido, inocente, / Não foi senão semente / Dum comprido, amaríssimo tormento. / Este curso contínuo de tristeza, / Estes passos vãmente derramados, / Me foram apagando o ardente gosto / Que tão de siso na alma tinha posto, / Daqueles pensamentos namorados / Com que criei a tenra natureza / Que, do longo costume da aspereza, / Contra quem força humana não resiste, / Se converteu no gosto de ser triste."

Este gosto de ser triste, em geral, desemboca na morte. O poeta estava se entregando. Para agravo de sua melancolia, pressente que a hora de Portugal está passando. Sobrevém a derrota de S. Sebastião na África. Em Lisboa, grassam a peste e a fome. A Espanha se apodera de sua pátria. Camões morre como indigente, e sua derradeira mensagem a D. Francisco de Almeida encerra um testamento digno de seu gênio:

"E assim acabarei a vida, e verão todos que fui tão afeiçoado à minha pátria, que não somente me contentei de morrer nela, mas de morrer com ela."

Foi enterrado numa vala comum. Estranho destino este, de tanto padecimento, mau passadio, do maior poeta épico dos últimos séculos! Como todos os grandes gênios, Camões experimentou em própria alma, o alvoroço de amar e padecer, o peso da glória e do abandono, conheceu enfim aquela imensa alternância de exaltação e tédio, de fervor e recaídas, de que, segundo Nietzsche, é feita a trama da própria vida humana. Em seus sonetos mais ternos a gente sente vibrar a alma do povo em tom de modinha antiga. Acho que só existe uma maneira mais direta de dizer quem ele é: Camões é um poeta que deixa a gente arrepiado.

25/11/72

Fausto

de Goethe

(por Carlos Heitor Cony)

A procura da eterna mocidade tem sido uma constante do espírito humano. Na antigüidade, o problema preocupava o homem que desde então vinha domesticando a natureza para seu uso, mas sem conseguir até hoje domar o tempo. O elixir da juventude e a pedra filosofal limitaram-se a uma busca estéril dos alquimistas e filósofos medievais. A alternativa, então, foi o pacto diabólico, dispondo-se o homem a vender o seu bem mais precioso: a própria alma. A quem? Ao único comprador habilitado a cobiçar a mercadoria e a pagar o seu preço. Este é o drama do Dr. Fausto, que por muitos séculos continua fascinando os poetas e pensadores. Em 1587 já aparecia um livro contando a sua história. E ainda recentemente, Thomas Mann nela foi buscar inspiração para o seu romance mais famoso. Contudo, o nome de Fausto está indissoluvelmente ligado a Goethe, a quem a humanidade ficou devendo uma de suas maiores e mais complexas obras-primas.

— Luz! Mais luz!

A memória da Humanidade guardou estas palavras como as últimas proferidas por Goethe. Na manhã de 22 de março de 1822, ele acordara cansado. Estava enfermo há dias, tinha em sua carne a fadiga de 83 anos tumultuosos, o cansaço de muitos amores e de muitas glórias. Pediu que o camareiro abrisse a janela para que a luz entrasse.

Em seguida, mandou que lhe trouxesse uma pasta. Mas não havia pasta alguma e ele apenas murmurou:

— Nada. Foi um fantasma... mais um fantasma...

Adormeceu um pouco. Ao meio-dia, um estremecimento em seu corpo. Chamou Otília, sua companheira dos últimos tempos, e disse afinal as suas últimas palavras:

— Vem cá... me dá a sua mãozinha...

O acaso que fez o gênio, manteve-o gênio até o fim. Goethe resumia em três pequenas frases toda a sua vida e obra — e deve-se lembrar que ele próprio afirmara: *Minha vida e minha obra são uma coisa só*. A ansiedade pela luz, a obsessão pelos fantasmas e a necessidade do afago e da mulher formaram ao mesmo tempo a sua carne e a sua alma, a sua vida e a sua obra.

Da tragédia de Werther, que arrebenta o coração com um tiro por causa de um amor impossível, à orgia de sombras e de anjos da parte final de *Fausto*, Goethe amou a Luz, os Fantasmas e a Mulher. Quem melhor o definiu foi Napoleão Bonaparte, quando com ele se encontrou em Erfurt. O imperador mandou chamá-lo. Goethe entrou na sala. Napoleão levantou-se e exclamou:

— *Voilà un homme!*

Esse *homem* nascera a 28 de agosto de 1749, em Frankfurt am Main, filho de família abastada. Aos 16 anos já iniciava os estudos de Direito, na Universidade de Leipzig. Mas naquele tempo, a profissão de advogado era um pouco desmoralizada, e Johann Wolfgang von Goethe trocava de bom grado o estudo das ciências jurídicas pela literatura e pela física.

Através da literatura, seria alçado à condição de gênio, tendo escrito uma das mais ousadas criações da arte do homem. Na física, deixou algumas experiências em que procurava contestar as teorias de Newton sobre as cores. Deixou também algumas tentativas menores no plano da astronomia e da botânica. Não fosse a grandeza de sua obra literária, poderia ser considerado um sub-Leonardo da Vinci, em versão teutônica. Datam da universidade seus primeiros poemas e, naturalmente, seus primeiros amores. A bibliografia sobre Goethe é extensa. Mas nenhum de seus biógrafos e analistas conseguiu destruir a chave que ele próprio deixou para a posteridade. Vida e obra, nele, eram uma coisa só ("Sou um poeta de ocasiões") e os meticulosos que se dedicaram ao estudo de ambas chegaram ao absurdo de procurar determinar as ocasiões que teriam engendrado tal verso, ou tal cena. Não pouparam sequer as *ocasiões* da digestão de Goethe, para explicar um verso irado ou uma frase pessimista. Com menos de 20 anos contrai uma enfermidade e retorna a Frankfurt, onde inicia suas experiências químicas e ama. E porque ama, faz versos. Ao terminar os estudos, em Estrasburgo, conheceu duas pessoas importantes para seu destino: Herder e Friederike.

Johann Gottfried Herder (1744-1803) era um dos nomes mais importantes do *Sturm und Drang* (Tempestade e Impulso), o movimento que daria, com mais impulso do que tempestade, o contorno definitivo da autonomia literária da Alemanha. A importância de Herder para o movimento, e para Goethe em particular, está ligada à descoberta de Shakespeare, até então mal traduzido, mal conhecido e quase que absolutamente incompreendido pelos alemães.

Friederike Brion, filha do vigário de Sesenheim, foi o primeiro amor de Goethe e a ela foram dedicadas suas primeiras poesias líricas, já pessoais, já goethianas e até hoje das mais belas da língua alemã. Goethe era impetuoso, entregou-se ao amor e dele usufruiu tudo: carne e sentimento. Esgotada a paixão, abandonou a adolescente. O remorso ficaria para sempre. E começaria a doer naquela mesma época. Friederike, a seduzida, a abandonada, forneceria o modelo para Margarida, a moça desgraçada por Fausto e redimida pelo amor. Ainda em Estrasburgo, ocorreu um fato importante: Goethe visitava constantemente a catedral, passava horas sentindo sobre a cabeça o peso das pedras medievais, das ogivas góticas. Falar em gótico alemão pode parecer um pleonasmo. Mas foi ali, na catedral de Estrasburgo, que o jovem Goethe pela primeira vez pensou em fazer o *Fausto*. Já possuía motivações para isso: o remorso pelo abandono de Friederike, e a atmosfera gótica que seria cenário e pretexto para o laboratório do Dr. Fausto. Séculos mais tarde, um tcheco de língua alemã faria outra obra-prima, cuja cena principal se passaria numa catedral: Franz Kafka, em *O processo,* não estava copiando Goethe, mas usando, apenas, de um direito de paisagem. Infelizmente, Kafka era tcheco, judeu, e falava alemão. Foi desprezado pelos tchecos, porque falava alemão. Foi desprezado pelos alemães, porque era judeu. E conseguiu ser desprezado pelos judeus, porque não assumira a sua condição racial. Kafka morreria pobre e inglório: não pertencia a nenhum lugar, a nenhuma pátria. Com Goethe, a barra era outra. Ele era alemão, as catedrais góticas eram dele, a língua também era dele. E a lenda de Fausto, escrita e reescrita diversas vezes, era também sua. O rapaz, mal saído da adolescência, já celebrado pelos seus primeiros poemas líricos, esboça um fragmento que hoje é conhecido como *UrFaust,* um projeto de epopéia, uma obra que só poderia ser completada na maturidade.

A tradição confirma a hipótese de que houve realmente um Faust, nascido em Knittlingen, aproximadamente em 1480, e morto em Staufen im Breisgau, em 1540. Sendo ou não verdadeira a existência desse protótipo da vida real o fato é que em 1587 já corria na cidade natal de Goethe um impresso contando a lenda do homem que vendera sua alma ao Demônio. O tema, de tão universal, logo se espraiaria pela Europa em 1588. Christopher Marlow (um dos nomes que durante algum tempo foi lembrado para explicar a genialidade de Shakespeare) monta em Londres seu drama sobre o Fausto. O tema reaparece em vários lugares, mas principalmente na Alemanha, donde se originara. No ambiente gótico da catedral de Estrasburgo, Goethe sente que ali está o seu assunto. Tal como Shakespeare, que fizera peças sobre romances ou contos já escritos e publicados por outros, ele sabe que aquela ambição é grande. Mas ele seria grande para merecer a ambição. E sendo grande, procurou os grandes da época, vale dizer, os membros do *Sturm und Drang*, do qual faria parte em sua fase romântica. Herder divulgara Shakespeare, e os rapazes do *Sturm und Drang* ficaram deslumbrados com a maleabilidade cênica do gênio inglês. Até então, o drama tinha de obedecer a certas regras, tornadas fixas pela mediocridade dos autores de segundo escalão. Goethe e Schiller, ambos jovens, perceberam que o *truque* shakespeariano residia na facilidade com que ele desprezava a convenção das três unidades clássicas de tempo, ação e lugar. Alguns críticos de peso citam o detalhe como negativo, pois essa seria a primeira, mas não única percepção que os rapazes da Alemanha teriam da dramaturgia elisabetana. Contudo, sem essa liberdade, Goethe jamais poderia ter construído o poderoso monumento literário que é *Fausto*.

Mas nem só de Shakespeare viveria o *Sturm und Drang*. Outra influência que afetaria o movimento — e principalmente Goethe — é a de Ossian, pseudônimo do poeta escocês Mac-Pherson. Em *Werther*, tanto no romance de Goethe como na ópera de Massenet, a cena da leitura dos versos de Ossian é das mais famosas. E o elenco das influências que marcariam o *Sturm und Drang* não ficaria completo sem Rousseau, que representava o culto da natureza contra as convenções da sociedade, o culto do povo contra a aristocracia. Otto Maria Carpeaux, falando sobre o assunto, diz que para "os jovens alemães Rousseau seria uma *revelação*, e, em breve, a *revolução*". Apoiados neste tripé mais ou menos simplista (Shakespeare, Ossian, Rousseau), os jovens do *Sturm und Drang* marcaram com nitidez uma divisão na literatura alemã. E dois deles seriam, curiosamente, *maiores*: Schiller até hoje é considerado o maior poeta alemão, o mais lido, o mais amado. Sem qualquer paradoxo, Goethe também é maior, mas em outra escala. Schiller seria essencialmente alemão. Goethe, universal. Schiller pertenceria à Alemanha — e não deixa de ser curioso o fato de que uma lenda suíça, a de Guilherme Tell, tivesse se transformado nas mãos de Schiller no grande poema nacional alemão. Goethe pertenceria ao mundo. Historicamente, o *Sturm und Drang* poderia ser resumido no célebre *Goethe e Schiller*, mas aqui cabe lembrar a ojeriza de Nietzsche pela copulativa *e* preferindo nomear a famosa dobradinha como se fosse uma coisa só: *Goethe-Schiller*.

Em 1772, Goethe conhece Charlotte Buff, noiva de um de seus amigos. Apaixona-se, romântico que era, e como romântico aproveita da paixão para fazer uma novela, publicada no ano seguinte: *Os sofrimentos do jovem Werther*. Os editores e críticos, e sobretudo os leitores, reduziram o péssimo nome do livro para *Werther*, e como *Werther* a novela internacionalizou o nome de seu autor. Em termos editoriais, esta seria a obra-prima goethiana, um dos livros mais traduzidos e reeditados em todo o mundo, tema de ópera, de balé e de filme, conhecendo um sucesso que nem os folhetins mais populares da época sequer puderam disputar. Tomando como ponto de partida a sua própria vida, Goethe conta o drama do jovem apaixonado pela mulher de seu melhor amigo. Angustiado pelo dilema do amor e da amizade, do ideal e do real, o rapaz se suicida. Para efeito didático, os historiadores costumam datar o romantismo europeu do aparecimento de *Werther*, o que simplifica as coisas. De qualquer forma, o livro de Goethe provocou uma onda de suicídios na vida real, sendo talvez o exemplo mais notório de como a vida procura imitar a ficção. Até o fim de seus dias, Goethe carregaria este peso em seus ombros. Ele mudou de escola, escreveu uma teoria sobre as cores, até certo ponto desencantou-se com a literatura, ergueu as linhas monumentais de sua epopéia fáustica, fez carreira na administração pública, chegou a ministro, amou e desamou, tomou um banho de latinidade na Itália, mas nunca deixou de ser Werther, um romântico sem a coragem ou a lucidez para o gesto fatal. Muitos anos mais tarde, em 1808, data da publicação do *Fausto I*, em seu encontro com Napoleão, o tema principal da conversa é, naturalmente, *Werther*. Goethe tinha então 60 anos, e Napoleão 40. O encontro dos dois gênios marca um momento na vida de ambos. Napoleão, que até ali fora um homem de ação, começava a confiar em seus sonhos, e breve conheceria o declínio. Goethe fazia uma curva às avessas. Começava a renunciar aos sonhos e a acreditar na ação. Foi o momento propício para ambos. Napoleão pergunta-lhe a idade, acha-o bem conservado. Falam sobre literatura, e Goethe elogia Schiller. Napoleão declara que não gostava de Schiller, de quem lera apenas a *História da Guerra dos Trinta Anos.* Goethe insiste em considerar Schiller o maior poeta da Alemanha e Napoleão muda de assunto. Diz que lera *Werther* oito vezes, uma delas em plena campanha do Egito. O imperador critica Goethe por ter feito uso das ambições do rapaz para motivar as suas ações.

— Isso não é lógico — diz Napoleão. Diminui a força onipotente que o amor exerce em Werther. Porque o senhor fez isso?

Goethe admirava em Napoleão o soldado, o homem de gênio, mas não estava preparado para discutir com um Napoleão-crítico literário.

Por questão de cortesia, considera justa a censura do dono do mundo.

Napoleão está habituado a mandar, a dizer aquilo que ele considera a sua verdade:

— Eu não gosto do final de seu romance.

A dose é demais para Goethe. Gênio por gênio, ele também é gênio. Responde então, com os olhos cravados em Napoleão.

— Eu creio que Vossa Majestade não gosta de que os romances tenham um fim.

Napoleão poderia ter ido dormir sem essa. Mas o diálogo entre os dois demonstra a popularidade e a força daquela novela escrita por um rapaz de 25 anos, cujo nome poderia ter ficado na literatura universal num lugar muito cômodo apenas com aquele pequeno livrinho grande.

Mas à época daquele encontro, Goethe já tinha publicado a primeira parte de *Fausto*, e torna-se necessário lembrar a chave de sua interpretação: vida e obra, uma coisa só. *Werther* é tão fisiológico para o rapaz de 25 anos, quando o *Fausto I* para o gênio de 60. E evidentemente, tão fisiológico quanto o *Fausto II* para o ancião de 83 anos. A idade avançada faria de Goethe um ser extratemporal, e por isso mesmo os críticos consideram a segunda parte do *Fausto* semelhante à última fase de Beethoven, dos quartetos opus 127, 130, 131, e principalmente o opus 132, em lá menor, com o curioso nome de *Cântico sacro de agradecimento de um convalescente à divindade, no tom lídico*. Este podia ser o título da segunda parte do *Fausto*.

Depois de Werther, e depois de Napoleão, Goethe teve o mérito de continuar sendo Goethe. Abandonou o romantismo e enveredou, gradativamente, para o classicismo, cujo apelo sentiu de forma poderosa em sua viagem pela Itália, que provoca uma ação fecundante em sua alma de bárbaro.

Esta atração que a cultura mediterrânea exerce na formação germânica teve em Goethe um exemplo típico. Para o bem ou para o mal, os alemães e os povos da Europa Central não ignoraram que foram bárbaros quando a civilização se limitava àquela estreita faixa de terra banhada pelo *mare nostrum*. Marco Aurélio levou os limites do Império Romano até os subúrbios de Viena. Mas isso não bastava para absorver — ou absolver — o mundo bárbaro. Em caminho inverso, Átila chegaria até Roma e continuaria sendo o bárbaro que a história registra. Através de *Werther*, Goethe se internacionalizara. Mas não se tornara, ainda, universal, no sentido pleno da palavra. Esta universalidade só viria com *Fausto*. E a grandeza do *Fausto* de Goethe sobre todos os demais *Faustos* reside justamente neste caráter universal de sua obra. Goethe não chegaria aos grandes monólogos do *Fausto I*, nem à apoteose do *Fausto II*, se não tivesse escrito, antes, o *Werther* e as *Elegias romanas*, a tragédia de *Egmont* e o *Torquato Tasso*, *Os anos de aprendizagem de Wilhelm Meister* e as *Afinidades eletivas*.

Sim, houve um outro alemão que em contato com a cultura mediterrânea produziu um outro Fausto. Thomas Mann revisitou o mito germânico que convoca o Mal, que firma o pacto diabólico a troco de uma vitória. No caso de Mann, o seu personagem perseguia a sinfonia perfeita, só isso. No caso de Goethe, ele próprio foi a perfeita sinfonia.

Publicada em 1808, a primeira parte do *Fausto* pouco conserva no esboço feito na mocidade, o *UrFaust*. A trama central, esquematizada na juventude, é a própria lenda que desde o século XVI vinha correndo a Europa Central: o homem que vende a alma ao diabo. Aproximando-se dos 60 anos, Goethe já se depurara, ou seja, já desabafara suas emoções românticas, seus ímpetos classicistas, seus avanços e recuos no terreno das ciências experimentais. Está maduro — e pronto — para iniciar a sua obra maior. Não sente nenhum compromisso com seus contemporâneos, com as regras ou sub-regras estéticas de seu tempo. Misto de poema e ensaio, ele sabia que seu assunto teria de produzir uma epopéia. E como epopéia começa o seu trabalho, através de uma extensa dedicatória, no estilo que lembra Virgílio ou Camões. Não invoca heróis da lenda ou da vida real, mas as sombras que o perseguem e perseguem os mitos de sua terra. *Ai, vindes outra vez, inquietas sombras...* são as primeiras palavras desta dedicatória. Segundo sugestão de José Júlio Ferreira de Sousa, autor de uma das traduções brasileiras, os primeiros versos em português devem obedecer àquela rápida citação feita por Machado de Assis ao iniciar o *Dom Casmurro*. Tal como o herói de Goethe, o Bentinho de Machado de Assis procura, no fim da vida, ressuscitar o seu passado, fazendo construir no Engenho Novo a mesma casa de Mata Cavalos, tentando atar as duas pontas de sua existência. É neste trecho que Machado cita Goethe, invocando as inquietas sombras que perseguem os homens, quando debruçados sobre o mistério do tempo. Ainda na dedicatória aparece uma palavra-chave para se penetrar na complexidade da obra: *labirinto*. Alma e corpo, vida e morte, Deus e Demônio — tudo conflui para a retina do homem em forma de um labirinto que não chega a fazer qualquer sentido, a não ser o do próprio labirinto: um beco sem saída, sem contornos que o definam.

Depois da dedicatória, vem um prólogo, no qual tomam parte um empresário de teatro, um poeta dramático e um bufão. Através do diálogo, surgem as principais posições de cada um a respeito do fato teatral — ou da própria vida. Goethe é ao mesmo tempo o empresário, o poeta e o bufão. Como empresário, suas imagens preferidas são o *pão*, o alimento material, o lucro certo. Como poeta, a sua preocupação é a alma, o aplauso da posteridade. Considera o ofício de empresário como miserável. O bufão deseja a glória, a popularidade, o aplauso imediato. O prólogo termina com o empresário colocando à disposição do autor, o universo, o sol e a lua, os anjos e os demônios, tudo para que o espetáculo seja grandioso e eterno. "Fazei desfilar aqui, nos estreitos bastidores, todo o ciclo da criação, e cruzai com cautela e rapidez o céu e o inferno através do mundo."

Estas palavras encerram o prólogo na terra. Segue-se outro prólogo, este no céu, em cujo diálogo tomam parte Deus, os arcanjos Gabriel, Rafael e Miguel e Mefistófeles. A situação esboçada por Goethe é a seguinte: tudo está como no sétimo dia da Criação do Mundo. Deus e os Anjos estão satisfeitos com a obra feita. Sim, já existe o Pecado, já existe o Homem. Mas tanto o Homem como o Pecado, vale dizer, a Terra, estão entregues ao Demônio, que cordialmente visita o seu ex-patrão de tempos em tempos, para lhe trazer notícias. Deus pergunta se as coisas não correm bem para o Demônio, e este se lamenta. Tem tido dificuldades, os homens são muito complicados e estranhos. Deus pergunta se o Demônio conhece Fausto.

— Quem? O doutor? — indaga Mefistófeles.

Os dois apostam a alma de Fausto, e Deus promete que não intervirá em nada. "Deixo-te inteiramente à vontade." Mefistófeles sabe que aquilo é um desafio, mas aceita esportivamente a luta.

Encerra o prólogo com uma tirada que daria a tônica do demônio goethiano:

— De vez em quando, gosto de ver o Velho. Nunca romperei definitivamente com ele.

Esta empostação coloca a obra de Goethe acima de qualquer teologia, e, até certo ponto, além de qualquer filosofia feita antes ou depois dele.

O aparente maniqueísmo de *Fausto* se dilui, ou melhor, se revela como uma farsa teatral, em busca de um final quase cômico. Se é verdade que o *Fausto I* termina dramaticamente, com Margarida invocando o falso nome do seu amante, o *Fausto II* fecha brilhantemente o ciclo dos equívocos, o triunfo do Bem não sendo mais que uma escamoteação, pois o Mal nunca existiu em autonomia plena. Em certo sentido, pode-se considerar a totalidade do *Fausto* como uma *Divina comédia* à alemã — o que, se não chega a ser um elogio, é uma explicação.

Finalmente, depois dos dois prólogos, começa o drama. Num quarto gótico, que poderia ser um dos cantos da catedral de Estrasburgo, Fausto começa um longo monólogo. Está velho, estudou filosofia, direito e medicina.

Por desgraça, estudou também Teologia. É doutor e mestre, mas despreza todas as ciências e títulos. O que ele deseja é a vida, a vida de novo e não uma nova vida. O preço que terá de pagar por isso é bem alto, ele o sabe perfeitamente. Tanto que se pergunta: *Sou um Deus?* A dúvida até certo ponto é legítima. Ele sabe tudo, tudo se torna claro diante dele. E esta omnisciência, esta lucidez o cansam. Ele quer ser homem outra vez. Esconjura o Espírito da Terra, o *Archeus Terrae*, que segundo os naturalistas do século XVI, governava o planeta. (Paracelso, Basílio, Giordano Bruno, acreditavam que cada planeta era uma espécie de casca para um Deus.) O diálogo entre Fausto e o Espírito da Terra (*formação ígnea*, segundo as palavras do próprio Fausto), não é brilhante. Mas uma das falas do Espírito alude, pela primeira vez, ao *super-homem*, que mais tarde serviria a Nietzsche, às histórias de quadrinhos e, por complicadas e oblíquas vias, a Hitler.

O Espírito da Terra desaparece à chegada de um aluno de Fausto, Wagner, que dormia na cela ao lado. Ele ouviu o murmúrio de vozes e vem ver quem incomodava o mestre. Fausto desconversa, Wagner diz que se pode levar o pensamento até muito longe e Fausto acrescenta: *Sim, longe, até às estrelas*! O discípulo percebe que incomoda o mestre, e deixa para o dia seguinte, que é a festa da Páscoa, as perguntas que lhe acodem naquele momento. Antes de sair de cena, revela a sua condição de *homem* diante do *super-homem* que Fausto, em certo sentido, já é:

— Na realidade, sei muito. Quem me dera pudesse saber tudo!

Segue-se novo monólogo, onde Fausto, alarmado pela própria angústia, torna o dito pelo não dito e já não sente dor quando exclama: "Não sou igual aos deuses!" É um homem ainda, sujeito aos acidentes da carne e da imaginação.

Parêntese pessoal. Por volta de 1954, um rapaz brasileiro leu pela segunda vez este monólogo do *Fausto* e sentiu um choque. Percebeu que ali havia não apenas um romance, mas todos os romances do mundo. Mais tarde, quando publicou o seu primeiro livro, *O ventre*, em 1958, obrigou-se a citar a fonte donde brotara toda a sua angústia, o *estreito espaço* onde cabem todos os dramas, comédias, misérias e glórias do ser humano. Foi a epígrafe de seu primeiro romance e continua sendo a epígrafe de sua própria vida. Iniciando o fim de sua vida, ele aqui transcreve a estrofe goethiana, em tradução livre baseada na clássica versão francesa de Gérard de Nerval: "Quando a imaginação desdobra as suas asas atrevidas, ela sonha com a eternidade em seu delírio. Mas um estreito espaço basta-lhe quando um abismo devorou todas as suas alegrias e esperanças. A inquietude aloja-se no fundo do coração e nele produz dores secretas: ela trabalha sem descanso, assume mil fisionomias diversas: é, ora o nosso lar, ora uma mulher, depois uma criança, uma casa, o fogo, o mar, um punhal, um pouco de veneno. O homem treme diante desses males que não o atingirão, e chora continuamente os bens que não perdeu." Parêntese fechado.

A conseqüência dramática para o desfecho deste monólogo seria o suicídio. Mas a conseqüência lógica seria outra. Goethe fez Fausto apanhar um cálice com veneno e levar o cálice aos lábios. No momento em que vai tomar o veneno, irrompem os sinos lá fora. É Páscoa. O coro dos Anjos anuncia que Cristo ressuscitou para salvar o homem, e para fazer Fausto se entregar ao Demônio.

Segue-se uma espécie de entreato, no qual aparecem camponeses, soldados, gente do povo, Fausto e Wagner. Há alegria nas ruas, mas Fausto não participa dela. Em conversa com Wagner, pergunta-lhe se não vê um cão negro, que surge entre as sementeiras. Fausto vê nele as patas de fogo, mas o aluno só percebe que se trata de um cão. Segundo a lenda antiga, o Fausto dos autores anônimos era sempre acompanhado por um cão grande, negro e peludo, de nome *Prestigiar*.

Na cena seguinte, o cão no gabinete do Dr. Fausto transforma-se no próprio Mefistófeles. Este nome, popularizado por Goethe, teve diferentes grafias.

Em Marlowe era *Mefistofilis*. Em Shakespeare (*As alegres comadres de Windsor*) era *Mefistofilus*. Indagado por Fausto, Mefistófeles se define como "uma parte daquela força que continuamente quer o Mal e continuamente cria o Bem".

E mais adiante, percebendo que Fausto não o compreendera, adianta esta outra definição de si próprio: "eu sou aquele que continuamente nega". Um contestador, portanto, que gerando o Mal, cria o Bem, e que pela negação se afirma.

Se os etimologistas não chegam a uma conclusão para explicar o nome, os cenaristas também não chegaram a um acordo a respeito da aparência do personagem. Goethe, que se limita a fazer marcações mínimas (tal como Shakespeare), descreve o personagem como um fidalgo espanhol mais ou menos contemporâneo, ou seja, do próprio século XVIII. No entanto, muitos apelam para o diabo medieval, peludo e com asas. O assunto, aqui, não interessa. O Diabo de Goethe é moderno, insinuoso, irônico, não inspira medo, mas uma certa alegria, feita de deboche, de uma sábia complacência que quase nunca chega a ser maligna.

Fausto e Mefistófeles, afinal face a face, parecem velhos amigos. Um sabe o que o outro deseja, ambos conhecem que podem dar e receber. Mas há detalhes insignificantes a cumprir, e um deles é a exigência do Diabo, no sentido de que Fausto altere uma estrela cabalística que encima a porta de seu gabinete. Sem aquela alteração (a abertura de um dos ângulos do pentagrama), ele, diabo, ficaria preso. Outra insignificância: o Diabo exige o pacto escrito e assinado por Fausto, a sangue.

Com estes pormenores, Goethe pagava tributo à demonologia da época.

Fausto atende ao desejo de Mefistófeles. Sua alma está vendida. A troco de quê? O próprio Fausto compreende que Mefistófeles está por dentro do assunto, do *seu* assunto. Limita-se a dizer que está "velho demais para se divertir, e moço demais para não ter desejos". Na caverna de uma bruxa (outra referência tipicamente shakespeariana), Fausto vê a imagem de uma mulher na superfície polida de um cristal. E por aí começa o que Berlioz chamou (e musicou): a *danação* de Fausto.

Logo depois da cena do espelho, ele vê Margarida na rua. Fiado e confiado no poderoso aliado, quer logo a sua parte do pacto, mas Mefistófeles lhe ensina que o amor esperado é melhor, o desejo amealhado torna-se mais saboroso. A lição é grosseira, lembra certas falas dos *vaudevilles*, mas Fausto tem a desculpa de estar vivendo uma experiência inédita. O tempo, para ele, tem uma dimensão dramática, a espera equivale à ruína. Precisa dos conselhos de Mefistófeles para se habituar ao seu novo estado.

Afinal, o tempo também é seu escravo, agora que vendeu a sua alma. Margarida é pobre e é jovem. Fausto se aproxima, identifica-se com um nome falso (Henrique), mas lhe dá jóias verdadeiras. É o que basta para seduzir a moça. Mais tarde, Fausto mata-lhe o irmão Valentim. Margarida tem um filho, e não encontra outra solução para a sua desgraça: mata a criança. Sentenciada, vai ser degolada. Mefistófeles e Fausto passam pelo local da execução. Margarida grita:

— Henrique! Henrique!

E assim termina o *Fausto I*.

Goethe não poupou a ilusão da moça, tornando-a duplamente ingênua ao acreditar no nome falso de Fausto e em seu falso amor. Por um momento, pode-se pensar que o maduro Goethe, de quase 60 anos, revisitava o Goethe de 24 anos, o Goethe que escrevera *Werther*. Mas o suicídio do rapaz terminava o drama (de péssima forma, segundo a opinião de Napoleão, que não chegou a deixar nome como crítico literário) enquanto que Margarida, iludida e sacrificada no *Fausto I*, teria a sua redenção no *Fausto II*.

Quase vinte anos separam os dois Faustos. Neste meio tempo, muita coisa ocorreu na vida de Goethe. Inclusive, um súbito desamor pelas letras e uma ávida procura da verdade física dos fatos. Outras mulheres passaram pela sua cobiça, e o gênio explodiu mais uma vez. Na mocidade, tornara-se internacional através do *Werther*.

Na maturidade, tornava-se universal através do *Fausto I*. Na velhice, seria extratemporal como Beethoven, através do *Fausto II*. É difícil e sobretudo inútil resumir esta segunda parte. Ela tende a justificar Fausto e a redimi-lo. Não através do amor de Margarida, mas pela força do próprio remorso. O amor, tal como em Dante, que move o Sol e as outras estrelas, em Goethe move Deus e o Demônio. É o sentimento que tudo vence. E amor, para Goethe, não é a sublimação espiritual de um sentimento. É carne, também. Na velhice, Goethe se apaixona na vida real por moças de 17 anos, e, na vida literária, busca em Helena, a mesma Helena dos gregos, símbolo da beleza da carne, a explicação para os delírios de uma vida inteira. Helena entra na parte final do Fausto, juntamente com muitos outros personagens da História e da lenda. Bruxas, anjos, demônios, Deus, Fausto, Margarida, Filemon, entidades e sentimentos, arcebispos e imperadores, todos formam um cortejo que hoje se situaria num meio-termo entre Fellini e Buñuel.

O *Fausto II* é a história de uma redenção, contada em termos que transcendem a literatura e formam uma arte não bem definida, que poderia ser chamada de delírio, orgia ou sinfonia. Fiquemos com a sinfonia, que é mais acessível. Nesta sinfonia, o homem não está presente. A comparação com Beethoven se impõe.

O Beethoven da *Quinta* ou da *Sétima* nada tem a ver com o extraterreno autor dos quartetos finais. Goethe está velho, sente a morte próxima. Não pertence mais a este mundo. E a nenhum outro. Afunda-se numa bacanal de cores e palavras, e ele próprio, Fausto às avessas, não percebe que está pagando o preço que a genialidade lhe impôs. Mas, assim mesmo, continua chorando pelos bens que não perdeu: morre pedindo a luz que nunca lhe fora negada.

16/12/72

A divina comédia

de Dante

(por Otto Maria Carpeaux)

Dante foi o único poeta do mundo que mereceu o título de altíssimo. *O superlativo se justifica: entre os grandes poetas da humanidade, ele é tido como o maior de todos. Expulso de sua cidade natal por subversão, Dante até hoje está no exílio, pois seus ossos não se encontram em Florença, mas em Ravena. Sua glória não pertence a uma cidade ou a um povo. O seu grande poema, tido como impenetrável, é de uma construção sólida cuja beleza facilmente se desvenda. Alguns de seus versos são diariamente citados em todos os idiomas. E o adjetivo* dantesco *está incorporado à linguagem do nosso cotidiano, dando a medida de sua própria grandeza.*

Difícil é o começo. Talvez seja mais emocionante — e talvez até mais divertido — começar com as experiências que levaram o leitor (no caso, o autor destas linhas) a ler Dante e contar como o poeta o acompanhou nos caminhos desta vida; e só depois tirar as conclusões, isto é, dizer o necessário sobre o grande italiano e sua obra. Mas começar e terminar assim seria descortês, quase uma grosseria. Seria agir como certos prefaciadores que se colocam a si próprios diante do prefaciado. Seria como receber o visitante à porta da casa e não o deixar entrar sem ele ter ouvido a nossa própria história. Seria, sobretudo, uma falta de respeito ao autor da *Divina comédia.* E respeito é o primeiro sentimento que esse grande homem inspira. Respeito é a palavra certa. Até os adversários, até os que ele insultou, pareciam temê-lo. Os florentinos colocaram um grandioso monumento funerário de Dante em sua igreja de Santa Croce, onde Miguel Ângelo, Maquiavel, Galileu e todos os grandes italianos repousam; mas o sarcófago é vazio. Os restos mortais do poeta continuam em Ravena, de onde o exilado lançou as terríveis maldições contra seus patrícios ingratos; e desse exílio não voltaram para Florença nem seus ossos. Ninguém, pelo menos nenhum católico, ousou jamais falar tão mal como Dante de certos papas, que colocou no Inferno, entre os pecadores para sempre condenados. Mas em 1921, na ocasião do sexto centenário de sua morte, um papa dedicou-lhe uma encíclica — ao que eu saiba, a única vez que o vigário romano de Cristo homenageou assim um leigo. E, homenagem ainda mais significativa: os caricaturistas de todos os tempos já fizeram charges tremendas para ridicularizar os grandes homens da humanidade, mas não existe caricatura de Dante.

Respeitamos Dante, dando o primeiro lugar ao poeta e à sua obra, que é o maior poema da literatura universal.

O maior poema da literatura universal? É um superlativo, e Nietzsche já nos advertiu que os superlativos irritam e provocam protestos. *A divina comédia* seria a maior obra entre todas? E *Dom Quixote*? E *Fausto*? Ou então, para citar colossos modernos, os *Irmãos Karamasov*? Ou *Ulysses*? Sobretudo, não esqueci Shakespeare. Mas Shakespeare é um mundo composto de muitos continentes, e não o conhece quem só leu e viu *Hamlet* e *Macbeth*, o *Rei Lear* e a *Tempestade*, os dramas da história inglesa e as comédias, seus gregos e seus romanos, *Romeu e Julieta* e *Medida por medida* etc., etc., e é preciso ter lido e visto até as peças menores para saber quem foi Shakespeare; nenhuma das suas obras o representa totalmente. Os outros grandes dramas e romances citados iluminam, cada um, este ou aquele aspecto do universo chamado literatura. Mas *A divina comédia* é o universo literário inteiro. E nesse sentido é Dante o maior dos poetas.

Talvez aos nossos pais a vida de Dante tenha parecido história muito remota e pouco compreensível, inclusive porque nosso conhecimento de sua vida é muito fragmentário e incerto. Mas a nós outros, hoje, as lutas sangrentas de partidos políticos, as batalhas de rua e os exílios já não se afiguram tão *long, long ago*. Dante Alighieri nasceu em Florença, provavelmente a 30 de maio de 1265. Pouco sabemos de sua família. Também ignoramos onde fez seus estudos (talvez em Bolonha?), que compreenderam todo o saber filosófico, teológico, histórico, literário, astronômico da época e mil outras coisas, uma verdadeira enciclopédia viva. Mas totalmente incompreensível é para nós a maior experiência de sua infância (e de sua vida): em 1274, quando tinha apenas 9 anos de idade, viu numa rua de Florença uma mocinha de 8 anos, Beatrice Portinari, que lhe inspirou um amor apaixonado, evidentemente mui platônico. Talvez não tenha nunca trocado com ela uma única palavra. Nem diminuiu seu amor quando Beatrice, já adulta, casou com outro homem, nem quando ela, em 1290, morreu. Foi um amor à moda dos trovadores provençais, dedicado a uma "dama inacessível". Por causa de Beatrice, Dante tornou-se poeta, escrevendo a *Vida nova*, belíssimos sonetos e canções incluídos em relato singelo dessa experiência amorosa. Mas por um motivo paradoxal não podemos duvidar da existência real, histórica, da moça. Pois, ela morta, caiu Dante — psicologicamente compreensível — no outro extremo, levando uma vida boêmia, até desregrada e licenciosa. Nesse tempo escreveu as *Canções de pedra*, expressões de um amor nada platônico, mas ardente, a uma mulher de que não nos diz o nome:

talvez uma mulher casada. E dessa *permissiveness* só saiu para dedicar-se a outra grande paixão da sua vida, de conseqüências fatais: à política.

A vida política em Florença, naquele tempo, era tão tumultuada e sangrenta como na segunda metade do século XX. Os dois grandes partidos, os guelfos e os guibelinos, combateram-se furiosamente, pensando cada um só no extermínio do inimigo: batalhas de rua, assaltos às casas, assassinatos, perseguições, exílios eram acontecimentos da vida cotidiana. Depois da expulsão dos guibelinos, os guelfos dividem-se, por sua vez, em duas facções inimigas. Como representante de uma delas foi Dante em 1300 eleito membro de um dos colégios que governavam a cidade. Mas venceu, logo depois, a outra facção. Em 1302 foi Dante acusado de todos os crimes possíveis; só se salvou pela fuga. E começou sua vida de exilado.

Dante é mesmo o protótipo dos exilados, daqueles que não voltam nunca mais para a pátria. Também foram típicas as desavenças e lutas entre seus co-exilados. Até ele resolver separar-se deles. No *Paraíso* (XVII, 69) é ele expressamente elogiado por *averti fatta parte per te stesso*, quer dizer: fundou um novo partido do qual ele próprio era o único membro. Não conhecemos todas as etapas das migrações do exilado e perseguido. Durante alguns anos vivia em Verona, na corte de Can Grande della Scala, onde — conforme uma lenda — assustou os cortesãos, contando-lhes histórias inventadas, sangrentas e terrificantes, em que eles próprios eram os personagens. Depois, encontrou refúgios em Lucca e na Lunigiana. Quando em 1310 o Imperador Henrique VII invadiu a Itália, com o propósito de quebrar o poder dos papas e dos partidos políticos, Dante saudou-o com entusiasmo, chegando a pedir-lhe a destruição de Florença. Mas o imperador morreu pouco depois em Pisa.

Profundamente decepcionado, o poeta retirou-se para a solitária Ravena, onde morreu em 14 de setembro de 1321. Em Ravena foi enterrado. Os florentinos, arrependidos, nunca conseguiram o repatriamento de seus restos mortais. Mas só três anos depois da morte, em 1324, já foi em Florença iniciado o primeiro curso de conferências de explicação da *Divina comédia*. A imortalidade tinha começado. Além da *Vida nova* escreveu Dante várias outras obras menores, de grande interesse para o especialista no assunto e talvez indispensáveis para o estudo aprofundado da *Divina comédia*, mas pouco atraentes para o leitor moderno, de modo que basta caracterizá-las brevemente. O *Convívio* é um (incompleto) tratado de filosofia escolástica; já sabemos que Dante era adepto das doutrinas de Santo Tomás de Aquino que, para ele, explicavam todas as coisas e todos os mistérios do Universo.

Sobre a monarquia é um tratado político que já no tempo de Dante era anacrônico. Adversário do poder temporal dos papas e inimigo das lutas facciosas dentro das independentes cidades-repúblicas italianas, Dante esperava ardentemente a pacificação pelo restabelecimento do poder dos imperadores romano-germânicos, embora os próprios contemporâneos já tivessem claramente reconhecido o caráter utópico dessa esperança política; foi como se em nosso tempo alguém esperasse a unificação da Europa por um descendente qualquer de Napoleão. Quando Henrique VII invadiu a Itália, Dante acreditava ter chegado a hora da realização de seus sonhos políticos. Chegou a pedir, publicamente, a destruição de Florença, e é compreensível que os florentinos o tenham, depois, nominalmente excluído de uma promessa de anistia. No entanto, apenas dez anos depois já pediram, em vão, o repatriamento solene dos seus ossos, o que não deixa de ser uma certa consolação, embora melancólica, para os exilados.

Hoje, de longe a mais interessante entre as obras menores de Dante, é o escrito *De vulgari eloquentia*, o que podemos traduzir: *Sobre a língua do povo*. É redigido em latim, porque se dirige aos eruditos, mas faz uma reivindicação contrária: que as obras importantes sejam escritas em italiano, na língua que "até as mulheres do povo compreendem". Numa época em que o latim era a língua internacional de todos os homens cultos, de Oxford até Nápoles, Dante afirma a dignidade de sua língua materna, declarando-a capaz de expressar todos os pensamentos e sentimentos. Já tinha escrito em italiano o *Convívio*, o primeiro tratado de filosofia escolástica em língua "vulgar". Agora — não sabemos exatamente quando — começou a escrever, em italiano, sua obra máxima. Criou, com isso, a língua literária italiana. Criou a própria literatura italiana, cuja primeira grande obra também é a maior obra dessa literatura: *A divina comédia.*

Cheguei, enfim, ao meu assunto, à minha tarefa: a de acompanhar o leitor nos caminhos de Dante — mas não tenham medo de comentários eruditos, daquelas notas sábias que enchem os pés de página de qualquer edição da *Divina comédia.* Já existe de mais dessas coisas. Quando Galileu era jovem estudante, divertiu-se, exercitando sua imaginação de matemático: mediu e calculou, baseando-se em versos do poema, os espaços fantásticos do Inferno. Um físico de hoje poderia calcular e medir a altura fantástica da montanha de livros e estudos que já se escreveram sobre o poema de Dante: o número resultante seria mesmo astronômico. Não tenho a pretensão tola de acrescentar nem sequer um centímetro. Apenas resumir, no mínimo possível de palavras, o "enredo" do poema, isto é, o que Dante viu nos três reinos do outro mundo.

O primeiro canto, espécie de introdução, começa com o verso que se tornou proverbial: *Nel mezzo del cammin di nostra vita...*, "No meio do caminho de nossa vida", isto é, com 35 anos de idade, na sexta-feira santa de 1300, encontrou-se Dante perdido numa floresta escura. Três feras misteriosas lhe barraram o caminho e a saída. Estava desesperado, quando ouviu uma voz consoladora: a de Virgílio, do poeta romano que Dante venerava como seu mestre: *Tu se'lo mio maestro e il mio autore.* Virgílio lhe explicava que não havia saída daquela floresta escura. Mas confortou-o com promessa velada de poder levá-lo aonde ele chegaria a rever Beatrice. Seria, porém, um caminho árduo, doloroso mesmo: pelos três reinos do outro mundo, pelo Inferno e pelo Purgatório, até as portas do Paraíso.

A viagem começa, entrando-se por um portão monumental, cuja famosa inscrição — *Lasciate ogni speranza, voi ch'entrate* — proclama o dogma da eternidade das penas infernais. Dentro, os dois peregrinos encontram uma grande massa de gente que corre sem descanso atrás de uma bandeira. Entre eles, Dante reconhece o Papa Celestino V que em 1294 tinha abdicado, e agora sabe: são os covardes, os indecisos, os oportunistas, os sem-opinião própria, que correm em círculo sem chegar jamais ao fim dessa tortura.

E Virgílio aconselha ao seu companheiro: *No ragioniam di lor, ma guarda e passa* — "Não discuta com eles, mas passa". O Inferno tem a forma de um imenso funil, dividido em nove círculos que, para baixo, cada vez mais se estreitam. Para o primeiro círculo se passa, atravessando o rio Aqueronte; mas esse primeiro círculo ainda não é dos mais terríveis: abriga as crianças que morreram antes de serem batizadas, e as almas dos pagãos virtuosos que viviam antes do Cristo descer à Terra para anunciar o Evangelho; Dante reconhece, entre eles, os grandes poetas e pensadores gregos e romanos, revelando que ele próprio, alma de humanista, não quis expor às torturas infernais os venerados sábios do passado. Mas depois desse limbo já se ouvem os gritos e lamentações dos condenados: antes de entrar tiveram de apresentar-se a Minos, o juiz infernal, que os conhece todos e determina a todos o lugar de sua morada no Inferno e a natureza das penas que terão de agüentar.

Nos primeiros círculos sofrem aqueles que por fraqueza cederam aos seus instintos pecaminosos. Uma escuridão impenetrável enche o segundo círculo, em que um vendaval permanente persegue os culpados do pecado da carne.

Ali, Dante vê Dido, a rainha de Cartago que seduziu Eneas; vê Paulo e Francesca da Rimini que, instigados pela leitura comum de um livro voluptuoso, cometeram o adultério — talvez o mais famoso casal de amantes de toda a literatura. O terceiro círculo é guardado pelo Cérbero, o terrificante cão infernal; em frio permanente — talvez o maior dos horrores para um florentino, acostumado a muito sol e calor — sofrem os gulosos, afundando num pântano como de seus próprios excrementos. O quarto círculo é reservado aos avarentos e aos perdulários, que se arrastam sob o peso dos seus tesouros e das suas dívidas. Enfim, no quinto círculo sofrem os iracundos, cada um deles amaldiçoando e dilacerando seu vizinho.

Tendo percorrido esses círculos todos, Dante e Virgílio chegam a uma espécie de fortaleza, ocupada pelos diabos: é a cidade de Dite, a porta de entrada do Inferno inferior. A intervenção de um anjo é necessária para acalmar a fúria dos demônios, abrindo aos dois poetas a entrada ao sexto círculo, onde os heréticos e os blasfemadores são enterrados em sarcófagos cheios de fogo.

Dante tem a grande imparcialidade de colocar nesse círculo o imperador descrente Frederico II, cuja luta contra o Papado não lhe era de todo antipática; e chega a admirar o orgulhoso Farinata que "desrespeitava o Inferno inteiro".

O sétimo círculo é percorrido por um rio de sangue fervente. Ali sofrem, mergulhados até a cabeça, os assassinos e sobretudo os tiranos sangrentos dos quais havia tantos na Itália do século XIII, do *Trecento*, com seus aproveitadores violentos das lutas partidárias sufocando as facções e, com elas, as liberdades cívicas. À beira desse rio expiam seu pecado aqueles que foram violentos contra si próprios: os suicidas; e Dante reconhece o poeta Pier delle Vigne, que lamenta sua vida inutilmente perdida.

Também sofrem nessa região do Inferno os usurários, que martirizaram seus próximos sem uso de violência física, e os sodomitas que pecaram contra a natureza; com franqueza inédita coloca Dante entre os sodomitas seu próprio mestre Brunetto Latini, que lhe implora não deixar cair em esquecimento sua grande obra *Tesoro: Siati raccomandato il mio Tesoro — Nel quale io vivo ancora; e più non chieggio.* É como se Dante recomendasse a nós outros sua própria obra "em que ainda vivo, e mais não peço". O oitavo círculo é o maior de todos. E dividido em dez *malebolge*, palavra intraduzível que significa aproximadamente "bolsas ruins". São lugares escuros e sinistros, como ruas noturnas de subúrbios em que se escondem malandros: no caso, uma horda de criminosos que fizeram mal ao gênero humano. Diabos flagelam os alcoviteiros e os sedutores, entre os quais Dante não esquece Jasão, que seduziu e depois abandonou Medéia. Em buracos escuros, de cheiro nauseabundo, estão enclausurados os simoníacos, os altos dignitários da Igreja que venderam cargos eclesiásticos — e Dante aproveita a oportunidade para lançar um libelo de veemência inédita contra vários papas. Os feiticeiros, astrólogos e outros embusteiros andam com os corpos terrivelmente deformados. Em gigantescas panelas, cheias de pés ferventes, sofrem os corruptores e os corruptos; uma horda de demônios maliciosos, a que Dante deu nomes pitorescos e humorísticos, remexem nessas panelas com colheres gigantescas, não dando paz aos condenados. Os falsos amigos, que eram pródigos em dar conselhos enganosos, são rodeados de flamas, mas Dante mostra certo respeito a Ulisses ao qual atribui a tentativa de navegar para fora do Mediterrâneo — é o pressentimento da futura descoberta de mundos novos. E ao falar dos mentirosos, dos caluniadores, dos ladrões e dos facciosos Dante se lembra que já encontrou no Inferno tantos florentinos e entoa um hino paradoxal à sua cidade de Florença, tão bem representada entre os criminosos de todos os círculos do Inferno.

O nono e último círculo é chamado a Caina. É o lugar de Caim, que foi o primeiro assassino; de Judas que traiu o Cristo; e de Bruto que matou o César, o primeiro imperador dos sonhos políticos de Dante. São os companheiros dignos do próprio Lúcifer, no centro da Terra, que é, conforme as convições medievais, o próprio Inferno.

Por um corredor estreito e escuro, Dante e Virgílio saem do centro infernal da Terra, subindo uma montanha que é o Purgatório — mas não é possível dar da segunda e terceira parte do poema um resumo tão pormenorizado como do Inferno; o caminho seria tão cansativo como o dos dois poetas. Basta dizer que o Purgatório parece parcialmente autobiográfico: os pecados menores que se expiam nessa parte do outro mundo são os do próprio Dante, em seu passado. Enfim, o poeta chega a um bosque luminoso, que é o lugar do Paraíso Terrestre, onde Adão e Eva se demoravam antes do pecado original. Virgílio, o pagão, embora virtuoso, não tem o direito de subir mais; já desapareceu. Seu papel de guia é assumido por Beatrice. Dante bebe a água do rio Lete, esquecendo seu passado. E entra no Paraíso, que é formado pelos círculos dos bem-aventurados e dos santos. Enfim, Dante ficará quase cego em face de um imenso mar de luz.

Deus é invisível. É *l'amor que muove il sole e l'altre stelle*, "o amor que move o sol e as outras estrelas". É o último verso da *Divina comédia*. O gosto literário não é imutável. Dante, idolatrado no fim da Idade Média e durante a Renascença, foi menos lido no século XVII e quase desprezado no século XVIII. Só os românticos, a partir de mais ou menos 1800, voltaram a considerá-lo como o "altíssimo poeta", ao lado de Shakespeare, e desde então até hoje sua grandeza é indiscutida. Também mudaram, durante quase sete séculos, as opiniões sobre os valores diferentes das três partes do poema. Um padre chegou, certa vez, a afirmar que o maior trecho da *Divina comédia* seria o Purgatório, opinião que só pode ser aceita por um moralista, embora o Purgatório não seja nada desprezível. A crítica literária moderna, na Itália, descobriu ou redescobriu a alta musicalidade dos versos do Paraíso. Mas, em geral, os leitores sempre deram a preferência ao Inferno, que é a parte mais dramática e mais movimentada do poema, ou então sejamos sinceros: o Inferno é a parte mais humana.

O fato de que todas as gerações sucessivas de leitores gostavam tanto do Inferno, não é propriamente honroso.

O complicado sistema de pecados gravíssimos, graves e menos graves, no poema, é baseado na ética aristotélica. Mas o sistema e os detalhes das penas e punições é da invenção do próprio poeta. Dante foi certamente um temperamento sádico. Sua obra é um verdadeiro manual para torturadores. Também é uma grandiosa sátira, pois o autor colocou no Inferno, "sem papas na língua", seus próprios contemporâneos, principalmente seus inimigos, mas, sem consideração da pessoa, também seus amigos. O Inferno de Dante é um colossal panorama satírico de sua época. Se hoje em dia um poeta escrevesse uma epopéia assim, o livro ficaria certamente proibido em todos os países e seu autor entraria, em qualquer parte do mundo que seja, na prisão para não sair nunca mais, *lasciando ogni speranza*. Mas será que *A divina comédia* é uma epopéia?

Não é uma epopéia, pois uma obra desse gênero sempre tem um enredo coerente e pelo menos um personagem principal no centro. Mas *A divina comédia* não tem enredo coerente; está dividida em centenas de episódios, sem relação de uns com os outros. E o único personagem principal é o próprio poeta que, *nel mezzo del cammin di sua vita,* manifesta seus próprios sentimentos e pensamentos, suas opiniões sobre a vida e o mundo, seus amores e sobretudo seus ódios. Tudo isso é quase a definição de um poema lírico. Mas não define *A divina comédia.* Pois podemos admirar uma poesia lírica, podemos sentir com ela, sem necessidade alguma de acreditar nos sentimentos do autor. Quase ao contrário, sabemos, com Fernando Pessoa, que "o poeta é um fingidor". Mas Dante não finge. Chega a exigir nossa fé no grande drama cósmico que descreve. Realmente, *A divina comédia* é, embora fora do palco, um poema dramático. Seria uma tragédia? Não pode ser, pois uma tragédia costuma terminar com a morte do personagem principal, ou então, como *Hamlet,* com uma verdadeira mortandade geral, ao passo que a última parte do poema dantesco, o Paraíso, é indubitavelmente um *happy end.* Por isso mesmo, Dante deu (ou permitiu que se desse) ao poema o título *Comédia.* Tempos posteriores acrescentaram o adjetivo *Divina,* não por causa do conteúdo, mas por motivo da perfeição da obra, perfeita quase escolasticamente com seu canto introdutório e os 33 cantos de cada uma das partes; e todos esses 100 cantos escritos no metro da *terza-rima,* cujo esquema de rimas não permite que se tire ou acrescente um único verso. Essa obra é realmente perfeita ou, para usar uma palavra menos bonita, é coesa. Não há diferença nenhuma de valor entre as três partes do poema.

É um conjunto indivisível.

É um colosso, como uma montanha remota que parece — mas só parece — inacessível. É verdade que as inúmeras alusões a pessoas e acontecimentos contemporâneos do poeta exigem o comentário explicativo. Por essa e outras causas muitos consideram a obra de Dante árida, seca, escolástica. Não acho nada disso. *A divina comédia* afigura-se como obra intensamente humana, eu diria "nossa". Foi preciso acompanhar Dante em seus caminhos pelo outro mundo. Mas também é possível — e vou tentar fazê-lo com inteira franqueza — lembrar os nossos e os meus caminhos com Dante neste mundo. Pois Dante foi grande homem, mas afinal foi homem como todos os homens: sobre-humano, infra-humano e humano.

Em vida ele foi certamente intratável, irascível e sobretudo orgulhoso, convencido do seu direito de ser lembrado e venerado por todos os séculos futuros. Mas essa sua pretensão enorme se reduz, afinal, à exigência de ser lido. É isto que ele nos pede indiretamente, pelas palavras do seu mestre *Brunetto Latini*, autor do *Tesouro*, no Inferno: *Siete raccomandato il mio Tesoro — nel qual io vivo ancora, e più non chieggio* "Seja-te recomendado meu Tesouro — em que ainda vivo, e mais não peço". "Não pede mais." É uma imensa responsabilidade nossa. Pois é a nós que é "recomendado" o tesouro inesgotável da *Divina comédia*: para lê-la e relê-la.

Atribui-se a um velho crítico italiano a seguinte frase: "Ler Dante é um dever; reler Dante é uma necessidade." Por quê? E como? Eis a questão.

A memória é capaz de guardar mais ou menos fielmente os pontos mais altos do poema, que se gravaram na consciência da humanidade. Não há quem ignore os famosos "grandes episódios": Francesca da Rimini e Paolo que se perderam no amor, ao ler o livro alcoviteiro: "Naquele dia não continuamos lendo"; Pier delle Vigne, o suicida, que lamenta o sacrifício inútil da sua vida; o orgulhoso e irascível Farinata, desafiando Deus, o mundo e os demônios *Com'avesse l'inferno in grandispitto*; Ugolino, que teve o destino terrível de morrer de fome, com seus filhos, na torre-prisão dos pisanos; Ulisses, querendo forçar o estreito de Gibraltar, que para os homens da Idade Média era o fim do mundo: "E sobre nós, enfim, o mar fechou suas ondas."

E não há quem não guarde na memória os muitos versos citáveis, a começar pelo intróito do Inferno, que chegou a ser lugar-comum: *Lasciate ogni speranza, voi ch'entrate*. Até o último verso do poema, que desmente aquele desespero: *L'amor che muove il sole l'altre stelle*. Há muitos versos memoráveis assim na *Divina comédia*, e se me pedissem para escolher um, só um mas sobremaneira consolador, eu escolheria as palavras que tantas vezes, durante a vida toda, me fortaleceram contra o tédio das controvérsias e contra a maledicência dos infames e contra elogios e hostilidades igualmente efêmeras, os versos que Virgílio diz a Dante, advertindo-o para não discutir com os oportunistas e para passar sem prestar atenção aos indecisos: *Non ragioniam di lor, ma guarda e passa.*

Seria certamente possível organizar, dessa maneira, uma impressionante antologia "dantesca". Mas não bastaria lê-la nem teria sentido relê-la. Não é esta a maneira certa de ler e reler Dante.

A divina comédia é — em que pese a teoria contrária do mestre Benedetto Croce, que durante muito tempo me perturbou — uma estrutura inteira, uma *Ganzheit*, como dizem os alemães, uma totalidade indivisível. Mas é preciso amadurecer até perceber, sentir, compreender isso, e é preciso ler, reler e tresler a obra até chegar a tanto. É para isso que servem até as leituras erradas dos primeiros anos e as leituras erráticas dos anos da vida ativa e as leituras distraídas das horas de ócio, até que em boa hora se nos abrem os olhos, *nel mezzo del cammin di nostra vita...*

Meu primeiro Dante era uma edição para a mocidade, fartamente ilustrada por um artista medíocre qualquer, de quem esqueci o nome. Em compensação, o texto era cuidadosamente expurgado. Passaram-se, desde então, tantos anos, não, tantos decênios, que só guardo recordação frágil daquela edição. No entanto, por um motivo especial, que vou logo revelar, consegui já então descobrir os expurgos feitos pelo editor.

No episódio de Francesca da Rimini e do seu amor adulterino a Paolo, no Canto V do Inferno, o editor sacrificou os *dubliosi disiri* (desejos duvidosos) do verso 119 e o *piacer si forte* (prazer tão forte) do verso 104; e o verso 136 — *La bocca mi baciò tutto tremente* (Beijou-me a boca, tremendo todo) — caiu totalmente fora. Mas o expurgador também tremeu ao mutilar assim o poema; e para tranqüilizar sua consciência, reuniu num apêndice os trechos suprimidos, para maior comodidade dos leitores juvenis. Se tivesse editado assim um Rabelais ou mesmo um Shakespeare, teriam saído os livros mais pornográficos do mundo, e isto "para o uso da mocidade". Em comparação com a timidez puritana daquele editor, o ilustrador soltou tanto mais as rédeas de sua imaginação sádica. Lembro-me, como se fosse hoje, das suas gravuras, de mediocridade incrível. Francesca e Paolo, perseguidos pelo vendaval, estavam suspensos no ar como executados na forca. Os diabos pareciam cozinheiros que com longas colheres remexiam os condenados em panelas ferventes. Lúcifer tinha semelhança suspeita com um grande urso. Até os santos no Paraíso assustaram o leitor juvenil com barbas de tamanho sobrenatural. Quem me dera reaver agora esse livro feio, que desapareceu junto com Robinson e Gulliver no naufrágio e esquecimento da infância. Talvez conseguisse ressuscitar um pouco da fé ingênua com que o jovem leitor tomava tudo isso ao pé da letra, como verdade absoluta: as penas do Inferno, as nuvens que se desprendem do Purgatório e os esplendores luminosos do Paraíso.

Pois naquele tempo — hoje mais remoto para mim que o tempo de Dante — eu era infantilmente realista, mais realista que a filosofia escolástica do poeta, e o outro mundo me parecia mais verdadeiro que este mundo que eu, feliz, ainda não conhecia. Era a realidade. Desaparecido aquele livro, surgiu outro Dante, o das edições da *Divina comédia* para o uso no ensino secundário, inexpurgado e sem ilustrações, mas com muitas notas explicativas ao pé das páginas, manuseadas por um estudante que já tinha lido Flaubert e Baudelaire e um ou outro romance de Zola, e estava estupefacto por encontrar num poeta do século XIV o mais sugestivo realismo: o murmurar das águas frias do Adige (Inf., XII, 5) e a primeira metáfora, em toda a literatura universal, tirada do trabalho industrial, quando Dante se lembra do fogo no arsenal dos venezianos (Inf., XXI, 7), e aquele verso sobre *l'aere bruno* do crepúsculo (Inf., II, 1), que antecipa as *correspondances* da poesia moderna. O outro mundo de Dante é todo real como este nosso mundo, porque são propriamente idênticos: e o exercício da imaginação do jovem Galileu, calculando e medindo a altura de Lúcifer no mais baixo círculo do Inferno, foi boa preparação para o calcular e medir a velocidade dos corpos na queda e a distância da Lua. Não somente o Inferno de Dante é realidade. Também é realidade, embora um pouco antecipada, seu Paraíso, que é espécie de *science-fiction* da Idade Média; apenas com a diferença que Dante dominava plenamente a astronomia ptolemaica, então vigente, ao passo que os *science-ficcionistas* de hoje ignoram soberanamente a astronomia moderna. E, com todo seu sabor teológico, a erudição de Dante é mais humana. Pois as imaginações do nosso tempo são inspiradas pela técnica, mas a de Dante estava iluminada pela *luce intellettual, piena d'amore.*

Quem diz realismo, também diz humanismo. São inseparáveis. Se não fosse o humor, a realidade chegaria a inspirar, às vezes, o suicídio. Mas Dante, com toda sua compreensão pelo destino de Pier delle Vigne, estava acima da tentação, e em sua ira indignada contra as injustiças terrestres havia algo do *dispitto* do Farinata e algo da fúria vingativa dos demônios infernais, e sente-se sua simpatia propriamente humorística para com os diabos aos quais inventou nomes tão pitorescos: Malacoda e Scarmiglione, Alichino e Calbrina, Cagnazzo e Barbariccia, Draghignazzo e Ciriatto, Graffiacane, Rubicante e Farfarello. Poderiam ser os nomes de malandros num conto romano de Moravia ou de Pasolini. São humoristas como os bufões e os frades devassos e os vigaristas que povoaram as ruas da Florença de Boccaccio, formando o coro humorístico dos acontecimentos trágicos que ensangüentaram então as mesmas ruas, e foram essas ruas de Florença que me ensinaram o verdadeiro realismo de Dante Alighieri.

Quando eu estava em Florença pela primeira vez, confesso que a mais forte impressão não foi a cúpula do Duomo nem a fachada do Palazzo Pitti nem o Panteão de Santa Croce nem os quadros dos Uffizi nem as esculturas do Bargello, mas — talvez com exceção da Cappella Medici — certos letreiros que uma administração municipal ilustrada tinha mandado colocar nas esquinas das ruas ao lado do portão de certos prédios: pequenos ladrilhos de mármore com dizeres relativos a acontecimentos ou personagens históricos relacionados com aquelas ruas e prédios; e os dizeres eram versos da *Divina comédia.*

Foram esses letreiros que me ensinaram o realismo de Dante: a identidade do Inferno com a vida turbulenta, odiosa, vingativa do *Trecento* em Florença; a identidade da vida de Dante com o Purgatório; e a da sua fé no Paraíso. Numa das paredes laterais do Duomo de Florença existe um afresco do século XV; não é de alta qualidade artística, e o pintor, Domenico di Michelino, não deixou nome imortal. Mas imortal é o assunto do quadro: à direita, a cidade de Florença, circunvalada de seus muros medievais dentro dos quais se reconhecem as silhuetas características do Duomo e do Palazzo Vecchio; à esquerda, o abismo aberto do Inferno, mais em cima o monte do Purgatório e, no alto, as esferas do Céu; no meio, o altíssimo poeta, com seu livro aberto na mão, olhando sereno mas severamente para sua cidade à qual aponta com a outra mão a porta do Inferno. E um admirável resumo pictórico da *Divina comédia*, e não sei por que os guias, em Florença, não mostram esse quadro, antes de tudo, ao turista desejoso de compreender algo da incomparável grandeza dessa cidade, em vez de persegui-lo por toda parte com seus alto-falantes idiotas, chamando *very nice* a *Noite* de Miguel Ângelo e *invaluable* os quadros do humilde Fra Angelico e perturbando a paz dos Giardini Boboli e de San Miniato. Só o barulho infernal que fazem lembrar o *Trecento* e o Inferno. Muitas vezes me demorei na quase vazia catedral de Savonarola, contemplando o quadro de Domenico di Michelino, e acreditava ver o poeta abrir a boca e lançar suas terríveis maldições contra a volubilidade política da Florença *trecentesca*, as "Constituições violadas e derrubadas, os golpes e revoltas", as inflações, as convulsões de doença da vida pública, "como uma enferma que não consegue encontrar a paz na cama e dá voltas e voltas sem aliviar seus sofrimentos". (Purg. VI, 140-151).

O *Trecento* é uma remota recordação histórica, mas os versos de Dante são de uma perfeita e terrível atualidade. Quando eu pela primeira vez os recordei no silêncio do Duomo de Florença, já tinha começado lá fora a luta fratricida, apenas os Guelfos e os Guibelinos do século XX ostentavam outros rótulos, e tinham outras cores suas bandeiras. Foram os anos de 1930: violação de Constituições, golpes, inflações, convulsões da vida pública; e, enfim, milhares e mais milhares foram atingidos pelo mesmo destino de Dante e de tantos outros italianos nobres: o exílio.

Também experimentei o exílio: *nel mezzo del cammin di nostra vita.* No Evangelho, Jesus aconselha aos discípulos rezar "para que sua fuga não aconteça no inverno". Pois bem, minha fuga aconteceu no inverno, e tão impiedosa foi a perseguição que nem sequer consegui levar comigo o meu Dante, volume tão gasto que já estava em pedaços a encadernação barata. Mas eu já não precisava do livro para lembrar-me de certos versos para sempre gravados na memória, e entre esses versos aqueles que descrevem a sorte do exilado, o "sabor amargo do pão no estrangeiro e a dura vergonha de bater, em vão, a portas fechadas e descer as escadas" subidas com o último resto de esperança, assim como a Dante foi profetizado (Par. XVII, 58-60) o caminho de calvário do exilado: *Tu proverai come sa di salelo pane altrui e come è duro calle — lo scendera e 'l salir per l'altrui scale.* Mas achei a minha Verona. Encontrei a nova pátria no Brasil — *e quindi uscimmo a riveder le stelle.*

Tenho para mim que sem essas experiências teria ficado incompleta minha experiência de Dante. Só passando pelas *malebolge* deste mundo sem perder a vista para as *stelle,* as estrelas, só assim se tem o Dante inteiro: o Inferno, o Purgatório e o Paraíso.

Mil comentadores e críticos têm feito um esforço tremendo para explicar o sentido todo da *Divina comédia*; e, as mais das vezes, só conseguiram dificultar a leitura do poema. O primeiro deles foi o próprio Dante, que assustou os leitores, distinguindo quatro níveis de interpretação e compreensão da sua obra: o sentido literal e histórico; o sentido alegórico; o sentido moral; e, enfim, o sentido místico. São outros nomes, escolásticos, da crítica factual dos comentaristas, da crítica estética e estrutural, da crítica existencial — mas o sentido místico da obra, será este último jamais acessível a nós mortais? A questão é de ambição. Há quem escolha como lema de sua vida o verso mais famoso da *Divina comédia*, aquele em que nossa paz é definida com a vontade divina (*E la Sua volontate è nostra pace*). Confesso que minha ambição não voa tão alto. Como Petrarca, *pace non trovo*, a não ser que talvez no último momento, quando a noite chamará para partir e quando, tendo visto tudo pela última vez, me lembrarei pela última vez de Dante e de seus versos: *ma la notte risurge e oramai — è da partir, ché tutto avem veduto.*

6/1/73

Odisséia

de Homero

(por Roberto Alvim Corrêa)

Muitos séculos nos separam da Odisséia, *mas ela permanece, em literatura, o princípio de tudo: da tragédia grega, da poesia épica, do romance. Mais do que isso, a história de Ulisses, suas aventuras e desventuras, influencia ainda hoje todas as técnicas de narração, no cinema, na TV, na música, nas artes plásticas etc. Porque Homero — cego ou não — foi um habilíssimo manipulador dos sentidos humanos, fazendo o máximo apelo à imaginação visual, auditiva, tátil, olfativa e gustativa dos seus contemporâneos. Não foi à toa que Stanley Kubrick, ao compor em 1968 a grande epopéia da nossa época, escolheu para o seu* 2001 *o subtítulo* Uma odisséia no espaço. *Repetia assim, como milhares de outros criadores de todos os tempos, a viagem de Homero remontando às raízes da expressão artística: a necessidade vital de relatar a grande aventura do homem sobre este planeta chamado Terra.*

A obra de Homero é um mundo, e ainda vivo, embora tão distante no tempo. Continua contribuindo para fazer circular muitos valores, intelectuais, morais, afetivos, cujas origens, em geral, esquecemos, mas dos quais é responsável. Um mundo mitológico e, no entanto, parecido com o nosso e de um prestígio imenso. Não é sem motivo que até hoje se fala em acontecimentos *homéricos*, ou numa verdadeira *odisséia*, o que prova uma penetração profunda na civilização ocidental. É raro que um nome próprio, exatamente o título de uma obra, se transforme em substantivo comum, entre no vocabulário de cada dia, e que trinta séculos não tenham suprimido esse privilégio.

Mas quem era Homero? Dizem que nasceu em Esmirna, ou numa ilha qualquer do mar Egeu, porém sem o mínimo fundamento histórico. Chega-se até a duvidar da sua existência. E isso, provavelmente, porque ele não conseguiu ser logo Homero para seus contemporâneos. Se o tivesse sido, dele saberíamos pelo menos o que sabemos de Hesíodo, quase tão antigo quanto Homero. Mas permanece misterioso o que diz respeito ao genial autor da *Odisséia*, como se os próprios acontecimentos tivessem concorrido para que ele fosse considerado uma lenda, quase um mito, e sempre a alma de aventuras das quais se propuseram as mais diversas interpretações. Até se falou, e cada vez mais se fala, em expedições científicas e comerciais, que alcançavam o Atlântico, e iam da ilha da Madeira à Islândia. Como num livro recente, *O código secreto da Odisséia*, observa Gilbert Pillot: "A *Odisséia* não é mais uma história, é uma mensagem." E em que consistia? "Numa sucessão de instruções náuticas." É possível. A necessidade de estanho já era uma realidade, e suscetível de se tornar bélica. Afinal, já se tratava de produzir ao máximo, e sabemos que a produtividade é a primeira condição da prosperidade nacional. Esse código secreto talvez tenha mesmo funcionado. Os sentidos das obras-primas são vários. Mas o certo é que a *Odisséia*, antes de tudo, transpôs os séculos por causa do poder poético dos seus quase doze mil hexâmetros, ou seja, por causa de um modo de expressão sem equivalentes em prosa. Acontece que se referia a um mundo a um tempo mítico e realista, e expresso por um visionário, antepassado de certos autores de romance (pois esses começaram por ser filhos da epopéia) como, entre outros, a partir de nosso Renascimento, os romances, que evidenciavam certo fôlego heróico, de Rabelais, Cervantes, Hugo, Melville, Zola. Assim, o discurso de Homero era duplo. Isso não quer dizer que a linguagem do aedo — na opinião de alguns, *prática e trazendo informações marítimas muito precisas* —, prejudique a presença da poesia, tantas vezes alusiva aos habitantes do Olimpo e a aspectos, para nós insólitos, da natureza. O que interessa é o ambiente do maravilhoso que na *Odisséia* encurta a habitual distância entre sonho e realidade. Este ponto é fundamental.

Por que o título de a *Odisséia?* Por se tratar das aventuras de Odisseus. Mas, na tradução latina, que se popularizou no mundo ocidental, por necessidade de metro, Odisseus passou a ser Ulisses. E Ulisses é uma testemunha. Seu papel consiste em depor sobre o que vê, sente, pensa, sabe. Uma testemunha da mentalidade e dos costumes da sua época, embora se refira a tempos em que, três séculos antes, reinava Agamênon. Mas se o rei de Minos e de Argos desde muito pertencia ao passado, as intervenções das divindades, que fingiam ser homens, mulheres ou bichos, continuavam mais do que nunca a alterar as leis, por nós consideradas naturais. Por exemplo: de um dia azul e calmo, faziam instantaneamente o dia mais tempestuoso do ano. Essa era a realidade que sonhos e poesia confirmavam. Nela o fabuloso e o cotidiano se confundiam. A razão de ser da *Odisséia* consistia em aprender essa realidade e, ao mesmo tempo, ampliar, enriquecer, renovar a visão das coisas de uns e outros, como um poema da nossa época. Nossa concepção da poesia, no fundo, não mudou tanto assim.

O que pedimos a um Vitor Hugo se aproxima, apesar de tudo, daquilo que os gregos esperavam da epopéia, ouvindo os versos, recitados ou cantados, por um aedo com acompanhamento de cítara: algo ritmicamente sonoro, e mágico, revelador, apto a despertar, nos ouvintes, uma verdade interior. Eis por que o prestígio, estranho mesmo, da poesia, continua imenso. Mas que é poesia? Nunca foi definida, felizmente, e — pelo menos é o que dizem

— não tem resultados práticos. Assim mesmo parece tão indispensável quanto o ar que respiramos, o que faz crer que ela seria suscetível de libertar muita coisa em cada um. Indiscutível é aquilo que faz da *Odisséia* uma obra-prima: seu poder de não deixar esgotar o que traz à imaginação, à sensibilidade, ao desejo de agir. O poeta conta aventuras, uma longa história de amor, com perigos e conquistas, e disso tudo participamos encantados, embora se refira a fatos três vezes milenares, mas, na realidade, numa época muito mais jovem que a nossa. Os velhos somos nós, como dizia Pascal.

A *Odisséia* acaba como deve. Mas existem outros desfechos, naturalmente acrescentados. Tais modificações foram feitas pelos rapsodos que durante séculos e séculos vulgarizaram a obra de Homero. Sabemos que, muito mais tarde, por volta de 421, depois da expedição de Nícias à Sicília, onde foram vencidos, os atenienses presos em Siracusa ganhavam a vida declamando trechos da *Ilíada* e da *Odisséia*. Uma popularidade dessa ordem cultural, e por assim dizer sagrada, é sem igual na história das literaturas. Platão devia estar certo quando disse que "Homero fizera a educação da Grécia". E o próprio Platão fez do poeta mais antigo da sua terra uma edição, utilizada mais de um século depois, por Aristarco, o censor mais célebre e severo entre os chamados críticos de Alexandria. Foi ele e seus colegas que, pela primeira vez, dividiram cada uma das duas epopéias em 24 cantos.

Garantem o valor dessas obras, até certo ponto, as peripécias por vezes compostas de dados e situações, nem sempre inventadas pelo autor, mas fornecidas pela tradição, ou por assuntos folclóricos — valor significativo das tendências imaginativas de um povo. Mas é evidente que aquele que anima essas narrativas, de modo insubstituível, é Homero. Muito condensadas, são despojadas daquilo que as fertiliza: imagens, observações (de ordem afetiva e psicológica), a força das expressões, o movimento, e a qualidade de hexâmetros, ricos e harmoniosos, escritos numa língua distante daquela que era falada, mas incomparavelmente criadora, e que muito deve a certos dialetos, sobretudo iônicos e eólicos. Apenas resumidos, esses episódios são como programas de espetáculos, ou prospectos de agências de viagens: apenas informam. O itinerário, em grosso, seguido pelo astucioso Ulisses, rei de Ítaca, esposo da admirável Penélope, e pai de Telêmaco (na opinião do autor *belo como um deus*), começa, depois do fim da guerra de Tróia — da qual nosso herói, durante dez anos, participou decisivamente — quando Ulisses resolve voltar ao lar, protegido por Zeus e Atena, mas perseguido por Poseidon, deus do mar. Seu regresso à terra natal será longo e atribulado. Os incidentes da viagem estão cheios de armadilhas, provações e provocações, e até de acontecimentos, às vezes aparentemente sem solução. Ventos contrários obrigam Ulisses e seus companheiros a desembarcar, depois de ter passado pelos Cicones e pelo cabo Maleia, na ilha dos Lotófagos, mais tarde na Sicília, onde quase perece nos recifes de Caríbdis e Cila. Navegando ele resiste ao canto de lindas sereias, e aportando numa ilha, após ter cedido aos encantos da feiticeira Circe, acaba por escapar às tentações da mesma, que transforma em porcos vinte e dois companheiros do herói. Prosseguindo a jornada, sempre imprevista, vence, pela astúcia a força brutal do ciclope Polifemo ou dos antropófagos, os Lestrigões, quase se afoga numa tempestade desencadeada por Eolo, que lhe dera um cofre bem fechado. Esse continha todos os ventos. Mas grande é a curiosidade de alguns, que o abrem. Como de uma prisão, de repente sai uma ventania formidável, e os homens naufragam. Ulisses ainda vai até a ilha do Sol, seguindo depois para a região dos Cimérios. Acaba por chegar à terra onde reina Calipso, filha de deuses, que o ama e o retém sete anos. Enfim alcança o país dos Feácios, onde graças à jovem e bela Nausicaa, é muito bem recebido pelo Rei Alcino, que vai lhe proporcionar meios de retornar a Ítaca, após vinte anos de ausência. Ao regressar, raros são aqueles que o reconhecem. E esses sabem ficar calados, pois a situação para ele comporta grandes perigos. Começa por estar só contra muitos, pouco podendo fazer por Penélope, que ainda está na ignorância da sua presença, e vai demorar em saber quem ele é. Ela, também, tem de vencer dificuldades. Desde muito, considerada viúva, procura escapar ao cerco de obstinados pretendentes.

Para ganhar tempo, ela simula concordar em se casar, mas só no dia em que terminar de bordar uma tela imensa que, todavia, nunca acaba, pois desfaz à noite o trabalho feito durante o dia. Chega, porém a desgraçada hora em que descobrem seu estratagema. Tudo estaria perdido se Ulisses já não estivesse circulando no palácio, disfarçado de mendigo. Assiste à cena em que os pretendentes insistem para que Penélope marque enfim a data do seu casamento. Essa promete desposar aquele que tiver a capacidade muscular necessária para retesar o arco de Ulisses e fazer com que a seta disparada atravesse doze machados. Os pretendentes se apresentam, mas em vão: nenhum tem força para conseguir tal proeza. E estaria encerrada a competição, se o mendigo não pedisse a autorização para também tentar. Apesar de muitos protestos, é dada a licença, só para que se veja em que dará a pretensão grotesca daquele maltrapilho. Os sarcasmos, porém, se transformam em pasmo quando todos vêem que o estranho retesa o arco sem a mínima dificuldade e acerta em cheio o alvo. A partir desse momento os pretendentes morrem de medo, e com razão. Ulisses declara então quem ele é, e os massacra todos. Penélope, que, enfim, o reconhece, acolhe-o naturalmente, com a maior alegria. Esses são, em linhas gerais, os episódios principais da *Odisséia.*

E principal, claro, pode ser um trecho em que a ação é reduzida, mas cujo sentido cultural é particularmente significativo. É o caso do canto XI, no qual nos é dado entender como os gregos daqueles tempos concebiam a vida póstuma. Essa prolongava a idéia que tinham do sobrenatural, por eles quase considerado natural. Os deuses se pareciam com os homens. Vigorava na Grécia um politeísmo que era a um tempo antropomórfico e violentíssimo. Alguns desses seres mitológicos despertavam o que trazemos de mais censurável. Ulisses diz que "a cólera dos deuses é pesada para os homens". Sem dúvida, a civilização, na época de Homero, já era evoluída mas, para chegar ao seu mais alto grau, teria ainda que percorrer cinco séculos, a fim de evidenciar sobretudo aperfeiçoamentos intelectuais, artísticos e morais. Na *Odisséia*, os sentimentos dos personagens são simples, básicos, mas ainda válidos por serem inerentes à nossa condição. Expressam a um tempo apreensões e esperanças, coragem e medo. A coragem de enfrentar os obstáculos da vida; o medo, menos de morrer do que de passar pelas provações que aguardam os mortos. Pois Ulisses as presenciara. Estivera nos infernos, no "país e na cidade dos cimérios nunca visitados pelos raios do sol... onde muitos eram as vítimas de Ares". E essas vítimas do deus da guerra contaram seus padecimentos ao nosso visitante apavorado por tudo quanto vira e ouvira, e que se referia *às cabeças vazias dos mortos*. Ulisses vendo o que vê, receia o que um dia há de o aguardar.

Longe desse tenebroso ambiente ele é intrépido, sem ser, contudo, espontaneamente belicoso. Simulara até a loucura para não ter que pelejar em Tróia mas, na cidade do velho Príamo, fora valente, como Aquiles que também manifestara poucas disposições para a guerra, ao ponto de esconder-se vestido de mulher, na esperança que se esquecessem dele. Nos infernos, o esposo de Penélope cai em prantos (tem uma sensibilidade que o faz chorar com facilidade) quando encontra o jovem Elpenor, que se queixa de não ter sido sepultado, e pede com insistência para o ser o mais cedo possível, pois, do contrário, *o rancor dos deuses* não demorará em se fazer conhecer. Entre as almas presentes aproxima-se Tirésias, que não entende como uma criatura ainda cheia de saúde, como Ulisses, "veio visitar os mortos às margens de um rio sem alegria". E sobretudo aparece a alma de sua mãe Anticléia, que lhe fala de Ítaca, de Penélope, de Telêmaco, do velho Laerte, e dos funestos pretendentes. Confessa ainda a Ulisses que, em Ítaca, sem notícias dele, ela morrera de tristeza. Precisa: "é por causa de minha ternura por você que deixei a vida". E acrescenta: "a vida é doce como o mel". O que significa o seguinte: para os gregos a vida era mesmo uma maravilha, e a morte uma desgraça sem nome. Aquiles, pouco depois, confirma, de maneira ainda mais impressionante, o infortúnio sem remédio que é a morte, ao declarar: "Ilustre Ulisses, não procure me consolar de ter morrido. Eu preferia ser escravo de um pobre camponês do que reinar sobre os mortos, os quais não são nada." É uma criatura desesperada que desabafa. Ainda estamos longe da alma feita, segundo Sócrates e Platão, para conhecer imortalmente a Unidade: Deus, que encerra a Beleza, a Perfeição, o Bem, a Verdade. Ulisses é um intuitivo, mas já recorre à razão, à lógica, sabe pensar, e pode ser considerado, na sua época, um digno representante da nação que, antes de propor à admiração da posteridade pensadores como Sócrates, Platão e Aristóteles, já tivera Pitágoras, Anaxágoras, Demócrito, Heráclito, Parmênides, e outros representantes do povo que inventou a filosofia.

Ulisses é um homem que se defende, sentindo, pensando, agindo. O que ele faz também por curiosidade, para satisfazer seu apetite de vida. Entre vários episódios, isso fica provado pelo das sereias, cujo canto era irresistível. Mas o que interessava *a glória ilustre dos Acaios* como elas chamavam o rei de Ítaca, era saber em que esse canto consistia: em tentar todos, ou em confiar-lhes segredos? Esperando uma cilada, Ulisses, prevenido por Circe, resolvera tampar com cera os ouvidos dos seus companheiros, e consciente das suas próprias fraquezas, mas desejoso de conhecer a voz musical das sereias, mandara amarrar seus braços e suas pernas, e o prender ao mastro da nave. Prevendo também que a tentação seria excessiva, prudentemente acrescentara: "Se ordenar a vocês que me soltem, desde já peço-lhes que façam o contrário, apertando-me ainda mais."

Ulisses conhece a si mesmo. Gosta de saber, precisa de luz. Se a aurora com seus "róseos dedos" aparece com a freqüência de marcos, que, de certa maneira, escandescem a *Odisséia*, é porque indica o início do dia, glorioso e libertador. A noite é o tempo do descanso, mas aviva em Ulisses o que de dia não foi identificado, e que ele tem necessidade de transformar em algo claro. As reservas noturnas, nele, não são poucas, mas delas vai se livrando logo. Para Ulisses, elucidação é libertação. A palavra também. É muito falante. Vive, gosta de dialogar, monologar, invectivar. É o contrário de um introvertido. Não tem recalques. É, espiritual e fisicamente, sadio, e sem prejuízo do que tem de rico seu inconsciente, muito forte. Se não o fosse não estaria na origem da tragédia grega, foco de tantos problemas moralmente terríveis. Homero também conhece o papel dos sonhos, aos quais se refere. Há o sonho de Nausicaa, premonitório, e de Penélope, não só profético, mas simbólico, portanto, que precisa ser interpretado. Ulisses não desconhece de todo o percurso do negro rio Estígio, no qual se respira tantas vezes uma atmosfera onírica. Há detalhes que se poderiam encontrar num conto de Edgar Poe, como, por exemplo, esse: "Tendo ultrapassado as portas do Sol e o país dos Sonhos, chegaram a um campo de asfódelos onde moram as almas, fantasmas dos mortos."

A grandeza da *Odisséia* inclui, através de uma invenção verbal incomparável, o clima em que ele nos faz penetrar. Sem dúvida. A *Odisséia* começa por ser antes de tudo a história de Ulisses, mas é também a história de Penélope, Telêmaco, dos pretendentes, de deuses e deusas. Eis por que nosso autor precisa de espaço e de tempo, de lugares diversos e distantes uns dos outros (o que separa uma ilha de outra possibilita um ou vários episódios importantes) — e de duração, para que consiga fazer tudo quanto faz. E isso, de um modo intelectualmente oposto à concepção, digamos, proustiana do tempo. Ulisses não faz como o personagem principal de *Em busca do tempo perdido*, incursões afetivas ou outras, no passado. Só quer é não perder um minuto do seu tempo, viver plenamente o presente, e acabar seus dias em Ítaca. Nisso reside sua existência. Claro que não é um homem comum. É superior, mergulhado no que chamamos *o maravilhoso épico*, não raro válido em outras épocas, até em séculos da cristandade nos quais, como em Homero, verificamos mais uma vez que o sobrenatural e o natural se tocam. Pois é mais do que evidente que, no cristianismo, o visível requer o invisível, como o relembra a teologia católica ou simplesmente, cada dia, o Sacrifício da Missa. E na própria *Canção de Rolando*, de maneira típica uma epopéia cristã, pura, quase jansenista, quando a vitória dos franceses parece ameaçada pelo inimigo, Deus (como faria Zeus na *Odisséia*) alonga a luz do dia para dar tempo ao exército de Carlos Magno de esmagar a turba dos infiéis do rei sarraceno, Marsilo. Cada época cria formas de maravilhoso.

O cristianismo, inegavelmente, acrescenta novas dimensões ao homem. Por exemplo, a idéia da Salvação, personificada pela inserção de Cristo na humanidade. O paganismo, porém, de Sócrates, Platão, Aristóteles, Zenon, Gatão, Marco Aurélio, Sêneca e Virgílio, não foi destruído, mas completado pela mensagem do Evangelho. O que esse acresce à nossa consciência não prejudica a contribuição helênica que nos revela um mundo jovem, tonificante, intenso, por isso mesmo, e apesar de tudo, de reconciliação com a vida — benefício essencial em todas as épocas.

Imensa foi a presença de Ulisses entre os gregos, tão importante para eles quanto a Bíblia para nós. O que não significa, absolutamente, que a *Ilíada* e a *Odisséia* se pareçam com a Bíblia. Essa divulga uma verdade messiânica e universal que não acaba de repercutir nos homens. Com os personagens épicos é diferente. Muitos são legendários, ou imaginados, como Ulisses, Penélope, Telêmaco, e outros. Não existiram historicamente, mas, o que deve ser considerado de ordem ética, exaltam certas qualidades relativas ao caráter. Ulisses não é apenas um herói. É o herói com o qual todos se identificam. O que ele pensa, diz e resolve está certo. Particularmente exemplar é sua capacidade de nunca desanimar. Sua tenacidade era digna da maior admiração. Nos momentos decisivos, ele sabia ser eloqüente e transmitir a cada um o desprezo do sentimento da morte, relembrando que "uma geração de homens não vive mais que uma geração de folhas".

Para nós, hoje, a *Odisséia* é, sobretudo, uma obra de arte, de imensa envergadura e que o tempo não invalidou. Livro nenhum exerceu mais influência, como já vimos, na tragédia, no romance e na própria epopéia. A mais célebre, depois da obra homérica, foi a *Eneida*, escrita por Virgílio, a pedido de Augusto, que com esse poema esperava contribuir para a unidade do Império Romano, composto de povos muito heterogêneos. Quanto a Camões que, muitos séculos depois, cantaria nos *Lusíadas* a magnitude de Portugal, ele deve ter lido a *Odisséia* com o maior proveito, como todos os poetas e os estudiosos do Renascimento, para os quais, em arte, sem a Antigüidade não havia salvação. Acontecia também que o genial autor português era de Lisboa, cujo nome, etimologicamente, procede de Ulisses. Fora, com efeito, denominada pelos gregos *Olisipo*, ou *Ulyssipo*, e, segundo a lenda, tinha sido fundada por Ulisses em pessoa. Esse, aliás, figurava de modo geral entre os personagens que mais significavam para os poetas quinhentistas. Na França, o suave lírico Joachim Du Bellay, companheiro de Ronsard, escrevia no seu soneto mais célebre:

Heureux qui, comme Ulysse, a fait un beau voyage...

(Feliz quem, como Ulisses, fez uma bela viagem...)

Século e meio mais tarde, Racine confessava sua dívida, não apenas para com um ou outro personagem da epopéia grega, mas com a própria obra de Homero. E Fénelon escrevia *As aventuras de Telêmaco*, romance que podia ser intitulado uma *Arte de reinar* e, sobretudo, uma *Arte de viver*, como o fora a *Odisséia*. Ulisses era o herói que não só vencia perigos, mas enfrentava situações que nele estimulavam um modo de ser plenamente. É o motivo pelo qual sua obra, mais prestigiosa, foi tantas vezes traduzida, e o continua sendo. Entre nós, ela o foi, no início do século passado, pelo poeta, jornalista e político Manuel Odorico Mendes, maranhense culto e brilhante. Saint-Beuve, até hoje o patrono dos críticos na França, dizia que o "velho aedo era o mais admirável produto da poesia humana". E Victor Hugo declarava: "*Avec toute sa poésie, Virgile n'est que la lune d'Homère*" (Com toda sua poesia, Virgílio nada mais é que a lua de Homero).

Em nosso século, James Joyce, gênio do romance, escreveu seu colossal e fabuloso *Ulisses* (no Brasil muito bem estudado e traduzido por Antônio Houaiss). Saiu também, há anos, na Grécia, e imediatamente divulgado no mundo inteiro, um *Ulisses* do grande Nikos Kazantzakis. Não é só isso: os episódios, o próprio nome das grandes figuras da *Odisséia*, continuam circulando na vida literária de todos os países. Um exemplo entre muitos: no seu discurso de recepção na Academia Francesa, Jean Cocteau, aludindo à cera que tapava os ouvidos dos companheiros de Ulisses e à voz das sereias, dizia: "Ele (Ulisses) ficaria espantado de saber que essa mesma cera serve agora para conservar e difundir as vozes das sereias, que ouvimos nos discos." E Penélope, nunca acabando de tecer sua tela, permanece a imagem de uma longa fidelidade, particularmente astuta.

Vemos, sobretudo, a esposa de Ulisses desfazendo de noite seu trabalho. E isso porque a arte de Homero recorre quase sempre, como já o indicamos, à nossa imaginação visual. Para ele a natureza está presente, confunde-se com as forças cósmicas e os deuses que desencadeiam os furacões. Era inevitável que artistas tentassem expressar cenas da *Ilíada* e da *Odisséia*. A iconografia homérica é valiosa. Existem vasos gregos, muito antigos, reproduzindo, com desenhos e cores, momentos das aventuras de Ulisses. Há, igualmente, quadros executados por artistas do quilate do Primatriccio, Rubens, Lorrain, Rembrandt, Ingrès, Delacroix, Puvis de Chavannes. E músicas compostas por mestres. A atualidade, aliás, da mulher de Ulisses continua mais viva do que nunca. Quem não conhece a revista *Penélope*, editada em Paris?

Mas como nos lembraríamos da *Odisséia* sem pensar no tema da *Viagem*, um dos mais velhos, constantes e significativos de todas as literaturas, um dos mais fecundos para a imaginação e a sensibilidade, um dos mais inerentes à nossa condição? E que, para nós, não se distingue muito do tema da evasão. Pois nos evadimos sonhando, viajando. Viajar, porém, para o mais antigo dos aedos, ou para um bardo dos tempos modernos como Baudelaire, pode ser, justamente, o contrário da evasão.

Para o autor das *Flores do mal*, como para os místicos, somos exilados, e viajar pode ser um meio de encontrar a realidade da existência. Baudelaire, no seu poema *L'Invitation au Voyage (Convite à viagem)*, lemos que em terras distantes do país onde está o poeta: "*Tou y parlerait/ A l'âme en secret/ Sa douce langue natale*" (Tudo aí falaria/ À alma em segredo/ Sua doce língua natal).

É a nostalgia da plenitude original que nesses versos se expressa, correspondente, em Ulisses, ao seu desejo de voltar para a terra onde nasceu. É em função do mito do *L'Eternel Retour* (Eterno Retorno) que ele vai defender sua mulher, seu filho, sua casa, seus bens, seus campos, que ele sabe arar, fertilizar — isso tudo que o faz se inscrever num tipo ancestral de vida, ou como diria Jung, num arquétipo estrutural, no qual impera o inconsciente, familiar ou coletivo, um dos primeiros alicerces da cultura grega.

E como também se lembrar da *Odisséia* sem pensar no mar? Pois o canto que domina tantos e tantos versos está feito de rumor do mar, que, em nós, desperta o rumor da vida, como o poema sinfônico, precisamente intitulado *O mar*, de Debussy. E o que temos a impressão de ouvir e de ver é mesmo o mar, as claridades vastas e moventes das ondas salgadas, lúdicas ou temíveis, ou ainda, como escreveu o mediterrâneo Paul Valéry, "*la mer, la mer toujours recommencée*" (o mar, o mar sempre recomeçado).

27/1/73

Romeu e Julieta

de Shakespeare

(por Otto Maria Carpeaux)

Em linguagem moderna, o tema básico de Romeu e Julieta *é o conflito entre o Princípio de Realidade e o Princípio de Prazer. Muitos conhecem a peça de Shakespeare — ou o que sobrou dela — através de versões romanceadas ou do cinema. A maioria ainda curte esta "tragédia amorosa" na sua atmosfera açucarada, herdada do século passado. Poucos, porém, alcançaram as sutilezas com que Shakespeare tratou esta história — banal e muito popular em sua época — injetando nela todo o seu gênio e fazendo o seu recado chegar até o século XX. Pois o bardo de Stratford era já um homem moderno, embora ligado ainda a espectros e fantasmas do mundo medieval. Como nós, viveu dramaticamente dividido entre duas culturas: o velho e o novo.* Romeu e Julieta, *como tudo que Shakespeare escreveu, oferece uma visão notavelmente dramática de uma das mais impressionantes fases de transição na História humana.*

Poucos — a não ser uns fanáticos do *dernier cri* — vão fazer oposição à afirmação de que Shakespeare é o maior dramaturgo e provavelmente o maior poeta de todas as literaturas e de todos os tempos. Acredito firmemente que esse credo também é adotado por todas as pessoas que no Brasil ainda acreditam em literatura e na insubstituibilidade dela para que o gênero humano seja realmente humano.

No entanto, uma vaga suspeita me diz que Shakespeare não é bastante conhecido nem bastante lido e, muito menos, bastante representado no Brasil. As bem conhecidas dificuldades de traduzir Shakespeare para uma língua românica não podem ser e não são a única causa. Talvez haja mais outros motivos, e a eles pretendo voltar, mais tarde. Mas inicialmente não será inútil apresentar o homem. Será — prometo solenemente — uma biografia completa.

William Shakespeare nasceu em 1564 no próprio coração, no ponto central da ilha inglesa, em Stratford-upon-Avon, pequena cidade meio rural, que no século XX se tornou conhecida dos não-leitores de Shakespeare como distrito eleitoral do Ministro Profumo, o infeliz amante de Christine Keeler. Casou cedo, com uma moça oito anos mais velha e foi (fugiu?) para Londres em data ignorada. Tornou-se ator, dramaturgo de muito sucesso, co-diretor de uma companhia teatral, ficou rico, adquiriu casas e terrenos, retirou-se com apenas 47 anos de idade para Stratford, onde morreu em 23 de abril de 1616 e foi na Trinity Church enterrado.

Eis tudo o que sabemos da vida de Shakespeare, a não ser que se queira transcrever os registros de nascimento e morte e os documentos notariais sobre seus negócios imobiliários. É uma biografia completa que, inclusive a digressão sobre Profumo e Miss Keeler, encheu sete linhas. Isso é tudo o que sabemos sobre "o maior poeta de todos os tempos"? É tudo. Não é possível! Dessa aparente impossibilidade nasceram as dúvidas quanto à identidade pessoal de Shakespeare e sobre a verdadeira autoria das peças publicadas com seu nome nas folhas de rosto. Em 1856 começou essa história de loucuras humanas. Uma americana, Delia Bacon, que se acreditava descendente do famoso filósofo inglês Francis Bacon (que morreu em 1626 sem deixar herdeiros), declarava que esse seu suposto antepassado teria sido o verdadeiro autor das peças shakespearianas. Como as poderia escrever um ator ignorante? Miss Delia desapareceu, pouco depois, num manicômio. Muita gente continuava acreditando na hipótese baconiana. Acreditavam encontrar nos textos das peças criptogramas que diziam, quando decifrados: "Eu, Bacon, sou o verdadeiro autor." Ainda no século XX, uma Sra. Elizabeth Gallup, em Chicago, parente do famoso chefe do Instituto Gallup de Opinião Pública, acreditava nesses não menos famosos criptogramas, confiando o estudo deles ao casal William e Elizabeth Friedman. Foi seu azar. Os Friedmans, que são os melhores descodificadores do nosso tempo e prestaram na Segunda Guerra Mundial enormes serviços aos Estados Unidos, chegaram à conclusão de que os criptogramas não existem e por isso não podem ser decifrados. No resto, Shakespeare, o de Stratford, não era um ignorante, mas sabia latim, francês, italiano e muita história. E acreditar que só um grande erudito possa ser um grande poeta é preconceito dos mais ridículos.

Eis quanto aos americanos. Os ingleses cultivam, por sua vez, outros preconceitos: são esnobes. Para eles, só o portador de um título nobiliárquico pode ser grande poeta. Lançaram, para a autoria das peças, a candidatura de William Stanley, Conde de Derby. Outros preferiram a candidatura de Roger Manners, Conde de Rutland. Mais outros juravam em nome de Edward de Vere, Conde de Oxford. É claro que essas candidaturas, para as quais não existe a menor sombra de provas, se anulam mutuamente. Também sabemos tão pouco das atividades desses condes como da vida do ator de Stratford. Enfim, um espertalhão, cujo nome não merece ser citado, afirmou que as peças atribuídas a Shakespeare foram escritas por um "sindicato" ou uma "sociedade anônima" de outros desconhecidos, acrescentando que "esse processo é comum na história literária".

Segundo essa hipótese, é evidente — conforme observou um francês espirituoso — "que Corneille escreveu as comédias de Molière, que é por sua vez o autor das fábulas de La Fontaine, autor secreto das tragédias de Racine".

Chega. De outros grandes dramaturgos da época shakespeariana, John Webster ou Cyril Tourneur, sabe-se muito menos, nem sequer as datas de nascimento e de morte. Dos milhares de especialistas em Shakespeare, que há 200 anos lhe estudam a obra, nem um único acreditava jamais naquelas autorias ocultas; só acreditam nelas uns leigos que lêem criptogramas em vez de ler as peças. Um famoso professor de matemática, ao explicar um teorema geométrico aos estudantes, costumava dizer: "Existe uma bela demonstração para provar este teorema, mas ela é um pouco complicada. Vocês sabem que sou um homem direito e que não tenho o hábito de mentir, então juro que o teorema é evidente, e basta." Para provar que Shakespeare é Shakespeare, farei mais que jurar: eu vou apostar. Ou então, citar o incomparável Mark Twain: "O verdadeiro autor das peças atribuídas ao ator William Shakespeare foi o dramaturgo William Shakespeare." E vamos voltar ao maior poeta.

Shakespeare é o maior. Mas qual seria a maior obra do maior poeta? A pergunta não é muito inteligente. Não existe "a maior obra de Shakespeare". Todas as suas obras são indispensáveis, e até *Titus Andronicus*, provavelmente sua primeira peça e criticada como "horrorosa" e "estúpida" até por um T. S. Eliot, foi reconhecida como obra-prima quando encenada por um Peter Brook, com Laurence Olivier no papel principal. Para responder àquela pergunta, alguns votariam no *Rei Lear*. Ou em *Antônio e Cleópatra*. Ou na *Tempestade*. E como esquecer as peças em que aparecem personagens como Shylock ou Falstaff ou Iago? Eu, por minha vez, votaria em *Macbeth*, sem ficar voto vencido. Mas um inquérito da opinião pública no Brasil daria provavelmente outro resultado. Já vejo as cédulas: *Hamlet*, *Júlio César*, *Romeu e Julieta*.

Essa preferência também foi a dos franceses, na primeira metade do século XIX, quando Shakespeare era menos bem conhecido na França. É da França que essa preferência veio para o Brasil: *Hamlet*, a mais célebre e a mais misteriosa das obras de Shakespeare, a mais estudada também, mas a maior? *César*, atraente pelo enredo tão bem conhecido. *Romeu e Julieta*, "a maior tragédia do amor", tão simpática ao espírito latino. Mas esta é uma obra da mocidade e as duas outras também foram escritas antes de Shakespeare atingir o domínio total do seu gênio. No entanto as presentes linhas serão dedicadas a *Romeu e Julieta*: não é para ceder a um preconceito fortemente enraizado, mas para mostrar que até na tragédia do amor juvenil se revela o interesse apaixonado do dramaturgo por outro assunto: pela política.

Um dos maiores shakespeariólogos modernos, E. M. W. Tillyard, tem demonstrado esse interesse político até em *Titus Andronicus*, até nas comédias. A Inglaterra de então acabava de ressurgir da anarquia das lutas dos feudais, durante a guerra civil dos York e dos Lancaster. A dinastia Tudor restabeleceu a paz interna, mas ao preço de veleidades de absolutismo despótico. O país ansiava por um governo legítimo e justo. Eis o fundo do panorama. Mas são coisas de séculos passados. E quem diz política, também diz atualidade. E por causa da sua inspiração política, pelo menos certas peças de Shakespeare são de tremenda atualidade. *Macbeth*, a tragédia da tirania, foi muito representada na Inglaterra durante a última guerra e na Alemanha depois da derrota de Hitler.

Brecht trabalhava durante anos numa encenação de *Coriolano*, obra que só parece antidemocrática. Aimé Césaire escreveu uma versão de *A tempestade* na qual Caliban representa os povos coloniais explorados pelo imperialismo. Muito eu gostaria de ver *Medida por medida* encenada por Flávio Rangel, a comédia trágica em que um governo autoritário fracassa pela tentativa de usar a repressão contra a sexualidade. O crítico polonês Jan Kott, inspirado pelas experiências do stalinismo, conquistou fama internacional pela interpretação dos dramas históricos como de uma procissão de reis que sobem ao trono por uma escadaria de crimes para, chegados no ponto mais alto, caírem no abismo. Do assassinato do tirano e da decepção dos idealistas revoltados, em *Júlio César*, nem é preciso falar. Enfim, *Romeu e Julieta*.

Mas que tem com a política essa tragédia do amor juvenil que encontra o desastre pela resistência das convenções sociais? Como tragédia do amor foi a peça sempre interpretada, e uma filmagem recente contribuiu para a impressão falsa de se tratar de uma defesa da *permissiveness.* Não pensa em negar ou em querer escamotear o tema erótico; seria tolice. O fato é que há em *Romeu e Julieta* mais outra coisa; e esta "outra coisa" é mais atual e, talvez, menos comum que o amor apaixonado de dois adolescentes.

Mas minha história de Romeu e Julieta não começa em Verona. Começa em Washington, D.C. Em 1933, o dramaturgo norte-americano Maxwell Anderson, então um progressista radical, escreveu uma sátira dramática contra a corrupção, a venalidade e a alta incompetência que reinam nas duas Casas do Congresso dos Estados Unidos: o Senado e a Câmara dos Representantes. A essa peça, o dramaturgo deu o título *Both Your Houses*, "As vossas duas casas", o que em português não parece nada malicioso. Trata-se, porém, de uma frase que ocorre em *Romeu e Julieta* e que, no contexto, dá sentido muito diferente. Lembramos a cena: Mercutio, partidário apaixonado da casa dos Montagues em sua luta contra a casa dos Capulets, morre em duelo com seu inimigo Tybalt; no último momento, solta uma maldição: "A plague o' both your houses", "A peste sobre as vossas duas casas." Agonizando, Mercutio parece reconhecer o absurdo da luta entre as duas casas aristocráticas de Verona: cada uma vale tanto como a outra, isto é: nada.

Acontece que a luta entre as duas casas Montague e Capulet é a causa da desgraça dos dois amantes: Romeu é um Montague e Julieta é uma Capulet. A luta entre as duas casas malditas é o fundo da tragédia do amor.

Os comentadores profissionais de Shakespeare não parecem ter prestado a devida atenção àquele fato. Para esses velhos professores, só é o amor que conta. E justamente por isso, não morrem de amores pela tragédia do amor. Pois *Romeu e Julieta* é uma obra da mocidade de Shakespeare, cheia de gongorismos daquela época. Não podem negar que a peça é muito poética. Mas essa poesia usa as expressões convencionais e as fórmulas da poesia amorosa de Petrarca e de seus inúmeros seguidores. Hoje, essas fórmulas já se tornaram lugares-comuns, mais bombásticos que pessoais. O diálogo entre Romeu e Julieta, no terceiro ato, depois da primeira e última noite do seu amor, é uma *aubade* no estilo dos trovadores provençais. Mas — alegam aqueles críticos — poesia assim, por mais sugestiva que seja, não seria compatível com a natureza de uma grande tragédia. Não há e não pode haver tragédia sem a responsabilidade moral dos personagens. Em *Hamlet*, em *Macbeth*, em *Otelo*, em *Lear*, o enredo e a conseqüência das caracteres dos personagens principais. Mas em *Romeu e Julieta* trata-se de uma paixão cega, dum capricho irresistível do instinto sexual. Por isso, o enredo está cheio de acasos, a começar com o amor de Romeu, que é um Montague, à Julieta, que é uma Capulet. Um encontro casual basta para inspirar-lhes tanto amor. O acaso de encontrarem gente que os ajuda, leva-os a casar em segredo. O acaso os reúne e outro acaso os separa e por mais um acaso eles encontram a morte comum. E isto seria uma grande tragédia?

Vamos fazer uma concessão aos críticos: os tempos da poesia amorosa convencional realmente já passaram; sobrevive apenas nos subúrbios da literatura. Essa poesia baseia-se numa supervalorização do amor, como se fosse a única força determinante da nossa vida. E isto, simplesmente, não é verdade. Era verdade, talvez, para os ociosos cavalheiros feudais que criaram aquela poesia, e era verdade para os boêmios do romantismo, e ainda pode ser verdade para alguns adolescentes. Mas nós outros, adultos, temos mais outras preocupações; para nós existem mais outros fatores determinantes da vida. *Romeu e Julieta* foi escrito por um poeta moço, na mocidade da época moderna. Continua sendo peça preferida da mocidade, como a mais famosa tragédia do amor. Mas será que *Romeu e Julieta* é realmente uma tragédia do amor? O amor seria realmente o fator dominante no enredo da peça?

Não podemos perguntar ao dramaturgo. Mas existe um meio seguro para verificar as intenções de Shakespeare: comparar suas peças com as fontes das quais tirou os enredos. Como se sabe, quase nunca inventou um enredo. Como dramaturgo profissional, que tinha de fornecer peças para a representação pela sua companhia, Shakespeare procurava histórias, biografias, novelas, romances interessantes para transformá-los em dramas de que o público de Londres gostaria. As mais das vezes, estava com pressa, não tendo tempo para fazer muitas modificações. Em certos casos, suas fontes eram tão boas que não custava muito dramatizá-las: então acompanhou-as fielmente, chegando a tomar emprestadas frases e cenas inteiras, até literalmente, mudando apenas os nomes de certos personagens, talvez para ocultar a origem dos enredos. Contudo, sempre fez pequenas modificações: acrescentando isto e suprimindo aquilo. E nessas modificações se revelam as suas intenções de dramaturgo e poeta. Não quero dizer que essas modificações escondam uma filosofia pessoal.

Mas evidenciam a planta da arquitetura dramática que construiu sobre o fundamento do enredo alheio. Talvez seja possível decifrar, desse modo, sua intenção ao escrever *Romeu e Julieta*. Vamos fazer uma tentativa de *detection* e *deduction*, como num romance policial. A fonte de *Romeu e Julieta* é uma novela italiana da época, de Bandello. Não sabemos se Shakespeare leu o original. Com certeza conhecia uma versão inglesa, versificada, um poema bastante medíocre de um certo Arthur Brooke. Nesse poema já está quase tudo que nos ocorre quando pensamos na peça de Shakespeare. Mas é preciso lembrar rapidamente o conteúdo daquele poema, para verificar melhor o que o dramaturgo já encontrou em sua fonte: em Verona, as duas casas aristocráticas dos Capulets e dos Montagues estão travando uma luta apaixonada, secular, uns contra os outros; numa festa dada pelos Capulets, o Montague Romeu entra clandestinamente; encontra desse modo a Capulet Julieta; os dois jovens, ainda adolescentes, apaixonam-se loucamente; ajuda-os um franciscano, o Frei Laurence, e eles chegam a casar-se em segredo; celebram sua primeira e última noite de amor; numa luta de rua entre os seguidores das duas casas, Romeu mata o Capulet Tybalt, primo de Julieta; Romeu, como assassino, é imediatamente desterrado e foge de Verona; Julieta fica imensamente triste, sem que seus pais possam compreender o motivo;

para consolá-la; determinam que ela tem de casar com o Conde Paris, "que a tornará feliz"; mas isso seria, além da desgraça da bigamia, a separação definitiva de Romeu; para evitar tanta desventura, o frade dá à moça uma bebida narcótica, ela parece morta e é colocada sobre um catafalco no mausoléu da família; ao mesmo tempo, o franciscano manda um outro frade, Frei John, para avisar Romeu, informá-lo do truque e pedindo a ele para voltar secretamente e raptar a "morta"; mas acontece que Frei John não consegue encontrar o fugitivo; enquanto isso, Romeu foi erradamente informado por um criado e acredita, agora, que Julieta tenha realmente morrido; louco de dor, o jovem procura um pobre farmacêutico faminto que, contrariando a lei, lhe vende veneno; Romeu volta para Verona, querendo suicidar-se no sepulcro da amada; ali encontra seu rival, o Conde Paris, desafia-o para um duelo e mata-o, matando-se depois a si mesmo; Julieta, acordada do sono e vendo Romeu morto, suicida-se com o punhal do marido. Tudo isso está no poema de Brooke e parece ser o enredo todo da tragédia de Shakespeare. Foi lembrado para demonstrar que a peça é, no entanto, diferente e que a semelhança dos enredos, do poema e da peça, não passa de mera aparência.

Antes de estudar as modificações aparentemente insignificantes que Shakespeare introduziu, será preciso focalizar aquilo que o dramaturgo deixou de modificar, embora pareça contrário ao espírito da tragédia. No poema e na tragédia, igualmente, Julieta não é o primeiro amor de Romeu. Ele visitou a festa dada pelos Capulets justamente para consolar-se de um outro amor, infeliz, que o ligava a Rosaline.

Ora, dois amores igualmente apaixonados e o amante mudando de amada em menos de um quarto de hora; seria isso o melhor começo de uma tragédia de amor? Evidente que não. No entanto, Shakespeare conservou esse amor de Romeu e Rosaline (embora ela não apareça no palco, sendo apenas mencionada), para apresentar essa primeira paixão de Romeu, ainda nebulosa e insinceramente romântica; falando de Rosaline, Romeu usa as expressões da poesia amorosa convencional, até as antíteses típicas dos petrarquistas ("ódio amoroso", "pesada ligeireza", "vaidade séria"). Mas, no momento em que o assalta a grande, a verdadeira paixão que se apodera dos dois amantes, nesse momento o tom muda: as expressões continuam bombásticas mas mal ocultam sentimentos menos *convencionais*, sentimentos ardentes de amor sexual; e a linguagem grosseiramente franca da ama-seca de Julieta dá o sentido certo daquelas expressões. Ainda mais significativo e de profunda verdade psicológica é o papel ativo que cabe à moça: contra todas as convenções, é ela que faz a primeira e aberta declaração de amor; é ela que pede a resolução rápida para conseguir-se o casamento secreto; é ela que quase rebenta de impaciência; é ela que procura pretextos para prolongar a noite de amor.

Quando se presta atenção a esses detalhes todos, as palavras dos amantes perdem de todo a cor convencional. Ao contrário, elas exprimem com a maior força o desenfreado instinto da natureza. Esse instinto, que se manifesta como paixão erótica e sexual, parece o fator determinante da peça. Parece ou é realmente? Vamos ver. Em todo caso, não é a única força motriz dos acontecimentos no palco. Mas tem um efeito da maior importância: suprime a vontade livre dos dois amantes. Subjuga-os à paixão. Desde que se apaixonaram um pelo outro e vice-versa, nem Romeu nem Julieta já podem tomar resoluções livres. São escravos do seu amor. Neste sentido, *Romeu e Julieta* é realmente uma peça de amor. Mas não é assim, absolutamente, uma tragédia de amor. Para que esse amor vire trágico, entram outras forças. Essas outras forças revelam-se nas modificações, aparentemente só pequenas modificações, que Shakespeare introduziu no enredo encontrado em sua fonte.

No poema de Brooke, Romeu sabe da festa dos Capulets, porque toda a cidade de Verona sabe; e resolve ir lá. Mas, na peça de Shakespeare, só os amigos dos Capulets sabem que haverá festa na Casa. Romeu, que é um Montague, um inimigo, não sabe da festa. Fica informado da festa por um mero acaso: encontra na rua o criado dos Capulets, analfabeto que não sabe ler a lista das pessoas a serem convidadas; e pede a Romeu ler para ele os nomes. É realmente um acaso.

Mercutio, o amigo de Romeu, é mencionado no poema de Brooke só uma vez, como cavalheiro entre outros cavalheiros. Mas Shakespeare resolveu transformá-lo em um dos personagens mais importantes da peça; e para tanto ele usa o acaso. É Mercutio que, por acaso, é envolvido numa briga de rua com o Capulet Tybalt e, por acaso, Tybalt o mata (Mercutio morre: "A peste sobre as vossas duas casas!"). Por acaso, por mais outro acaso, Romeu passa pela rua logo depois da morte do amigo, e tem de vingá-lo, matando Tybalt. Com esse acaso inicia-se a peripécia trágica do enredo. O Conde Paris, no poema de Brooke, só pretende consolar Julieta, sem pensar em amor ou casamento. Mas, na peça, o conde apaixona-se pela moça justamente nesses dias fatídicos entre a fuga de Romeu e a pseudomorte de Julieta; e pede o casamento com pressa quase absurda, imediatamente.

É muita coincidência.

Enfim, o Frei Laurence é no poema de Brooke um indigno conselheiro em negócios amorosos; é chamado de "monge supersticioso" e "alcoviteiro". Mas na peça de Shakespeare trata-se de um frade venerável, que conhece superiormente a vida. Dá os melhores conselhos, mas estes são infelizmente frustrados por um acaso: na cena em que o Frei John lhe confessa que — por acaso — não conseguiu encontrar Romeu para informá-lo, nessa cena toda a sabedoria superior de Laurence é desmentida por um acaso absurdo.

Quer dizer: todas as modificações que Shakespeare introduziu no enredo são baseadas em meros acasos. Será que foi necessário tanto acaso para destruir os amantes? Parece, quase, que Shakespeare quis chamar a atenção para a casualidade desses acontecimentos.

No poema de Brooke, que é prolixo e loquaz, fala-se tanto que o leitor quase não percebe a intervenção de certos acasos. Mas Shakespeare acrescenta mais outros acasos, apresentando-os ao vivo, no palco. Os comentadores que admiram muito *Romeu e Julieta* fizeram tudo, mas em vão, para "explicar" esses acasos. Chegaram a afirmar que os acasos fazem necessariamente parte da ordem do mundo de Romeu e Julieta. Pois bem, minha tese é exatamente a contrária: pretendo demonstrar que a Desordem, o Acaso, é o próprio assunto da peça. *Romeu e Julieta* começa com o amor irresistível entre um rapaz e uma moça que pertencem a duas famílias mortalmente inimigas. Há tantas moças e tantos rapazes no mundo — esse amor não seria, porventura, um acaso? Até é acaso a hostilidade entre as duas casas, pois ninguém sabe por que elas se hostilizam tanto. Depois disso, tudo na peça será acaso. O próprio Romeu o reconhece: depois de ter matado o inimigo Tybalt, ele grita: "Sou joguete da fortuna" ("I am fortune's fool"). A Fortuna é, conforme a filosofia da Renascença, a deusa que governa o mundo, contra toda a razão, arbitrariamente. O deus que governa o mundo de *Romeu e Julieta* é o acaso. Nesta altura lembramo-nos das últimas palavras de Mercutio na agonia. Mortalmente ferido, repete nada menos que três vezes: "*A plague o'both your houses!*" (A peste sobre as vossas duas casas). Em face da morte, o homem reconhece de repente a verdade: — Que o diabo leve as vossas brigas e os vossos amores! Não valem minha vida. Não valem nada, nada! — Aquelas palavras de Mercutio, três vezes repetidas no ponto culminante da peça, são um grito indignado de revolta, o protesto do homem livre contra um mundo em que reina a fatalidade do absurdo, o Acaso.

O Acaso é uma coisa relativa. Muito daquilo que antigamente parecia acaso incompreensível é hoje em dia compreendido como efeito de leis da natureza. O progresso das ciências naturais aboliu muitos acasos. Para o futuro esperamos mais outros progressos que possam abolir acasos, por exemplo, a desigualdade de alguns nascerem por acaso ricos e outros nascerem por acaso pobres. Essa transformação de acasos em leis é, porém, um processo doloroso. As leis do passado, que outrora eram razoáveis, transformam-se e transformar-se-ão em outras leis. Mas, antes de vigorarem as novas leis, aquelas do passado ainda sobrevivem, embora já pareçam arbitrárias, talvez absurdas, enfim: acasos. É sempre assim em épocas de transição, e a época de Shakespeare era de transição: da Idade Média para o Tempo Moderno.

Como individualista livre e pessimista sombrio, Shakespeare é homem moderno. Mas também está ligado ao mundo medieval dos espectros e fantasmas. Acredita na correspondência entre a hierarquia celeste e a hierarquia dos valores e dos poderes aqui na Terra.

Ulysses, em *Troilo* e *Cressida*, explica pela influência dos planetas as *pestes* e os *motins* (*plague* e *mutiny* são expressões que também se empregam em *Romeu e Julieta*). Mas já estava posta em dúvida a velha ordem, como se fosse peso morto do passado. O feudalismo dos aristocratas se decompõe: degenera em brigas de família, herdadas do passado, sem que a gente ainda se lembre das origens e motivos dessas lutas; exatamente assim como são incompreensíveis e absurdas as brigas entre *as vossas duas casas* dos Montagues e dos Capulets. A vítima da grande crise social do século XVI é o plebeu, que aparece na peça de Shakespeare na pessoa do pobre farmacêutico faminto, que vende o veneno a Romeu; e este comenta e explica: "A fome está nas tuas faces; miséria e opressão em teus olhos; desprezo e mendicância estão suspensos sobre as tuas costas; o mundo não é teu amigo nem a lei deste mundo." A lei antiga já está transformada em opressão absurda, em desgraça pelo acaso. Mas já se prepara outra ordem.

Copérnico assinalou novos caminhos aos astros e Maquiavel ensinou novos comportamentos políticos aos homens. O representante dessa nova época, na peça de Shakespeare, é o franciscano Frei Laurence.

Esse frade, homem de superioridade serena, é um monge bem estranho, como não teria sido possível na Idade Média.

Ao desesperado Romeu não recomenda as consolações da religião, mas *adversity's sweet milk, philosophy*, "o leite doce da adversidade, a filosofia". É um estudioso da natureza, como o velho pagão romano Lucrécio. Elogia "as qualidades admiráveis, escondidas em ervas, plantas e pedras", como se quisesse profetizar as futuras maravilhas das ciências naturais.

No seu mundo já reina uma nova ordem em que tudo serve bem ao homem. No mundo do Frei Laurence, o acaso — esse grande inimigo do homem — já está abolido.

É o Frei Laurence que dirige ou acredita poder dirigir os acontecimentos, aliás com uma boa dose de maquiavelismo. É ele que dá clandestinamente a bênção nupcial aos amantes, para superar o obstáculo da briga insensata entre as duas famílias. É ele que dá a bebida narcótica a Julieta para salvá-la do casamento forçado com o Conde Paris. É o Frei Laurence que manda, pelo Frei John, a carta a Romeu para informá-lo, para que tudo acabe bem. O Frei Laurence pretende transformar o acaso absurdo em ordem razoável das coisas.

Mas Frei Laurence fracassa em tudo. A cena na cela do convento, quando Frei John confessa o acaso estúpido que impediu que Romeu recebesse a carta — é uma cena trágica, uma das cenas mais trágicas do teatro shakespeariano. Assim como Romeu se chamara *joguete da fortuna*, assim Frei Laurence diz: *Unhappy fortune!*, Desgraça da Fortuna! Ele tem que reconhecer o poder da deusa Fortuna — do acaso — que estraga e destrói a vida dos homens: a desgraça que é a desorganização, a desordem, deste mundo. Frei Laurence conhecia as forças misteriosas nas *ervas, plantas e pedras*. Quis aproveitar seu conhecimento dessas forças para o bem dos homens. Mas a que seu mundo ainda estava governado por outras forças, incalculáveis: por *acasos*. Um acaso assim — só um entre outros — é o amor irracional, instintivo, ao qual Romeu e Julieta se sacrificam. Outro acaso é a briga absurda entre as *duas casas*, a decomposição do mundo que quis impedir e conseguiu impedir a reunião dos dois amantes. É essa desordem pela qual Mercutio morreu e pela qual os homens continuam a morrer até hoje. Existe, porém, entre esses dois *acasos* uma diferença essencial. Aquele *acaso amor* é uma qualidade inata do indivíduo que se quer reunir com esse determinado indivíduo do outro sexo e com nenhum outro. Isto, ninguém o pode eliminar da condição humana, da qual — contra todas as convenções sociais — o amor de Romeu e de Julieta é o símbolo. As convenções sociais, hostis, simbolizadas pela briga entre as *duas casas*, pretendiam eliminar e extirpar a liberdade do indivíduo. Isto porém é impossível. Mas o *outro acaso*, a briga entre *as vossas casas*, este pode e poderá ser abolido. É o *reino da necessidade,* no qual, por enquanto, aquela liberdade está presa. Contra esse reino da necessidade, já em decomposição, já transformado em reino do acaso absurdo, levanta-se o grito indignado de revolta: "A peste sobre as vossas duas casas!" E quando desce o pano sobre o cadáver da vítima trágica das *vossas duas casas,* levanta-se, perante os olhos do nosso espírito, outro pano sobre o palco maior do futuro, em que a liberdade nem para sempre acabará em tragédia.

3/2/73

O paraíso perdido

de Milton

(por R. Magalhães Júnior)

Deitado numa cama, insone, nas longas noites do glacial inverno londrino, um poeta cego compunha de memória um longo poema em que proclamava o Onipotente "imutável, imortal e infinito rei da Eternidade". Mas havia noites torturantes, em que nem um único verso lhe ocorria, com forma perfeita e graciosa, fácil e sem premeditação. E então sentia raiva de sua impotência, para regozijar-se, depois, durante a manhã friorenta, em que de repente compunha, de memória, dez, vinte, trinta versos. Gritava então para a filha: "Deborah, traga o papel e a tinta! Venha logo, antes que eu me esqueça!" E assim foi o cego compondo, a pouco e pouco, os 9 mil 759 versos de um poema luminoso que se chamou O paraíso perdido. *Um feixe de intensa luz poética surgido das trevas da total cegueira de John Milton, eis uma das obras-primas que bem poucos lêem.*

John Milton, o mais famoso poeta inglês do século XVII, autor de *O paraíso perdido* — considerado pela crítica um dos maiores poemas épicos dos tempos modernos —, foi outrora muito lido e discutido. Mas hoje está praticamente esquecido e ignorado, a não ser nos limitados círculos universitários da Inglaterra, onde sua obra continua a ser estudada, nos cursos de letras, como uma obrigação escolar. John Milton viveu numa época em que o direito autoral era praticamente inexistente. E por isso mesmo seu longo poema, com um total de 9.759 versos, publicado por Samuel Simmons em 1669 e encadernado por Thomas Helder, lhe rendeu uma insignificância. O contrato, firmado com o editor Simmons a 27 de abril de 1667, estabelecia que Milton receberia 5 libras imediatamente e mais 5 libras por cada uma das três primeiras edições, após a venda de 1.300 exemplares de cada uma! Na verdade, ele recebeu mais 5 libras, por duas vezes — o que vale dizer que enquanto viveu *O paraíso perdido* lhe rendeu apenas 15 libras. Dois anos depois de sua morte, sua viúva vendeu os direitos, de uma vez por todas, ao editor Simmons, pela quantia de 8 libras! Menos de 3 libras por cada grupo de mil versos, eis, em termos financeiros, o que rendeu *O paraíso perdido*. Mas em termos de renome, ou glória literária, renderia muito.

O pai de John Milton era um escrivão, que fora deserdado pelo pai quando, estudante em Oxford, trocara a religião católica pela protestante. Já tinha quase 40 anos, quando se casou com Sarah Jeffrey. O futuro poeta nasceu na Bread Street, no bairro londrino de Cheapside, a 9 de dezembro de 1608, e foi educado em Cambridge e em Oxford. Demonstrou, ainda jovem, grande facilidade para o estudo de línguas e para escrever versos. Escreveria longas elegias em latim, entre os 19 e os 20 anos de idade, do mesmo modo que comporia cinco excelentes sonetos em ótimo italiano, além de uma *canzone*, em que dizia ser essa a língua do amor. E deu títulos italianos a poesias escritas em inglês, como *L'Allegro e Il Penseroso* (desta última há ecos na obra de Álvares de Azevedo e, através deste, na de Machado de Assis).

Até chegar a escrever *O paraíso perdido*, Milton viveu um período tormentoso da história da Inglaterra, correndo os mais sérios riscos, por sua atitude participante. Ele era um puritano e, além disso, um notável humanista, profundamente influenciado pela cultura grega e latina. Era um admirador de Eurípedes e de Platão, de Ovídio, de Dante, de Petrarca e de Ariosto. E também de Shakespeare, de quem escreveu entusiástico elogio para uma edição de 1632. Um de seus primeiros trabalhos importantes foi uma obra teatral, hoje conhecida pelo título de *Comus*. Mas não foi esse nome que lhe deu o autor. Seu título era, simplesmente, *A Masque Presented at the Ludlow Castle, 1634, On Michaelmas Night, Before John Earl of Bridgewater, Lord President of Wales*. Poeta e dramaturgo, John Milton não tardaria a se afirmar como publicista corajoso, defensor ardoroso das liberdades públicas, atacando o excessivo tradicionalismo, o formalismo e o mundanismo de sua época. Em suas viagens pelo exterior conheceu algumas das grandes figuras de seu tempo, como, por exemplo, Hugo Grotius, jurista, diplomata e poeta (em latim), que era o embaixador da Suécia em Paris, e os italianos Galileu e Giovanni Battista Manso.

Pouco tempo depois de seu regresso do continente europeu, onde passara de 15 a 16 meses, Milton se envolvia nos acontecimentos que revolucionariam a Inglaterra. Uma crise religiosa e política iria deflagrar a guerra civil. Milton casa-se, aos 35 anos, com Mary Powell, uma jovem de 17 anos, de uma família medularmente realista. Um mês depois, a jovem e frívola esposa abandona o marido e volta para a casa dos pais. Milton reage imediatamente, escrevendo um panfleto divorcista, *A doutrina e disciplina do divórcio, restaurada para o bem de ambos os sexos das cadeias da lei canônica e de outros enganos*. Publicação, aliás, anônima, na qual declara que a noção sacramental da santidade das relações matrimoniais é mera invenção da superstição clerical. Mais tarde, depois de ter publicado o tratado *Da educação*, volta ao assunto, com o panfleto *O julgamento de Martin Bucer acerca do divórcio*, dirigido especialmente contra o clero e que provoca manifestações contra ele em ambas as casas do Parlamento. Seria, até o fim, não somente um anticlerical, mas um antieclesiástico.

Em 1644, a 25 de novembro, aparece um dos mais famosos trabalhos em prosa de Milton. Intitula-se *Areopagítica, um discurso do Sr. John Milton em favor da liberdade de imprimir sem licença, dirigido ao Parlamento da Inglaterra.* Nessa obra, pedia a revogação da lei de junho de 1643, segundo a qual só podiam ser impressos escritos que tivessem a aprovação real. Deliberadamente imprimira seu trabalho sem ter pedido a autorização legal. Embora a lei não fosse logo revogada, todo o sistema de licença prévia e de censura à atividade intelectual recebeu violento golpe. Milton chegou a ser denunciado como violador da lei, mas todo esse barulho deu em nada. Nesse período, ele escreveu poucas poesias, voltando logo à sua campanha divorcista.

Sua tese principal, mais tarde acolhida na legislação da Inglaterra e dos Estados Unidos, era a de que o adultério, base canônica do divórcio, era uma causa menos odiosa do que a incompatibilidade mental, e que forçar duas pessoas a manter uma união sem amor mútuo é um tormento continuado e um crime contra a dignidade humana. Entretanto, isso não impediu que ele conquistasse fama de libertino e de conspirador contra a estabilidade dos lares ingleses.

Em meados de 1645, acabou por se reconciliar com Mary Powell e sua família, que no ano seguinte se refugiou em sua casa. A 29 de julho de 1646, nasceu sua primeira filha. Meses depois, morria em sua casa seu sogro, Richard Powell, e Milton, que vivia de dar aulas, ficou sendo o sustentáculo de toda a parentela. Mas sua situação não tardaria muito a melhorar. Os realistas foram derrotados definitivamente pelo exército comandado por Oliver Cromwell. O Rei Charles I, aprisionado e acusado de traição, foi julgado pela Câmara dos Comuns e condenado à morte. Uma lei aboliu a monarquia e Cromwell assumiu poder. Milton mostrou-se um entusiasta do Parlamento. Antes, já dedicara um soneto à celebração dos feitos do General Ferdinando Fairfax, que sitiou Colchester com as forças do Parlamento, e conquistou importante vitória em Naseby, naquela *endless war* (guerra sem fim), ainda em 1645. Mais tarde, dedicaria outro soneto a Oliver

Cromwell, *Our Chief of Men, Coroado pela fortuna.* Quando o rei morreu decapitado, Milton foi o primeiro cidadão inglês de certa importância a se mostrar firmemente adepto do governo republicano. Escreveu, então, um panfleto intitulado *Tenure of Kings and Magistrates, Proving That It Is Lawful, and Hath Been Held so in All Ages, For Any who Have the Power, to Call to Acount a Tyrant or Wicked King, and, After due Conviction, to Depose and Put Him to Death, if the Ordinary Magistrate Nave Neglected or Denied to Do It.* Em suma: sustentava que não havia ninguém acima da lei, ou imune ao castigo, pois que o tirano e o mau rei poderiam ser chamados às contas, processados, julgados, destituídos e executados. Esse panfleto foi publicado quinze dias após a execução do rei.

Em março de 1649, era oferecido a Milton o cargo de secretário do Conselho de Estado para línguas estrangeiras, com o estipêndio de 288 libras por ano — para a época, um bom ordenado. Sua principal tarefa era a de escrever em latim a correspondência a ser enviada aos estados e príncipes estrangeiros, assim como a de fazer tradução para o inglês das cartas e demais comunicações, recebidas em latim, a língua internacional da época. E continuou a defender ardorosamente o governo republicano. No panfleto *Observations on the Articles of Peace,* publicado em maio de 1649, fez eloqüente elogio de Cromwell. Em defesa da realeza, apareceu então um panfleto intitulado *Eikon Basilike* (Imagem Real), que se tornou uma espécie de Bíblia dos monarquistas, sobretudo em razão da lenda de que teria sido escrito, na prisão, pelo próprio Rei Charles I (acredita-se que seu verdadeiro autor tenha sido, porém, John Gauden, capelão do Conde de Warwick e, mais tarde, Bispo de Exeter). Em resposta, Milton escreveu o panfleto *Eikonoklastes* (Destruidor de Imagens), cuja segunda edição ampliou, ao aparecer, na Europa, outra apologia monarquista, com o título de *Defensio regia pro Carolo I,* de autoria de Salmasius. Este era o nome latino do francês Claude de Saumaise, professor da Universidade de Leyden, então considerado um dos maiores humanistas europeus. Respondeu-lhe Milton, também em latim, com o livro *Joannis Miltoni Angli Pro Populo Anglicano Defensio, Contra Salmasii Defensionem Regiam*, que segundo a maioria dos críticos aniquilou Salmasius. Era tal a reputação de Salmasius que a fama de Milton cresceu muito na Europa. Ao mesmo tempo que cumpria suas tarefas oficiais e polemizava na defesa do regime chefiado por Cromwell, Milton se transformava também em homem de imprensa, à frente do *Mercurius Politicus*.

Quando escrevia a resposta a Salmasius, sua visão começou a se deteriorar gradualmente, a tal ponto que, por volta de maio de 1652, ou pouco antes disso, o poeta estava inteiramente cego. Sua primeira esposa, Mary Powell, morreu nesse mesmo ano, o que aumentou ainda mais o seu drama. Milton tinha 44 anos, mas continuou a prestar serviços ao regime, em sua própria casa e, eventualmente, indo às reuniões do Conselho de Estado com a ajuda de um guia. Morreu também seu único filho varão, mas a esposa lhe deixara três filhas, Anne (com apenas 6 anos), Mary (com menos de 4) e Deborah (nascida pouco antes da morte da mãe). Em dezembro de 1653, Cromwell assumiu funções praticamente majestáticas, criando o Protetorado e se investindo no título de Lord Protetor da Inglaterra. Milton prontamente aderiu ao Protetorado. Em Haia, foi impresso novo panfleto realista, em latim, com o título de *Regii Sanguinis Clamor ad Coelum Adversus Parricidas Anglicanos*, atribuído a Alexander More, mas escrito, na verdade, pelo Dr. Peter du Moulin. Em maio de 1654, saía *Joannis Miltono Angli Pro Populo Anglicano Defensio Secunda*, dirigida a Alexander More. Nesse escrito, aludia à sua recente cegueira, dizendo que nem esta o afastara do cumprimento do dever. Seus adversários, entretanto, sustentaram cruelmente que ele fora vítima de um castigo celeste, por ter defendido uma péssima causa. A isso responderia, com a maior dignidade:

"Não é tão trágico uma pessoa ser cega como não ser capaz de suportar a cegueira... Deixai que eles pensem o que quiserem. Com o consolo e a força que me foi infundida pelo alto, tenho conseguido cumprir a vontade de Deus; e penso mais freqüentemente nos dons que me foram outorgados do que naquilo que me foi tirado. Mas, se a escolha fosse necessária, eu preferiria a minha cegueira à deles. Porque a deles é como uma nuvem que se estende sobre a mente, escurecendo tanto a luz da razão como a consciência, ao passo que a minha oculta da vista apenas a superfície colorida das coisas, conservando a minha liberdade de contemplar interiormente a beleza e a estabilidade da virtude e da verdade." Dizia-se mais do que compensado pela iluminação de "uma luz interior, mais preciosa e mais pura".

Mas, como acentuou um de seus comentadores mais recentes, F. E. Hutchinson, em *Milton and the English Mind*, publicado em 1949, "seria contrário à natureza humana se o poeta mantivesse sempre essa atitude estóica de desdém por seus padecimentos. Muitas vezes, em seus versos, ele aludiria à cegueira, em diversos outros tons, conforme a sua disposição no momento."

É já inteiramente cego que ele se casa pela segunda vez, em novembro de 1656, com Katherine Woodcock, que lhe dará um filho no ano seguinte e morrerá em fevereiro de 1658, com pouco menos de 30 anos. Milton lhe dedica um patético soneto de amor — o que tomaria, em sua obra poética, o nº XXIII — em que diz que ela "o arrancara da morte do mesmo modo que Hércules fora buscar Alceste nos infernos," mas confessa nunca ter visto o seu rosto, pois *her face was veiled*, o que não o impedia de imaginá-la doce e bela, como um dia iria ver em *full sight* no céu.

Nos últimos anos de vida de Cromwell, o Lord Protetor se converte em defensor da tolerância religiosa na Europa, protestando contra as perseguições, por motivos de fé, na Savóia, na Suíça e no Piemonte, "esquecido das selvagerias praticadas cinco anos antes por seus próprios soldados em Drogheda e Wexford", diz F. E. Hutchinson. Sob instruções de Cromwell, Milton escreve cartas e mais cartas em defesa dos perseguidos protestantes, endereçadas aos Duques de Savóia (que eram também os Príncipes do Piemonte), bem como a Luís XIV e a seu ministro, o Cardeal Mazarino, assim como para os reis da Suécia e da Dinamarca e para o governo da cidade de Genebra.

Quando Cromwell morre, a 3 de setembro de 1658, deixa o Protetorado a seu filho Richard, de 30 anos, que já havia sido deputado. Milton continua a serviço do regime, mesmo quando este começa a periclitar. Defende, como forma de governo central para a Inglaterra, um grande conselho ou parlamento indissolúvel, que inclua todos os chefes políticos. Mas, em conseqüência de um choque entre o exército e o Parlamento, Richard Cromwell deixa o seu cargo e se retira para a Europa, onde viverá obscuramente até 1712 sob o nome de John Clarke. Cresce o clamor para que a coroa seja restaurada, na pessoa do filho mais velho de Charles I, que vivia exilado na França, tendo Thomas Hobbes como mestre e conselheiro. Às vésperas da restauração da monarquia os riscos que Milton corria eram imensos. Espanta, ainda hoje, que não tivesse sido arrolado entre os *regicidas*, punidos por Charles II pela morte de seu pai. Felizmente para ele, o General George Monk (mais tarde Barão Monk, Conde de Torrigton e, por fim, Duque de Albemarle), que daria as boas-vindas ao novo monarca em Dover, aconselhara o pretendente à coroa a proclamar uma generosa anistia, o que foi feito, prometendo o rei "o amplo perdão a todos os seus súditos que, dentro dos próximos quarenta dias, professassem a sua lealdade", ficando excetuadas "apenas as pessoas excluídas pelo Parlamento". Só este diria quem não participava do perdão geral, anistia e esquecimento, segundo projeto que seria lido a 9 de maio de 1660. Depois de alguns dias de discussão, o Parlamento estabeleceu que só haveria penas de morte para sete dos *regicidas* e que, para os restantes, "vinte e não mais", seriamente comprometidos, "não haveria outra pena que não fosse a da inabilitação para o exercício de funções públicas".

Até ser aprovada essa decisão, o ex-secretário do Conselho de Estado esteve escondido na casa de um amigo, em Bartholomew-Close, enquanto que o Deputado Andrew Marvell, trabalhava ativamente em seu favor juntamente com o poeta William Davenant, cuja liberdade Milton conseguira alguns anos antes. A 16 de junho, as coisas pareceram perigar, quando a Câmara dos Comuns determinou que um carrasco profissional queimasse publicamente sua primeira *Defesa do povo inglês* e seu panfleto *Eikonoklastes*, e ainda que fosse preso e processado o autor. Não houve, contudo, preocupação de fazer cumprir à risca essa última parte da decisão. Milton escapou à prisão e o ato de anistia geral, assinado a 29 de agosto, colocou-o a salvo de perseguições. Tanto assim que, vindo depois disso a ser preso, protestou e foi imediatamente reposto em liberdade, tendo apenas sido obrigado a pagar a taxa de carceragem. O pior que lhe aconteceu foi ter perdido o emprego. Mas ainda tinha com que viver modestamente, graças à herança que lhe deixara o pai, ao morrer aos 84 anos de idade. Confortara-o, nesse transe, a terceira esposa, Elizabeth Minshull, que aos 25 anos se ligara pelo matrimônio ao poeta, então com 55. O casamento se realizara a 24 de fevereiro de 1663. Ela cercaria de carinho, afeto e dedicação os últimos onze anos da atribulada vida do grande poeta cego. Milton morreria a 8 de novembro de 1674, aos 65 anos de idade, sendo enterrado ao lado do pai, na igreja de St. Giles, em Cripplegate. E, embora se tratasse de um republicano convicto, com trabalhos condenados e queimados por suas acusações contra a realeza, o número das pessoas que acompanharam seu funeral foi surpreendente.

O paraíso perdido, a mais famosa das obras de John Milton — segundo o depoimento deixado por seu sobrinho, Edward Phillips —, destinava-se a ser, inicialmente, uma tragédia. E para essa tragédia o poeta escrevera o trecho da "apóstrofe de Satã ao Sol", cerca de 15 a 16 anos antes de ter pensado no poema. Esse trecho fora mostrado por Milton ao sobrinho como sendo o início daquela tragédia. Estudo recente, do Professor Douglas Bush, da Universidade de Harvard, para o volume dos trabalhos poéticos de Milton, editados em 1966 nos Estados Unidos e na Inglaterra, sustenta que Milton mudou de idéia, trocando a tragédia pelo poema épico, em razão da teoria dominante, no período renascentista, de que esta era a mais nobre e grandiosa forma de expressão literária, com a vantagem de dar ao poeta mais liberdade e amplitude de ação do que as que o drama permitia.

Algumas obras, hoje pouco conhecidas, teriam influenciado o poeta. Na sua juventude, tivera ele em grande estima a obra poética de um protestante francês, Guillaume de Salluste du Bartas, *La Semaine* (épico da criação do mundo) e *La Seconde Semaine,* ambas traduzidas para o inglês por Joshua Sylvester com o título de *Divine Weeks and Works.* Provavelmente teria lido também dois dramas, *Adamus Exul,* de Hugo Grotius (a quem iria conhecer em Paris), e *L'Adamo,* de Giambattista Andreini, o primeiro editado em 1601 e o segundo em 1613. Mas a sua fonte principal é o livro inicial da Bíblia, o do Gênesis. Diz Douglas Bush: "Dentro desses limites, o autor cristão fez livre uso de sua imaginação. Sua posição era semelhante à de um autor grego reescrevendo um antigo mito, com a importante diferença de que em sua essência a história bíblica era uma verdade sagrada e, por suas conseqüências, de infinita significação tanto para o poeta como para seus leitores." Compondo um poema heróico, Milton não podia fugir à influência dos modelos clássicos: Homero e Virgílio. Suas *dramatis personae* eram, porém, muito diversas: Deus, o Filho, os anjos bons, Satã e os anjos rebeldes, as figuras alegóricas do Pecado e da Morte, Adão e Eva, como figuras ideais e sobre-humanas que se tornariam simples seres humanos através do pecado. De tudo isso ele faria *uma tragicomédia cristã,* segundo o conceito de Douglas Bush.

Dentro da literatura inglesa, *O paraíso perdido* terá sempre, quando menos, um lugar histórico, por sua linguagem e seu estilo, únicos na poética britânica, na sua combinação de simplicidade e sublimidade. Seus versos têm, no dizer de Douglas Bush, "a rija consistência muscular e a energia da prosa". Os versos são brancos, o que representava, num longo poema, uma inovação sem precedentes, mas eram flexíveis, ritmados, sendo os decassílabos muitas vezes metricamente conseguidos através de elisões e de apócopes ousadas, ou de diminutivos, o que fez dele um dos mais audaciosos manipuladores da língua inglesa. Alguns críticos, como Joseph Addison e o Dr. Samuel Johnson, não viam nele um criador de estilo, mas alguém que transformava a língua inglesa num idioma quase estrangeiro, dominado pela dicção latina.

Mas essas críticas foram consideradas injustas, quando outros poetas passaram a usar formas sintáticas e expressões semelhantes. Milton não hesitava em encurtar palavras por este processo: *advent'rous, heav'nly, th'excess of joy, fall'n Cherub, embow'r, flow'r, chos'n, o'er, ling'ring, th'assembly, took'st, t'whom, th'innumerable,* e assim por diante, comendo tanto consoantes como vogais, especialmente estas. Às vezes, num só verso, comia umas e outras, como no verso nº 64 do Segundo Livro: "*O'er heav'n's high tow'rs to force resistless way.* Verso que é mais para o ouvido que para os olhos. O poema, na primeira edição, teve dez cantos (na segunda teria mais dois).

O primeiro canto, ou o *primeiro livro,* pois foi esta a denominação adotada por Milton, propõe de forma resumida todo o assunto do poema: a desobediência do homem ao Criador, disso resultando a perda do Paraíso em que fora colocado, desgraça provocada pela serpente, ou antes, pelo demônio dentro/ou sob a forma da serpente. A ação retrocede, depois, mostrando a expulsão dos anjos rebeldes do céu, com Satã à frente. Estes são precipitados no inferno, acordando, de repente, num lago de fogo, estonteados e confusos. Mas, reanimando-se, Satã os incita à luta. A legião infernal se reúne, em seguida, no Pandemônio, o palácio de todos os demônios, construído entre as profundas trevas.

No segundo canto, os demônios estão reunidos em conselho. Darão outra batalha para tentar dominar o céu? Prevalece, após longos debates a idéia da conquista do mundo, recém-criado. E, com Satã à frente, partem eles do Caos para a Terra. No terceiro canto, está Deus sentado no seu trono quando vê Satã voando para o mundo. E prediz o êxito do arquiinimigo em perverter o homem e sua companheira. Isenta, porém, a si mesmo de qualquer responsabilidade, pois criara o homem livre e capaz de resistir ao tentador. Declara, contudo, que gostaria de tratar o homem com benevolência, por não ir este cair por sua própria malícia, mas pelas seduções de Satã. O Filho de Deus agradece ao Pai essa benevolência, mas Deus lhe diz que não poderia valer ao homem sem que se cumprisse a justiça divina. O homem, tendo ofendido à majestade de Deus, estava votado à morte, com toda a sua descendência, se não houvesse quem respondesse por sua ofensa e arcasse com o seu castigo. O Filho de Deus, então, se oferece voluntária e espontaneamente para salvar o homem. O Pai aceita e ordena a sua encarnação.

No canto quarto, Satã chega ao Éden, em cujo maravilhoso jardim encontra Adão e Eva e sob a forma de um abutre pousa na Árvore da Vida, a mais alta de todas. Maravilha-se com a beleza e graça, felicidade e inocência de Adão e Eva, mas sempre com a resolução de perdê-los. Ouve suas conversas e sabe que estão proibidos de comer os frutos da Árvore da Ciência. E estabelece o plano para induzi-los à transgressão. O anjo Uriel, que dirige o curso do Sol, desce num raio solar e avisa ao arcanjo Gabriel (porteiro do Paraíso) que um espírito mau se escapara do inferno e, simulando ser um anjo bom, passara por sua esfera a caminho do Paraíso. Gabriel ordena uma ronda, que encontra Satã falando ao ouvido de Eva adormecida, para tentá-la em seus sonhos. Satã, arrastado à presença de Gabriel, tenta resistir, mas acaba por deixar o Paraíso.

No canto quinto, Eva relata pela manhã a Adão o estranho sonho que teve. O companheiro não o aprova, mas a consola e anima. Deus envia o arcanjo Rafael com uma advertência a Adão e Eva, que recebem o mensageiro divino com os melhores frutos do Éden. Rafael explica a Adão o seu próprio estado e as artimanhas de seu inimigo. Descreve a rebeldia dos anjos, no céu, chefiada por Satã, que empolgara a todos quantos o ouviam, menos ao serafim Abdiel, o primeiro a travar combate com as legiões satânicas. O sexto canto é uma continuação dessa narrativa, mostrando como os arcanjos Miguel e Gabriel, com suas legiões, foram mandados a combater Satã e os anjos rebeldes. Satã se retirara durante a noite, convocara um conselho e inventara máquinas diabólicas, a tal ponto que, no segundo dia da batalha, reinava a confusão nas hostes de Miguel e de seus anjos. Mas, afinal, eles arrancam montanhas, que arremessam contra as máquinas e as legiões diabólicas. A batalha só se decide, porém, com a intervenção do Filho de Deus, que persegue os rebeldes em seu carro que despede raios, precipitando-os no abismo.

No sétimo canto, Adão, cheio de curiosidade, interpela Rafael, que lhe narra como e por que foi criado o mundo. Declara que Deus, após a expulsão de Satã e dos anjos rebeldes para fora do céu, achara gosto em criar outro mundo, bem como outras criaturas que nele habitassem. Então, mandara seu Filho formar a obra da Criação em seis dias. Os anjos celebraram com hinos o mundo já feito e a ascensão do Criador ao céu. No canto oitavo, Adão interroga Rafael acerca do movimento dos corpos celestes, mas é aconselhado a indagar de coisas que tenham para ele maior proveito. Adão, querendo ainda reter Rafael, narra-lhe as suas lembranças desde o dia em que foi criado, como veio ao Paraíso, sua conversa com Deus acerca da solidão e da sociedade tão necessária ao homem, seu primeiro encontro com Eva e suas núpcias com a companheira. O arcanjo dá-lhe conselhos, renova as admoestações e se retira.

No nono canto, volta Satã ao Paraíso, introduzindo-se nele sob a forma de uma névoa e, depois, metendo-se dentro da serpente, que se acha adormecida. Encontrando Eva sozinha, a serpente astuciosa lhe dirige muitas lisonjas, elevando-a acima de todas as criaturas. Eva fica maravilhada ao ouvir a serpente falar. Como fora tal coisa possível? A serpente diz que conquistara o dom da fala ao comer os frutos de certa árvore do jardim do Éden. Eva pede-lhe que a encaminhe a essa árvore, que é a Árvore da Ciência. E, usando os mais ardilosos argumentos, leva-a a serpente a comer tais frutos. Eva com eles se deleita. Fica em dúvida se deve revelar isso ou não a Adão. Acaba por fazê-lo. Adão fica aterrado. Mas, vendo que Eva se tornara mortal, levado pela veemência de seu amor, resolve também morrer com ela. E come dos mesmos frutos. O primeiro efeito de tal transgressão é o de se envergonharem de sua própria nudez, que logo procuram encobrir. E logo começam as desavenças e acusações mútuas.

O canto décimo se inicia com o regresso dos anjos ao Céu, com o abandono do Paraíso, uma vez conhecida a transgressão do homem. Eles se justificam perante Deus, por ter sido burlada a sua vigilância, e Deus aprova a forma pela qual procederam. Manda, em seguida, que seu Filho julgue os transgressores. O filho de Deus desce, profere a justa sentença, veste Adão e Eva e retorna ao Céu. Satã, vitorioso, reúne suas legiões no Pandemônio, para festejar o seu êxito. Adão e Eva se lamentam de sua condição mortal, consolando-se com a esperança de que seus descendentes se vingariam da serpente. E ambos por meio de arrependimentos e súplicas, procuram reconciliar-se com a divindade ofendida.

Aí terminava, na primeira edição, *O paraíso perdido*. Na segunda edição, no canto décimo primeiro, o Filho de Deus apresenta a seu Pai as súplicas de Adão e Eva, já arrependidos, e intercede por eles. Continuam as lamentações de Adão e Eva. Miguel e um esquadrão de anjos descem ao mundo, para revelar a Adão "os sucessos futuros". O arcanjo leva Adão ao alto de uma colina e, numa visão, lhe mostra como será o dilúvio. No canto décimo segundo, continua a narração em *flash-up* do arcanjo Miguel, até a encarnação, morte, ressurreição e ascensão do Redentor, com a fundação do cristianismo por seus santos apóstolos.

Tudo isso é entremeado de citações bíblicas e de nomes históricos e geográficos, de alusões à *Ilíada* e à *Odisséia* de Homero; às *Geórgicas* e à *Eneida*, de Virgílio; à *Arte poética*, de Horácio; às obras de Platão; ao *Fausto*, de Christopher Marlowe; a peças de Shakespeare, de *Romeu e Julieta* a *Medida por medida*; às *Metamorfoses* e à *Arte de amar*, de Ovídio; à *Jerusalém libertada*, de Torquato Tasso; além de uma infinidade de outras obras. Entre os demônios nominalmente citados pelo poeta de *O paraíso perdido* estão os seguintes: Ariel, um dos generais do exército de Satã, bem diverso do "sutil espírito" da peça shakespeariana *A tempestade*; Arioch, Asmodeu (o demônio que se enamorou de Sara, matando sucessivamente sete de seus maridos), Astaroth, Astarte ou Astoret, Azael (o porta-estandarte do exército infernal), Belial (outro general de Satã), Belzebu (o imediato de Satã), Dagon (um dos chefes da milícia infernal), Lúcifer (o próprio Satã, antes da rebelião), Moloque (um dos chefes do exército satânico), Nisroch (idem), Ramiel (idem) e Mammon.

A crítica geralmente estabelece a inevitável comparação entre *O paraíso perdido* e a *divina comédia*, outro dos supremos poemas épicos de inspiração cristã, reconhecendo que Milton só em raras passagens supera a obra de Dante, que no seu todo lhe é superior, tratando os temas sublimes com maior dignidade e reverência. Entretanto, saiu-se Milton muito bem de algumas dificuldades, como a da escolha e diferenciação da linguagem de seres super-humanos, celestes e infernais, bem como a de Adão e Eva, em seu estado de inocência e pureza. Mas a leitura de *O paraíso perdido* provoca menor grau de interesse hoje em dia por causa da obsoleta e pouco atraente teologia de Milton. Diz F. E. Hutchinson: "A *Eneida* não sofre seriamente pelo fato de não aceitarmos a tradicional mitologia de Virgílio. Mas isso é mais difícil quando Milton apresenta a sua interpretação individual e fortemente puritana de uma tradição cristã de que estão impregnados muitos de seus leitores." Para esse crítico, Adão não é apresentado como um homem primitivo, mas como um intelectual altamente desenvolvido. Aliás, o pregador inglês, Dr. Robert South, contemporâneo de Milton, dizia que ele colocara no Paraíso "Aristóteles sob a pele de Adão e Atenas sob os rudimentos do Paraíso". A Santíssima Trindade era reduzida, por Milton, a duas pessoas, Pai e Filho. E o poeta Shelley disse sentir-se tentado a considerar Satã como "o verdadeiro protagonista do poema, um eterno rebelado contra a tirania divina". Grande parte do poema é inspirada em São Paulo, mas a interpretação de Milton é mais calvinista do que cristã. Dois outros poemas de inspiração religiosa foram por ele escritos depois de *O paraíso perdido*. Ambos foram publicados no mesmo volume: *Paradise Regained* (Paraíso reconquistado), em quatro cantos, e *Samson Agonistes*, que não se elevaram às alturas de sua obra-prima. O veredicto final da crítica é o de que o puritanismo inglês teve duas grandes figuras representativas: Oliver Cromwell no campo da ação e John Milton na esfera do pensamento.

17/2/73

A terra desolada

de T. S. Eliot

(por Paulo Mendes Campos)

É considerado o maior poema escrito no século XX. Seu autor ganhou o Prêmio Nobel de Literatura e influiu decisivamente na formação de milhares de jovens em todo o mundo, que o consideravam o poeta perfeito. Nascido nos Estados Unidos mas naturalizado como cidadão da Inglaterra, Thomas Stearns Eliot participou daquela geração que Gertrude Stein classificou de perdida, *e da qual faziam parte Ernest Hemingway, F. Scott Fitzgerald e, até certo ponto, James Joyce.* The Waste Land *é considerado, pelos críticos, a fundação da literatura moderna. Mas é um poema feito quase que exclusivamente para os poetas.*

Abril é o mais cruel dos meses, gerando
Lilases que saltam da terra morta, misturando
Lembranças e desejos, excitando
Raízes inertes com as chuvas da primavera.
O inverno manteve-nos aquecidos, cobrindo
A terra com a neve do olvido, nutrindo
Com seus tubérculos ressequidos um pouco de vida.
O verão pegou-nos de surpresa no Starnbergersee
Com uma pancada de chuva; esperamos sob a colunata
E com o sol prosseguimos pelo Hofgarten
Tomamos café e conversamos bastante.
Bin gar keine Russin, stamm'aus Litauen, echt deutsch.
Quando éramos crianças, em visita ao arquiduque
Meu primo, ele me levou a passear em seu trenó
E tive medo. Marie, Marie, disse ele,
Segura firme. E começamos a descer.
É nas montanhas que nos sentimos livres.
Leio a noite quase toda e vou para o Sul no inverno.

Assim inicia *The Waste Land*, certamente o poema de maior repercussão intelectual da literatura moderna de todo o mundo. Foi publicado pela primeira vez na revista *Criterion*, em 1922, fundada e dirigida pelo próprio poeta, o monstro sagrado que se chamou T. S. Eliot. No mesmo ano James Joyce conseguia editar o *Ulysses*, romance a que podemos associar o poema por alguns motivos fundamentais.

O poema é extremamente complexo a quem se dedique a compreendê-lo em extensão e profundidade, mas o impacto poético de seus versos (pelo menos no original) é extraordinário para qualquer pessoa que tenha o gosto ou a intuição da linguagem poética.

O adjetivo *waste* tem uma grande franja de significação: deserto, ermo, desabitado, despovoado, bravio, árido, inculto, inútil. Aqui o poema será *A terra desolada*.

Pela primeira vez na poesia moderna o autor tinha a petulância (ou a modéstia) de fazer seguir-se a seu poema uma série de notas eruditas a respeito da estrutura do mesmo e das alusões nele contidas. Começava por dizer que não só o título, mas também o plano e boa parte do simbolismo episódico de *A terra desolada*, tinham sido sugeridos pelo livro de Jessie L. Weston sobre o ciclo das lendas do Santo Graal (*From Ritual to Romance*). Nessa obra estaria a chave para a elucidação do poema. E confessava sua dívida para outro livro de antropologia: *The Golden Bough*, de Sir James Frazer. Eliot buscou principalmente nesses dois tratados suas referências a cerimônias relacionadas com o mundo vegetal. Além disso, uma observação de H. L. Gardner é indispensável no pórtico que dá para o entendimento do poema: "O problema da história e do mecanismo do tempo é um dos grandes temas de *A terra desolada*; mescla-se ao desejo de salvação cósmica e pessoal. Jamais um poema mostrou sentido mais profundo da pressão do passado sobre o presente e de sua existência no presente."

Já se vê que estamos entrando por uma selva densa, onde não há um caminho certo, mas sulcado de trilhas vagas por todos os lados.

Tomemos um pouco de fôlego, falando do autor. Ao mudar-se de Boston (Nova Inglaterra) para St. Louis, o avô de Thomas Stearn Eliot levou também consigo o puritanismo da família. Embora o pai de Eliot fosse homem de negócios, a vida em casa respirava cultura religiosa e literária. Romances de Dickens eram lidos em voz alta nos serões familiares; a mãe do poeta escreveu um poema dramático sobre Savonarola.

Thomas nasceu em 1888, tendo estudado em St. Louis e numa academia perto de Boston. Passou dividido o resto da vida: em Massachusetts, sentia saudades do rio escuro; no Missouri, sentia saudades do mar azul.

Na Universidade de Harvard foi aluno de Filosofia de George Santayana, e de Irving Babbitt, que lhe descortinou a literatura francesa e o tornou interessado na cultura religiosa da Índia. Bertrand Russell, mestre de Lógica, iria mais tarde dizer que Eliot fora seu único bom aluno nos Estados Unidos. Entre os seus colegas encontram-se temperamentos intelectuais bem diversos, como Walter Lipmann ou John Reed (futuro autor da mais famosa reportagem sobre a revolução soviética).

Foi para vencer a própria timidez que o jovem aprendeu a lutar boxe e começou a freqüentar festinhas. Enquanto escreve seus primeiros poemas, estuda a obra do conterrâneo Henry James; John Donne e os outros poetas chamados metafísicos; Robert Browning (de quem assimila a técnica sutil do monólogo dramático); Shakespeare e os outros elizabetanos. Numa época ainda enleada no romantismo de Byron, Shelley e Keats, procura uma jazida literária mais antiga, dela extraindo os elementos renovadores da própria poesia. A concisão de Dante torna-se uma estrela-guia na intolerável luta com as palavras. Anos depois, quando já se tornara o papa ou bicho-papão da vida literária, diria ter produzido incansavelmente tercetos à moda de Dante, como exercício, concluindo que os seus melhores pastichos não valiam um caracol, comparados aos piores do vate florentino.

Um livro de Arthur Symons sobre o Simbolismo faz Eliot conhecer os poetas malditos, mas suas predileções nesse grupo de poetas franceses são igualmente inesperadas: encanta-se pelo estilo coloquial e irônico de Laforgue e Tristan Corbière. E, para distrair o espírito concentrado, nada melhor do que as histórias de Sherlock Holmes.

Depois de um ano em Paris, na Sorbonne, é claro, escreve aos vinte e poucos anos um poema que repetiria em nosso tempo o *frisson nouveau* causado no século XIX pelos versos de Baudelaire. Em pouco tempo os primeiros versos de *A canção de amor de J. Alfred Prufrock* passaram a ser uma fórmula encantada e encantatória em todas as bocas:

Let us go then, you and I,
When the evening is spread out against the sky
Like a patient etherised upon a table.

(Vamos agora, você e eu.
Quando a noite lá fora está estendida contra o céu
Como um paciente anestesiado sobre a mesa.)

Boris Pasternak já falara numa tarde azul como o saco de roupas levado pelo doente que sai do hospital; mas T. S. Eliot certamente não conhecia ainda o poeta russo.

Mais três anos de Harvard, e em 1914 o jovem americano está na Alemanha com uma bolsa de estudos, logo interrompida com a guerra. E encontra seu destino, sua pátria: a Inglaterra. Casa-se aos 27 anos com uma bonita bailarina e, perto de Londres, dá aulas das seguintes matérias: francês, latim, matemática, desenho, natação, geografia, história, alemão e beisebol. Trabalha depois no Lloyds Bank. A experiência poética — diria mais tarde, talvez carregando no charme — de nada lhe serviu como bancário, mas a experiência bancária lhe foi bastante proveitosa na composição poética. Deixaria o banco para trabalhar na editora Faber & Faber, de que seria diretor.

Logo no começo da experiência londrina faz-se amigo de outro jovem escritor americano, Ezra Pound, o primeiro a farejar o valor do compatriota. Impressiona-se com as idéias revisionistas do crítico T. E. Hulme. A *Canção de amor* é lida por Katherine Mansfield numa reunião de escritores cáusticos e requintados. Perplexidade. Discussões. Virginia Woolf, espantada de ver o talento combinado com uma formação de erudito, acha a figura de T. S. Eliot "deliciosamente cômica".

É depois de ter publicado seus primeiros poemas e ensaios que Eliot começa a elaborar *A terra desolada*, terminando a peça em Lausanne, onde repousa de grave estafa. Ezra Pound, o primeiro a ler o poema, risca com um lápis vermelho a metade do mesmo, eliminando as passagens intermediárias; o orgulhoso, o hierático T. S. Eliot aceita humildemente o debate radical.

A terra desolada é um mural, à primeira vista desconexo, mas sinfonicamente estruturado. Utiliza notadamente como técnica a justaposição irônica do feio e do bonito, do ridículo e do grandioso, do apaixonado e da bagatela. O mar é um dos principais símbolos. Uma minuciosa política de deflação sentimental comanda os quatrocentos e tantos versos. São cinco movimentos como numa sinfonia, com temas recorrentes, tais como a chuva, a esterilidade, a violação, a ruína, a trivialidade social. A geração de entre as duas guerras fez do poema um hábito mental, uma seqüência de fórmulas (visuais ou simbólicas) da desolação. Eliot sempre fez questão de negar que haja pretendido interpretar uma geração.

O poema é mais — na síntese poética de outro poeta dos maiores, W. H. Auden — a linguagem certa para a sede e o medo, capaz de prevenir uma crise psíquica. Trata-se da morte em vida, com a procura de uma nova crença ou de um novo estímulo vital, a busca da fertilidade tanto física quanto espiritual, o reconhecimento de que a existência moderna é murcha e embotada.

Na terra desolada reinam a anarquia e a futilidade. Como nas lendas do Graal, a felicidade depende do rei; sendo este impotente, existem a fome e a sede. O malefício deve ser quebrado por um ato mágico, um casamento por exemplo. Não se trata da Europa, nem do mundo moderno, nem do antigo, mas os símbolos são aplicáveis ao nosso tempo e ao passado (numa experiência simultânea de dois mundos), às cidades e aos casos particulares. A técnica é criptográfica, mas cada leitor pode usar uma chave própria para ver o que se passa na terra desolada.

Há mutações bruscas de tonalidade:

Há um ano me deste jacintos pela primeira vez;
Passaram a chamar-me a moça dos jacintos.
No entanto, quando voltamos, tão tarde, do Jardim dos Jacintos,
Teus braços carregados, molhados os teus cabelos, eu não podia
Falar, meus olhos se toldaram, eu não estava vivo
Nem morto, morto sem saber de nada,
A olhar, no âmago da luz, o silêncio.
Oed' und leer das Meer.

E a estância seguinte é esta:

Madame Sosostris, famosa vidente,
Tinha um resfriado crônico, no entanto
É tida como a mulher mais sábia da Europa
Com um baralho maldito nas mãos. Aqui, disse ela,
Está a sua carta, o Marinheiro Fenício afogado.
(Those are pearls that were his eyes. Olhe!)
Aqui está Belladonna, a Dama dos Recifes,
Senhora das Situações difíceis.
Este é o homem dos três bastões; aqui, a Roda da Fortuna.
Aqui, o mercador caolho; esta carta, em branco,
É alguma coisa que ele carrega às costas,
A qual sou proibida de ver. Não consigo achar
O Enforcado. Fuja da morte por afogamento.
Vejo multidões a caminhar em círculo.
Obrigada. Se encontrar minha boa Madame Equitone,
Queira dizer a ela que eu mesma levarei o horóscopo.
A gente precisa ter tanto cuidado hoje em dia!

As diversas cenas vão-se fundindo umas nas outras, uns personagens uns nos outros, os tempos uns nos outros, pois se trata no fundo de uma única cena (descrita por Tirésias, o adivinho cego e hermafrodita da Antigüidade), vista de ângulos diferentes.

Todos os quadros são símbolos da impotência e do fracasso: assunto real do poema. As personagens femininas fundem-se numa única mulher, uma espécie de Cleópatra ou Dido, esperando que o marido regresse da guerra. Essas mulheres são todas obcecadas de preocupações sexuais, pois é a consumação do ato sexual que quebra a maldição da impotência. Mas em nossa civilização incompleta, vulgar, poluída de sordidez e miséria, a união de homem e mulher não rompe o sortilégio.

> Na hora violeta, quando os olhos e a espinha
> Desprendem-se da mesa de trabalho, quando a máquina
> [humana espera,
> Como um táxi, palpitando, espera,
> Eu, Tirésias, cego embora, palpitando entre duas vidas,
> Um ancião de enrugados peitos femininos, posso ver,
> Na hora violeta, na hora crepuscular que se empenha
> A caminho de casa, e faz voltar do mar o marinheiro,
> E a datilógrafa, à hora do chá, tira a mesa do café,
> Acende o fogo e prepara a sua refeição de conservas.
> Perigosamente penduradas fora da janela,
> Secam suas combinações, beijadas pelos últimos raios de sol.
> Sobre o divã (sua cama à noite) empilham-se
> Meias, chinelas, corpetes, espartilhos.
>
> Eu, Tirésias, um ancião de tetas enrugadas,
> Observada a cena, predisse o resto...
> Também eu aguardava a esperada visita.
> Ei-lo que chega, o carbunculoso moço,
> Empregado subalterno de agência imobiliária,
> [de olhar superior.

Um desses coitados nos quais o ar de segurança faz lembrar
Uma cartola num milionário de Bradford.
O momento agora é propício, ele imagina,
Terminada a refeição, ela, entediada, sente sono;
Procura envolvê-la por meio de carícias
Que, sem ser repelidas, não são retribuídas.
Inflamado, decidido, ele desfecha o assalto final;
Mãos aventureiras não encontram resistência;
Sua vaidade não faz questão duma resposta
E toma a indiferença por aquiescência.
(E eu, Tirésias, como que sofri de antemão
Tudo o que se cumpriu nesse divã ou cama;
Eu que me assentei sob os muros de Tebas,
Eu que caminhei entre os mortos amaldiçoados.)
Por fim, com um beijo protetoral, ele se despede
E desce, tateando, a escada, às escuras.

Num mundo árido, roga-se por chuva; a tempestade que se anuncia traz por fim a mensagem do Upanixadas: *dá, simpatiza, governa.* É difícil para o homem cumprir os três preceitos. No fim o Rei Pescador pergunta quando chegará uma vida nova.

O poema não propõe a salvação, mas a resignação, a aceitação de um mundo no qual nenhuma experiência se completa, no qual tudo é mau e decepcionante. As palavras finais repetem uma fórmula encantatória hindu: *shantih, shantih, shantih* — significando a *paz que ultrapassa o entendimento.*

A geração que Gertrude Stein chamou de perdida reconheceu-se nesse espelho partido, mas o poeta não teve a intenção de representar uma época, uma desolação localizada no tempo e no espaço.

Eliot afirmou que devia muito de sua conversão ao cristianismo (depois de *A terra desolada*) ao filósofo Bertrand Russell. Dizia este, analisando a condição do homem na era científica, que as esperanças e os temores humanos se devem a uma colocação acidental de átomos; o senso do pecado é uma conseqüência do comportamento animal primitivo; a vida é comandada por forças cegas, sem qualquer plano ou propósito de existência neste planeta — que está condenado a morrer de frio — só pode ser uma divina brincadeira de mau gosto. Que deve o homem fazer? Responde o filósofo e matemático: assoviar uma sinfonia no escuro. O homem só tem então uma coisa a fazer: cultivar suas próprias visões do que é bom e belo, cultuar o próprio homem, e não Deus.

Partindo desse racionalismo materialista, Eliot tomou o caminho oposto e, em 1927, entrou para a Igreja da Inglaterra, quando também se naturalizou cidadão britânico. Três anos depois, publicava seu primeiro poema religioso: *Ash Wednesday* (*Quarta-Feira de Cinzas*). É este uma alegoria da missa católica. Isso não quer dizer que os poemas eliotianos a partir de 1930 assumam qualquer intenção proselitista: sempre proclamou, cautelosamente, que a poesia tem três funções: preservar a linguagem contra a barbárie ("purificar o dialeto da tribo"); servir como diversão; e, uma vez ou outra, a poesia pode também nos tornar mais conscientes. Eliot é que não ia ser bobo de explicar-nos conscientes de quê, por que e quando.

Numa civilização agnóstica ou ateística, passou a sustentar que o pecado existe, acreditando com Baudelaire que progresso não está nas conquistas mecânicas, mas na eliminação progressiva do mal. O Ocidente tem de escolher entre a sociedade pagã ou a cristã (que se guie realmente pelos princípios cristãos). Falta ao mundo moderno fervor (também André Gide insistiu muito na falta de fervor) pelos atos praticados. Sua primeira peça para o palco — *Crime na catedral* — quer demonstrar que a fé tem de ser levada às últimas conseqüências. Ainda escreveria mais três poemas teatrais, todos de grande sucesso em Londres e na Broadway.

A primeira mulher de T. S. Eliot morreria numa casa de saúde. Casou-se outra vez, já idoso, com a secretária. Era tão comedido nos seus hábitos diários quanto na poesia. Porridge, ônibus, palavras-cruzadas, escritório, jantar, estudo. O mínimo de compromissos sociais. Culto aos domingos.

Bom queijo e bom vinho nas refeições. Durante a guerra serviu como vigia de incêndios no terraço da editora. Em 1946 o antigo moço subversivo (em literatura) recebeu o Prêmio Nobel. *Quatro Quartetos*, seu último livro de poemas, tem por tema principal o tempo, que é afinal, aqui pra nós, o único problema.

Escreveu pouco. Viveu na moita. Toda a intensidade de seu senso crítico está em poucos ensaios, nos quais revalorizou ou desvalorizou nomes e idéias. Autor de poemas que provocaram escândalo, sempre se disse clássico em literatura, negando a autenticidade de qualquer talento individual que não sentisse o compromisso da tradição, chegando a dizer que os bons poetas maduros pilham na seara alheia e fazem algo melhor ou pelo menos diferente. Seus próprios poemas (como nos trechos aqui citados) estão cheios de versos emprestados ao Antigo Testamento, aos gregos, aos hindus, aos simbolistas, aos provençais.

Apareceu quando o público ia no embalo de Rupert Brook e mudou a face poética do mundo. A análise de sua obra conta com milhares de estudos.

Hoje, podemos ver, com mais clareza, que o modernismo de T. S. Eliot era mais aparente que intrínseco e que uma deliberação tradicionalista estrutura essa obra de fascinante pureza artesanal e mental. Sua capacidade de traduzir complicados estados de alma só tem equivalente (talvez) nas poesias do tempo de Shakespeare. Como já se disse, ele expurgou a linguagem de todos os traços do vocabulário gasto, de qualquer bruma romântica, encontrando uma nova forma de expressão clássica. O puritanismo de estilo corresponde à incurável solicitude moral de Thomas Eliot.

A respeito de poesia, este pequeno trecho iluminou os poetas e críticos de língua inglesa: "O único modo de exprimir uma emoção em arte é encontrando um correlativo objetivo; em outras palavras, um grupo de objetos, uma situação, uma cadeia de acontecimentos que sejam a fórmula dessa emoção particular; tais que, quando os fatos externos, que devem encerrar uma experiência sensória, são fornecidos a emoção os evoca de imediato."

O que existe em *A terra desolada*: uma equivalência entre as emoções e os objetos. Quem não foi, precisa ir ao texto. Muitas vezes. E procure em seguida comentaristas melhores e com mais espaço do que eu. Como já disse um crítico, tentar compreender *A terra desolada* como uma peça só é tentar visualizar a grandeza do Evereste ao nível do oceano Pacífico.

Depois da rubra luz das tochas em faces suadas
Depois do gelo do silêncio nos jardins
Depois da agonia em lugares de pedra
Dos gritos e clamores
Do cárcere, do palácio e da repercussão
Do trovão de primavera em remotas montanhas
Ele, que vivia, ei-lo morto;
Nós, que vivíamos, começamos a morrer
Com alguma paciência.

3/3/73

Espectros

de Ibsen

(por Otto Maria Carpeaux)

Num famoso café de Munique — o Maximilian — um velho norueguês de barbas brancas e óculos, ocupando sempre a mesma mesa do canto, passava o tempo lendo jornais. Notícias policiais, casamentos e divórcios, acontecimentos mundanos e debates profissionais — todos os fatos, por volta de 1880, lhe interessavam. Desses pequenos recortes da vida do século passado, Henrik Ibsen armou o seu palco. Em quase todas as peças, o mesmo cenário: um quarto em apartamento burguês, modesto, cheio de quadros medíocres nas paredes, com mulheres de vestidos longos passando entre porcelanas de mau gosto. Considerado por muitos um "artista ultrapassado, simples dramaturgo do lampião a gás", Ibsen, porém, revelava os "espectros" que rondavam as famílias do seu tempo, lançando fortes luzes sobre o futuro. Muito antes do Women's Lib, Nora, a heroína de Casa de bonecas, *abandonava marido e filhos por causa de "suas vagas idéias sobre independência pessoal". Um escândalo no século XIX — e, de escândalo em escândalo, o teatro de Ibsen se tornou célebre. Apesar dos preconceitos e falsas avaliações dos chamados críticos modernos, todas as suas obras são imensamente atuais. O que é o caso de* Espectros, *talvez a peça dramática melhor construída da literatura universal, mesmo sendo uma das menos divulgadas e conhecidas.*

Em geral, os atores são os melhores juízes do valor de uma peça de teatro. Não costumam ler interpretações profundas de tragédias. O que importa para o ator é o papel que tem de representar: as palavras que tem de pronunciar no palco. Nunca um ator diria a tolice que li, outro dia, em letras de forma, da parte de um intelectual: de que hoje as peças de Shakespeare são melhores quando filmadas do que no teatro. Mas há casos em que a própria atmosfera está envenenada. Casos em que a tolice é o consenso unânime da opinião pública. Sobretudo em países em que não há muita opinião pública.

Todos dizem que determinado dramaturgo "já era", e então todos acreditam que ele morreu; todos, inclusive os atores e inclusive as atrizes. E foi uma atriz brasileira, das melhores aliás, a que ofereceram o papel de Helene Alving em *Espectros* de Ibsen, e que respondeu, um pouco indignada: "Mas eu não vivo no século passado; esse Ibsen é o dramaturgo da iluminação a gás; é um antiquado, eu quero representar papéis do teatro do meu tempo."

Talvez a senhora fale hoje um pouco mais baixo, depois do sucesso de Tônia Carrero como Nora em *Casa de bonecas*. Mas não adianta. Mesmo assim, ninguém oferece a ninguém o papel de Helene Alving. A "antigüidade" de Ibsen é um dogma em que quase todos acreditam. Se é realmente assim, confesso que sou herético e que pretendo investir, como Dom Quixote, contra os moinhos de vento, contra os preconceitos deste "meu tempo" e — espero — não vou cair do cavalo.

Não se trata de entusiasmo — quem se apaixonaria por um velho de óculos escuros e barbas brancas e de guarda-chuva debaixo do braço? — nem da vontade de defender paradoxos. Não sendo brasileiro nato, não sou bacharel em Direito; e não tenho vocação para a advocacia. Mas aquele adjetivo "antiquado" me irrita. Hitler também o usou, falando mal da democracia, e Mussolini achou antiquado o socialismo quando já tinha deixado de ser socialista. Infelizmente, as armas que se usam contra os ditadores não servem para endireitar opiniões literárias torcidas e destorcidas. Não basta demonstrar que as peças de Ibsen são muito bem-feitas, ao contrário:

são feitas bem demais, com surpreendente sabedoria de conseguir efeitos retumbantes no palco. Não adiantaria lembrar que Ibsen é hoje, em 1973, um dos dramaturgos mais representados, especialmente na Inglaterra e na Alemanha: esse *boom* apenas revela que o público sempre cai nas ciladas de uma habilidade técnica bem dosada. Mas "antiquado"? O desprezo refere-se aos temas de Ibsen, aos seus chamados "problemas".

Dizem que esses problemas não existem mais e que as nossas dificuldades de hoje são outras. Que não se trata de desmascarar tubarões de negócios e negociatas, como em *Colunas da sociedade*. Que hoje já se pode falar abertamente sobre desagradáveis efeitos secundários de uma água mineral, sem sofrer a hostilidade do público, como acontece em *Um inimigo do povo*.

Nem sequer os excessos involuntariamente alegres do Women's Lib revivificariam o feminismo da *Casa de bonecas*, porque "o feminismo já conquistou tudo o que pretendia conquistar". Talvez nada disso seja verdade ao pé da letra. Ainda se podem mostrar com o dedo os negocistas que recebem, apesar de tudo, as honrarias das colunas sociais. Não é mais perigoso denunciar uma companhia que vende águas minerais poluídas, mas com respeito a outras campanhas se dispõe de recursos para sufocar as oposições. E nosso futuro Código Civil revelará que as vitórias do feminismo se limitam principalmente à mobilização da mão-de-obra feminina, mais barata que a dos homens. Mas Ibsen exagerava. Seu chamado realismo é notoriamente falso. O tema de *Espectros* seria a tabe (os médicos dizem: *tabes dorsalis*), que o infeliz Oswald herdou do seu pai sifilítico — e hoje sabemos que a tabe não é doença hereditária e não tem nada com sífilis. E agora? Agora só resta demonstrar, por a mais b, que a doença de Oswald não é o tema de *Espectros*. E é isso que tentarei fazer.

Não discutirei a falsidade ou autenticidade do realismo de Ibsen, porque não adiantaria: na época do teatro do absurdo não se quer saber de realismo nenhum, nem do falso nem do verdadeiro, e não estou escrevendo as presentes linhas para converter os admiradores de Ionesco.

Só não sei se Ibsen foi realmente realista. Nesse terreno encontrarei aliados. Pois os especialistas no assunto afirmam que Ibsen nem sempre foi realista, mas só em sua "segunda fase". Mas para compreendermos bem essa afirmação, é necessário dar uma olhada para a biografia do dramaturgo. O sesquicentenário será daqui a cinco anos. Henrik Ibsen nasceu em 1828 em Skien, pequena cidade do litoral da Noruega, que era então um país lamentavelmente subdesenvolvido, muito pobre, povoado principalmente por camponeses que agüentavam estoicamente a esterilidade do solo e as barbaridades do clima nórdico.

A classe dominante era a burguesia das cidades litorâneas, nada rica conforme nossos conceitos modernos, mas abastada pela exploração dos pescadores e dos marujos. A essa burguesia pertencia o pai de Ibsen, e a infância do menino parece ter sido feliz. Mas quando o garoto tinha 7 anos de idade, o pai faliu. A família começou a sofrer privações. Impossibilidade de estudos superiores. Com 16 anos, Ibsen arranjou um humilde emprego na farmácia de uma cidade vizinha. Uma adolescência na pobreza, sem amigos, sem amores, sem esperanças. A revolução de 1848 — lá fora, em outros países, mas não na pacata Noruega — inspirou ao rapaz algumas poesias medíocres, mas entusiasmadas. Talvez um futuro escritor? Mas seria necessário estudar. Aprender — então se acreditava firmemente na necessidade disso — latim para entrar na universidade. Estudou os elementos da língua latina. Chegou a ler os célebres discursos de Cícero contra a conspiração de Catilina, e fez o que um colegial, nessas circunstâncias, faria fatalmente: escreveu uma tragédia, *Catilina*. Mas, naturalmente, com tendência marcada contra Cícero e a favor do anarquista Catilina. A peça foi publicada, às despesas de uns amigos, quando Ibsen já era estudante em Kristiania, hoje Oslo. Sucesso: nulo. Teria sido o fim prematuro da carreira literária, se não houvesse a intervenção de um violinista megalômano.

O norueguês mais célebre daqueles tempos era o violinista Ole Bull. Um virtuose vaidoso e excêntrico, que ganhava muito dinheiro, imitando as atitudes e gestos de Paganini. Voltando para a pátria, resolveu fundar um grande teatro em Bergen, segunda cidade do país. Reservou-se para si próprio a direção das representações de óperas. Procurou um diretor para as peças faladas e, por um acaso louco, encontrou um estudante fracassado de 24 anos de idade e confiou-lhe a tarefa. Do contrato constava a obrigação do diretor de escrever uma peça por ano, para o dia de fundação do teatro de Bergen. Escrevendo essas peças, altamente românticas e patrióticas, e encenando peças do *boulevard* parisiense, reuniu Ibsen as experiências fundamentais da sua futura carreira. Cinco anos mais tarde assumiu a direção de um teatro na capital. Mas o insucesso continuou-lhe fiel. O teatro teria de fechar.

Calamidade e novas privações. Não desanimou. Escreveu uma tragédia no estilo de Shakespeare, com enredo tirado da história medieval norueguesa, *Os pretendentes da coroa*, e obteve enfim sucesso. Foi morar em Roma, onde escreveu *Brand*, a tragédia de um pastor protestante que, como Kierkegaard, exigiu a fé incondicional, sacrificando tudo. Depois, *Peer Gynt*, a peça que é hoje considerada a obra mais importante de sua primeira fase. Firmemente resolvido a não voltar para a Noruega, que lhe parecia mesquinha e corrupta, foi para Dresden; e em 1875 fixou residência permanente em Munique, onde, aliás, ninguém o conhecia. Nenhuma das obras do quase cinqüentão tinha sido traduzida para uma língua estrangeira. Costumam os biógrafos de Ibsen afirmar que ele era então personalidade famosa "apenas nos países escandinavos". Seria verdade, se não fosse também país escandinavo a Suécia. Em 1877 a Universidade de Upsala conferiu o doutorado *honoris causa* ao professor finlandês Dietrichson, que conhecera Ibsen em Roma e pediu à congregação a mesma honraria para o amigo, que foi concedida. Depois da cerimônia universitária houve recepção em casa do reitor, que perguntou a Ibsen se os seus estudos científicos seriam da mesma especialidade que os de Dietrichson; este interveio: "O Sr. Ibsen não é professor" — "Ah, respondeu o reitor, desculpe a confusão, lembro-me agora, o Sr. é o grande pintor paisagista..." Outra vez, o amigo interveio: "Não, magnífico, o Sr. Ibsen é escritor." Agora o reitor da grande universidade sueca não se conteve mais e confessou:

"Nunca ouvi esse nome."

Os suecos parecem, aliás, ter guardado essa atitude reservada em relação a Ibsen. Em 1901 conferiram o primeiro Prêmio Nobel de Literatura ao poetastro parnasiano Sully Prudhomme e mesmo depois, até a morte de Ibsen em 1906, não aproveitaram a oportunidade de reparar o erro, o que é uma prova evidente do valor real do Prêmio Nobel de Literatura e da perspicácia crítica da Academia de Letras da Suécia. No tempo do incidente em Upsala, Ibsen já tinha resolvido mudar de estilo, e radicalmente. Estava escrevendo *As colunas da sociedade*, sua primeira peça realista, em prosa, de tendência agressiva contra a burguesia da época e contra a hipocrisia norueguesa. A obra obteve grande sucesso na Alemanha e foi também representada em outros países. Foi o início da chamada segunda fase.

Daí em diante, os escândalos em torno do teatro de Ibsen ajudaram para torná-lo célebre. Houve forte indignação por causa da *Casa de bonecas*: uma senhora casada que abandona o marido e os filhos por causa de suas idéias vagas sobre independência pessoal! Não seria possível! Naturalmente, as grandes atrizes da época não quiseram perder o papel de Nora, mas chegaram a pedir (e até conseguir) um *happy end*: no último momento, Nora muda de opinião e volta para o lar. Mas nenhuma modificação conseguiu salvar *Espectros*, a obra em que aparece no palco um sifilítico e se chega a falar da doença. Foi demais.

A peça foi proibida pela polícia em todos os países e só podia ser representada perante público de convidados. O protesto do autor, na obra seguinte, *Um inimigo do povo*, não adiantava. Mas a censura policial tem mesmo o destino de que suas proibições são contraproducentes: só provocam a curiosidade e contribuem para o sucesso.

O pato selvagem, rosmersholm, A senhora do mar, Hedda Gabler, Arquiteto Solness (que, por causa de um erro do primeiro tradutor francês, continua a ser citado no Brasil como *Construtor Solness*), todas essas peças foram sucessos retumbantes: na Alemanha, na França, na Itália, na Rússia, na Inglaterra (graças a Bernard Shaw).

Falava-se de "Shakespeare bourgeois". Em 1891, Ibsen voltou enfim para a Noruega, sendo homenageado como o poeta nacional. Morreu em 1906. E hoje passa por antiquado. É um fato que Ibsen, no meio de sua carreira literária, mudou de estilo. A crítica prefere hoje as grandes obras da primeira fase: *Os pretendentes da coroa, Brand, Peer Gynt.* São peças que se passam em tempos remotos ou não identificados; são escritas em versos. Seriam as obras românticas de Ibsen. Mas será que são realmente românticas? Talvez o melhor exemplo seja *Peer Gynt,* um drama "épico" no sentido do teatro épico de Brecht. Peer Gynt é um rapaz norueguês, filho de camponeses, que tem um talento extraordinário: o de mentir. Em outras circunstâncias talvez chegue ele a ser um grande inventor de histórias, um poeta. Mas a vida não lhe oferece oportunidades para tanto. Vai embora para o grande mundo lá fora para tornar-se rico e poderoso: procura ouro no subsolo da Califórnia, é importador de escravos na América, vende armas aos turcos contra os gregos, arranja tudo na vida porque vendeu sua alma. Mas quando seu caminho final, através de uma floresta escura, o aproxima da morte, aparece um sujeito simbólico, um fundidor de botões, que o submeterá a uma operação cirúrgica, dolorosa mas necessária: as almas dos homens também têm de ser refundidas. *Peer Gynt* pode ser e já foi interpretado das maneiras mais diferentes, e não sei qual é a interpretação certa. Mas não vejo objeções possíveis contra a teoria de que o aventureiro *Peer Gynt,* que enriquece pelos processos mais imorais — porque não sabe o que é moral — representa o capitalismo e que o trabalho de "refundir os botões" tem sentido francamente revolucionário. Com toda a poesia e todos os "efeitos de alienação", trata-se de uma obra antiromântica e fundamente realista.

Por outro lado, os dramas chamados realistas de Ibsen não são tão convincentemente realistas como se afiguram ao leitor e espectador desprevenidos. Só parecem assim porque os enredos são tirados da realidade de todos os dias, por assim dizer, da realidade jornalística.

Henrik Ibsen não foi um apaixonado dos livros. Parece que estudou muito durante os anos em Roma e Dresden. Mas depois preferiu outras leituras. Vivendo quase 20 anos em Munique, freqüentou todas as tardes o famoso Café Maximilian no centro da cidade. Com suas barbas brancas e óculos escuros, ocupando sempre a mesma mesa no mesmo cantinho, tornou-se personalidade célebre. Quando já tinha fama internacional, os turistas procuravam o estabelecimento para admirá-lo de longe. E quando, em 1891, voltou à Noruega, o proprietário do Café Maximilian alugou um velho burocrata aposentado, de exterior parecido, para ficar todos os dias durante quatro horas naquela mesa: era preciso não perder a atração turística. Mas que foi que Ibsen fez naquele café? Leu jornais. Notícias da crônica policial, de casamentos e divórcios, dos debates em associações profissionais, eis as fontes que lhe forneceram os enredos das suas peças da segunda fase, realista.

Quando a associação Veritas, dos armadores de Bergen, excluiu o armador Palmson, que tinha mandado para o mar navios avariados para ganhar o seguro — eis que Ibsen escreveu *As colunas da sociedade*. Quando na Dinamarca fez sensação o caso de uma senhora da alta sociedade que, desconhecendo as conseqüências, assinou um cheque com o nome do marido, estava encontrado o enredo de *Casa de bonecas*. A morte de Anker, capitão do Exército norueguês e conhecido como perdulário e mulherengo, deixou em situação difícil sua viúva, mulher beata, eis o caso que forneceu o enredo de *Espectros*. São casos como estes, que acontecem todos os dias em todos os lugares. Por isso, as pessoas parecem realistas. Mas não são tão realistas assim.

O estilo é coloquial, até deliberadamente prosaico. Mas os diálogos têm muitas vezes um duplo sentido, que o espectador adivinha enquanto os personagens no palco o desconhecem. Os acontecimentos são os da vida cotidiana; mas, como mestre da técnica teatral, o dramaturgo focaliza os fatos significativos, que chegam a tornar-se símbolos. O navio avariado em *As colunas da sociedade* é símbolo das bases incertas da fortuna e do prestígio social do cônsul Bernick. As bonecas com que brincam os filhos de Nora são símbolos de um convívio familial em que o marido não leva a sério sua mulher. Em *Espectros*, o asilo que tem o nome de Alving, tido falsamente como filantropo, é devorado por um incêndio, quando se revela a verdade sobre o caráter do defunto.

O palco, nas peças de Ibsen, é um quarto em apartamento de família burguesa ou pequeno-burguesa por volta de 1870, 1880. Espécie de *living*, de proporções modestas; cheio de móveis estofados, muitos quadros medíocres nas paredes, uma abundância de fotografias, lembranças, porcelanas, um *bric-à-brac* de toda espécie, não se compreende como as mulheres com seus vestidos longos conseguiram passar entre esses móveis sem causar desastres. Em geral, os acontecimentos se passam por volta da hora do jantar ou mesmo durante a noite, não importa, o espectador vê tudo muito bem, pois a iluminação é a gás, e ninguém já se lembra hoje que o gás deu luz mais forte que as lâmpadas elétricas. Apenas o raio dessa iluminação é mais limitado: os cantinhos da sala são bem escuros, também há volumosas cortinas que escondem as janelas, e mal se adivinham as portas no fundo do palco. Eis a "paisagem" teatral das peças de Ibsen. A situação parece clara, até luminosa; mas é daqueles cantinhos, daquelas cortinas, daquelas portas que surgem inesperadamente as recordações desagradáveis, as testemunhas inoportunas, as visitas indesejáveis.

Em todas as peças de Ibsen aparecem esses "espectros", e a uma dessas peças ele deu mesmo o título *Espectros*. Quem são esses espectros? É o passado duvidoso do rico e prestigiado cônsul Bernick, em *As colunas da sociedade*. É a escandalosa vida pregressa do defunto Sr. Alving, em *Espectros*. Depois, serão a fraude e prisão do velho Ekdal no *Pato selvagem*, e em *Rosmersholm* até um crime de morte. Os espectros de Ibsen são sinônimos do passado. Ibsen é um antipassadista. Revela o passado para combatê-lo, para exterminá-lo. Numa das suas poesias, aliás razoavelmente medíocres, usa a metáfora terrificante de que todos nós, na viagem pela vida, temos cadáveres a bordo. São esses espectros que, aparecendo, destroem a aparente felicidade das famílias mais bem-instaladas, minando e destruindo as colunas da sociedade.

Nesta altura convém observar que Ibsen não mereceu o apelido meio honroso e meio ridículo de Shakespeare Burguês. Embora homem de vulnerável vaidade que, quando velho e sozinho em casa, costumava admirar as condecorações recebidas de reis e presidentes, Ibsen nunca pensou em comparar-se a Shakespeare. Foi, certamente, o dramaturgo da sociedade burguesa, mas ele próprio não foi burguês; ou então, só foi burguês no sentido revolucionário da burguesia francesa de 1789, e por isso causou escândalo e é capaz de causar ainda hoje escândalo em países atrasados em que a Revolução Francesa até então ou até hoje não tinha acontecido. Tampouco foi Ibsen um liberal; ou então só abraçava aquela forma extrema do liberalismo que se chama anarquismo. Uma tragédia em homenagem ao anarquista *Catilina* foi sua primeira obra, e desde então não deixou de irritar e provocar a sociedade do seu tempo que, aliás, segundo informações fidedignas, até hoje existe e domina. Sobretudo foi Ibsen o inimigo irreconciliável de certas instituições daquela sociedade e, em primeira linha, adversário daquela instituição que os defensores e salvadores da ordem estabelecida costumam chamar de célula ou então de fortaleza da sociedade muito bem estabelecida: a família. Em todas as peças desse anarquista de barbas brancas, óculos escuros e guarda-chuva debaixo do braço, a família é uma fonte envenenada, assim como a fonte de águas minerais que o Dr. Stockmann, em *Um inimigo do povo*, denunciou. Entre todos os espectros de Ibsen, o mais terrificante é a família. É por isso que sua tragédia especificamente familiar leva o título *Espectros*.

Não vamos usar superlativos. Mas neste caso é difícil resistir: *Espectros* talvez seja a peça dramática melhor construída da literatura universal. O mérito não é, aliás, do autor: imitou com habilidade dir-se-ia vertiginosa, o esquema do *Rei Édipo*, de "exposição retrospectiva". Lembram-se da peça de Sófocles? Quando se levanta o pano, todos os acontecimentos já aconteceram: o oráculo predisse os crimes do recém-nascido Édipo; os pais, assustados, afastaram a criança; mas este voltou, matou o pai sem reconhecê-lo e casou com a mãe sem saber com quem casara. Todo o enredo da peça já aconteceu quando ela começa; expondo lentamente esse passado aos espectadores, o dramaturgo também o revela, ao mesmo tempo, aos próprios personagens que, pouco a pouco, se informam da verdade, até Édipo, reconhecendo sua própria identidade, soltar o grito terrificante que confirma tudo.

Espectros também é uma exposição retrospectiva. Quando se levanta o pano, tudo já aconteceu. O Sr. Alving foi homem rico, bonito, simpático e muito devasso. Sua mulher, Helene, casou com ele sem saber nada da vida, e quando soube, já era tarde demais. Por um momento pensou em fugir da casa do marido; mas seu amigo, o pastor Manders, homem direito e um pouco burro, convenceu-a da obrigação "sagrada" de ficar. Alving morreu de doença venérea, deixando, além do filho Oswald, uma filha ilegítima, Regina, fruto de relações com a empregada da casa. Que pode Helene Alving fazer para esconder o acontecido? Casa a mãe de Regina com o marceneiro Engstrand que sabe tudo e concorda com tudo conquanto tenha dinheiro para comprar cachaça. Regina é educada em casa, como espécie de órfã, filha de parentes remotos. Oswald é mandado para Paris, onde estudará arte, até todo o passado ficar esquecido. E com o dinheiro do defunto é fundado um asilo. Tudo isso aconteceu. Mas o passado volta. Os espectros voltam. Helene Alving fez tentativas desesperadas de encobrir tudo; mas chega a observar, por acaso, uma cena de início de amor entre Oswald, de volta de Paris, e Regina, sua meia-irmã, exatamente assim como ela surpreendeu o marido com a empregada. Aos poucos, tudo se revela, para o susto do pastor Manders que acredita muito na necessidade de esquecer o acontecido como se não tivesse acontecido, para não haver escândalos. Essa revelação vagarosa do passado é todo o enredo da peça. Muito simbolicamente, o Asilo Alving é devorado por um incêndio (e o pastor Manders lamenta que não era segurado). Enfim, Oswald confessa à mãe que herdou a doença do pai e que está perdido.

Espectros termina mesmo como tragédia. Há uma diferença entre *trágico* e *triste.*

Os acontecimentos mais tristes — digamos, um desastre de avião em que perdem a vida dezenas de pessoas — ainda não são trágicos. Para tanto é necessária uma relação entre a morte dessas pessoas e sua vida. Enfim, uma certa coerência dos acontecimentos. Em *Espectros*, essa coerência não se percebe à primeira vista. Pois não há relação necessária e fatal entre um casamento infeliz e a doença do filho desse casamento. O caso é triste, talvez horrendo, mas não é trágico. Como chegou Ibsen a escrever essa tragédia? Só porque leu num jornal, no Café Maximilian em Munique, o caso do devasso Capitão Anker e de sua mulher beata?

Na verdade, há uma relação, nada secreta aliás, entre as peças de Ibsen. Peer Gynt é um aventureiro que, mediante mentiras e crimes, acumula uma grande fortuna; mas não escapará ao simbólico "fundidor de botões". Em *As colunas da sociedade*, o papel do fundidor de botões é representado pela simpática e enérgica Lona Hessel que revela o passado do rico Cônsul Bernick e o obriga a arrepender-se publicamente; no fim dessa peça, Ibsen manifesta, pela boca de Bernick, sua confiança em mulheres independentes e destemidas, como Lona, que endireitarão a sociedade. Mas Lona não é casada. Uma mulher casada, para agir assim como Lona, deveria separar-se do marido: como Nora em *Casa de bonecas*. Nesta peça aparece um personagem secundário, episódico, o Dr. Rank, que herdou do pai uma doença venérea e está condenado à morte. Esse Dr. Rank é evidentemente o esboço de Oswald, em *Espectros*, que é a obra seguinte. E quando *Espectros* produziu um escândalo tremendo e foi proibida em toda a parte, escreveu Ibsen *Um inimigo do povo* em que o Dr. Stockmann, denunciando o perigo das fontes envenenadas, é atacado como inimigo da sociedade que, por motivos econômicos, precisa explorar aquelas fontes; assim como a mesma sociedade precisa, por motivos morais, sustentar a instituição envenenada do casamento, da família.

Esse relacionamento entre as peças de Ibsen — seria possível continuar a série — parece permitir uma interpretação de *Espectros*. Ou antes: apóia a interpretação geralmente aceita. Oswald seria o "herói" trágico da obra. Não tem culpa do seu fim. A culpa é do pai que morreu antes da peça começar. Realmente, Ibsen elaborou o papel por assim dizer *con amore.* Oswald tem a parte principal da maior parte das cenas. Helene, o pastor Manders, o marceneiro Engstrand já sabiam tudo, apenas não falaram abertamente porque seus interesses pessoais lhes mandam esconder a verdade. Mas Oswald — como Édipo — não sabia de nada, e é ele que está sendo informado, aos poucos, para compreender o fim terrível que o espera. É Oswald quem encontra as expressões mais pungentes, até inesquecíveis, contando à mãe que os médicos em Paris diagnosticaram "amolecimento do cérebro", e acrescenta: "O termo é estranho, quase bonito, me faz pensar em cortinas de veludo vermelho, muito macias..."; são as cortinas atrás das quais se esconderam, nesse caso, os espectros do passado. Oswald é sua vítima passiva.

Mas uma vítima passiva não é personagem principal de uma tragédia. Essa interpretação serve para que grandes atores, virtuoses da arte de agir no palco, nos apresentem um estudo psicopatológico. Isto não pode ter sido a intenção de Ibsen; até chegaria a justificar, um pouco, a atitude dos seus censores, porque um teatro não é, afinal de contas, uma clínica neurológica. Mas numa peça dramática nada é confiado ao acaso. Tudo tem que ter sua função, sobretudo e especialmente os personagens secundários que não aparecem no palco só para encher espaço.

Veja-se o marceneiro Engstrand, um velho vagabundo, que é capaz de tudo e que diz a qualquer outra pessoa aquilo que poderia agradar a ela. Quando o pastor Manders lhe lembra suas obrigações morais, Engstrand percebe que é um pastor, um homem de Deus, que lhe fala; e responde como só ele pode responder a um homem de Deus: "Sim, senhor, a consciência, eu sei; a consciência é uma coisa difícil!" O pastor, por sua vez, é burro demais para perceber que essa resposta de Engstrand se refere diretamente a ele, Manders. Pois o pastor esqueceu (ou antes, nunca soube) que sua própria consciência está em causa: foi Manders quem deu a Helene Alving o conselho de ficar com o marido apesar de tudo, só para evitar o escândalo de um divórcio. Mas quem é que obedeceu a esse conselho de ficar, causando assim a tragédia de Oswald e a tragédia inteira? Foi Helene Alving.

A relação entre o personagem Dr. Rank e o personagem Oswald é muito interessante para quem estuda a maneira de trabalhar de Ibsen. Mas a relação que importa é entre Nora e Helene. Nora reconheceu que seu casamento não foi um verdadeiro casamento; e saiu. Helene Alving também reconheceu que seu casamento não foi um verdadeiro casamento. Mas ficou. E essa covardia produziu a tragédia. O "herói" trágico de *Espectros* não é Oswald, mas Helene Alving. É um dos maiores papéis femininos do teatro moderno. E não só do teatro de iluminação a gás. Mas também do nosso tempo.

Espectros continua, lá fora no mundo, uma das peças mais representadas. No Brasil, só me lembro de uma representação, no pequeno teatro de estudantes que Pascoal Carlos Magno tinha instalado em sua casa em Santa Teresa; naturalmente, não uma grande sala, mas um salão para 40 ou 50 espectadores, espécie de "teatro no apartamento", sem separação rigorosa entre platéia e palco, de modo que não se percebeu quase a diferença entre atores e espectadores. Acredito que essa maneira de representar as obras de Ibsen talvez seja a melhor: a peça não é realista para nós, mas conosco. Assim se desmente a observação pouco inteligente (também já a li impressa, em letras de forma) que as peças de Ibsen seriam inatuais porque retratam a sociedade norueguesa de 1880 — e que temos, nós outros com isso?

Temos, e muito. A Noruega de 1880 era um país pobre, atrasado, subdesenvolvido; mas deu um Ibsen. A Noruega de hoje é um país, talvez não rico, mas abastado e em pleno progresso, digamos em desenvolvimento; mas não tem nenhum Ibsen. Será um caso isolado? Quando a dramaturgia de Ibsen ainda era muito discutida, seus adversários conservadores, homens de muita moral e de muito civismo, o censuraram por caluniar e destruir a ordem estabelecida, sem nos dar nova orientação, melhor. Diziam: "Ele semeia dúvidas, mas não responde." Certo. A arte não tem de responder. Tem de perguntar. Para falar em termos sofoclianos, o dramaturgo escreve sobre

Édipo, mas não é um Édipo; é antes, a esfinge que nos coloca diante do enigma, do problema da nossa existência. Quem não sabe responder, somos nós outros. Por enquanto, só nos ocorre a resposta de Engstrand: "Sim, senhor, a consciência, eu sei; a consciência é uma coisa difícil!" Esta consciência não é somente difícil, mas também é falsa. Mas ainda é melhor que a tranqüila boa consciência, que é uma invenção do diabo.

10/3/73

O tartufo

de Molière

(por R. Magalhães Júnior)

Há 300 anos — a 17 de fevereiro de 1673 — morria o gênio da dramaturgia e da arte teatral francesa, um filho de tapeceiro chamado Jean-Baptiste Poquelin, que ficaria imortalizado sob o pseudônimo de Molière. Em sua vida relativamente curta — apenas 51 anos — ele escreveu algumas obras-primas universais, entre as quais destaca-se O tartufo, *cujo personagem principal ficou sendo sinônimo do hipócrita. Somente um gênio poderia desvendar os abismos de uma alma pérfida. Molière é representado e lido até hoje, mas a sua obra mais importante é pouco encenada: um sintoma de que a sociedade se defende e não aprecia que lhe mostrem algumas de suas chagas mais inarredáveis.*

Molière, o gênio da comédia francesa, escreveu muitas obras famosas, que trouxeram o seu nome até nós, cercado de glória, de gargalhadas e de aplausos. Fez peças apenas para rir, em que todos os recursos cômicos, mesmo os mais grosseiros, eram utilizados, sempre com extraordinária segurança. Mas escreveu também peças que eram verdadeiras obras-primas literárias, pela elevação do diálogo, pelo corte psicológico dos personagens, pela musicalidade dos versos alexandrinos. Discute-se, ainda hoje, qual teria sido a mais notável de suas peças: se *Le Misanthrope*, se *Le Tartuffe*. Ambas são admiráveis, mas esta última foi, sem dúvida, a mais corajosa, a mais polêmica, a mais perseguida. Famosa, é, no entanto, uma obra-prima pouco encenada e, igualmente, pouco lida.

A vida de Molière está cercada de lendas. Uma destas é a de que ele nascera, com o nome civil de Jean-Baptiste Poquelin, no ano de 1615, na cidade de Saint-Malo, numa família de tapeceiros e estofadores, mas se recusara a seguir a profissão paterna, fugindo de casa, com pouco dinheiro, e se juntando a uma companhia de funâmbulos, na qual adquiriu o gosto pelo teatro, revelando-se excelente ator e autor. Entretanto, as mais recentes pesquisas em torno de Molière eliminam grande parte dessas lendas. Jean-Baptiste Poquelin nasceu em Paris, no ano de 1622. Era o filho mais velho de um tapeceiro do rei, foi criado numa casa que existiu por muito tempo na confluência da Rue Saint-Honoré com a Rue des Vieilles Etuves, e seu pai obteve que, por sua morte, ele herdasse o título de tapeceiro do rei. Na sua meninice, o jovem Poquelin teve muitas oportunidades de freqüentar espetáculos teatrais, pois um dos amigos de seu pai fazia parte da *Confrérie de la Passion*, proprietário do teatro do Hotel de Bourgogne, e dispunha de um camarote, reservado para si e para os seus amigos.

O futuro ator e autor recebeu excelente educação, no colégio dos jesuítas de Clermont, em Paris, e depois obteve, a custa de bom dinheiro, a licenciatura em direito em Orléans, iniciando-se em seguida, sem gosto e sem brilho, na vida de advogado, por volta do ano de 1641. Mas, a essa altura, o demônio do teatro começou a tentá-lo, afastando-o ao mesmo tempo dos negócios paternos e das atividades forenses. Isso aconteceu quando o jovem Poquelin conheceu uma comediante já bem admirada pelo público de Paris, a encantadora e bonita Madeleine Béjart. Os Béjart moravam perto dos Poquelin, na Rue Saint-Honoré, e a vida livre de Madeleine era certamente muito comentada entre os seus vizinhos. Tinha ela então 24 anos e até pouco antes fora a amante oficial do Conde de Modène, com quem tivera um filho, reconhecido por este. E de nenhum modo parecia indicada para ser a companheira de um jovem advogado com a perspectiva de vir a ser tapeceiro do rei. Contudo, o moço Poquelin se tornou seu amante e, pouco depois, seu associado. Com alguns outros atores, profissionais e amadores, eles decidiram criar um teatro permanente em Paris, ao qual deram o nome de *Illustre Théâtre*.

Um contrato foi estabelecido entre eles em 1643 e, no ano seguinte, começaram a representar, num galpão de jogos esportivos, adaptado para teatro. Encontraram logo um protetor, na pessoa do Príncipe Gaston d'Orléans, tio do rei, graças a quem conquistaram preciosos colaboradores. No novo teatro eram representadas principalmente tragédias, então tidas em grande conta, mas hoje totalmente esquecidas, ou tragicomédias de Magnon, Desfontaines, Du Ryer e Tristan. O insucesso foi tão grande que o *Illustre Théâtre* foi despejado de seu galpão no início do ano de 1645 e Molière — nome de palco adotado pelo jovem advogado Jean-Baptiste Poquelin — metido na prisão, por ter sido incapaz de pagar as dívidas contraídas como empresário. O grupo se dispersou e, quando recuperou a liberdade, Molière, juntamente com a família Béjart, entrou para a companhia teatral do Duque d'Epernon, governador da Guyenne (província francesa, que não deve ser confundida com a Guiana, vizinha ao Amapá). Passou, então, a representar nessa província e, ainda, na do Languedoc e na cidade de Lyon, começando a desenvolver o gosto pelo teatro cômico, adaptando, ampliando e melhorando velhas farsas constantes do repertório dos comediantes de feiras. Suas peregrinações foram longas, como atesta a sua passagem por mais de vinte cidades, mudando constantemente de repertório e, muitas vezes, improvisando cenas cômicas no palco, para dar tempo a que os outros trocassem de roupa. Treze anos durou essa peregrinação, através das províncias do sul da França. Representou em Narbonne, Toulouse, Albi, Carcassone, Nantes, Agen, Grenoble, Lyon, Montpellier, Avignon, Pézenas, Béziers, Dijon, Rouen, etc., sendo que algumas dessas cidades foram visitadas numerosas vezes. A essa altura, Molière adquirira tal experiência e domínio da cena que já era a principal figura cômica do elenco, considerado, por sua vez, a primeira das companhias itinerantes da França.

Em 1653, Molière encontra um novo protetor, na pessoa do Príncipe de Conti, que teria sido um dos seus jovens companheiros de estudos no colégio dos jesuítas. Esse príncipe, irmão do Grand Condé, foi nomeado governador da Guyenne e, em seguida, do Languedoc. E concedeu a Molière uma pensão que o deixava ao abrigo das necessidades mais prementes. Nessa época, Molière já era o autor de numerosas farsas, das quais duas, *La Jalousie de Barbouilé* e *Le Médecin Volant*, tiveram os seus textos preservados. Escreveu depois as comédias *L'Étourdi*, estreada em Lyon em 1655, e *Le Dépit Amoureux*, estreada em Béziers, em 1656. Mas exatamente nesse momento, quando Molière iniciava com brilho sua carreira de autor de comédias, o Príncipe de Conti, sob a influência dos jansenistas, adotava uma atitude catolicamente tão rígida e intolerante que o levava a dizer-lhe: "A minha conversão não me permite continuar a exercer o papel de patrono de atividade tão profana como a do teatro."

Esse acontecimento marcou profundamente o espírito de Molière. O confessor do Príncipe de Conti pareceu-lhe um espírito intolerante, malévolo, hipócrita. E futuramente seria ele o modelo de seu *Tartufo*. Molière passou a primavera do ano de 1658 a serviço do governador da Normandia e, finalmente, graças ao Duque de Orléans, jovem irmão de Luís XIV, a quem era dado o título de Monsieur, sua companhia pôde voltar a Paris e então, a 24 de outubro de 1658, representou pela primeira vez diante da Corte, em presença do próprio soberano. Luís XIV ficou tão encantado que autorizou Molière e seus companheiros a se instalarem na sala do Petit-

Bourbon, ali representando alternadamente com a companhia dos comediantes italianos, que tinham introduzido na França a *commedia dell'arte*, baseada sobretudo em improvisações.

Sem decair das simpatias do rei, Molière conquistou também as boas graças de Nicolas Fouquet, o poderoso superintendente das finanças do Reino, homem de confiança do poderoso Cardeal Giulio Mazarino e que, pouco depois, cairia em desgraça e terminaria os seus dias na prisão. Quando, em 1661, o Petit-Bourbon foi destruído por um incêndio, Molière obteve em troca a sala do Palais-Royal, onde representaria até o ano de sua morte. Em 1662, tendo rompido suas relações com Madeleine Béjart, Molière casou-se com a jovem Armande Béjart, que a lenda apresenta como filha de sua amante, mas era, na verdade, irmã desta, muitos anos mais nova. A lenda faz crer que Molière, casado aos 40 anos, teria sido enganado pela jovem esposa, de 19 anos, que o fez conhecer todas as torturas do ciúme. Mas não há nenhuma prova disso. Ela sempre viveu ao lado do marido, representando os principais papéis de suas comédias, e lhe deu três filhos, o primeiro nascido cerca de dois anos após o casamento e o último alguns meses após a morte de Molière.

Os primeiros anos da companhia em Paris foram marcados por lutas muito duras, que puseram à prova o engenho, a tenacidade e o espírito combativo de Molière. Desde logo, os comediantes do Hotel de Bourgogne identificaram em Molière o mais perigoso de seus rivais. E houve uma declaração de guerra aberta e franca, que se iniciou quando Molière pôs em cena uma de suas melhores comédias, *L'École des Femmes* (*A escola de mulheres*). Mas, apesar dessa hostilidade, Molière conquistou ao mesmo tempo a Corte e a cidade. Em 1664, ele representou, diante do rei, a comédia-balé *O casamento forçado*. Luís XIV encomendou-lhe vários divertimentos da mesma espécie. Daí peças como *O improviso de Versalhes*, *Os prazeres da ilha encantada* e outras do mesmo gênero. Em Versalhes é que foi também representada, diante do rei, a primeira versão de *O tartufo*, que tinha então apenas três atos, em vez dos cinco da versão definitiva.

Em que consistia a intriga de *O tartufo*? Sua figura central era um falso devoto, que, com suas atitudes dissimuladas e hipócritas, dominava inteiramente o espírito de Madame Pernelle, para quem era "um santo homem", "um enviado de Deus". Depois, conquista também a cega e total confiança de Orgon, filho de Madame Pernelle e marido de Elmira. Orgon se deixa fascinar pelos conselhos morais e pela aparência do beato, a tal ponto que obriga a filha, Mariana, a se tornar noiva de Tartufo, ainda que o seu coração na verdade pertença a Valério. Para dar uma prova integral de sua confiança em Tartufo, o imprudente Orgon acaba por transferir, ao futuro genro, a posse de seus bens materiais, inclusive a casa em que mora. Tartufo, a essa altura, já vinha tentando conquistar a futura sogra, Elmira, a quem acaricia, a pretexto de examinar a qualidade do tecido de seu vestido. Vendo-se desmascarado, o falso devoto não guarda mais as conveniências, ou a aparência beata que a princípio a cada instante demonstrava. E expulsa Orgon e sua família da casa, que agora era sua e cujo título de doação, completa e irretratável, guardava no bolso do casaco. Nesse momento, porém, entra em cena um funcionário, que representava a justiça real. Quando Tartufo lhe exibe o título de propriedade da casa, o oficial de justiça o rasga, prendendo, em seguida, Tartufo. Este quer saber o motivo da prisão. E o oficial de justiça diz que assim procedera porque "vivemos sob um príncipe inimigo da fraude, um príncipe que via claro como o dia em todos os corações e que não se deixava enganar pelas artes dos impostores".

Para os críticos, *O tartufo* é um drama que se resolve por uma situação de comédia, de modo meio arbitrário, tanto mais que o funcionário que se apresenta na casa de Orgon não tinha o direito de rasgar o título de propriedade que testemunhava a doação da casa, o que só em juízo poderia ser discutido. Emile Faguet, analisando *O tartufo*, diz: "Dois personagens formam o centro da peça: Orgon, hipnotizado pelo impostor por causa de seu temor ao inferno, e tornando-se cego e perverso para com sua família; e Tartufo, o impostor, composto de todos os vícios e também de alguns ridículos para que o tom da comédia não seja por demais abandonado e para que se possa rir ao mesmo tempo que se estremece. Os inimigos de *O tartufo*, passados e presentes, alguns dos quais são pessoas muito sinceras, pretendem que a peça não ataca a falsa devoção, como Molière dizia, mas também a verdadeira e a própria religião. Porque, dizem eles, não é de Tartufo que Molière mais zomba, mas de Orgon, e é Orgon o personagem mais grotesco; e Orgon é um homem honesto, que não tem outro defeito que não seja o da sua devoção. O argumento é forte e eu não teria a ingenuidade de dizer que Molière era religioso, amava a religião e tenha representado a si mesmo no personagem de Cleanto (cunhado de Orgon). Direi somente que Orgon não é *o* personagem ridículo da peça. Nela há dois: Orgon e Tartufo. Molière expõe ambos à nossa animadversão, ao desprezo e aos risos da platéia. Que significa isso? Que ele denuncia 1) a hipocrisia religiosa; e 2) a devoção tola e egoísta, *à base do egoísmo*, à base do medo, e que reforça nela o egoísmo de que vem infectada."

Remy de Gourmont, escrevendo sobre *O tartufo*, contestou as opiniões expedidas por Sainte-Beuve, que atribuía a Molière a intenção de ferir os jesuítas e não aos jansenistas. E disse: "Nenhum jesuíta figura entre os inimigos de Molière. Adversários declarados dos jansenistas, não podendo defender abertamente a comédia, resolveram adotar uma atitude de neutralidade. Foi, em relação a Molière, uma atitude decente, ou, melhor, simpática, e o grande comediante, molestado por todos os demônios da devoção, absteve-se convenientemente de ainda aumentar, por ataques inconsiderados, o número de seus inimigos." Remy de Gourmont sustenta que Molière não atacava a falsa devoção, mas a religião, propriamente dita, e lembra que o crítico Ferdinand Brunetière, no século passado, classificou *O tartufo* de "panfleto anticristão".

Não houve, no seu tempo, peça mais discutida. Molière procurou cercar-se de todas as cautelas. A primeira representação dos três primeiros atos de *O tartufo* foi feita em Versalhes, perante Luís XIV, a 12 de maio de 1664, e a 4 de agosto do mesmo ano, terminada a peça, em cinco atos, foi ela lida inteiramente em Fontainebleau, ao Cardeal Chigi, legado e sobrinho do papa. Houve novas representações dos três primeiros atos e, finalmente, pela primeira vez, da peça completa, em cinco atos, a 29 de novembro, na casa de campo da Princesa Palatina, em Raincy, por ordem do Príncipe de Condé. Mas logo a peça foi proibida, em representações públicas. As agudas críticas à conduta social e religiosa dos falsos devotos, dos beatos profissionais, eram profundamente irritantes à sensibilidade dos católicos da época. Molière teve que lutar durante vários anos para que sua peça fosse finalmente liberada pela censura real. E começou por dirigir a Luís XIV a seguinte petição:

"Sire — O dever da comédia sendo o de corrigir os homens ao mesmo tempo que os diverte, acreditei, no emprego em que me encontro, que nada melhor teria a fazer do que atacar, por meio de traços ridículos, os vícios do meu século; e, como a hipocrisia, sem dúvida, é um dos mais comuns, dos mais incômodos e dos mais perigosos, eu tive, Sire, o pensamento de que prestaria não pequeno serviço a todas as pessoas honestas do vosso Reino, se fizesse uma comédia que denunciasse os hipócritas, e pusesse em realce, como se faz necessário, todas as atitudes estudadas dessas pessoas bem dissimuladas, todas as trapaças encobertas desses moedeiros-falsos da devoção, que querem enganar os homens com um zelo contrafeito e uma caridade sofística."

"Eu fiz, Sire, esta comédia com todo o cuidado e, creio, com todas as circunspecções que podia exigir a delicadeza do assunto; e, para melhor conservar a estima e o respeito que se deve aos verdadeiros devotos, eu realcei, o mais que pude, o caráter que pus em cena; não deixei nenhum ponto equívoco; suprimi tudo o que poderia confundir o bem com o mal, e não me servi, nessa pintura, senão das cores verdadeiras e dos traços essenciais, que desde logo fazem reconhecer um verdadeiro e franco hipócrita."

"Contudo, todas as minhas precauções foram inúteis. Aproveitaram-se, Sire, da delicadeza de vossa alma sobre as matérias de religião, e vos tomaram pelo único lado por onde sois acessível, quero dizer, pelo respeito para com as coisas santas."

“Os tartufos encapados que conseguiram ter acesso a Vossa Majestade fizeram suprimir a comédia por mais inocente que ela fosse, e por mais fidedigna que ela parecesse.”

“Ainda que tivesse sido para mim um golpe sensível a supressão dessa minha obra, minha infelicidade foi minorada, entretanto, pelo modo por que Vossa Majestade se explicou a respeito desse assunto; e eu acreditei, Sire, que Ela me tirava toda a possibilidade de me queixar, pois tivera a bondade de declarar que nada encontrara a dizer dessa comédia que me proibia de apresentar em público.”

“Mas, malgrado essa gloriosa declaração do maior rei do mundo e do mais esclarecido, malgrado a aprovação ainda do Sr. Legado e da grande maioria dos nossos prelados, que todos, em leituras particulares que lhes fiz de minha obra, estiveram de acordo com os sentimentos de Vossa Majestade; malgrado tudo isso, digo eu, vê-se um livro composto pelo cura de... que dá um alto desmentido a todos esses augustos testemunhos. Vossa Majestade disse o que tinha a dizer; o Sr. Legado e os senhores prelados houveram por bem dar o seu julgamento; minha comédia, sem que ele a tivesse visto, é diabólica, e diabólico é também o meu cérebro; eu sou o demônio vestido de carne e trajado de homem, um libertino, um ímpio digno de um suplício exemplar. Não basta que o fogo expie em público a minha ofensa, isso seria um modo fácil de quitar-me; o zelo caridoso desse galante homem de bem não se contenta com isso; ele não quer que eu encontre misericórdia em Deus, ele faz questão de que eu permaneça danado, para ele isso é um assunto resolvido.”

“Este livro, Sire, foi apresentado a Vossa Majestade; e, sem dúvida, Ela julgará por Si-mesma quanto me é desagradável ver-me exposto todos os dias aos insultos desses cavalheiros; e quanto mal me causarão no mundo tais calúnias, se estas forem toleradas; e quanto interesse eu tenho em me purgar de suas imposturas e de fazer ver ao público que minha comédia não é nada do que eles procuram fazer crer. Eu não direi, Sire, o que eu teria a pedir em benefício de minha reputação, e para justificar a todo mundo a inocência de minha obra; os reis esclarecidos, como vós, não têm necessidade de que se lhes diga o que se deseja; eles vêem, como Deus, o que nos convém, e sabem, melhor do que nós, o que nos devem conceder. Basta-me, pois, colocar os meus interesses nas mãos de Vossa Majestade e esperar dela, com todo o respeito, tudo quanto lhe apraza ordenar."

Depois dessa petição de Molière, Luís XIV deu-lhe permissão para representar *O tartufo*. Molière modificou o título, dando à peça o de *O impostor*. Mudou também o nome de *Tartufo* para Panulphe, com as mesmas sílabas e a mesma rima, sem alteração maior nos versos alexandrinos da comédia. Mas, estando o rei ausente, em visita às suas tropas, num campo de batalha, o primeiro-presidente do Parlamento, M. de Lamoignon, imediatamente fez interditar a peça e fechar o teatro em que Molière e seus companheiros representavam. Essa interrupção durou sete semanas, durante as quais Molière e seus amigos e patronos moveram céus e terras, para que fosse levantada a interdição. Nada conseguindo, o autor de *O tartufo* enviou ao rei esta nova petição:

"Sire. — É uma coisa bem temerária a de vir eu importunar um grande monarca em meio a suas gloriosas conquistas; mas, no estado em que me vejo, onde encontrar, Sire, uma proteção, a não ser no lugar em que venho buscá-la? E a quem posso eu solicitar contra a autoridade do poder que me esmaga, senão à fonte do poder e da autoridade, senão ao justo dispensador das ordens absolutas, senão ao soberano juiz e senhor de todas as coisas?"

"Minha comédia, Sire, não pode gozar das bondades de Vossa Majestade. Em vão eu a apresentei sob o título de *O impostor* e disfarcei o meu personagem sob a aparência de homem do mundo. Achei conveniente apresentá-lo com um pequeno chapéu, cabelos crescidos, um grande colete, uma espada e muitas rendas em seus trajes; incluí em várias passagens modificações que abrandaram as minhas críticas e cortei com cuidado tudo quanto me parecia capaz de fornecer a sombra de um pretexto aos célebres originais do retrato que pretendi fazer; mas tudo isso de nada serviu. A cabala despertou às simples conjecturas que eles fizeram em torno da peça. E encontraram meios de surpreender os espíritos que, em quaisquer outras matérias, fazem uma alta profissão de não se deixarem surpreender. Minha comédia mal acabara de aparecer e já era fulminada com um golpe de um poder que devia impor respeito; e tudo quanto eu podia fazer em tal circunstância, para salvar-me de tal tempestade, era dizer que Vossa Majestade tivera a bondade de permitir a representação e que eu não acreditara ser necessário pedir essa permissão a outros, uma vez que apenas Ela a havia proibido."

"Eu não duvido, Sire, que as pessoas que pinto na minha comédia movam cordéis junto a Vossa Majestade e atraiam para o seu partido, como já fizeram, verdadeiras pessoas de bem, que estão bem mais dispostas a se deixarem enganar por julgarem as outras por si mesmas. Meus inimigos têm a arte de revestir de belas cores todas as suas intenções. Qualquer que seja a expressão fisionômica que eles façam, não é o interesse de Deus que os move; eles já o demonstraram bastante nas comédias que sofreram que fossem representadas tantas vezes em público, sem dizerem uma só palavra. Essas comédias não atacavam senão a piedade e a religião, coisas para as quais pouco estão ligando; mas quando estas os atacam e os expõem à irrisão, eles não podem tolerar tal coisa. Eles não me perdoam por desmascarar suas imposturas aos olhos de todo o mundo; e, sem dúvida, não deixarão de dizer a Vossa Majestade que toda gente se escandalizou com a minha comédia. Mas a pura verdade, Sire, é que toda Paris não se escandalizou senão com a proibição que foi feita; que os mais escrupulosos acharam a representação proveitosa, e se espantaram de que pessoas de uma probidade tão conhecida tivessem tido tão grande deferência para com gente que devia provocar horror em todo o mundo, por serem o oposto à verdadeira piedade de que fazem profissão."

"Espero, com respeito, a decisão que Vossa Majestade se digne de proferir sobre esta matéria; mas é certo, Sire, que não devo mais pensar em escrever comédias, se os tartufos levarem a melhor; se eles conquistarem assim o direito de me perseguir sem tréguas e de descobrir segundas intenções nas coisas mais inocentes saídas da minha pena."

"Possam as vossas bondades, Sire, me dar proteção contra seus ódios envenenados; e possa eu, ao voltar Vossa Majestade de uma campanha tão gloriosa, poder distrair Vossa Majestade das fadigas de suas conquistas, dando-lhe inocentes prazeres após tão nobres trabalhos, e fazer rir ao monarca que fez tremer toda a Europa!"

O rei acolheu favoravelmente esse lisonjeiro requerimento de Molière, mas apesar disso a interdição de *O tartufo* só foi levantada no início de 1669. Nessa ocasião, Molière se dirigiu de novo ao rei. Com a data de 5 de fevereiro de 1669, pediu ele um lugar de cônego para um padre para quem seu médico rogara a sua proteção junto a Luís XIV! Foi esta a carta de Molière:

"Sire. — Um médico muito honesto, de quem tenho a honra de ser cliente, me promete, e quer a isso se obrigar, perante notários, a me fazer viver ainda trinta anos, se eu lhe puder obter uma graça de Vossa Majestade. Eu lhe disse, sobre sua promessa, que não lhe pedia tanto, e que ficaria muito satisfeito com ele, desde que se comprometesse a não matar-me. Essa graça, Sire, é um canonicato da vossa capela real de Vincennes, vaga com a morte de seu ocupante."

"Ousaria eu pedir ainda essa graça a Vossa Majestade, no próprio dia da grande ressurreição de *O tartufo*, revivido por vossas bondades? Eu estou, por esse primeiro favor, reconciliado com os devotos; pelo segundo, eu ficarei reconciliado com os médicos. É para mim, sem dúvida, um excesso de graças, de uma só vez; mas talvez não o seja para Vossa Majestade; e eu espero, com um pouco de esperança respeitosa, a resposta de meu pedido."

Luís XIV deu o canonicato pedido por Molière, juntando a um ato de justiça — liberação de *O tartufo* — um ato de generosidade. Nos quatro anos que ainda viveu Molière permaneceu em grande atividade, representando *O burguês fidalgo, Os amantes magníficos, As trapaças de escapino, As preciosas ridículas (Les Femmes Savantes)* e por fim, *O doente imaginário*.

Quando ele morreu, o cura de Saint-Eustache — sua paróquia — recusou autorização para que lhe fosse dada sepultura em "lugar sagrado", sob a alegação de que o grande comediante e autor dramático morrera sem se ter reconciliado com a Igreja. O cadáver permanecia insepulto três dias depois, quando sua viúva, a 20 de fevereiro, encaminhou uma petição ao arcebispo de Paris, Harlay de Champvalon, sem obter resultado. Correu ela então a Versalhes, acompanhada pelo cura d'Auteil, e lançou-se aos pés de Luís XIV. O cura d'Auteil valeu-se da oportunidade para desfazer as suspeitas de que era um adepto do jansenismo, mas o rei o obrigou a calar-se, para que a viúva de Molière dissesse a que vinha.

Comentando esse episódio, escreveu Saint-Beuve: "Molière, morto, não mais podia divertir Luís XIV; e o imenso egoísmo do monarca, esse egoísmo hediondo, incurável, que nos é posto a nu por Saint-Simon, falou mais alto. Luís XIV despediu bruscamente o cura e a viúva; ao mesmo tempo, escreveu ao arcebispo de Paris recomendando-lhe uma providência sem grande rumor. Resolveu-se que seria concedido *um pouco de terra*, mas o corpo seria levado diretamente para a sepultura e sem apresentação à Igreja. No dia 21 de fevereiro, à noite, o corpo de Molière, acompanhado de dois eclesiásticos, foi conduzido ao cemitério de Saint-Joseph, na Rua Montmartre. Cerca de duzentas pessoas formavam o cortejo, tendo cada qual um archote; não se cantou nenhum canto fúnebre. No próprio dia das exéquias, o povo, sempre fanático, se tinha aglomerado em torno da câmara mortuária com aparências hostis; dissolveram-no atirando-lhe dinheiro.

Entretanto, depois de morto, cresceu por todo o mundo a glória de Molière. O teatro oficial da França, a Comédie-Française, considerada a Casa de Molière, tem reencenado sempre suas maiores peças: *D. Juan, ou o festim de pedra; O avarento; O burguês fidalgo; O misantropo; A escola de mulheres; A escola de maridos* e, principalmente, *O tartufo*. Esta teve sua tradução iniciada, no Brasil, por Artur Azevedo, que morreu antes de ter terminado o terceiro ato, com os alexandrinos desdobrados em dois versos de sete sílabas. Existe outra, completa e primorosa, em versos alexandrinos, de Guilherme Figueiredo, sem ter sido ainda representada. A maior homenagem que se pode prestar a Molière no ano do tricentenário de sua morte é a reposição, em cena, de suas peças, principalmente de *O tartufo*, motivo de tantas lutas e causa de tantos dissabores.

24/3/73

Pigmalião

de Bernard Shaw

(por Barbara Heliodora)

Milhões de pessoas em todo o mundo conhecem superficialmente o enredo e os personagens de uma das principais obras de Bernard Shaw, através do musical My Fair Lady. *Entretanto, o sucesso do filme e da peça teatral nada mais fez do que ampliar consideravelmente o real desconhecimento do famoso original, inspirado na lenda de Pigmalião e Galatéia. Sem ser o seu principal trabalho, a peça é bastante carcterística de seu autor, que nela soube empregar com mestria os seus habituais e brilhantes recursos de ironia, sátira e crítica social.*

É possível que seja inevitável a transformação em mito de qualquer homem que leva 94 anos vivo, e cerca de 70 desses dizendo coisas devastadoramente brilhantes, chocantes e desconcertantes. Porém nem por isso deixa de ser melancolicamente irônico que George Bernard Shaw, um homem que durante sua vida inteira lutou exatamente para que não houvesse mais mitos, que lutou para que ninguém deixasse de ter coragem de pensar, de examinar, de analisar, de avaliar, tenha em tão pouco tempo entrado para o rol dos clássicos no sentido da velha piada americana a respeito dos mesmos: "Um clássico é uma coisa que todo mundo quer ter lido mas que ninguém quer ler." E o caso de Shaw é grave, porque a camada de desconhecimento, e mesmo de preconceito que o envolve, é dupla e contraditória: ele consegue ser acusado ao mesmo tempo de ser sério demais e de não ter a mínima parcela de seriedade.

Quem tinha razão, em última análise, era o próprio Shaw, a quem repugnava a necessidade de ser solene para falar de coisas sérias. Possivelmente desde Aristófanes ninguém usou a comédia para tratar de temas tão sérios quanto Shaw (muito embora seu lado puritano jamais pudesse admitir o uso de nada que nem sequer remotamente lembrasse a linguagem aristofânica); como resultado, os que ouvem dizer que Shaw é um autor sério e, ao ler suas obras, começam a rir, na maioria das vezes ficam chocados e deixam de atentar para o que ele está dizendo, enquanto que os que ouvem dizer que ele é divertido e, ao ler suas obras, começam a ter de pensar, muitas vezes ficam chocados e refugam, dizendo que aquilo não é comédia. Pior do que isso, uns e outros sentem-se inconfortáveis quando ele analisa as feias bases sobre as quais repousava a mais requintada sociedade inglesa de seu tempo, análise essa facilmente transferível para outros locais e momentos.

Tão mitificado, tão desconhecido é Bernard Shaw que melhor será começarmos a conhecê-lo quando ele nasceu em Dublin em 1856, o que já parece incrível para um homem tão tremendamente atuante no século XX. Quando já famoso, ele falaria de si mesmo como "o filho arrivista de um pai decadente" e tudo indica que ele sempre ficou marcado — pelo fato de o pai alcoólatra ter, pelo seu vício, caído muito abaixo do nível social e econômico que antes caracterizava a família, de ligações aristocráticas. Protestantes irlandeses, os Shaw sempre se haviam distinguido em sua terra, e quando chegou o momento de ampliar o Império lá estavam eles também presentes, já que eram do clã dos Shaw que deram nome a uma montanha e a um rio na Austrália. O avô, Sir Robert Shaw, proclamava que era descendente do Macduff que matou Macbeth e, fiel a seu temperamento, Shaw dizia que isso "era praticamente a mesma coisa que ser descendente de Shakespeare". Mas o pai, George Carr Shaw, diluiu em álcool o *status* de sua mulher e filho, sendo comum a crença de que vem daí a ojeriza de Shaw pela bebida, bem como sua peculiar visão da vida familiar.

A mãe, Lucinda Elizabeth Gurly Shaw, tinha toda a vitalidade, toda a inteligência, todo o amadurecimento que terão as grandes mulheres das peças do filho, e no epílogo de *Pigmalião* Shaw fará mesmo uma espécie de apologia da fixação materna, quando a mãe em questão é efetivamente admirável por todos os motivos. No seu caso pessoal ela foi admirável principalmente porque se cansou de ser esnobada pelos parentes depois que o marido a levou à pobreza e — com ela — ao ostracismo social, resolvendo partir sozinha para Londres, onde passou a ganhar a vida cantando e dando lições de canto e de música em geral. O filho, que arranjara seu primeiro emprego numa firma imobiliária, seguiu-a para a capital inglesa, muito embora na Irlanda, aos 16 anos, já fosse o caixa da firma. Em Londres ele se empregou na companhia telefônica, porém entre 1876 e 1885 viveu sustentado pela mãe, dedicando-se inteiramente a educar-se por intermédio da leitura. Nesses nove anos ele ganhou, pessoalmente, um total de seis libras, correspondentes a um artigo, um anúncio para um remédio barato, e alguns versos. Nesse meio tempo escreveu cinco romances que foram cinco fracassos completos.

Seus estudos foram ecléticos, e fundamentalmente levaram-no a um socialismo não-marxista que o tornou um dos primeiros membros da famosa

Fabian Society, de que foi um dos grandes líderes, junto com Sidney e Beatrice Webb. Essa sociedade não era um partido político, nem contava entre os seus objetivos qualquer posição ativista: era um grupo de intelectuais que acreditava numa evolução gradativa para o socialismo, cabendo-lhes, de momento, a tarefa de denunciar as injustiças sociais, de alertar o público a respeito das mesmas, a esclarecer problemas e princípios. Não só não foram, como também nunca desejaram ser, revolucionários. Shaw revelou-se desde logo um orador brilhante e exímio, e em qualquer contato com sua obra é fundamental levarmos em consideração não só a significação desse socialismo intelectual, no qual a pregação do raciocínio claro era tão importante, como também — sob o aspecto formal — o enorme significado da música nas peças de Shaw. Não que se toque música nas mesmas; mas porque ele parece criar em termos de andamentos e construções musicais. Vale aqui lembrar que, como diretor de suas próprias peças, Shaw freqüentemente conduzia seus atores usando termos de interpretação musical.

Em 1885, por intermédio de William Archer, autor, diretor e ensaísta de teatro, Shaw foi trabalhar na *Pall Mall Gazette* como crítico literário, e no mesmo ano o fato de ter passado sua infância visitando regularmente a Galeria Nacional de Dublin permitiu que se tornasse crítico de arte de *The World*; porém o campo no qual passou realmente a notabilizar-se foi o da crítica musical, que exerceu de 1888 a 1890 no *Star* (usando o pseudônimo *Corno di Basseto*) e de então até 1894 no *The World*. A excelente qualidade dessa carreira de crítico musical, no entanto, foi inteiramente ofuscada pelo extraordinário nível de sua próxima atividade, a de crítico teatral da *Saturday Review*, que exerceu de janeiro de 1895 a maio de 1898. Os memoráveis ensaios que escreveu então foram reunidos num volume intitulado *Our Theatre In The Nineties*, que ainda hoje pode e deve ser lido com proveito; e a passagem de Shaw pela crítica teatral provocou uma mudança radical nessa atividade na Inglaterra.

Nesse meio-tempo Shaw, que jamais se contou entre os entusiastas do teatro, havia tomado consciência do valor que poderia ter o mesmo como veículo ou púlpito onde divulgar suas idéias, principalmente no campo das reformas sociopolíticas. Sua primeira aventura como autor já dá uma boa medida do que será seu teatro: de início o projeto fora feito junto com William Archer, que planejara uma "peça bem-feita" do tipo que estava em moda em Paris. Fatos supostamente verdadeiros e potencialmente "fortes" seriam habilmente manipulados para chegar a um final "feliz" e complacente. Mas Shaw tinha outras idéias, e pegando o esquema original, transformou-o numa denúncia a um tempo realista e grotescamente divertida das fortunas feitas e ampliadas pela exploração de casas de cômodos, das trocas de favores e do empreguismo na administração municipal, e das implicações de fatos como esse sobre o mercado matrimonial nas classes abastadas e refinadas, que proclamam não serem tocadas por esse tipo de sordidez. Shaw trabalhou sete anos, e quando a peça — *Casas de viúvos* — finalmente estreou, ele se tornou imediatamente famoso, ou melhor dizendo, infame, pois todos aqueles que eram afetados pelas desagradáveis verdades ditas na peça acusaram-no de mentiroso, subversivo, etc. Hoje em dia, passado o tempo em que os socialistas elogiavam *Casas de viúvos* por uma questão de princípio, e os não-socialistas a atacavam pelos mesmos motivos, é forçoso admitir que não se trata de mero panfleto sobre problemas habitacionais: Shaw escreveu, há oitenta anos, uma comédia inteligente, irônica, penetrante, em que todos os problemas sociais tocados são perfeitamente integrados numa determinada ação dramática. Se o jogo de interesses, se a corrupção de praticamente todos os personagens fazem pensar, se a comédia deixa um gosto amargo, é porque, segundo o próprio Shaw, era sua função, "como um escritor clássico de comédias, corrigir a moral pelo ridículo".

Na segunda peça de Shaw, *O homem e as armas*, ele partiu para a denúncia do romantismo, da mistificação da verdade por meio de chavões cegamente aceitos, que fazem da vida uma melancólica comédia de erros na qual todos vivem segundo o que deveria ser, e não o que é. Esse "deveria ser", em si, não tem nenhuma justificativa, nem necessidade, nem explicação: é um mito preservado, por um lado, pelos que não querem pensar, por outro, por aqueles a que não interessa que os outros pensem. O *Pigmalião*, escrito quase vinte anos mais tarde, teria elementos desses dois caminhos trilhados por Shaw nos primórdios de sua carreira dramática. Porém muitas e muitas outras idéias ainda seriam incluídas na monumental visão que pouco a pouco foi sendo elaborada por meio das inúmeras peças que escreveu através de um período de cinco décadas.

Não é possível falar-se a respeito do que Shaw quis fazer com seu teatro sem lembrar que a descoberta de Ibsen foi uma das grandes aventuras do tempo de sua juventude. Em Ibsen, o que Shaw via viria a ser praticamente a chave de sua própria dramaturgia; para ele Ibsen era um grande moralista porque, em lugar de pregar uma moral já pronta, definida, sem qualquer margem para buscas ou perguntas, escrevia um teatro no qual não se *fazia* o que era certo, mas sim se procurava *descobrir* o que era certo. É justamente nesse grande caminho de total disponibilidade para levar até as últimas conseqüências a investigação das razões reais para o comportamento pessoal e social que Shaw vai partir para realizar sua obra dramática. O resultado são não só as frases brilhantes, porém de grande percuciência crítica, como também os monumentais prefácios que acompanham a maioria de suas peças. A diferença entre o epigrama de Oscar Wilde e o de Bernard Shaw (surpreendentemente nascidos no mesmo ano) é o fato de o primeiro esgotar-se em si mesmo, em sua forma, no sorriso que provoca, enquanto que o segundo, para além do efeito imediato, traz em si uma semente de pensamento a ser desenvolvido. Wilde é, fundamentalmente, um conservador; Shaw é, visceralmente, um desbravador; é coerente com suas obras que o primeiro tenha morrido em 1900 e o segundo em 1950.

Diz Eric Bentley em seu livro *Bernard Shaw* que Shaw muito pouco conhecia do socialismo marxista, e que a única idéia que lhe ficou dele foi a da base econômica para o comportamento social. E foi por isso mesmo que, em 1894, teve seu mais notório conflito com a censura inglesa, hoje desaparecida. Ao escrever *A profissão da Sra. Warren* abalou a autocomplacência vitoriana, ao escrever que não era a sede de prazer mas sim a indigência econômica que leva à prostituição e, ainda por cima, demonstrar que a exploração do lenocínio tem seus capitalistas que auferem lucros encarados com os provenientes de qualquer outro negócio. O erro dos vitorianos, segundo Shaw, era condenar a prostituição pelas razões erradas, e foi principalmente porque ele tinha razão, e por isso mesmo ofendeu muita gente, que sua peça ficou proibida até a década de 1920, tendo sido apresentada apenas uma vez em 1912 num clube fechado (e portanto fora do alcance da censura, que só podia atingir os espetáculos públicos).

A profissão da Sra. Warren levanta um outro aspecto da obra de Bernard Shaw, no entanto, que nada tem a ver com seus aspectos morais, sociais, ou políticos; trata-se da acusação freqüentemente feita a Shaw de que boa parte de seus personagens não são multidimensionados, não passam de porta-vozes para suas convicções pessoais a respeito deste ou daquele problema. E não há dúvida de que a peça, depois da grande cena em que a Sra. Warren faz sua longa confissão à filha, a respeito dos motivos que a levaram à prostituição e, mais tarde, ao sucesso financeiro graças à mesma, decresce consideravelmente de interesse, pois a atitude da filha, Vivie, ao resolver tornar-se uma das "novas mulheres" que Shaw elaborou a partir de Ibsen, torna-se também humanamente empobrecida. A verdade é que Shaw, o grande orador da *Fabian Society*, por vezes perde-se nos descaminhos da pregação. No caso de *A profissão da Sra. Warren*, no entanto, a falha é notada porque é realmente uma falha (embora uma falha numa obra de grande importância), enquanto que em algumas outras peças (como *Casamento*), nas quais a situação dramática foi efetivamente abandonada pelo debate de forma quase musical — tema, variações etc. — são eminentemente bem-sucedidas.

Porém fica longe da verdade dizer-se que Shaw não escreveu obras de enredo e sim debates. Muito embora a palavra como expressão da idéia seja a mais forte e provocante das armas para Shaw, o autor teatral Bernard Shaw sabe que, no teatro, a palavra tem de ser validada pela ação. E todas as suas inúmeras peças que continuam até hoje a ser vistas com freqüência nos palcos no mundo — e muito particularmente nos da Inglaterra — a estrutura dramática é satisfatória. Destruindo os heróis de papelão que povoam os romances baratos, Shaw não deixou de ter, ele mesmo, os seus heróis. As mulheres (as "grandes caçadoras" que partem em busca do companheiro para a perpetuação da raça), porque representam a Força Vital que para ele é a religião; os poetas, por cuja visão maior o mundo caminha nas idéias; os santos, que são todos aqueles capazes de se entregar às mais árduas tarefas em benefício da dignidade do homem; e os homens de ação, aqueles que têm a coragem de agir, de criar, de enfrentar crises, simplesmente porque sentem as necessidades do mundo. Todos eles são presa, de alguma forma, de uma "paixão moral".

Não será aqui possível descrever as inúmeras formas pelas quais Bernard Shaw asseverou sua profunda "paixão moral" pela humanidade, a única paixão que ele achava realmente válida, porque livre de toda a carga sentimentalóide que normalmente é usada para romantizar o injustificável. A tal ponto ele pôs em xeque os valores dominantes, a tal ponto procurou revelar o que estava por trás dos comportamentos ostensivos mais consagrados, a tal ponto denunciou falsos valores, que realmente não fica muito longe da verdade a brincadeira que diz que, quando queremos saber as posições dos personagens de Shaw, basta aceitar o pressuposto de que todo personagem bem apessoado, bem falante, que expressa os bons sentimentos dominantes é o "vilão", enquanto que todo inconformista suspeito e iconoclasta é o "mocinho". Tal avaliação, naturalmente, é extraordinariamente simplista e indigna de Shaw, que fica mais perto de uma frase de Doolittle em *Pigmalião*, que quando Higgins lhe pergunta se afinal ele é um cavalheiro ou um calhorda, declara: "Um pouco de cada, Henry, como todos nós: um pouco de cada." Aceitando a premissa de que em todos nós há um pouco de cada, Shaw deseja, com seus paradoxos, com seus contrastes, apenas chegar ao ponto em que será possível perceber que todo ser humano, em qualquer circunstância, merece respeito; e o que parece angustiá-lo mais profundamente do que qualquer outra coisa é a freqüência com que as condições de vida fazem com que o ser humano não se respeite a si mesmo, convidando assim o desrespeito dos outros.

Infelizmente, são muitas e muitas as obras-primas de Shaw que ninguém lê, fora da Inglaterra. Seus ensaios, sua correspondência, seus prefácios formam um dos mais nobres conjuntos de prosa existentes na língua inglesa. E no teatro poderíamos falar de *O discípulo do diabo,* de *Cândida,* de *Ândrocles e o leão,* de *César e Cleópatra,* de *Santa Joana,* de *Dilema de um médico.* Mas vamos falar apenas de *Pigmalião,* não só por ser uma das mais significativas das peças de Shaw, como também porque o extraordinário sucesso de *My Fair Lady* tornou ainda mais difícil que ela seja devidamente conhecida: com seu extraordinário charme, com sua encantadora música, com seus cenários imaginativos e seus figurinos suntuosos, o musical usou em vão o nome do mestre, traindo seu pensamento e sua intenção.

Não são raros os casos de peças que fracassam em sua forma original e depois são transformadas em musicais de sucesso, como por exemplo *A casamenteira,* de Thornton Wilder, que virou *Hello, Dolly.* Mas *Pigmalião* não se enquadra nessa categoria: desde seu lançamento inicial, em 1912, a peça fez enorme sucesso, com Sir Herbert Tree fazendo o professor de fonética, Henry Higgins, e Mrs. Patrick Campbell, um dos mais famosos "casos" intelectuais de Shaw, fazendo Elisa, a vendedora de flores. Shaw divertia-se muito com o sucesso de sua obra, dizendo: "Ela é tão intensa e deliberadamente didática, e seu assunto tão árido, que me divirto em atirá-la nas cabeças dos bobos alegres que ficam repetindo como papagaios que a arte não deve nunca ser didática. A peça prova a minha convicção de que a arte nunca deve ser outra coisa." É possível que hoje em dia, se ele estiver em algum lugar de onde nos possa ver, divirta-se menos ao ver que *My Fair Lady* provou que *Pigmalião* continua a ser um sucesso perdendo todo o seu didatismo.

A peça é construída em cinco atos, que podem assim ser definidos: I — Apresentação dos personagens e da situação; II e III — Transformação da vendedora de flores em duquesa; IV e V — Transformação da duquesa em mulher. Para que a significação da peça fique bem clara, é preciso que nos lembremos que na Inglaterra — e muito mais em 1912 do que hoje em dia — o modo de falar tinha uma significação na hierarquia social que não encontra um equivalente entre nós, enquanto que a noção do que determinada classe social pode ou deve fazer era igualmente definida, estratificada, a partir de convenções arbitrárias, esnobes e freqüentemente prejudiciais.

Toda a ação se inicia quando, num encontro fortuito no pórtico de uma igreja perto de Covent Garden (onde há, ao mesmo tempo, uma casa de ópera e um mercado hortigranjeiro) numa noite chuvosa, Henry Higgins, professor de fonética, anota as várias pronúncias que ouve, entre elas a de Elisa, vendedora de flores. Higgins é tomado por um policial, e Elisa, em detestáveis sons chorosos e falando no pior *cockney* (o inglês falado pela classe baixa londrina), reflete por seu comportamento e maneira de falar sua abjeta e subumana condição. É a permanente insistência de Shaw no tema da total destruição da auto-estima pela pobreza. No grupo, Higgins conhece o Coronel Pickering, também especialista em fonética, e Elisa ouve uma conversa dos dois homens na qual Henry diz que é a maneira de falar que prende aquele rebotalho humano na sarjeta, e que ele seria capaz, em três meses, de fazê-la passar por uma duquesa. No final da cena, Elisa, em seus costumeiros tons de choro, quer que Higgins lhe compre flores, e ele acaba por atirar-lhe um punhado de moedas, à vista das quais ela grita como nunca. Depois que Higgins e Pickering saem, aparece Freddy Einsford-Hill, cuja mãe e irmã estavam presentes antes, e queriam um táxi, trazendo finalmente o carro que conseguira. Como as duas já haviam partido, ele não sabe o que fazer, mas Elisa, triunfante, faz aquilo que, para ela, era o símbolo máximo da riqueza e do luxo: vai para casa de táxi, gastando no supérfluo o que poderia garantir-lhe algo de necessário.

O segundo ato passa-se na casa de Higgins, que está mostrando a Pickering seu equipamento profissional. A governante, Mrs. Pearce, anuncia que está embaixo uma moça andrajosa procurando por Higgins. É Elisa, que ouviu o endereço na conversa inicial, e que está disposta a usar o dinheiro que Higgins lhe deu para pagar por algumas aulas "para aprender a falar elegante, para arranjar um emprego numa loja de flores".

Higgins, inteligente e excêntrico, além de estragado pelos hábitos e abusos da classe dominante, torna-se grosseiro ao tratar com Elisa, muito embora se tenha na conta de um homem bom, equânime e cortês. Shaw conduz excepcionalmente bem sua caracterização, mostrando que tudo o que há de pior em Higgins se afirma diante da intimidação de Elisa, diante do fato de não exigir, por seu comportamento, que ele a trate como um ser humano. No final das contas o que para Elisa é um problema de sobrevivência é transformado em uma aposta entre Pickering e Higgins: se, ao final de um período de três a seis meses, o professor de fonética conseguir fazer Elisa passar por uma duquesa em alguma grande festa, Pickering pagará todas as despesas de aulas, roupas, etc.

O lado não *My Fair Lady* da peça é a apresentação do problema, por Mrs. Pearce, da definição da situação de Elisa na casa (pois os dois resolvem que ela ficará morando lá) e, mais grave ainda, o que acontecerá com ela depois de terminado o período das tais aulas. Higgins, que Shaw cria como um personagem dúbio — inteligente e profissionalmente competente, porém totalmente egocêntrico, infantilmente caprichoso —, não leva a sério o problema: Elisa não é uma pessoa, é o objeto de uma experiência. Seu aspecto positivo é, sem dúvida, o de ser um profissional competente e útil, apesar de econômica e culturalmente privilegiado.

Uma outra linha é introduzida ainda no segundo ato, com o aparecimento de Alfred Doolittle, pai de Elisa, que, muito embora trabalhe como faxineiro, tem como profissão principal a grande arte de conseguir que os outros lhe dêem dinheiro. Classificando-se a si mesmo como membro da "pobreza meritória", Doolittle é apresentado por Shaw como uma espécie de força viva, que pelo menos tem alguma forma de espontaneidade, alegria, em lugar da intimidada repressão de sentimentos da pequena classe média, preocupada apenas com sua "respeitabilidade." Doolittle vem, na verdade, tentar tirar dinheiro de Higgins, e, depois de explicar sua situação, quer cinco libras pela filha (se não tivesse certeza da correção das intenções de Higgins pediria cinqüenta, segundo diz). O ato termina com os dois amigos entusiasmados com a idéia da aposta, porém insistindo em não enfrentar a posição de Elisa como problemática.

O terceiro ato, teatralmente eficiente, é a confrontação de uma Elisa semipreparada, com um nível social diverso do seu. Henry Higgins a leva para tomar chá com sua mãe, no dia da semana em que ela fica "em casa" para os amigos que aparecerem. Os amigos que aparecem são a família Einsford-Hill, que procurava táxi no primeiro ato, e Shaw aproveita para criticar a pequena aristocracia que, sem dinheiro, é por demais presa a preconceitos idiotas que a tornam inútil, parasitária. Elisa, bem vestida, com a voz modulada e com pronúncia absolutamente impecável, apresenta-se para o chá e, falando impecavelmente, afunda-se num amontoado de indescritíveis gafes, ressaltando o fato de que falar bem não é tudo: é preciso também saber o que dizer. No entanto, apenas o fato de estar bem vestida e falando bem já dá a Elisa uma segurança pelo menos superficial.

Bernard Shaw, não tendo a menor vontade de salientar qualquer aspecto romantizante em sua peça, faz o quarto ato começar depois do baile no qual Elisa triunfou como a mais requintada aristocrata. Higgins e Pickering, no infantil egoísmo que os caracteriza, congratulam-se mutuamente pelo sucesso da empresa, ignorando Elisa. Eles deixam não só de levar em conta o esforço dela no aprendizado, como também — e o que é muito mais grave — mostram-se aliviados pelo término da aventura, indicando que Elisa agora não lhes serve mais para nada. Sem receber uma só palavra de aplauso ou apreço, a Elisa que já se transformou completamente por fora, porém ainda não por dentro, é simbolizada pelo fato de, em silêncio, ir buscar os chinelos que Higgins procura. Deixada só, com ordens de apagar as luzes da casa, ela tem um acesso de desespero, e quando Higgins volta para pegar os chinelos que esquecera ela os atira em cima dele, que fica espantadíssimo por ela ter alguma coisa a reclamar.

Sob a pressão emocional do momento fica evidenciado que Elisa ainda mantém, no plano das relações humanas, sua posição submissa inicial: o que ela deseja é, sob certo modo, ser premiada pelo que fez, e Higgins reage violentamente, argumentando que emoções não são compradas e vendidas. Muito embora ainda esteja longe de saber se expressar, no entanto, Elisa já atingiu pelo menos, no plano da intuição, um nível suficiente para saber que não está sendo tratada como deve ser tratado um ser humano. E nesta cena é jogada finalmente por ela mesma, pela primeira vez, a pergunta que os outros fizeram antes a Higgins: o que será dela agora que tem tudo de uma *lady* menos as condições econômicas adequadas? Higgins mostra-se surpreendido com a idéia de que ela deixaria sua casa, porém fica muito anti-romanticamente evidente que não é o indivíduo Elisa que ele quer na casa, e sim alguma coisa que o serve, que é mais ou menos parte dos móveis e utensílios, graça a sua humildade e subserviência. Quando Elisa insiste que irá embora, e pergunta o que poderá levar consigo para não ser chamada de ladra, Higgins fica profundamente ofendido, mas na verdade não acredita que ela vá. Quando a cena termina, não há dúvida de que ela ainda está confusa, mas durante a discussão Shaw deixou bem claro que Elisa está começando a percorrer caminhos de raciocínio que nunca atingira anteriormente: quando Higgins displicentemente sugere que seu futuro poderia ser resolvido por um casamento com um imbecil qualquer, "que com certeza minha mãe poderá encontrar", ela responde que quando era mendiga e ignorante, andando pelas ruas, estava, pelo menos, acima desse tipo de coisa, pois "lá, eu vendia flores, não precisava vender meu corpo". É um estágio de conscientização anos-luz acima do acuado "Eu sou uma boa moça" do primeiro ato.

O último ato passa-se novamente em casa da mãe de Higgins, onde Elisa foi buscar abrigo e compreensão. Pickering e Higgins chegam, indignados com o desaparecimento de Elisa (não sabem onde ela está), e a Sra. Higgins tenta fazê-los tomar alguma consciência do problema que foi criado para Elisa. E, repentinamente, a história de Elisa é interrompida pelo aparecimento de seu pai, agora resplandecente, de fraque, com uma renda anual de £3.000, dada por um excêntrico filantropo americano a quem Higgins escrevera a respeito da pitoresca e amoral filosofia de Doolittle. Este acusa Higgins de lhe ter destruído a vida, pois ele agora é uma vítima da intimidação moral da classe média; em lugar de pedir dinheiro aos outros, agora está ele mesmo sendo importunado, e a intimidação chegou mesmo ao ponto de fazê-lo casar-se com sua sétima companheira. Higgins diz que, afinal, Doolittle podia recusar o dinheiro, mas ele filosoficamente responde que se sente acovardado, pois é isso que o dinheiro faz com as pessoas. Quando ele vendeu a filha a Higgins por cinco libras, recusara dez porque a quantia, no caso, já seria suficiente para querer guardá-la, pensar em segurança, conforto, etc., e lá se ia embora a felicidade irresponsável em que sempre vivera. A mãe de Higgins diz que a nova situação econômica de Doolittle será a solução para Elisa, mas é óbvio que o pai não tem o menor desejo de ter a filha consigo, querendo fazer valer a venda que fizera a Higgins. Ao saber que Elisa está na casa, Higgins fica furioso, e quer fazer um escândalo, porém a mãe diz que ela só aparecerá se ele prometer comportar-se, acrescentando que Elisa já lhe assegurou que "está disposta a perdoar e esquecer tudo".

Quando todos se preparam para ir ao casamento de Doolittle, Elisa e Higgins ficam sós, e pela primeira vez se confrontam como dois seres humanos conscientes, cada um, de sua dignidade. Higgins, quando Elisa diz que, ao contrário de Pickering, ele continuou a tratá-la como um rebotalho de sarjeta, mesmo quando foi aceita por todos como uma duquesa, defende-se dizendo que ele trata as duquesas como se fossem rebotalhos de sarjeta, e que o importante é saber que os seres humanos são iguais. No momento em que ela ameaça libertar-se, ensinar fonética, como ele ensinou a ela, Higgins fica furioso, e é só quando ela lhe responde à altura que ele finalmente descobre que, sem perder suas maneiras excêntricas e caprichosas, tem de passar a respeitá-la devidamente. No final da peça, Higgins quer ignorar que Elisa se libertou de seu período de aprendizado, porém não há nada no comportamento dela que possa indicar que a *sua* verdade não seja realmente a de sua última fala, respondendo a Higgins quando este, supondo que ela vai voltar para casa, dá-lhe ordens para comprar uma série de coisas. Ela diz: "Compre você", e sai.

Para *Pigmalião*, Bernard Shaw não escreveu um longo prefácio, mas sim um epílogo, no qual temos menos uma análise séria do que um longo sorriso, no qual Shaw explica por que razão Elisa não poderia nunca casar-se com Higgins: ele é muito mais velho do que ela, tem uma forte fixação materna (coisa que Shaw acha admirável, já que também ele a tinha), e não tem a menor disposição para mudar seus hábitos. Para Shaw, Elisa acaba por casar-se mesmo com o inútil e incompetente Freddy Einsford-Hill, que "a ama" com o mais inútil dos amores românticos, e os dois darão por paus e por pedras até aprender que é preciso trabalhar para ganhar a vida e ser útil à sociedade.

Mas não é no epílogo, e sim na própria peça, que está o total do didatismo de *Pigmalião*: para quem não quiser, a todo custo, romantizar essa notável comédia, há de ser aparente que ela tem um *happy ending* muito mais satisfatório do que o de um casamento ingenuamente romântico, o *happy ending* de Elisa conseguir, finalmente, transformar-se num ser humano, em alguma coisa muito mais digna, muito mais essencialmente nobre do que vestir, falar e andar como uma duquesa. Esta Galatéia, em poucas palavras, recusou-se a ser apenas o que Pigmalião moldou, com o que Bernard Shaw provou mais uma vez que só com um mínimo de dignidade em sua vida quotidiana é que o ser humano pode realizar seu potencial.

19/5/73

Uma temporada no inferno

de Rimbaud

(por Paulo Mendes Campos)

Um século antes dos Acontecimentos de Maio e do Festival Woodstock, ele já largava tudo e botava o pé na estrada. Gênio das palavras, abandonava também a literatura e partia para um projeto mil vezes mais ambicioso: fazer da sua própria vida uma obra de arte. Entre os 16 e os 19 anos compôs algumas poesias, cujo impacto continua se fazendo sentir na cultura ocidental, mais do que nunca. Rimbaud foi o primeiro hippie e hoje o mundo está cheio de Rimbauds, que rejeitam a sociedade industrial e vão em busca de orientes distantes. Mas Rimbaud foi um hippie de talento e deixou como testamento literário esta obra-prima que poucos — sobretudo na sua época — leram: Une Saison En Enfer, *publicada há exatamente 100 anos.*

Era uma vez um menino e sua mãe.

Mães duras desfilam pela história da literatura francesa: a de Balzac, a de Baudelaire, a de Jules Renard... Vitalie Cuif pertence ao mesmo time. O desacerto do seu casamento, a separação quando Rimbaud faz a primeira comunhão, enrijecem ainda mais o caráter dessa mulher triste e orgulhosa, mãe de cinco crianças: o humilde Frédéric, Arthur, um terceiro que morreu infante, Vitalie, e Isabelle, que iria escrever sobre o irmão livro considerado um monumento de impostura por Cabanix, Etiemble e outros especialistas.

A cidade natal é Charleville, nas Ardenas, detestada com sincera violência pelo poeta. Colegial fora de série, menos em matemática, o retraimento desdenhoso de Rimbaud em seus primeiros anos transforma-se em rebeldia na puberdade. Apesar da inteligência de exceção, da facilidade com que compõe versos latinos e dos primeiros prêmios, o menino permanece refratário. Um professor dá a fórmula profética de seu destino: "Tão inteligente quanto possível. Mas vai acabar mal."

Para um colega, parece um galinho de briga. O desprezo pela estupidez já se mostra desde cedo. O terrorismo materno agrava-lhe a solidão. O menino vai aprendendo a viver em seu mundo secreto com uma velocidade existencial vertiginosa. Assim como o calor acelera as reações químicas, as etapas da evolução de Rimbaud desnorteiam, mesmo partindo do pressuposto de sua genialidade. Aos 13 anos, com ódio à ordem estabelecida, acha que Napoleão III merece as galeras. Além da Bíblia, imposta pela mãe aos domingos, lê revistas ilustradas, um Robinson Crusoe juvenil, romances de Fenimore Cooper, Musset, Victor Hugo, Coppée, Banville, Baudelaire. Aos 15 anos, seu professor de retórica é George Izambard, apenas cinco anos mais velho. Sem real profundidade crítica, mas com literário fervor, Izambard se faz amigo do aluno, dando-lhe aulas suplementares gratuitas, lendo-lhe os versos, emprestando-lhe livros. O adolescente acaba por encontrar na Charleville *superiormente idiota* a trinca que lhe convém: Izambard, Deverrière e Bretagne, todos os três republicanos e ateus. O último é uma divertida figura de violinista, letrado, poeta de ocasião, desenhista, entomologista, anticlerical, grande consumidor de cerveja, interessando-se ainda por ocultismo e telepatia.

As tardes no café pioram a existência doméstica do adolescente. Quando cruza por um padre, grita; *Mort à Dieu*! O menino bem arrumado passa a ser o garotão desalinhado, cabeludo, cachimbo na boca, escandalizando burgueses com agressões à religião e às convenções.

Rimbaud antecede de quase um século a figura do adolescente desabusado de Saint-Germain des Prés. Depois da Segunda Guerra Mundial, os Rimbaud sem gênio espalharam-se, padronizados, pelo mundo todo.

Tem 15 anos quando escreve os primeiros versos franceses que chegaram até nós. Envia três poemas a Banville. Impressiona-se com as *Fêtes Galantes* de Verlaine. O jovem exaspera-se com o tédio de Charleville.

A guerra franco-prussiana começa no verão de 1870. Em agosto Rimbaud vende seus livros e embarca para Paris, onde espera assistir à queda do governo imperial. Como o dinheiro não é suficiente para um bilhete de percurso completo, é detido na Estação do Norte e encarcerado. Izambard envia-lhe a importância para completar a tarifa. A mãe exige retorno imediato. É a primeira fuga de uma série numerosa. Dez dias depois escaparia mais uma vez, ganhando a pé a Bélgica, onde espera viver de jornalismo. Pelo caminho escreve poemas de libertação e de convivência com a natureza, assistindo na volta aos bombardeios de Mezières e Charleville.

Além de poemas contra o Império, são dessa época *Au Cabaret-Vert, Ma Bohême, Le Dormeur du Val.*

Não se é sério quando se tem 17 anos... Mas 1871 é a data importante da biografia do poeta. Não volta mais ao colégio. O imperador está preso, a República foi proclamada. Rimbaud vende o relógio de prata e foge para Paris com uma jovem de olhos violeta. Erra pela cidade capitulada, ruas desertas. Escreve uma carta ao poeta Demeny, sem fazer qualquer alusão à entrada dos prussianos. Regressa a pé para Charleville pela terra ocupada.

Thiers foge para Versalhes e a Comuna toma o poder. A Comuna é uma forma de governo popular, catalisada pela guerra franco-prussiana, mas cuja origem está nas idéias de coletivismo pregadas pela Internacional depois do Congresso de Lausanne de 1866.

De Versalhes, o exército de Thiers, sob o comando de Mac-Mahon, marcha para a capital; cem mil homens entram em Paris. Durante sete dias (*Semana Sangrenta*), revolucionários e versalheses brigam furiosamente nas ruas. Rimbaud, que já escrevera um *Canto de guerra parisiense*, depois da derrota dos *communards*, celebra a luta no poema *As mãos de Jeanne Marie*, no qual exalta as mulheres da classe operária que se bateram nas barricadas e alude às ferozes repressões subseqüentes. Com a mesma violência escreve *Orgie Parisienne* (ou *Paris se Repeuple*), onde, descrevendo o retorno dos *rurais*, faz profissão de fé revolucionária, insultando a cidade reconquistada e envilecida pelos burgueses do partido de Thiers.

Se participou ou não da Comuna é ponto que se discute até hoje. Segundo Delahaye, Rimbaud andou durante seis dias até Paris e alistou-se num quartel de franco-atiradores. *O Projeto de constituição comunista*, redigido pelo poeta e lido ao amigo, não chegou até nós.

Paul Demeny foi um poeta que só ficou na história por ter sido destinatário de uma carta, a mais citada de todas as modernas cartas literárias.

Conhecida como *Lettre du Voyant* (Carta do Vidente), foi escrita por Rimbaud seis meses antes de seu 17º aniversário. É uma empreitada de demolição em cima da velha catedral poética: "Toda a poesia antiga confina com a poesia grega. Vida harmoniosa. — Da Grécia ao movimento romântico — Idade Média — há letrados, versificadores. De Ênio a Teroldo, de Teroldo a Casimir Delavigne, tudo é prosa rimada, um brinquedo, amolecimento e glória de inúmeras gerações idiotas: Racine é o puro, o forte, o grande. Tivessem soprado sobre suas rimas, embrulhado seus hemistíquios, o Divino Tonto seria hoje tão ignorado quanto o adventício autor de *Origens*. — Depois de Racine, o brinquedo cria bolor. Isso durou dois mil anos!"

O poeta é o instrumento da poesia porque *Eu é um Outro*. Precisa fazer-se vidente: "O poeta se faz vidente por um grande, imenso e racional desregramento de todos os sentidos. Todas as formas de amor, de sofrimento, de loucura; busca a si mesmo, esgota em si todos os venenos para deles guardar só as quintessências. Inefável tortura para a qual se precisa de toda a fé, toda a força sobre-humana, na qual se torna entre todos o doente, o grande criminoso, o grande maldito — e o supremo sábio! — Porque chega ao *desconhecido*. Pois cultivou sua alma, já rica, mais do que ninguém. Chega ao desconhecido, e quando, enlouquecido, acabará por perder a eloqüência de suas visões, ele as viu!"

Mais adiante, concede a Baudelaire o título de "primeiro vidente, rei dos poetas, um *verdadeiro deus*". E aí surge uma revelação: para Rimbaud, a forma de Baudelaire, tão decantada, era *mesquinha*.

O visionário Rimbaud pretende buscar forma ou formas novas, *encontrar uma língua*. Essa missão, do ponto de vista do patrimônio poético do mundo, foi um sucesso; em termos absolutos, foi um fracasso. Mas Rimbaud foi o mais fracassado de todos os gênios. A própria genialidade condicionou seus sucessivos e desesperados fracassos. O mundo, no entanto, até o nosso mundo mais trivial, com a linguagem de seus cartazes de propaganda, seria diferente, caso não existissem os fracassos de Rimbaud, um menino que só escreveu literatura entre 16 e 19 anos. Sua influência porejou para a linguagem cotidiana. Nossa capacidade de expressão (e conseqüentemente de aperceber o mundo) ficou mais hábil depois dele. Charleville sufocava o poeta, que se recusa a procurar trabalho, declarando-se em greve. Por sugestão do excêntrico Bretagne, envia poemas a Verlaine. Chega a resposta deste: "Venha, grande alma querida, você é chamado, você é esperado." Ia começar, a partir daí, uma tumultuosa história passional. Paul Verlaine, recém-casado, com a mulher grávida, vivia de rendas e morava com os sogros. Já poeta de certo sucesso, admirado pelos companheiros mais velhos, havia publicado os primeiros livros. A paixão pela bebida dava os primeiros sobressaltos à jovem mulher.

Rimbaud chega ao lar (ainda tranqüilo) de Mathilde com a roupa do corpo. Corpo grande. Cara de menino. Olhos pérfidos e muito azuis (olhos de miosótis para Verlaine). "Minha mulher — dirá este — concebeu logo de saída um ciúme então absolutamente injusto!"

Depois de duas semanas na casa da Rue Nicolet, Rimbaud começa a morar em quartos alugados ou emprestados. É o início da grande vagabundagem urbana. Decepciona-se com a convencionalidade dos escritores parisienses, tornando-se desdenhoso e sarcástico. Aprende a beber absinto, participa das brincadeiras poéticas a que Germain Nouveau mais tarde daria o nome de *Album Zutique.* A instâncias da mãe, retorna a Charleville, mas dois meses depois está novamente em Paris. Com Verlaine parte para Arras, passando por Charleville, chegando a pé a Bruxelas. A paisagem belga é, *sem palavras,* descrita por Verlaine: "Tijolos, telhas, / ó fascinantes / esconderijos / para os amantes! / Lúpulo e vinhas, / folhas e flores / tendas ilustres / dos bebedores! / Claras tabernas, / chopes clamantes, / às ordens sempre / dos bons fumantes! / Gares tão perto, / sendas galantes.... / Mas que tesouro, / judeus errantes!"

Em setembro de 1872 os dois circulam pelos *pubs* de Londres, freqüentam os refugiados da Comuna, bebem, brigam. Rimbaud escreve seus últimos poemas versificados e inicia *Illuminations.*

Sua vida é uma seqüência de rupturas: os poemas métricos rompem com a infância e a religião; com os ritmos instintivos de *Illuminations* ele rompe com as estruturas tradicionais; *Une Saison en Enfer (Uma temporada no inferno)* seria a ruptura com a experiência precedente; por fim, abandonaria todas as formas da caça espiritual.

Passa o Natal de 1872 em Charleville. Verlaine adoece em Londres, para onde a mulher se recusa a ir. Rimbaud é que volta à Inglaterra por algumas semanas. Em abril estão de novo na França, mas buscam cidades diferentes. Na expressão de Blondin, é um verdadeiro *western* conjugal: Rimbaud expulso — Rimbaud volta — Verlaine reconquista Mathilde — Rimbaud foge — Mathilde persegue Verlaine — Verlaine e Rimbaud fogem para a Inglaterra — Rimbaud foge — Verlaine procura Rimbaud — Verlaine procura Mathilde — Rimbaud procura Verlaine...

Em Roche, na França, Rimbaud começa a compor *Uma temporada no inferno.* Em julho vai juntar-se em Bruxelas a Verlaine, que aí se encontra com a mãe. Depois da primeira noite, Rimbaud resolve partir. Discussões violentas recomeçam e Verlaine, bêbado, aparece com um revólver, atirando duas vezes e ferindo o amigo no punho. Enquanto a mãe do criminoso trata da vítima, Verlaine atira-se como um louco sobre a cama. No hospital falam apenas no acidente. De volta ao hotel, Rimbaud manifesta sua decisão de ir para a França. Dirigem-se os três para a estação, quando Verlaine puxa de novo o revólver. Apavorado, Rimbaud corre na direção de um polícia. Verlaine é condenado a dois anos na prisão de Mons, onde se converte ao catolicismo.

Rimbaud termina *Uma temporada no inferno* em Roche. O pequeno livro é impresso na Bélgica e ele recebe uns poucos exemplares, que dedica a amigos. A edição, esquecida na tipografia, seria encontrada 28 anos depois. Mas o poeta andara dizendo que sua sorte dependia daquele livro.

O último encontro de Verlaine e Rimbaud se dá na cidade de Sttutgart em 1875: Rimbaud ainda não fez 21 anos e Verlaine, já de rosto envelhecido, é só 10 anos mais velho. O primeiro conta em carta: "Verlaine chegou aqui outro dia, um rosário nas garras... Três horas depois havia renegado Deus e fez sangrar as 98 chagas de N. S. Ficou dois dias e meio, muito razoável, e, sob admoestação minha, voltou a Paris..." O destinatário da carta — Delahaye — informa que Rimbaud deixou Verlaine sem sentidos depois de uma briga, episódio satirizado no diário de Jules Renard: "Verlaine atacado por uma fera na Floresta Negra: reconheceu Rimbaud." A *fera* vai para Milão, onde espera dinheiro para viajar até a Espanha, possivelmente para alistar-se nas tropas carlistas. Adoecendo, é repatriado. Por um momento Rimbaud deseja retomar os estudos, interessado pelas ciências. Em vez disso, vagabundeia pela Europa. Expulso de Viena, engaja-se no exército holandês da Batávia, deserta, ganha Bordéus, Charleville, atravessa a Alemanha, é intérprete de um circo através da Dinamarca e da Suécia, Itália, França, Alemanha, Suíça, onde transpõe a pé o São Gotardo, Itália outra vez... Em fins de 1878 embarca para Alexandria, Chipre... Com 25 anos, depois de tratado de febre tifóide, seu aspecto mudou muito.

Quando um amigo quer conversar sobre literatura, Rimbaud diz apenas qualquer coisa como "deixa isso pra lá". Em Chipre novamente, é contratado para contramestre na construção de um palácio, mas briga com o patrão e vai caçar emprego nos portos do mar Vermelho, entrando para uma empresa que comercia peles e café. Enviado a Harar, no continente africano, cavalga vinte dias pelo deserto da Somália. Pede à família que lhe mande livros de Paris: tratados de metalurgia, hidráulica, mineralogia, os manuais do carpinteiro e do curtidor de peles, o guia teórico e prático do explorador, etc.

Pretende ficar rico. Trata-se de um homem — escreve Claude Roy — que não tentou escolher entre todos os possíveis da vida, não renunciando aos desejos contraditórios que fermentam no coração humano. Para o marxista Aragon, a aventura africana do poeta renegado não se explica pelo freudismo, pela magia, pela psiquiatria, pela medicina ou pelo acaso; explica-se pela História e dentro da História.

De Aden o poeta pretende escrever sobre a região africana percorrida, ilustrando-a ele próprio com a máquina fotográfica que encomenda, e submetendo o trabalho à Sociedade de Geografia da França.

A intenção é trabalhar subvencionado pelos geógrafos. Apanha sífilis, manda dinheiro à mãe, pedindo para *aplicá-lo*. Chega a dizer que fundaria família, caso calhasse, e que gostaria de ter um filho, do qual faria "um engenheiro renomado, um homem poderoso e rico pela ciência". O poeta Rimbaud é também um vaticinador da técnica industrial. Seu relatório sobre a região e os costumes das tribos da Somália Francesa é publicado em parte pela Sociedade de Geografia, que lhe pede um retrato e informações sobre suas atividades.

Com 30 anos de idade está novamente em Aden, onde parece ter vivido com uma mulher etíope. Consegue juntar 15.000 francos e muda de patrão.

É a época em que Verlaine publica *Os poetas malditos*, incluindo seis poemas inéditos de Rimbaud. Este, por fora da literatura, associa-se com um conterrâneo para levar a Menelik, futura Négus, alguns milhares de fuzis. A caravana pena durante dois meses: Menelik, à força, limita-se a pagar preços vis. A revista *Vogue* publica 37 poemas das *Illuminations* do falecido Arthur Rimbaud.

Depois de idas e vindas pela África, carregando na cintura pesadas moedas de ouro, fixa-se em Harar, abrindo um armazém que vende algodão, lã, seda, vidro, quinquilharias, e exporta ouro, marfim, peles, café. Transacionou também com escravos? Não há provas.

O famoso *Soneto das Vogais* e o poema *Le Bateau Ivre* são comentados em Paris. Uma revista consagra-lhe um número inteiro. A falsa notícia de sua morte inspira a Verlaine um belo poema. Com 37 anos, Rimbaud escreve à mãe:

"Tenho na perna direita varizes que me fazem sofrer muito. (...) Além disso, tenho uma dor reumática nesse maldito joelho direito, que me tortura."

Piorando os males, decide partir. Dezesseis nativos levam-no de padiola através de 300 quilômetros de deserto. Com 37 mil francos embarca em Aden, chegando a Marselha depois de "treze dias de dor". Do hospital telegrafa à mãe — esta ou a irmã Isabelle deveria ir a Marselha: "Segunda de manhã amputam minha perna. Perigo de morte. Negócios sérios a pôr em ordem." A mãe permanece alguns dias com ele: a amputação, muito alta, traz o desespero. Só, escreve aos seus:

"Não faço mais do que chorar dia e noite, sou um homem morto, um estropiado para o resto da vida." Os exercícios com as muletas são dolorosos. As cartas são de cortar o coração: "Não sei o que fazer... não posso me mover... nevralgias... que mágoa, que fadiga, que tristeza ao pensar nas minhas antigas viagens... dor violenta no ombro direito... o médico não me visita mais..."

Em junho vai para a casa de Roche, de onde parte no fim de agosto, troca de estação em Paris, volta para o hospital em Marselha. Isabelle fica ao pé do leito: "Ele ameaça estrangular-se se o deixo."

Jean-Nicolas-Arthur Rimbaud morre a 10 de novembro de 1891, depois de violentas semanas de cóleras e delírios. Isabelle conta para a posteridade que o irmão se converteu ao catolicismo 12 dias antes do fim. É possível — admite Cabanis — mas Isabelle Rimbaud sempre mentiu.

Uma temporada no inferno está fazendo este ano o seu primeiro século. Trata-se de um opúsculo que cabe no bolso da blusa sem fazer volume. Seria uma insensatez hoje em dia falar de poema em prosa. Embora não versificada, trata-se de uma terceira ou quarta dimensão da linguagem. Impossível traçar-lhe as diretrizes lógicas, embora nestes cem anos a maioria dos críticos não venha tentando fazer outra coisa, buscando interpretar o poema em si mesmo. Sobretudo depois que os professores, muito bem instrumentados, tomaram conta da crítica literária. Todos quebraram a cara.

Uma temporada no inferno não tem coeficiente de conversão para a nossa linguagem. Sua importância está nisso. Sua vivência através das gerações de um século está imantada numa carga emocional irredutível à prosa. Certo, cristianismo e paganismo, civilização e barbárie, Oriente e Ocidente, estão imbricados, inextricavelmente imbricados, no poema. Mas não há uma direção apontada; a vida da alma é um pugilato, de tão veloz e violento, indescritível. São símbolos e símbolos concêntricos. Mais nada. Quando a mãe do poeta perguntou em que sentido deveria ser entendido o poema, o próprio Rimbaud disse tudo: "No sentido literal e em todos os outros sentidos."

28/7/73

Eu

de Augusto dos Anjos

(por Lêdo Ivo)

No ambiente estagnado do período literário que se seguiu à morte de Machado de Assis, os versos de um rapaz publicados num jornal provinciano causavam mais zombaria do que espanto ou admiração. Reunidos em livro logo depois, os poemas continuaram a ser motivo de risos, principalmente nas rodas da capital literária do tempo, que era a Livraria Garnier, no Rio de Janeiro. Hoje, a obra é uma das mais reeditadas, e seus versos são seguramente os mais citados pelo povo brasileiro. Transformado em bíblia dos pessimistas, o Eu *de Augusto dos Anjos é uma curiosidade e, ao mesmo tempo, um momento de nossa criatividade poética. Parnasiano na forma e moderno no conteúdo, seu autor pode ser considerado um precursor da ficção científica em termos universais.*

As gargalhadas se sucediam nos fundos da Livraria Garnier, na Rua do Ouvidor. Cidadãos respeitáveis não conseguiam conter-se e se rebolavam de tanto rir. Mas o motivo dessa explosão de comicidade — naquele ambiente austero onde imperara Machado de Assis, e diariamente freqüentado pelo conselheiro Rui Barbosa e outros grandes da época — não era nenhuma anedota afortunada. Um dos presentes, para divertir os seus companheiros, resolvera ler-lhes alguns poemas de um livro saído semanas antes: o *Eu*, de um paraibano magro e de olhos fundos chamado Augusto dos Anjos. E a cada verso recitado, as bocas se escancaravam: bocas parnasianas que, em nome do Poder Literário, costumavam decretar o que devia ser aceito ou repelido.

Era em 1912. Os retóricos, desfrutáveis e farfalhantes dominavam os salões das damas galantes ou prudentes e as academias e cenáculos. A literatura brasileira começava a viver um dos seus períodos mais bizarros: aquele que, iniciado com a morte de Machado de Assis (1908) e Euclides da Cunha (1909), se prolongaria até a popularização do Modernismo. O Realismo e o Parnasianismo entravam em lenta agonia, após tantos anos de esplendor e criatividade. Contudo, na Livraria Garnier, ninguém sentia a erosão subterrânea. Quando ela apresentava os seus sinais — como no episódio da aparição do *Eu*, de Augusto dos Anjos — julgavam tratar-se de um caso cômico ou patológico. Ou mesmo de um caso de polícia. Para eles, Lima Barreto não passava de um mulato bêbedo e suburbano que terminaria, como terminou, no hospício. E Adelino Magalhães, ao aparecer alguns anos depois, seria rotulado de imoral, indigno de entrar numa casa de família.

Mas por que o livro de Augusto dos Anjos não foi aceito pelo sistema literário da nossa feiosa *belle époque?* Em sua exterioridade formal, o *Eu* se filia às regras mais consagradas do Parnasianismo e do Simbolismo. Os sonetos e os demais poemas são rigorosamente rimados e metrificados. Atestam não só o largo conhecimento que Augusto dos Anjos tinha da ciência poética vigente, como ainda a sua mestria ou desembaraço ao afeiçoar as convenções métricas e rimáticas ao seu talento pessoal. O problema do verso livre não está posto no *Eu*. Sob esse aspecto, o poeta não é um inovador. Muito pelo contrário, ao vitalizar o soneto — que o automatismo parnasiano começara a diluir ou desagregar — e ao dar um banho de saúde e vigor nas métricas ameaçadas pela pesquisa e experimentalismo dos simbolistas, Augusto dos Anjos ostentava o seu perfil tradicionalista. Não. Não estava preocupado em mudar a estrutura do verso ou em impor uma nova regra do jogo poético, e sim em incluir neles a sua visão do mundo. Um decassílabo era, a seu ver, um veículo natural de expressão e comunicação, no qual se ajustavam, sem qualquer incômodo, o seu lirismo soturno ou o seu mau gosto, cafonice estética que o tempo tornou clássica.

Mas nesse ajustamento está a sua originalidade. Trata-se de uma nova *expressão* — e, como poeta expressionista, ele será uma *avis rara* na poesia brasileira. Também não é Augusto dos Anjos um pioneiro pelo fato de ter versado assuntos de natureza técnica e científica. A manipulação artística das teorias e conceitos de Darwin, Spencer, Haeckel, Buckle ou Comte, permeia boa parte da criação poética e literária e da crítica brasileira a partir da fase transicional em que o Romantismo cede lugar ao Parnasianismo. Por volta de 1870, a Escola do Recife, na qual se sobressaíram Sílvio Romero, Tobias Barreto, Clóvis Beviláqua, Martins Júnior e Artur Orlando, aspirou denodadamente a essa fusão da Arte e da Ciência. Houve mesmo entre nós uma fase de poesia científica, a cargo de Teófilo Dias, Augusto de Lima, Carvalho Júnior, Martins Júnior e outros júniores. Portanto, como poeta científico, Augusto dos Anjos estava longe, também, de ser um precursor. Era, antes, um epígono. As idéias filosóficas e científicas entranhadas em seus versos vinham de sua formação doméstica e estudantil. Seu pai, senhor de engenho e bacharel dado às letras e às ciências, transmitira-lhe as suas numerosas leituras.

Pela sua formação, estava Augusto dos Anjos vinculado às idéias e ismos do século XIX. Ele teria sido, nesse particular, um homem do nosso século se, em lugar de sua concepção darwinista, schopenhaueriana, haeckeliana ou spenceriana da vida e do mundo, tivesse assumido, por exemplo, uma visão bergsoniana. Isto é, se em vez de preocupar-se obsessivamente, com a "homogeneidade indefinida / que o insigne Herbert Spencer nos ensina", tivesse voltado a sua atenção para as teorias da intuição, do movimento, da duração e da memória que, levantadas por Bergson desde o fim do século passado, de há muito atraíam a atenção das vanguardas literárias do Ocidente, especialmente dos simbolistas, obcecados por um novo *tempo*. A desatualização filosófica de Augusto dos Anjos não é, porém, caso de censura — e, sim, de mera aferição histórico-cultural.

Mas, se Augusto dos Anjos, tanto pela sua natureza formal de poeta submisso aos padrões da poesia simbólico-parnasiana como pela sua formação científico-filosófica, não era um inovador ou um pioneiro, por que, então, aquelas gargalhadas no fundo da Garnier, a editora da literatura oficial da época? A explicação é simples. Elas testemunhavam uma condenação e uma incompreensão ao que Augusto dos Anjos possuía de mais intrinsecamente poético: a sua visão do mundo. O epígono era, também, um prógono. O retardatário, que revivia em sonetos incensuráveis (apesar de sua música demasiado estridente, e de ousadias como grafar cifras e números ou rimar *apodrece* com *s*) a poesia científica de 1870, era também um precursor ou transgressor.

Na recriação poética de uma realidade tanto vivida como livresca — já que a formação estética e cultural de um poeta integra a sua vida, e não é um apêndice, como pensam muitos bobalhões que separam a letra e a vida, o lido e o vivido — poucos poetas brasileiros ostentam a vitalidade de um Augusto dos Anjos.

Sua poesia foi, antes de tudo, uma interrogação do mistério da existência humana e do estar-no-mundo. "A passagem dos séculos me assombra./Para onde irá correndo minha sombra/Nesse cavalo de eletricidade?!/ Caminho, e a mim pergunto, na vertigem:/ — Quem sou? Para onde vou? Qual minha origem?/E parece-me um sonho a realidade." É certo que, nessa incessante e até desvairada perguntação íntima, ele se filia a uma tradição da lírica luso-brasileira. Os portugueses Antero de Quental e Cesário Verde, e os nossos Álvares de Azevedo e Cruz e Sousa, que figuram entre as influências ou contágios do cantor do *Eu*, situam-se na mesma linha de sombra. E esse frêmito metafísico está presente em outro poeta que a bela época desdenhou: o simbolista Alphonsus de Guimaraens.

Se é certo que a poesia de pensamento e interrogação ou reflexão existencial estava no ar do tempo, também o é que Augusto dos Anjos nela injetou a sua aflição pessoal de uma forma tão dramática que transforma o leitor em sócio de sua desventura. Professor, dá soberbas aulas de angústia e desespero. Converte em matéria poética — ou didaticamente poética — as doutrinas de Haeckel, Buchner ou Spencer, fundindo-as, deformando-as ou as derretendo em sua poesia angulosa ou arestosa, inserindo-as na música de seus versos duros e que os ouvidos viciados no ritmo de um Bilac ou de um Alberto de Oliveira acham contundentes e até cacofônicos. Esse teor professoral do *Eu* explica a sua conversão, pelo vulgo, em breviário de pessimismo ou manual filosófico. E aqui abordamos outro drama da poesia de Augusto dos Anjos. O seu leitor ou consumidor habitual está mais preocupado ou empenhado em haurir o conceitualismo ou a filosofia que irrigam o *Eu*, em sentir o gosto da Morte ou do Nada na boca e na alma, do que em extrair de sua leitura um prazer exclusivamente poético. "Ah! Um urubu pousou na minha sorte!" — este verso de Augusto dos Anjos, por exemplo, passou a iluminar o catecismo fatalista de todos os azarados. E as viúvas literárias de Augusto dos Anjos também enveredaram pelo mesmo caminho, preferindo a ideologia obsoleta ou deteriorada à matéria poética independente e soberana, e dotada de um movimento galopante. São, assim, cultores e admiradores sectários, que parecem pertencer sempre à mesma parentela espiritual: a dos que preferem os vermes aos seios nus que Bilac mais festejou do que acariciou ou apalpou, mais imaginou e visualizou em sua solidão fantasiosa do que viu com os seus olhos... que a terra e os vermes de Augusto dos Anjos haveriam de comer.

Aliás, o verme é um dos personagens mais reverenciados por Augusto dos Anjos. Um de seus sonetos mais macabros, *O Deus verme*, testemunha esse respeito pelo bichinho. Entretanto, esse verme que ele deifica, sobre ser uma obsessão pessoal, constitui, também, uma aquisição livresca, haurida tanto em Spencer ou Haeckel como nos poetas do século XIX. E indica, no caso, uma das vertentes mais ostensivas do poeta do *Eu*: a baudelairiana. Como quase todos os poetas do Parnasianismo e do Simbolismo, Augusto dos Anjos se espojou na carniça de *Les Fleurs du Mal*. A influência de *Une Charogne*, de Baudelaire, foi avassaladora em todo o Ocidente, e entre nós ela se sobressai, belamente, desde 1870 até a eclosão do Modernismo, quando os poetas, alegres e ruidosos, substituíram o verme pelo Ford de bigodes, e rifaram os versos *Alors, ô ma beauté! dites à la vermine / Qui vous mangera de baisers, / Que j'ai gardé la forme et l'essence divine / De mes amours décomposés!*

Assim, graças a uma confluência de informações e materiais poéticos e filosóficos, o verme foi incluído, como um dos manjares prediletos, na dieta lírica de Augusto dos Anjos, e tem nela papel saliente. Voltado para as evidências e espetáculos concretos da vida e do mundo, o autor de *Eu* é um poeta da matéria. Em seus poemas, ele canta os nascimentos e as florações, as gestações e as transformações, as dissoluções e apodrecimentos. Cantou até o seu próprio nascimento, descrevendo-se a emergir, sujo de sangue, do ventre materno, e a sugar, avidamente, "a grande teta farta" da mãe dele. Em três sonetos que são paroxísticas obras-primas, celebrou a morte de seu pai. Cantou até as desintegrações. E, nesse sentido, ele se projeta, de forma surpreendente, como um poeta moderno e até profético. Poeta individualista, e que fez do seu *Eu* (o *moi haissable* pascaliano) o centro do universo, na afirmação ciosa e egoística de sua personalidade, ele contrapõe a um nascente mundo de coletivização a anulação da criatura, apesar de sua admiração às vezes basbaque pelo progresso tecnológico e científico. E, proclamando o vínculo entre a sua realidade íntima e as realidades universais, entre a sua individualidade e o cosmo, impõe-se ainda como um poeta ecumênico e até planetário. "E via em mim, coberto de desgraças, / O resultado de bilhões de raças / Que há muitos anos desapareceram."

Muitos de seus versos são verdadeiros motes ou deixas para a ficção científica de um Arthur Clarke ou um Alfred Bester, um Lovercraft ou um Ray Bradbury. O poeta sonha um cosmo novo e imagina a gestação de uma nova espécie: "O letargo larvário da cidade / Crescia. Igual a um parto, numa furna, / Vinha da original treva noturna, / O vagido de uma outra Humanidade! / E eu, com os pés atolados no Nirvana, / Acompanhava, com um prazer secreto, / A gestação daquele grande feto, / Que vinha substituir a Espécie Humana!" *Augusto dos Anjos, precursor da ficção científica* — onde está a moça de óculos para essa tese de mestrado?

Em sua poesia, Augusto dos Anjos bendiz, "A energia intracósmica divina / Que é o pai e a mãe das outras energias!" e, cidadão planetário numa sociedade monocultora e parnasiana, que só produz café e soneto, imagina, profeticamente, a conquista e a colonização do espaço. Os dois tercetos de seu *Solilóquio de um visionário* lembram, pelo seu silente e esbranquiçado e majestoso *tempo* narrativo, as viagens dos astronautas à Lua, como as vemos no cinema e na televisão: "Vestido de hidrogênio incandescente, / Vaguei um século, improficuamente, / Pelas monotonias siderais... / Subi talvez às máximas alturas, / Mas, se hoje volto assim, com a alma às escuras, / É necessário que inda eu suba mais!" De um salto, o poeta pulou do cemitério cheio de vermes para os infinitos espaços pascalianos; e, transpondo novas fronteiras do tempo, transmite ao leitor o tédio secular dessa ascensão vertiginosa.

Os poemas siderais de Augusto dos Anjos mostram que ele não foi apenas o poeta da desagregação física e que, em peças como *Os doentes*, festejou, com a alegria zumbidora da "mosca alegre da putrefação", a dissolução dos cadáveres. Foi também o poeta moderníssimo e atualíssimo que, graças à sua informação científica e às suas faculdades premonitórias, pressentiu a conquista espacial e a desintegração atômica. O paraibano magro e tuberculoso, ridicularizado pelos contemporâneos, o "filho do carbono e do amoníaco/Monstro de escuridão e rutilância" viveu sempre ciente de seu vínculo cosmológico. E, assim, podia dizer, numa linguagem nova que se ergue, portentosamente, dos destroços de seu cientificismo abstrato ou mal digerido: "Transponho ousadamente o átomo rude/ E, transmudado em rutilância fria,/ Encho o Espaço com a minha plenitude." Diante de versos como estes, toda ou quase toda a poesia de seu tempo, simbolista ou parnasiana, excetuando-se a do também genial Cruz e Sousa, é desenho animado.

Outra novidade contundente de Augusto dos Anjos é o seu sentimento metropolitano. Na poesia brasileira, ele surge como um dos primeiros e mais nítidos poetas da cidade — talvez mesmo o primeiro, 10 anos antes da *Paulicéia desvairada* de Mário de Andrade, que promulga a urbanização ou metropolização do nosso lirismo. Decerto essa dimensão citadina do Eu deve ter causado estranheza ou mesmo repulsa aos vates bucólicos que, atravessando diariamente a Avenida Central, e insensíveis ao *art nouveau* que era o primeiro marco da modernização carioca, persistiam na fatura de uma poesia silvestre ou acaipirada (de ostensiva proveniência atávica) ou reproduziam os desmanteladíssimos topos greco-latinos. Poemas como *As cismas do destino* e *Os doentes* mostram que Augusto dos Anjos, apesar de sua origem rural — em versos admiráveis, cantou o tamarindo do seu Engenho Pau d'Arco —, foi salteado por uma *visão dantesca* das metrópoles devoradoras. E hão de indicar, mais uma vez, a poderosa influência que, nesse passo, recebeu de Baudelaire, não só o de *Une Charogne* mas também o de certos *tableaux parisiens* como *Le Crepuscule du Soir* e *Le Crepuscule du Matin*.

A visão lívida ou alvacenta das grandes cidades, nas quais desfilam e se amontoam os pobres, os cegos, os doentes, os velhos, os malditos e as prostitutas, os vagabundos e os mendigos, e que Baudelaire transformou num dos mitos modernos, ilumina, com a sua luz lúgubre, boa parte da produção poética de Augusto dos Anjos. Os versos iniciais de *As cismas do destino* constituem o ponto mais lancinante desse sentimento metropolitano. O terror está presente na caminhada do poeta na direção de uma casa funerária (a velha casa do Agra, que também me dava um arrepio de medo, quando eu passava por ela à noite e via os ataúdes vazios...). "Recife. Ponte

Buarque de Macedo./Eu, indo em direção à casa do Agra,/Assombrado com a minha sombra magra,/Pensava no Destino, e tinha medo!" Verifique o leitor a ciência das estrofes desse poema. Com os nomes de uma cidade e de uma ponte, o poeta cria uma atmosfera urbana. E logo a transfigura e enfeitiça com o seu assombro. As imagens são de um insólito soberbo: o calçamento comparado a crânio alvo, sua sombra comparada a uma pele de rinoceronte, as fachadas dos edifícios assemelhadas a doentes, dentro de uma noite animalizada e fecundante.

Como todos os grandes artistas, Augusto dos Anjos sabia que, em poesia, os extremos se tocam, e as imagens e comparações só se justificam quando trazem o selo da heterogeneidade e produzem um choque elétrico e até a repulsa do leitor. Lembremo-nos, aqui, daquele baudelaire/corbière/laforgueano anoitecer que abre *The Love Song of J. Alfred Prufrock* de T. S. Eliot: *Let us go then, you and I,/When the evening is spred out against the sky/Like a patient etherised upon a table.*

Entretanto, essa dimensão urbana ou metropolitana de Augusto dos Anjos não anula ou reduz, nele, o emblema rural. São numerosos os poemas, como *Debaixo do tamarindo* ou *A um carneiro morto*, que registram as suas origens natais e o seu largo e devassado paisagismo. Não concordo com os que, enceguecidos pelo cientificismo do poeta, consideram-no pouco brasileiro. O visionário do *Eu* sempre partiu do mais real — da terra, do sol brasileiro, da paisagem, do bicho, do homem, da árvore, do fato cotidiano, da coisa, da emoção pessoal — para se alçar às mais vertiginosas paragens do sonho e principalmente do pesadelo acordado. Com que amor e substantividade ele cantou as árvores: a árvore da serra do seu antológico soneto simbólico ("Não mate a árvore, pai, para que eu viva!"), o tamarindo de sua desventura e tantas outras do seu engenho nativo! Poeta com os pés e a inteligência fincados na terra em perpétua evolução, ele foi capaz de explosões como estas, em que a religiosidade se funde num panteístico sentimento da força da terra e da matéria: "Não! Jesus não morreu! Vive na serra/Da Borborema, no ar de minha terra."

São extremamente escassas as indicações a respeito das leituras e predileções literárias de Augusto dos Anjos. Além disso, ele não deixou qualquer depoimento sobre a sua arte de fazer versos. Não obstante essas carências, sabemos que Shakespeare, Poe e Baudelaire figuraram entre os seus autores preferidos. Embora, no tocante a Poe, não haja elementos para aferir o grau dessa freqüentação (há quem sustente que ele só conhecia *O corvo,* e assim mesmo na tradução de Machado de Assis), o fato é que ela contribuiu para fazer de *Augusto dos Anjos o único poeta gótico da poesia brasileira, e talvez de todo o lirismo em língua portuguesa.* Com efeito, através de Poe o autor do *Eu* se liga à tradição gótica, que é a dos contos e histórias de horror: um sombrio território cultural aberto no século XVIII pelo clássico *The Castle of Otranto* de Horace Walpole e que se espalha por Mary Shelley, a criadora de Frankenstein, por Mrs. Radcliffe, De Quincey, Hoffmann, o Stevenson de *O médico e o monstro,* esse Ambrose Bierce que está sendo redescoberto (com as reedições e traduções dos *Tales of Soldiers and Civilians* e *Can Such Things Be?*) e tantos outros. Considero importante caracterizar Augusto dos Anjos como poeta gótico por vários motivos. A valorização da literatura e da poesia góticas constitui, nos últimos anos, preocupação crescente da crítica norte-americana, voltada tanto para as criações artísticas relacionadas com a cultura da gótica Nova Inglaterra — como é o caso de Poe, Hawthorne e Melville — como para nomes esquecidos ou secundários. Cumpre não esquecer que o romance gótico é o pai horripilante (ou a mãe) do romance policial do nosso tempo. Entre outros, aí está, para prová-lo, o *Murder in the Rue Morgue,* de Poe. A redescoberta do gótico já se projetou, aliás, no nível da consumocracia; está ao alcance de todas as bolsas no supermercado da informação e da recreação culturais. Sucedem-se, baseados nos contos e poemas de Poe, os filmes de terror e vampirismo, e até de um horror temperado pela chacota e jocosidade.

O novo processo estético de redescoberta e valorização do macabro confere mais um lustre de modernidade a Augusto dos Anjos. É a nossa contribuição ao gótico que não tivemos. E se, intelectualmente, ele foi um gótico, sempre disposto a aterrorizar-se a si mesmo e ao seu leitor (o poeta do *Eu* pertence à linhagem dos apavorados, para usar aqui uma expressão cunhada pelo gênio do nosso povo), estilisticamente ele se enquadra numa das mais ostensivas tradições brasileiras: a do barroco. E não se diga que foi um barroco retardado ou um neobarroco inserido num tempo cultural em que os artistas pagavam o seu tributo ao Parnaso, ao Símbolo, à Impressão e ao *art nouveau*. Temos de nos curvar à lição estética de que o barroco, antes de ser uma escola ou um ciclo histórico, constitui uma visão do mundo. Nesse sentido, Augusto dos Anjos é tão brasileiro como a arquitetura das igrejas parrudas ou bochechudas de Ouro Preto e Tiradentes, Salvador e Olinda, Penedo e São Luís do Maranhão ou a poesia de Bento Teixeira ou Gregório de Matos; tão brasileiro como as cartas e sermões do Padre Antônio Vieira, as esculturas do Aleijadinho, as músicas do Padre José Maurício, os retratos pintados por José Leandro de Carvalho, a prosa de João Francisco Lisboa, os romances de Coelho Neto, *Os sertões* de Euclides da Cunha e as perorações de Rui Barbosa. Valorizador do ornato estético hipertrofiado e monumentalizado, do pormenor rombudo que engole o todo, Augusto dos Anjos possuía, tanto como um Rui e um Euclides, o amor pelas palavras difíceis e arrevezadas, de preferência as proparoxítonas, que infundem mais respeito. Praticou ele o estilo extravagante — um estilo florido, mas de um florido ao mesmo tempo folhudo e espinhento — que, na República Velha, dava aos seus usuários um incontestável *status* intelectual e servia até para arranjar mulher. Rui Barbosa foi uma de suas admirações literárias e cívicas.

Aliás, o escrever difícil de Augusto dos Anjos não poupava as fronteiras domésticas, uma vez que dentro delas florescera. Numa carta à sua mãe, usa hebdômada em vez de semana. E, em outra, assim se exprime: "Desejo que a sua febrícula nervosa haja desaparecido por completo, assegurando-lhe destarte a continuidade policelular das energias vitais." E, mais adiante: "Confio que triunfarei."

Igual a milhares de nordestinos, Augusto dos Anjos viera para a capital federal em busca da glória, trazendo, além da mulher grávida, os originais de um livro de poemas e os títulos de bacharel em Direito e professor provinciano. Mas o Rio se recusou a abrir-lhe as portas da notoriedade e da fortuna. Obtém um cargo de professor substituto de Geografia, Cosmografia e Corografia do Ginásio Nacional (Colégio Pedro II). Através de anúncio de jornal, oferece-se para dar aulas a vestibulandos. Várias vezes muda de casa ou de pensão. Como nenhuma editora se dispõe a editar o *Eu*, recorre ao seu irmão Odilon, que se prontifica a financiá-lo. Esse empréstimo de irmão para irmão ganha, porém, o ritual grotesco de um contrato assinado. Finalmente, publicado o *Eu*, as portas da glória não se abrem ao poeta, apesar de vários louvores recebidos. O velho João Ribeiro que, com o seu desencanto crítico, elogiava todo estreante, fechou-se num silêncio majestoso. Se os parnasianos o rejeitavam, e até caçoavam dele, os simbolistas chegaram à conclusão de que o *Eu* não trazia o emblema da ortodoxia — muito embora ostentasse indisfarçáveis influências de Cruz e Sousa, especialmente nas assonâncias e aliterações que, de vez em quando, dulcificam os seus versos duros ou escabrosos, ou em suas visões ou incursões siderais, e apresentasse traços de decadente ou nefelibata.

Apesar dessa acolhida magra ao seu gênio, Augusto dos Anjos assim escrevia à sua mãe: "Meu livro tem produzido um verdadeiro escândalo nesta terra. Discutiram-no até na Câmara dos Deputados, conforme acabo de ler em um dos números d'*A Tribuna*. A própria Academia Nacional de Medicina incluiu-o em a sua biblioteca, por tratar do haeckelianismo e do evolucionismo spenceriano. A par desta corrente seleta e incentivadora, existe uma outra de conspiração manifesta e quase agressiva contra mim. É a dos irremediavelmente nulos. Deixá-los!"

Um fato singular: naquele mesmo ano de 1912, em que Augusto dos Anjos estreava, saía na Alemanha *Necrotério e outros poemas*, de um jovem médico, Gottfried Benn. Tendo, como tema central, o espetáculo da putrefação humana na mesa de um necrotério, o livro foi considerado repulsivo e só descoberto, criticamente, na década de 30, quando também receberia a condenação do nazismo. O outrora repelente *Necrotério* está para a poesia alemã como o *Eu* para a nossa. Como Augusto dos Anjos, Gottfried Benn — hoje colocado entre os grandes da poesia européia deste século — foi um expressionista. Viu ao seu redor o que os demais poetas do seu tempo não enxergaram: o cotidiano trágico, seja este um dente de ouro na boca de uma prostituta morta, como no lirismo negro de Benn, ou "O trem particular que um corpo arrasta / Sinistramente pela via-férrea", como em Augusto dos Anjos.

O mal-entendido do poeta com a época durou pouco. Dificuldades financeiras levaram-no a aceitar o lugar de diretor de um grupo escolar em Leopoldina. Com a mulher e os filhos, chegou àquela cidade mineira em março de 1914. E, em novembro, morria. Tinha, então, 30 anos. Numa de suas últimas cartas, diz-se ele "vítima de uma desilusão na minha própria terra". Realmente a sua saída da Paraíba foi acidentada ou amargurada. Tendo-lhe sido recusada uma situação estável no magistério estadual, resolveu mudar-se para o Rio, com dois objetivos simultâneos: conquistar uma cátedra no Pedro II, com a sapiência que deslumbrava os seus embasbacados conterrâneos, e escalar a glória poética com esse *Eu* que, inédito, o deslumbrava a si mesmo. Portador de respeitável mania de perseguição, sofreu, até seus dias finais, com a recusa de seu tempo cultural em assimilá-lo.

Dias após a morte de Augusto dos Anjos, estava o triunfante Olavo Bilac à porta de uma casa de comestíveis, na Avenida Central, quando dois literatos dele se aproximaram, para cortejá-lo respeitosamente, segundo a pragmática. Notando o ar de luto dos cumprimenteiros, o poeta do "Nunca morrer assim, num dia assim, de um sol assim..." os interrogou. Soube, então, que um amigo deles, Augusto dos Anjos, morrera em Minas. "Mas quem é esse tal de Augusto dos Anjos?", inquiriu Bilac. Foi-lhe dito que se tratava de um grande poeta. Bilac caiu das nuvens (ou da via-láctea). "Grande poeta? Nunca ouvi falar nele." Para se tranqüilizar, pediu-lhes que recitassem um poema do ilustre desconhecido. Um deles sapecou o *Versos a um coveiro*. Ouvido o soneto, Bilac exclamou: "Grande poeta, esse? Meus amigos, esse Augusto dos Anjos fez bem em morrer. Não se perdeu grande coisa." Hoje, o *Eu* é um *bestseller* constante: vende escandalosamente mais do que as *Poesias* do olímpico Olavo Bilac. Operada a mudança no gosto do público, Augusto dos Anjos conquistou, postumamente, a glória sonhada em vida. Uma reedição do *Eu*, em 1928, provocou uma rumorosa redescoberta do poeta lúgubre. Diante da reivindicação da Paraíba que, ufana de seu filho nivelado a um Álvares de Azevedo, a um Cruz e Sousa e a um Gonçalves Dias, quis dar-lhe uma sepultura condigna dentro de suas fronteiras, a família de Augusto dos Anjos reeditou a frase vindicativa do poeta latino: "Terra ingrata, não terás os meus ossos." Sua vida passou a ser esmiuçada pelos mais diversos e singulares passantes literários, acumulando tanto esclarecimentos valiosos como contradições flagrantes. Sua dimensão macabra tem atraído a atenção contínua de psicólogos, psiquiatras e psicanalistas, cada qual com a sua interpretação sisuda ou desfrutável. Assim, há quem sustente que, se a mãe de Augusto dos Anjos, abalada com a morte de um irmão, não tivesse sofrido um distúrbio uterino quando estava *esperando* o poeta, a literatura brasileira estaria desfalcada do *Eu*! Essa banda de música, que há vários decênios percorre as avenidas e até os becos da nossa literatura, só é uniforme no louvor cego e desmedido: em cada instrumento soa uma dissensão interpretativa ou biográfica, ou a toada mirabolante ou patológica. Há quem considere o autor do *Eu* um mero psicopata. Até a imagem de um Augusto dos Anjos folgazão — que dava aulas comendo beiju e angu de caroço, lambuzando a cara ao chupar manga —, foi acrescentada por um dos seus evocadores à versão correntia do homem triste e amargurado que, diante do oceano, cantava: "O mar é triste como um cemitério; Cada rocha é uma eterna sepultura / Banhada pela imácula brancura / De ondas chorando num alvor etéreo."

A raiz da sua tristeza ou melancolia seria um caso sentimental, de trágico desfecho. Aos 16 anos, Augusto dos Anjos apaixonou-se por uma moça que o êxodo rural trouxera para o Pau d'Arco. Deflorou-a. A mãe do poeta, uma tirânica senhora de engenho, com mania de grandeza, e que dominava o marido letrado e o filho macambúzio, mandou surrar aquela filha de retirante que ousara conquistar o seu rebento, da mais pura e sanhuda aristocracia rural. A moça, grávida, não resistiu à surra, abortando e morrendo pouco depois.

Essa aventura terrível não foi, contudo, a única. Deixou mais de um bastardo; e um deles, vaidoso de sua meia-origem senhorial, usava o sobrenome ilustre e logrou o reconhecimento afetivo da família do poeta.

A circunstância de não ter sido Augusto dos Anjos consagrado ou glorificado em vida gerou, entre os seus amigos e admiradores, um dos casos mais impressionantes de ressentimento crítico sentimental de que há notícia na história da literatura brasileira. Insaciáveis, eles não se contentam com as tiragens sucessivas e anuais do *Eu*, convertido que foi em breviário nacional do pessimismo. Querem mais. Não sabem o que, mas querem. E, enquanto eles se espojam no cadáver cheio de vermes do parnasianismo finalmente vencido e humilhado pelo poeta cuja lira, dando emoção à pedra, já começou a reviver "na acústica de todos os planetas", ouço umas gargalhadas, vindas da Livraria José Olímpio. Um novo Augusto dos Anjos está nascendo. E é bom que nasça. Sem esses filhos do carbono e do amoníaco, a poesia seria uma coisa muito chata. Não haveria invenções, mudanças, vinganças póstumas ou revisões. E estas são tudo, na vida intelectual. Augusto dos Anjos tinha, pois, razão em crer no evolucionismo, pelo menos como animal literário. Esteticamente, ri melhor quem ri por último — mesmo que seja um agoniado riso funerário, como o do genial autor do *Eu*.

22/9/73

Ficções do interlúdio

de Fernando Pessoa

(por Paulo Mendes Campos)

Assim como Camões marcou toda a poesia feita no Brasil colonial, outro luso genial, Fernando Pessoa, influenciaria profundamente a nossa poesia moderna, de Bandeira a Vinicius, de Drummond a — por que não? — Caetano Veloso. Mais do que uma influência para os escritores de língua portuguesa, porém, Pessoa foi desses raros gênios universais que — qualquer que fosse o seu idioma — dedicaram sua vida à criação de uma nova linguagem e, emancipando-se das convenções do passado, lançaram bases realmente modernas para a literatura do século XX.

O poeta é um fingidor.
Finge tão completamente
Que chega a fingir que é dor
A dor que deveras sente.

Que estes versos fiquem logo à entrada desta notícia jornalística, como advertência de que o nosso assunto é um poeta psicologicamente enrolado, e demasiado lúcido ao nível de sua autopsicografia. Boa parte da lírica camoniana mostra essa mesma clarividência sintática servindo de substrato às complicações e sutilezas da análise. O bom poeta vê através dos *olhos*.

No ano de 1888 é publicado *Os Maias* de Eça de Queiroz; nasce em junho o poeta Fernando Pessoa, que jamais chegou a entender ou admirar o primeiro; as duas figuras modernas de Portugal que mais impressionam o leitor de nossos dias só poderiam encontrar-se por um desses exercícios artificiosos que se chamam paralelos.

Cidade: Lisboa. Pai: um funcionário da Secretaria de Estado, jornalista, chegado à música. Mãe: Maria Madalena, inteligente, sensata e sensível. Ascendência semítica. A tuberculose do pai e a loucura de uma avó contribuíram para que Fernando Pessoa se firmasse desde cedo na convicção de doutrinas duvidosas sobre a degenerescência do artista.

Tinha 5 anos quando lhe morre o pai. Aos 7 escreve os primeiros versos. A fotografia dessa idade realmente fotografa o que o homem foi a vida inteira: concentrado em argumentações consigo próprio, triste mas de decidida capacidade para racionalizar ou mistificar aquilo que lhe entra pelos sentidos.

O novo casamento da mãe leva o garoto de 8 anos para Durban, na África do Sul, onde residirá dez anos, habituando-se a pensar em inglês e permitindo-lhe que se familiarize desde muito cedo com Dickens, Shakespeare, Shelley. Fixa-se por sua vez a literatura portuguesa nas páginas de Garrett. Ganhando o prêmio de estilo inglês na Universidade do Cabo, escolhe a recompensa: Keats, Ben Jonson, Edgar Poe, Tennyson. O retorno a Portugal não significa logo uma reintegração psíquica à pátria: escreve em inglês. Mas amplia seu interesse mental com a leitura de simbolistas franceses, filósofos gregos e alemães. Não demora no entanto sua *naturalização* poética portuguesa. "Perdida a bitola inglesa — escreve João Gaspar Simões — soçobra de todo na indisciplina lusíada. O fado, o álcool, a tristeza sem causa, a apatia invencível, o saudosismo incoerente, o rumo incerto, a obsessão contínua de uma vertigem moral — o rodopiar do mundo à sua volta — e, melhor e mais precisamente, aquilo mesmo que ele próprio confessou ser o fardo de todos os poetas portugueses, ao escrever em 1915, numa revista de Coimbra, que, quando Antônio Nobre nasceu, *nascemos todos nós.*" Esse fardo seria o pranto luso, inútil, "sem outra consolação do que essa, infantil, de sabermos que é inutilmente que choramos".

Mas do ponto de vista intelectual ou de enfoque literário, essa mesma apagada e vil tristeza é enriquecida com a poética pictórica de Cesário Verde e a poética musical de Camilo Pessanha.

Com vinte e poucos anos de idade dá-lhe uma louca patriótica, que se traduz em explosões místicas, nada racionais ou políticas. Engolfa-se na visão de uma "civilização lusitana na Europa" e profetiza, através de uma lógica desvairada, o aparecimento de "um supra-Camões".

Essas visões não combinam com o frouxo e desconjuntado momento histórico vivido então por Portugal.

Estamos nos primeiros tempos da Grande Guerra. Os poetas começam a surgir ou a pulular em Fernando Pessoa. O plural justifica-se: se um desses poetas assina Fernando Pessoa e escreve em português, há um outro que escreve em inglês; um que assina Alberto Caeiro, um Ricardo Reis, um Álvaro de Campos. Habituado desde menino a criar personagens imaginárias e a conviver com elas, Fernando Pessoa leva para a poesia essa dramatização lírica, inventando as biografias dos poetas em que se desdobra, fixando as tendências peculiares intransferíveis de cada um. São os heterônimos, outras pessoas que vivem em Fernando Pessoa e o dramatizam.

É também por volta de 1914 que se ergue aos poucos em torno dele uma capela literária: um dos oficiantes mais fervorosos é o jovem Mário de Sá-Carneiro.

Desconhecido inteiramente do público, mas prestigiado pelo pequeno grupo, Fernando Pessoa é o inspirador de movimentos literários que escandalizam os meios intelectuais lisboetas. Escreve irritantes artigos de estética. São surtos efêmeros, mais ou menos brilhantes, tocados de uma boa auréola de mistificação, sincera ou insincera, e que recebem nomes igualmente sofisticados: paúlismo (de paúis), interseccionismo, sensacionismo. Das conversas de café surge a inevitável revista dos literatos inconformados — *Orfeu* — da qual são publicados dois números, em 1915.

Vivendo pobremente, empenhado na correspondência inglesa e francesa de escritórios comerciais, Pessoa engaja-se na preocupação obsessiva de fazer o autodiagnóstico psíquico.

O austríaco Max Nordau, discípulo de Lombroso, tem uma influência exagerada sobre as idéias do poeta, que se considera um degenerado à luz de uma doutrina que há muito deixou de ter beneplácito científico. É também na mesma fonte que procura explicação, quase sempre engenhosa e sempre tortuosa, para os desdobramentos de personalidade de que resultaram os heterônimos. Ao que me parece, toda a terminologia, toda a orientação científica de Fernando Pessoa, não passou de uma defesa inconsciente contra a força desconjuntiva de seu desequilíbrio emocional. Ele próprio classifica-se como "histero-neurastênico" com uma convicção sectária. (Seu medo desordenado muito faz lembrar as crises de outro artista de identidade flutuante e ubíqua — Virginia Woolf.) Por outro lado, as teorias de Nordau sobre a superior degenerescência do artista talvez lhe valessem como um atestado liberatório da excepcionalidade de seu gênio. É possível que Pessoa tenha passado a existência toda a pretender-se um gênio, a posar de gênio, sem ter a certeza de que era de fato um gênio. A abulia foi o caldo corrosivo em que se deixou destruir gradativamente.

Alberto Caeiro foi o primeiro heterônimo: em nome desta ficção, escreveu de um jato, em pé, os trinta poemas de *O guardador de rebanhos*. Caeiro representa a força mítica de um Portugal pré-histórico e que ainda se afera ao paganismo. Vinte anos depois Pessoa diria que Caeiro era dele o melhor. Não é verdade.

Mora no sótão de uma leiteria, quase na miséria, por solicitude de um comerciante que o admira sem poder compreendê-lo. Alberto Caeiro, no entanto, vive em campo abstrato, procurando ser concreto e, principalmente, antimetafísico:

> O mistério das coisas? Sei lá o que é mistério!
> O único mistério é haver quem pense no mistério.
> Quem está ao sol e fecha os olhos,
> Começa a não saber o que é sol
> E a pensar muitas coisas cheias de calor.
>
> Mas abre os olhos e vê o sol,
> E já não pode pensar em nada,
> Porque a luz do sol vale mais que os pensamentos
> De todos os filósofos e de todos os poetas.
> A luz do sol não sabe o que faz
> E por isso não erra e é comum e boa.

Cronista de jornal, complica-se em raciocínios paradoxais e acaba expulso depois de provocar protestos enraivecidos... de *chauffeurs*. Não se emenda e provoca outro sarilho com uma provocação gratuita a um homem público que sofrera um acidente. A mãe sofre um ataque de apoplexia na África. Sá-Carneiro anuncia em carta de Paris que vai se suicidar. Fernando Pessoa escreve, traduz, redige cartas comerciais e bebe. A tradução de um *Compêndio de Teosofia*, de C. W. Leadbeater (traduzirá outros volumes do gênero), irá conduzi-lo rapidamente para um intenso esoterismo, em que entram, além da teosofia, o ocultismo e até a astrologia. Chega a pensar em estabelecer-se como astrólogo em Lisboa, o que lhe teria pelo menos minorado as penúrias pecuniárias.

A carta que escreveu em abril para Mário de Sá-Carneiro não chega a ser completada — o talentoso poeta matara-se em Paris, justificando um velho propósito, mas atormentado por dramas financeiros agravados por um caso de amor — que poderia ter sido banal para outro.

Pessoa bebe de um só trago seus cálices de aguardente e escreve os grandiosos poemas de Álvaro de Campos: *Ode triunfal, Ode marítima, Saudação a Walt Whitman, Passagem das horas, Tabacaria...*

> Ah, todo o cais é uma saudade de pedra!
> E quando o navio larga do cais
> E se repara de repente que se abriu um espaço
> Entre o cais e o navio,
> Vem-me, não sei porque, uma angústia recente,
> Uma névoa de sentimentos de tristeza
> Que brilha ao sol das minhas angústias revaldas
> Como a primeira janela onde a madrugada bate,
> E me envolve como uma recordação duma outra pessoa
> Que fosse misteriosamente minha.

A lírica lusíada conquistava uma nova expressão para a velha compulsão marítima da raça. O mito marítimo moldava-se em ritmos e contorções modernas.

> Ah, quem sabe, quem sabe,
> Se não parti outrora, antes de mim,
> Dum cais; se não deixei, navio ao sol
> Oblíquo da madrugada,
> Uma outra espécie de porto?

Quem sabe se não deixei, antes de a hora
Do mundo exterior como eu o vejo
Raiar-se para mim,
Um grande cais cheio de pouca gente,
Duma grande cidade meio-desperta,
Duma enorme cidade comercial, crescida, apoplética,
Tanto quanto isso pode ser fora do Espaço e do Tempo?

É ainda Álvaro de Campos, engenheiro, criado no estrangeiro, que escreve as doutrinas estéticas e panfletárias de um *Ultimatum*, expulsando para fora do pensamento europeu mandarins como Anatole, Barrès, Bourget, Kipling, Shaw, Chesterton, Yeats, D'Annunzio, Maeterlinck, etc. Aí, Pessoa abolia o dogma da personalidade, substituindo o indivíduo pelo homem coletivo, numa ideação intuitiva que o aproximava, de certo modo, da moral marxista, intuição aliás que se acusa em Augusto dos Anjos, ao desejar que o homem universal de amanhã vença o homem particular de ontem. Embora sem nenhum rigor político-filosófico, o *Ultimatum*, ao abolir a invidualidade política e artística, roçou, *avant la lettre*, o combate ao culto da personalidade. Mas há muito de *futurismo* no Álvaro de Campos doutrinário.

Pobre Fernando Pessoa, um tímido, um pobre, um abúlico, um bêbado, tendo de abrigar em seu corpo frágil e doentio trezentas ou trezentas-e-cinqüenta pessoas, nascidas ao mesmo tempo do caos e de uma inteligência racionalizante em excesso. Pois além dos heterônimos, há inúmeros anônimos que passaram por Pessoa, que nele viveram temporadas mais ou menos breves. O "drama em gente" não se limitou à literatura. E uma dessas pessoas, bem inesperada, seria o médium, que em certa época passou a receber, através de suas mãos, misteriosas mensagens. Outra seria o platônico apaixonado que acompanhava a moça de escritório depois do trabalho e lhe escrevia cartas que não seriam de amor se não fossem ridículas. Outra seria o cabalista que acaba se envolvendo num caso policial por artes e tramóias de um inglês muito adoidado. Certo é que a vida de Fernando Antônio Nogueira Pessoa seria uma barafunda incongruente se não emanasse de todas as suas distorções um nítido e harmonioso gênio poético. O gênio ortônimo, por exemplo, que apôs aos poemas o próprio nome. Em redondilhas; como em *Depois da feira*:

Vão vagos pela estrada,
Cantando sem razão
A última esp'rança dada
A última ilusão.
Não significam nada.
Mimos e bobos são.

Vão juntos e diversos
Sob um luar de ver,
Em que sonhos imersos
Nem saberão dizer,
E cantam aqueles versos
Que lembram sem querer.

Pajens de um morto mito,
Tão líricos!, tão sós!,
Não têm na voz um grito,
Mal têm a própria voz;
E ignora-os o infinito
Que nos ignora a nós.

Parte dos poemas assinados por Fernando Pessoa, como o acima, pertence a uma seqüência que ele denominou *Ficções do interlúdio*. Na impossibilidade de dar um nome único às obras-primas produzidas por Fernando Pessoa & Cia., escolhemos este, que dá bastante sentido ao conjunto poético. Além de opúsculos editados em inglês, o poeta só teve publicado em vida um único livro. Confiava em obter, com *Mensagem*, o prêmio literário Antero de Quental, instituído pelo Secretariado de Propaganda Nacional. O prêmio da primeira categoria coube a um Vasco Reis; Fernando Pessoa engoliu um prêmio da segunda categoria. Da mesma forma, dois anos antes postulara, em concurso de títulos, o lugar de conservador-bibliográfico do Museu-Biblioteca do Conde de Castro Guimarães, em Cascais. Não lhe deram o justo descanso.

Portugal não viu esse poeta passar. *Mensagem*, sob a chancela do próprio Fernando Pessoa, é um painel sobre Portugal. "Mais que a história" — disse muito Gilberto de Melo Kujawwski em poucas palavras — "invoca o mito da pátria." Para citar qualquer coisa de cada uma das *personae* de Fernando Pessoa, podemos transcrever o poema de D. Sebastião:

Louco, sim, louco porque quis grandeza
Qual a sorte não dá.
Não coube em mim minha certeza;
Por isso onde o areal está
Ficou meu ser que houve, não o que dá.

Minha loucura, outros que me a tomem
Com o que nela ia.
Sem a loucura que é o homem
Mais que a besta sadia,
Cadáver adiado que procria?

Esse homem, submerso em mitos lusos, príncipe real da fala portuguesa, vivia quase sempre em mansardas, atormentava-se com dívidas de cinco mil réis, passava as tardes em escritórios opressivos, dirigiu uma *Revista de comércio e contabilidade* e chegou a requerer patente de invenção de um *Anuário indicador sintético, por nomes e outras quaisquer classificações, consultável em qualquer língua.*

Ricardo Reis representa no teatro Fernando Pessoa o pagão, o clássico, o anacreôntico, *que quando é alto e régio pensamento, súbita a frase o busca e o escravo ritmo o serve.*

> Para ser grande, sê inteiro: nada
> Teu exagera ou exclui.
> Sê todo em cada coisa. Põe quanto és
> No mínimo que fazes.
> Assim em cada lago a lua toda
> Brilha, porque alta vive.

No fim da vida, que durou apenas 47 anos, respondeu o poeta a uma entrevista literária: "A única compensação moral que devo à literatura é a glória de ter escrito as minhas obras presentes." Resposta cintilante e ambígua, muito do gosto de Fernando Pessoa ao pronunciar-se.

Outra glória não veio em vida. Algumas tardias consolações chegavam de jovens de Coimbra. José Régio e João Gaspar Simões o tinham por um mestre. Um prefácio seu — dizia o primeiro — vale mais do que dez páginas de Fidelino Figueiredo. Escreve em *Presença*, revista de moços, aparece em livro a primeira crítica séria sobre a sua personalidade.

Essas migalhas de reconhecimento não dão para atalhar as crises neurastênicas dos últimos anos. Em janeiro de 1935 pensa publicar antes de outubro seu primeiro grande livro. Agrava-se o alcoolismo para o poeta espantosamente envelhecido: bebe no Martinho da Arcada durante a semana, esconde na pasta comercial uma garrafinha de aguardente, aos domingos embriaga-se no Montanha, em casa esvazia imperturbavelmente seus garrafões de tinto e branco.

Na noite de 27 para 28 de novembro, 1935, sofre uma crise hepática. Fez questão de ser barbeado antes de seguir para o Hospital de São Luís dos Franceses. No dia 30, morre o poeta Fernando Pessoa. Estavam a seu lado o capelão, a enfermeira e o médico.

Para ele, em todo caso, não se cumpre o vaticínio:

Primeiro é a angústia, a surpresa da vinda
Do mistério e da falta da tua vida falada...
Depois o horror do caixão visível e material,
E os homens de preto que exercem a profissão de estar ali.
Depois a família a velar, inconsolável e contando anedotas,
Lamentando a pena de teres morrido,
E tu mera causa ocasional daquela carpidação,
Tu verdadeiramente morto, muito mais morto do que calculas...
Muito mais morto aqui que calculas,
Mesmo que estejas muito mais vivo além...
Depois a trágica retirada para o jazigo ou a cova,
E depois o princípio da morte da tua memória.
Há primeiro em todos um alívio
Da tragédia um pouco maçadora de teres morrido...
Depois a conversa aligeira-se quotidianamente,
E a vida de todos os dias retoma o seu dia...

Depois, lentamente esqueceste.

29/9/73

Jerusalém libertada

de Torquato Tasso

(por R. Magalhães Júnior)

Torquato Tasso escreveu o último dos grandes romances de cavalaria, com seu poema épico Jerusalém libertada, *quando o gênero já estava em declínio e não tardaria muito a receber o golpe mortal, desferido pelo gênio de Cervantes, no incomparável* Dom Quixote de la Mancha. *Menos importante pelos feitos que pelos sofrimentos de seus personagens,* Jerusalém libertada *é hoje uma das obras-primas da literatura mundial menos lidas. O seu tema é a Primeira Cruzada, com príncipes e nobres cavaleiros curtindo um duro exílio, em luta com os sarracenos e envolvidos por mulheres sedutoras, com poderes tão mágicos quanto a fascinante Circe do poema de Homero.*

Nascido precisamente vinte anos depois de Luís Vaz de Camões, Torquato Tasso foi um dos últimos grandes poetas épicos. Mas a parte talvez mais esquecida de sua obra é aquela que, em seu tempo, lhe deu maior fama. Se as antologias italianas de hoje ainda lhe transcrevem os magníficos sonetos, as poesias anacreônticas, os breves epigramas, geralmente omitem as passagens de *Jerusalém libertada*, outrora lidas com entusiasmo nos serões familiares ou nas associações literárias.

O poeta veio ao mundo a 11 de março de 1544, em Sorrento, mas passou a infância em Nápoles, ao lado da mãe, Porzia de Rossi, e da irmã, Cornélia, enquanto o pai, Bernardo Tasso, também poeta e tradutor do romance de cavalaria *Amadis de Gaula* para o italiano, vivia em Roma. Educado pelos jesuítas napolitanos e considerado menino-prodígio, por sua inteligência e curiosidade intelectual, Torquato foi viver na companhia do pai, em Roma, ao completar 10 anos, ali continuando seus estudos.

Aos dotes de inteligência, reunia Torquato Tasso os de impressionante beleza física, o que lhe daria fácil ingresso nos melhores meios. Foi companheiro de estudos e de divertimentos do jovem duque Francesco Maria della Rovere, fez relações com o famoso impressor-editor Aldo Manuccio e com o crítico Speroni, na época em que seu pai tratava da impressão de sua tradução do *Amadis de Gaula*.

O pai o mandou anos depois para Pádua, a fim de estudar leis, mas o jovem Torquato detestou a cidade e o Direito, obtendo de Bernardo Tasso autorização para se transferir para Bolonha, onde desejava aperfeiçoar-se em Filosofia e em letras poéticas. Aos 17 anos, publicava alguns poemas e, antes do fim de 1562, produzia um poema cavaleiresco, *Rinaldo*, para o qual transportava os seus ardores de apaixonado infeliz. Pouco antes, em 1561, o *Tassino* — era assim chamado para não ser confundido com Bernardo Tasso — fora com o pai a Pádua, para encontrar-se com o Cardeal Luigi d'Este, entre cujos familiares desejava ser admitido. O cardeal acompanhava a Albano sua irmã Eleonora, com um séquito de damas e *demoiselles*, entre as quais se encontrava uma bela, loura, de voz maviosíssima, chamada Lucrezia

Bendidio. Mas a linda cantora, embora não desdenhasse do amor e dos versos do poeta, preferiu casar-se com um nobre, o Conde Paolo Machiavelli, assim infligindo a Tasso a primeira desilusão amorosa.

O tema de *Rinaldo* representa em parte uma transposição desse infeliz romance amoroso dos 18 anos. Rinaldo — o Renaud das gestas francesas sobre os quatro filhos de Agmon — volta de uma cavalgada pelas Ardenas. E, numa vereda, encontra uma jovem caçadora a cavalo. Deslumbra-o aquela visão, com o cabelo a *"ondeggiar al vento/ parte in belli aurei nodi avvolto e stretto"*. É assim que o poeta apresenta Clarice, irmã do *Sieur* da Gasconha. Por ela, para merecê-la, Rinaldo doma o cavalo Baiardo, vence guerreiros, desfaz encantamentos. Mas — ai dele! — Clarice é destinada como esposa a Carlos Magno. Contudo, o Rei Mambrino consegue raptar Clarice. Num grande galope, montando Baiardo, Rinaldo consegue alcançá-lo e trava com ele um duelo, assistido por Clarice. Vencido Mambrino, Clarice também se deixa vencer e se une a Rinaldo pelo *laccio maritale*.

No seu pequeno e interessante livro, *Torquato Tasso*, publicado em 1911, Adolfo Albertazzi faz interessantes revelações sobre a mocidade de Tasso, dizendo que dos "18 aos 29 anos, transcorreu para o poeta o período menos triste", mas nem por isso menos tumultuoso. Seu pai serviu em Ferrara, durante apenas um ano, ao Cardeal Luigi d'Este, passando em seguida ao serviço do Duque Guglielmo Gonzaga, em Mântua. Enquanto isso, Tasso, no segundo ano da Universidade de Bolonha, não mais morigerado do que os outros estudantes, viu-se envolvido num processo por difamação, por ter recitado numa roda de colegas uma pasquinada que satirizava não apenas vários alunos, mas ainda alguns dos seus mestres.

Fugindo a uma condenação tida como certa, o jovem poeta se refugiou em Módena e, depois, em Castelvetro. Apesar da defesa, de que se incumbiu um legado pontifício, não ousou retornar a Bolonha. Preferiu ir completar seus estudos na detestada Pádua. Aí ingressou na Academia degli Eterei, fundada por seu amigo, o Príncipe Scipione Gonzaga, na qual adotou o nome de Pentito (Arrependido). Suas férias eram passadas em Mântua, com o pai. E no verão de 1564 nasceu o seu segundo romance de amor.

O objeto de sua nova afeição era Laura Peperana, a quem dedicou muitos versos. Num desses poemas, convidava as ninfas do Pó, ninfas irmãs, juntamente com as dos bosques e das ondas marinhas, para engrinaldar *"a questa giovinetta peregrina"*. E acrescentava: *"E mentre io sua beltà todo et onoro, / Cingete a Laura voi le trecce d'oro."* Esse amor, mais duradouro que o outro, se prolongou por mais de um ano. Depois de lhe provocar muitos ciúmes, ela o visitara piedosamente durante a longa enfermidade que o prostrou em setembro de 1567. Adolfo Albertazzi diz que Tasso se curou dessa moléstia quase mortal mais graças às visitas de Laura Peperana do que aos cuidados do Dr. Coppini, seu médico. Tal moléstia, provavelmente um tifo, debilitou bastante a memória do poeta de *Rinaldo*.

Tasso, nessa época, já se tinha transferido para a corte de Ferrara, fazendo parte dos familiares do Cardeal Luigi della Rovere. Nos intervalos dos estudos e das festas, ali começara a escrever outro poema, *Gottifredo*, que seria a gênese de sua obra máxima, *Gerusalemme Liberata (Jerusalém libertada)*, ao mesmo tempo que compunha versos para as damas e princesas, além de dissertações acadêmicas. Estudava tanto que, uma noite, adormeceu com uma vela acesa sobre a mesa e, ao acordar, encontrou o quarto em chamas. O fogo se comunicara a seus papéis, aos livros, às roupas, e mal teve tempo de saltar pela janela, fraturando um pé ao cair no jardim.

O poema em que trabalhava Tasso, com o nome já mudado para *Goffredo*, foi deixado algum tempo de parte, quando teve de acompanhar o Duque Alfonso d'Este numa viagem a Roma. Esteve também em Paris, onde entrou em contato com os poetas da Plêiade. De regresso, iniciou uma nova obra, o drama pastoral *Aminta*, em cinco atos, um prólogo e um epílogo, representado com grande sucesso na noite de 31 de julho de 1573, na pequena ilha de Belvedere, situada no meio do rio Pó.

Essa fábula pastoral — "a última forma poética decadente do Renascimento", na expressão de Giosuè Carducci — revestia-se da maior beleza formal. Era a história de um jovem pastor, Aminta, enamorado de Sílvia, bela caçadora, ingênua mas desconfiada. Todas as artimanhas de Aminta para seduzi-la são vãs e, mesmo quando a liberta de um sátiro que tentava violentá-la, a jovem reluta em demonstrar-lhe sua gratidão. O coração de Sílvia só se mostrará compassivo ao lhe ser dada a falsa notícia da morte de Aminta. O pastor, na verdade, se atirara de um penhasco, para pôr fim aos seus dias, mas por fortuna não morrera. Sílvia corre a abraçar o *cadáver*, desejosa de morrer também. E, em vez disso, lhe dá o suspirado prêmio, que é o seu amor. A trama é tênue, mas a beleza poética dos diálogos faz de *Aminta* uma obra-prima do teatro italiano no século XVI.

Esse êxito teatral e poético aumentou ainda mais a fama que Torquato Tasso conquistara com *Rinaldo*. Compensara-o em parte do golpe que sofrera, no ano anterior, com a morte do pai. Tasso, professor de Astronomia e Matemática na Universidade de Ferrara, era então o favorito das Princesas Lucrezia e Leonora d'Este. Um biógrafo indiscreto sustenta que fora amante de ambas, sensíveis no mesmo grau ao seu talento e à sua beleza física. Isso despertava inveja e ressentimentos entre outros cortesãos. Tasso desenvolveu uma crescente suspeita de que estivesse sendo espionado, de que vigiassem suas atitudes, interceptassem as suas cartas, intentassem traí-lo. Um dia, surpreendido no pátio do palácio por um tal Ercole Fucci, provavelmente um espião do Duque de Ferrara, ao ser interpelado de maneira impertinente, respondeu com uma bofetada. O outro se foi, sem nada dizer, mas quando o poeta atravessava a praça, fronteira ao palácio, Fucci surgiu com um irmão; ambos, armados de bastões, surraram Tasso.

A mania de perseguição nele se acentuou cada vez mais. Enquanto isso, *Aminta*, que mais tarde seria posto em música, era traduzido sucessivamente para o francês, inglês, espanhol e outros idiomas, para publicação ou representação nos melhores teatros. O poeta passou então a trabalhar febrilmente para completar o poema épico interrompido. *Goffredo* tinha como base a Primeira Cruzada, inspirada no apelo feito pelo Papa Urbano II, na França, durante o Concílio de Clermont, no ano de 1095. Prometia esse pontífice indulgência plenária a todos que tomassem armas e partissem "para libertar a Igreja de Deus em Jerusalém".

A repercussão do apelo do papa no Concílio de Clermont foi enorme em toda a Europa, onde o repetiram os bispos que o ouviram. Um desses bispos, o de Puy, Adhémar de Monteil, foi nomeado legado do papa e chefe da expedição que devia "tomar a cruz" e fazer o voto de "levá-la a Jerusalém". Os peregrinos em armas gozariam de certos privilégios. Mas o Papa Urbano II, para evitar os efeitos de um entusiasmo irrefletido, estabeleceu algumas regras, entre as quais a de que os fiéis não se alistariam antes de terem ouvido os conselhos de um sacerdote. Tampouco os jovens casados poderiam participar da Cruzada sem o consentimento de suas esposas. Mas, uma vez pronunciados os votos de consagrarem a vida e os esforços à libertação da Terra Santa, esses votos seriam irretratáveis, até o fim da Cruzada. Se algum deles os deixasse de cumprir, seria excomungado.

Um dos primeiros a prestar juramento foi Raymond de Saint-Gilles, Conde de Toulouse e da Provença, quando Urbano II ainda pregava a necessidade da Cruzada em Limoges, em Angers, na Aquitânia e no Languedoc. A outros lugares, como a Normandia, o vale do Loire, a Inglaterra, mandou o Papa Urbano II enviados, ou escreveu cartas, como a famosa Carta aos Flamengos. Graças a isso, deu-se a adesão de Godefroi de Bouillon, Duque da Baixa-Lotaríngia, e de seu irmão Balduíno de Boulogne, e do Príncipe Hugues de Vermandois, irmão do Rei Felipe I. E ainda Robert de Normandia, Étienne de Blois, Bohemundo, Tancredo, Guillaume de Nevers, Wolf da Baviera, Guillaume da Aquitânia, Roger, Bertrand e outros nobres cavaleiros, além do Arcebispo de Pisa, Daimberto.

Muitos destes não chegariam a ser mencionados no poema de Torquato Tasso, cedendo lugar ao lendário Rinaldo e a outras figuras, criadas pela imaginação do poeta sorrentino. Diz Adolfo Albertazzi, no livro já citado, que "se foi juvenil a escolha do assunto, longo foi o estudo das fontes e igualmente longa a elaboração dos elementos romanescos", tendo Tasso se valido principalmente das crônicas de Guglielmo de Tiro sobre as Cruzadas, bem como das obras do Abade Uspergense e do Monge Roberto, bem como do livro *De Bello Sacro*, de Benedette Accolti. E, ainda, dos romances de cavalaria então imensamente populares, da *Italia liberata*, de Giovanni Giorgio Trissino, além de elementos homéricos e virgilianos, sem esquecer o poema épico de Ludovico Ariosto, *Orlando furioso*, tudo isso fundido de forma maravilhosa. A ambição de Tasso era, na verdade, a de ser reconhecido como o Virgílio do Renascimento.

O poema, dedicado a Alfonso d'Este, Duque de Ferrara, foi lido no verão de 1575 a Lucrezia d'Este, então com 35 anos de idade, que se achava doente. Tasso tinha 31 anos nessa ocasião. Lucrezia estava casada, mas antes do casamento tivera pelo menos dois amantes: o poeta e um Montecuccoli. Ligara-se depois de casar-se a outro amante, o Conde Contrari, mas o Duque de Ferrara fechava os olhos, fingindo de nada saber, como em geral acontecia nas cortes. Entretanto, acabou Alfonso d'Este por abrir os olhos em relação a Tasso, quando despeitados cortesãos o convenceram de que o poeta se gabara de intimidades com suas irmãs, fazendo alusões a isso em seus versos.

Criou-se uma situação difícil para o poeta, mal recebido na corte de Ferrara. Tasso tentou deixá-la e iniciou gestões para obter um lugar na corte de Florença, junto aos Médicis. Isso irritou muito Alfonso d'Este, que temia a publicação de *Goffredo*, ainda em manuscrito, mas já famoso, com a supressão da dedicatória que lhe fora feita e a inscrição do nome de um dos Médicis no lugar do seu. Tasso, por seu lado, debilitado pela malária, que de quando em quando o atacava, passou a sofrer intensas dores de cabeça e perturbações mentais, caracterizadas por intensa mania de perseguição. Supunha que ia ser denunciado à Inquisição ou que seria envenenado. Em

1576, teve uma briga com um cavalheiro de Ferrara, chamado Maddalo, que comentara com certa liberdade os amores de Tasso. No verão de 1577, contava seus tormentos a Lucrezia d'Este, quando descobriu que um criado os espreitava, tentando ouvir a conversa. Correu então para o criado, brandindo um punhal e tentando matá-lo. Agarrado e desarmado, foi trancado num quarto do palácio, de onde só saiu para a casa de campo de Alfonso d'Este, onde ficou sob vigilância, por algum tempo. Entretanto, como não melhorasse, foi internado no Convento dos Franciscanos, em Ferrara, de onde pouco depois conseguiu fugir. E, então, disfarçado como um simples camponês, viajou a pé, durante dias e dias, até chegar a Sorrento, ao sul de Nápoles, onde se abrigou na casa de sua irmã, Cornélia.

Mas Tasso não tardou a sentir falta da vida brilhante e do meio intelectual em que antes vivera. Em longas cartas, nas quais manifestava arrependimento, pediu para retornar a Ferrara. Nada conseguindo, rumou a pé para o Norte da Itália. Passou por Mântua, Pádua, Veneza e, daí, seguiu para Urbino.

Finalmente, alcançou Turim, onde conseguiu ser recebido pelo Duque de Savóia. Por toda parte, fora recebido com honras, pois a todos esses lugares tinha chegado sua fama de poeta. O acolhimento do Duque de Savóia nada mais fez do que agravar o seu desejo de voltar a Ferrara, pois, fora daí, a vida lhe parecia intolerável. Por isso, em fevereiro de 1579, pôs-se a caminho. Não podia, entretanto, ter escolhido pior momento para a volta. Para começar, as duas princesas não quiseram recebê-lo.

Restava, porém, o Duque de Ferrara, a quem dedicara o seu poema épico. Saberia comovê-lo com as suas palavras eloqüentes. Procurou-o na funesta noite de 11 de março de 1579.

Alfonso d'Este, que estava prestes a contrair suas terceiras núpcias, dessa vez com uma princesa da casa de Mântua, não pensava noutra coisa que não fossem os preparativos das festas. Estava o duque reunido com seu intendente, tratando de tal assunto, quando Tasso, a quem tinham impedido a entrada, abriu violentamente a porta e cobriu o antigo protetor dos piores insultos. Então foi outra vez agarrado e encerrado, sem a menor cerimônia, num cubículo do Manicômio de Sant'Ana. Aí ficaria encarcerado durante sete anos.

Todos os papéis de Tasso tinham sido confiscados, desde que se manifestara a sua loucura. Mas cópias manuscritas do poema passavam de mão em mão. No ano de 1580, um literato velhaco e sem escrúpulos, Célio Malespini, de posse de uma dessas cópias, resolveu negociá-la com o editor veneziano Domênico Cavalcalupo, afirmando que ele não correria risco algum se a publicasse, pois o autor era um louco irremediável, que jamais sairia do manicômio.

Assim foi publicado parcialmente o poema, até o décimo segundo canto, mas com a exclusão do décimo primeiro, e com o título de *Il Goffredo*. Logo, outro editor, Angelo Ingegneri, de Parma, fez em 1581 uma outra edição, esta contendo todos os vinte cantos do poema com o título mudado para *Gerusalemme Liberata*, ou seja, *Jerusalém Libertada*. Este passaria a ser, de então por diante, à revelia de Tasso, o título do poema, em toda parte. Título que logo se popularizara, por lembrar o da obra de Trissino, *L'Italia Liberata*. Sete edições se esgotaram em seis meses.

O prisioneiro, no seu cubículo do Manicômio de Sant'Ana, não tinha nenhum controle sobre tais edições, feitas sem a sua permissão e sem a sua revisão, num dos mais escandalosos abusos de que se tem notícia, mesmo que em tal época ainda não estivesse configurado juridicamente como hoje, o direito autoral. Só se falava no poema de Tasso, sendo o autor colocado em pé de igualdade com Petrarca e com Ariosto.

A tal ponto chegou essa popularidade que outro aproveitador, Battista Guarini, poeta que então vivia na Corte de Ferrara, se apressou a fazer a revisão dos poemas líricos do bardo sorrentino, reeditando-os em 1582. Como das outras vezes, Tasso nada recebeu.

Condoído da sorte do poeta, o príncipe mantuano Vicenzo Gonzaga obteve de Alfonso d'Este a liberdade de Tasso, levando-o primeiro para a cidade de Míncio e, depois, para a de Bérgamo. Aí, foi encenada uma tragédia que Tasso escrevera em 1574, com o título de *Torrismondo*. Mas, em 1587, ele recomeçou a sua vida errante — uma odisséia de doença, indigência e desgraça, como disse um de seus biógrafos. Pôde, porém, publicar ainda, em 1593, uma versão aumentada e grandemente alterada de seu grande poema, retocada e corrigida, com o título, que não vingou, de *Jerusalém conquistada*. Essa versão tinha 24 cantos — tantos quanto os da *Eneida*, de Virgílio. Entretanto, as correções que fez no poema foram, em geral, para pior. É o que informa Adolfo Albertazzi:

"Da *Jerusalém conquistada* logo se disse: que tudo quanto de gentil e espiritualmente cavalheiresco, isto é, o que havia de melhor na *Jerusalém libertada*, ficou perdido, foi sacrificado à rigidez da forma épica e aos escrúpulos religiosos do autor. O poeta também removeu da Conquistada 'as navegações e as maravilhas do Oceano', deixando inteiro o assunto para um outro poema, o qual giraria em torno dos 'erros do normando Tancredo e do seu retorno'. Assim como a *Ilíada* era seguida da *Odisséia*, Tasso queria produzir dois poemas conjugados. Mas, publicada em 1593, portanto 30 anos após o primeiro ensaio, 27 depois do início do trabalho regular e 12 após a publicação da primeira redação, a *Jerusalém conquistada*, que teve poucas edições, demonstrou — como disse muito bem A. Solerti — tão-somente a decadência do poeta e a mudança havida em seu ânimo, "aquela espantosa transformação que se operou no fim do século dezesseis nas consciências e nas artes."

Contudo, no ano seguinte, o Papa Clemente VIII e seu sobrinho, o Cardeal Aldobrandini, chamaram Tasso para Roma, a fim de ser coroado como o grande poeta da língua italiana, assumindo o lugar que Petrarca deixara vago. Tasso chegou a Roma em novembro de 1594. Mas já era tal o seu estado de saúde que a cerimônia da coroação teve de ser adiada para o ano seguinte. O Papa Clemente VIII deu uma pensão ao poeta e obrigou o Príncipe Avelino, que se apossara das propriedades deixadas pela mãe de Tasso, a pagar-lhe também uma renda mensal. Mas o bem-estar econômico chegava tarde demais. A 1º de abril de 1595, o poeta chegava na carruagem do Cardeal Aldobrandini ao Convento de Sant'o Onofrio, no Monte Trasteverino. Os frades, vendo a carruagem com o emblema cardinalício, se precipitaram para acolher Sua Eminência, o sobrinho do Papa. Mas quem dela saiu foi Torquato Tasso, pálido e desfeito, dizendo: "Meus bons irmãos, vim aqui para morrer." Na verdade, aí morreu 25 dias depois. E a cela que ocupou se tornou um local de peregrinação. Do mesmo modo, é ainda hoje apontado aos turistas como "o carvalho de Tasso", a árvore de cujos ramos seria trançada a coroa a ser colocada pela mão do Papa Clemente VIII na cabeça do poeta.

O poema de Tasso se tornou conhecido em todo o mundo pouco depois de sua morte. A primeira tradução para o inglês apareceu em 1600, na Inglaterra. Foi feita por Sir Edward Fairfax, com o título de *Godfrey of Bulloigne, or the Recoverie of Jerusalem*. A primeira edição portuguesa, impressa em 1689, sob o título de *O Godofredo, ou Jerusalém libertada*, foi feita pelo poeta André Rodrigues de Matos, que nela intercalou várias oitavas de sua autoria, em louvor de Tasso, colocando ao fim de cada uma esta indicação: (*O tradutor*). O poema heróico de Tasso seguia o modelo homérico e virgiliano, começando com estes dois versos: "*Canto l'armi pietose, e'l capitane / Ch'el gran sepolcro libertò di Cristo.*" Logo no primeiro canto, Tasso se desvia da verdade histórica, que lhe parecia prosaica, para colocar o poema no plano do maravilhoso ou do fantástico. Mas de um maravilhoso ou fantástico de sentido religioso.

O poema não começa quando o Papa Urbano II inflama a alma de Godefroi de Bouillon — nome que o tradutor português converteu em Godofredo de Bulhão. Os cruzados já estão há seis anos no Oriente, mas indecisos e desarvorados. É Deus, em pessoa, quem se comunica com o futuro herói da Primeira Cruzada. E o faz através do anjo Gabriel, a quem diz: "Busca a Godofredo e pergunta-lhe, em meu nome, por que demora em renovar a guerra que há de libertar a oprimida Jerusalém." Gabriel executa a embaixada, encontrando-se com Godofredo quando este faz sua oração matinal. Godofredo convoca os demais chefes cruzados a um conselho, fazendo-lhes ver a necessidade de uma ação enérgica e imediata. Então Pierre d'Amiens, mais conhecido como Pierre L'Hermite (Pedro, o Eremita), adverte que é necessário um comando único, convocando-os "a dar a um somente o cetro e a governança", para que este "tenha vezes de rei, e semelhança". Assim, Godofredo acaba sendo aclamado "o capitão dos capitães".

Um dos primeiros inimigos a serem vencidos era o rei do Egito, que estendia o seu poderio até a faixa de Gaza, onde terminava a sua fronteira. Em vão ele tenta, por lisonjas ou por ameaças, dissuadir Godofredo e seus capitães da grande empresa. É esse o tema do primeiro canto, no qual Tasso já introduz a primeira figura feminina, uma donzela em armas, de presença tão bela que logo incendeia o coração de Tancredo. Tarso não a nomeia ainda. Mas dá ênfase a esse amor à primeira vista, que — "oh! maravilha! apenas nado / já grande voa, já triunfa armado". No segundo canto, é introduzida uma história lateral, verdadeiro conto dentro do poema, que é o episódio de Sofrônia e Olindo. Num subterrâneo, em meio aos infiéis, os cristãos tinham um templo onde adoravam Nossa Senhora, representada por uma efígie. Um dia, essa imagem é "arrebatada ao seu templo" pelos muçulmanos, sendo levada para uma "imunda mesquita", na expressão do poeta. Mas daí logo desaparece misteriosamente. O prodígio irrita o tirano sarraceno, que promete exterminar todos os cristãos. É então que Sofrônia, para salvar os demais, se apresenta como autora de um ato que não havia cometido. Interrogada sobre onde está a imagem, Sofrônia diz que a queimara, para evitar novo ultraje. O tirano a condena a ser também queimada. É então que Olindo, por ela apaixonado, resolve por sua vez sacrificar-se, dizendo que Sofrônia pretendia usurpar um ato que fora apenas dele. Como ambos disputam a autoria do delito, o tirano manda preparar uma fogueira para ambos. É então que se apresenta a bela guerreira Clorinda, tão bela quanto valente, para colocar a sua espada a serviço dos sarracenos. Mas para isso exige, em troca, os dois réus, ambos inocentes. O tirano manda desatar os dois jovens cristãos, que já se encontravam sobre a fogueira, e se contenta em desterrá-los para a Palestina.

Essa Clorinda é a mesma que, no canto primeiro, aparecera misteriosamente no acampamento dos cruzados e despertara o amor de Tancredo. No canto terceiro, quando os cruzados avançam para Jerusalém, aceitando o desafio do rei sarraceno, Aladim, Clorinda faz, com a sua bravura e suas artes mágicas, grandes estragos nas fileiras dos cristãos. Toma o apaixonado Tancredo como seu prisioneiro e contra ele investe. Defendendo-se, Tancredo, com golpes de lança, lhe arranca a viseira e a parte da armadura que lhe cobre o busto, ficando a guerreira parcialmente nua. Tancredo fica imensamente perturbado. Um cristão desfere um violento golpe de espada contra o busto nu de Clorinda, mas Tancredo apara o golpe, salvando-a. Em pleno fragor da batalha, a sarracena Hermínia aponta ao rei, seu pai, um bravo cavaleiro, Rinaldo — suposto ancestral da família d'Este — proclamando-o "o mais galhardo dessa gente".

Mais poderosas que as muralhas levantadas ao redor de Jerusalém por Aladim são as artes mágicas dos sarracenos e as rivalidades entre os cruzados, homens de grandes paixões. Um dos capitães, Gernand, briga com Rinaldo, a quem havia caluniado, e é morto por este, em duelo, e para não se submeter ao julgamento de Godofredo, abandona o acampamento. No canto quarto, introduz Tasso outra figura feminina, Armida, jovem e bela feiticeira, enviada por inspiração do demônio por seu tio, o rei Hidraot, de Damasco, a Godefroi, sob o falso pretexto de obter sua ajuda e proteção. Ela se apresenta ao "príncipe invicto" maravilhosamente adornada e, por seus artifícios, seduz numerosos guerreiros, inclusive alguns dos mais valorosos, que a seguem, tornando-se seus campeões e sendo, por fim, encarcerados em seu castelo, às margens do Mar Morto.

No canto sétimo, o próprio Tancredo não pode evitar uma cilada e cai em poder de Armida. Assim, ele não pode retomar o duelo interrompido com o fero Argente. E, quando este volta ao campo da honra, para retomar a luta, só sai a enfrentá-lo o velho Raymond de Toulouse, com um punhado de bravos cavaleiros. Os cruzados só a grandes penas podem resistir aos sarracenos, ajudados pelas potências infernais. No canto oitavo, chegam péssimas notícias: o Príncipe da Dinamarca, esperado com grandes reforços, fora derrotado por Soliman, rei da Nicéia e agora chefe dos árabes; chega também a notícia da morte de Rinaldo. Mas esta última era falsa. Contudo, provoca a rebelião de uma parte dos guerreiros.

Tais são as atribulações dos cruzados que Deus manda o arcanjo Miguel dos céus à terra, para socorrê-los. Assim, as coisas mudam, no canto nono, e Armida foge para salvar a vida. No canto décimo, Pedro, o Eremita, traz a notícia de que Rinaldo está vivo.

No canto décimo primeiro, Godofredo, que conseguira reprimir a sedição e reorganizar suas forças, entra em luta e recebe um duro ferimento, desferido pela guerreira Clorinda, que retesava o arco e disparava certeiras flechas contra os cristãos. Com uma flecha lhe traspassando a perna, Godefroi tenta arrancá-la, mas a cama se quebra. No acampamento, o médico italiano Erotino tenta retirar o dardo, com um ferro, mas em vão. Tudo só se resolve quando o Anjo Custódio cura a ferida de Godofredo. No capítulo XII, o eunuco Arcetes conta a Clorinda que esta era filha da rainha da Etiópia, de religião cristã, casada com rei cristão. Mas como a menina nascera inteiramente branca, a rainha, esposa fiel, não querendo suscitar infundados e perigosos ciúmes do marido, a substituíra por uma criança negra, incumbindo Arcetes de criá-la, "bem longe", para só muito mais tarde revelar-lhe o segredo de sua origem. Hermínia, que se apaixona por Tancredo, vai às ocultas cuidar de suas feridas e quase morre nas mãos dos cristãos.

No canto décimo segundo, Pedro, o Eremita, exorta Tancredo a reagir contra o amor que o cega, para que ele seja digno de si mesmo e de seus princípios. Tancredo reage a essas exortações. A tal ponto que fere Clorinda mortalmente em combate, sem saber que esta, antes indiferente, agora o ama. Mas Clorinda não morre antes de ter sido, a seu próprio pedido, batizada como cristã. Rinaldo, por quem Armida se apaixonara, liberta os prisioneiros desta, que voltam a reforçar as forças dos cruzados. Falta apenas

Rinaldo, o maior de todos os guerreiros. Um mago cristão revela que ele se encontra sob o domínio da feiticeira Armida nas ilhas Afortunadas onde ela fizera surgir suntuoso palácio, à beira de um lago. Essas ilhas são uma terra de delícias e prazeres, como a ilha dos Amores do poema de Camões. Godofredo manda um grupo de cavaleiros por mar para libertá-lo. Depois de grandes peripécias, entre as quais a destruição, por Armida, de seu palácio encantado, Rinaldo é recuperado e conduzido à presença de Godofredo, a quem confessa ter matado um de seus cavaleiros, estando, porém, arrependido e disposto a fazer quanto possa para reconquistar-lhe as boas graças. O arcanjo Miguel volta a ajudar os cristãos e a batalha final é desferida, sendo tomada, por fim, Jerusalém. Rinaldo vai orar no Monte das Oliveiras e o seu pesar é tão sincero que, ouvido em confissão por Pedro, o Eremita, este o absolve.

Tancredo, que foi de novo ferido, é curado por Hermínia, a jovem e bela sarracena, que o ama em segredo. Aladim, Argante, Soliman e outros chefes sarracenos são mortos. A maga Armida, no último canto, tenta suicidar-se, traspassando o coração com uma seta, mas nesse momento Rinaldo acode e lhe detém o braço. Os dois choram e se abraçam "com modos terníssimos". E Rinaldo diz, por fim: "Armida, o ansioso coração tranqüila, / Não ao desprezo, ao mando eu te preservo, / Que inimigo não sou, mas sou teu servo." É de supor-se, assim, que Armida se tenha também cristianizado, diante do sepulcro de Cristo, libertado pelos guerreiros de Godefroi de Bouillon — o Goffredo di Buglione do poeta sorrentino.

Fábula simples e heróica, o sucesso de *Jerusalém libertada* se deve, em parte, ao fato de ter sido publicada nove anos antes da batalha de Lepanto, que foi a última das grandes derrotas do mundo árabe em sua luta contra o ocidente cristão.

Torquato Tasso teve uma vida tão dramática que se tornou o assunto de uma peça teatral de Goethe e de uma ópera de Gaetano Donizetti. Por sua vez, o seu poema *Jerusalém libertada* — título dado à sua revelia pelo segundo editor de seu poema épico — foi convertido em várias óperas, uma de Cláudio Monteverdi, outra de Carlo Pallavicini, a terceira de Vicenzo Righini e a quarta, finalmente, de Louis-Luc Loiseau de Persuis. O poema épico de Torquato Tasso é hoje uma das obras-primas menos lidas, e as várias óperas sobre o tema e sobre o seu autor praticamente desapareceram da cena lírica mundial.

20/10/73

A ronda

de Arthur Schnitzler

(por Otto Maria Carpeaux)

Rilke e Kafka na literatura, Klimt e Kokoschka nas artes plásticas, Mahler, Schönberg e Von Webern na música, Sigmund Freud, Ludwig Wittgenstein — são apenas alguns dos muitos nomes que faziam a vida cultural de Viena no começo do século. Foi naqueles anos que precederam a liquidação do Império Austro-Húngaro que um médico vienense publicou em edição limitada, fora do comércio, uma peça destinada mais à leitura do que à representação. O cinema, no segundo pós-guerra, tornou A Ronda *mais conhecida do grande público contemporâneo. Três cineastas — Max Ophuls, Roger Vadim e agora Otto Schenk — tentaram evocar a atmosfera que o leitor só encontrará completamente na leitura da peça de Arthur Schnitzler.*

A moça é francesa, bonita, tem 20 anos de idade e já é conhecida no mundo inteiro — contudo, só uns poucos brasileiros tiveram oportunidade de conhecer, no estrangeiro, a cara (e o corpo) de Maria Schneider. Mas era previsível o que aconteceria com ela, depois do sucesso internacional do *Último tango em Paris*: seria logo engajada para fazer novo papel, em filme que lhe permitiria exibir o que a francesa tem. O filme já está pronto. Foi rodado pelo alemão Otto Schenk e chama-se *A ronda*.

Se esta fita chegar a ser exibida no Brasil (o que só Deus e a Censura sabem), teremos aqui a primeira oportunidade de ver Maria Schneider na tela. Mas não seria a primeira vez de ver *A ronda*. Pois filme do mesmo título e do mesmo enredo já foi, em 1950, sucesso internacional: *A ronda* de Max Ophuls.

De Ophuls? O filme, sim, mas não a base do roteiro. Alguns chegaram mesmo (e eu me incluí entre estes) a duvidar da autenticidade, digamos etnográfica, da fita: o rapaz, na terceira e na quarta cena, tinha cara tipicamente francesa e o conde, no final, vestiu farda indubitavelmente prussiana. Eram pecados venais, pequenos anacronismos que não chegaram a poluir a atmosfera caracteristicamente vienense da obra, reflexo da vida na Viena de antes de 1914, antes de desaparecer a velha Áustria. Médico vienense foi o autor da peça *A ronda*, Arthur Schnitzler (1862-1931), nome que é pouco familiar às gerações de hoje. Mas antes da Primeira Guerra Mundial, Schnitzler foi um dos escritores mais lidos e um dos dramaturgos mais representados no mundo inteiro, na França, na Itália e até no Japão, onde — dizem — sua popularidade teria sido imensa. Essa glória passou, mui injustamente, pois Schnitzler não é apenas o autor do enredo de um filme famoso, mas de várias peças bem construídas e melhor formuladas e de algumas novelas de valor permanente. Não foi, talvez, um grande escritor, mas sim um escritor bem importante. Nos olhos da posteridade, o tempo inexorável o prejudicou, pois seu mundo, a Viena de antes de 1914, não existe mais. Mas *A ronda* continua: a peça; e também continua existindo — podemos seguramente dizer: para sempre — o tema da obra picante e espirituosa.

As dez cenas dialogadas de *Reigen* (*A ronda* é tradução aproximada do título, que significa uma dança) não eram destinadas ao palco, mas à leitura. Não têm enredo coerente, mas têm, sim, um tema comum. A primeira cena se passa no Prater, o famoso parque de diversões populares em Viena (o nome vem de Prado e lembra o passado espanhol da dinastia dos Habsburgos). As personagens dessa cena são bem populares: um soldado e uma prostituta. Ele quer mulher e ela quer dinheiro. O entendimento é imediato. Em vez de cair o pano (a peça, como já se disse, só estava destinada à leitura), acaba o parágrafo e segue-se uma linha pontilhada, cujo sentido até o leitor mais ingênuo não pode desconhecer. O resto do texto é breve, digamos factual. A moça procurará outro freguês e o soldado já percebeu a bonita empregada doméstica que será sua companheira na segunda cena, igualmente interrompida por linha pontilhada.

É só no domingo que a criada está livre para passear no Prater. Na terceira cena ela está em casa da família dos seus empregadores, que têm, por sinal, um filho, um estudante. Por acaso, a moça está sozinha em casa e o rapaz não perde a oportunidade, indicada por linha pontilhada.

Teria sido a iniciação do rapaz? Talvez, mas então ele aprendeu rapidamente e até rapidamente demais. Pois na quarta cena ele já sente orgulho de estar pela primeira vez na cama com uma mulher casada, e essa felicidade domina-o de tal maneira que acontece um pequeno desastre: basta dizer que nessa cena a linha pontilhada tem outro sentido, indicando um enguiço. Enguiço de outra espécie passa-se na quinta cena: a mesma mulher, esta vez com seu marido: pois nesse caso, a linha pontilhada é algo como um símbolo de bocejo. Mas assim como a mulher teve, antes, seu encontro com o estudante, assim o marido encontra-se na sexta cena com uma mocinha, e esta vez a linha pontilhada não é legítima nem simbólica. Ligações dessa natureza não costumam ser eternas. Por isso mesmo segue-se na sétima cena um encontro, devidamente interrompido por linha pontilhada, entre a mocinha e um escritor que — este último — tem na oitava cena sua linha pontilhada junto com a atriz. Mas não só de dramaturgos vive o teatro.

Também se precisa de mecenas. Na nona cena (com a usual linha pontilhada) encontra-se a atriz com o conde, oficial da Guarda Imperial. E não só de atrizes gostam os condes, sobretudo quando beberam demais e sentem uma solidão dolorosa, mas não incurável, e por isso o conde encontra-se na décima e última cena, para sua própria surpresa, na cama com a prostituta, com a mesma prostituta que na primeira cena, em companhia do soldado, iniciou a corrida no carrossel circular de *A ronda.*

Schnitzler sabia bem que a peça provocaria escândalo: quando a escreveu, a Rainha Vitória da Inglaterra ainda estava viva, e a hipocrisia vitoriana, que proibiu falar, em companhia de senhoras, de pernas de uma mesa, dominava a Europa inteira, embora a realidade já estivesse bem outra. O autor, inicialmente não ousou publicar *A ronda*, que saiu em 1897 só em edição limitada fora do comércio.

E só dez anos mais tarde, em 1907, *A ronda* foi enfeixada em volume geralmente acessível, junto com outras peças menos ofensivas. Mesmo assim, o volume fez sensação desagradável; é evidente que não se podia pensar em montar a obra no palco. Até os mais moderados escandalizaram-se com as linhas pontilhadas, pois sabe-se que um puritano não pode ver linha pontilhada sem pensar no pecado original e suas conseqüências fisiológicas. Mas essas famosas linhas pontilhadas, parece-me que não significam nada de impuro ou vergonhoso. Na obra, só servem para separar nitidamente o *antes* e o *depois*, o contraste cômico entre o ardor do desejo e a frieza depois da satisfação. *A ronda* não é um exemplo de naturalismo à maneira de Zola. É uma obra humorística, muito espirituosa. Mas bem disse um inglês — não me lembro se foi Shaw ou Wilde ou um terceiro — que "a maior tragédia depois de um desejo insatisfeito é um desejo satisfeito". *A ronda* provoca, nos atores e nos espectadores, o riso seguido daquela decepção que os antigos romanos descreveram tão incisivamente que só os posso citar em latim mesmo: "*Omne animal post coitum triste.*" Nesse sentido, como em vários outros, o homem também é um animal. E o efeito final de *A ronda* é uma profunda tristeza.

Depois de 1907 veio a Primeira Grande Guerra Mundial, o Imperador Francisco José morreu, a velha Áustria afundou-se, os costumes modificaram-se radicalmente, o teatro foi conquistado pelos expressionistas, pelos boêmios e por comerciantes ávidos de lucro, e em 1921 foi *A ronda* representada no palco. Provocou um dos maiores escândalos teatrais de todos os tempos: uma tempestade de protestos, instigada pelos pré-nazistas, produziu proibições e processos, em que várias testemunhas da acusação confessaram não terem lido nem terem visto a obra. O próprio Schnitzler, homem prudente, infenso à publicidade, proibiu aos teatros a representação.

Schnitzler morreu em 1931, o nazismo salvou "a sociedade e os bons costumes", veio outra grande guerra, os costumes deixaram de exigir sua salvação, *A ronda* foi filmada em 1950 por Max Ophuls com sucesso estrondoso, *O amante de Lady Chatterley* e até *Fanny Hill* foram liberados pelos tribunais ingleses e norte-americanos, e hoje Maria Schneider, a *heroína* da primeira e da última cena de *A ronda* de Schenk, deve ter sentido vergonha por ter filmado antes *O último tango em Paris*. A peça parece hoje quase inofensiva. Mas é boa. E transformou-se numa espécie de epitáfio meio alegre e meio triste da Viena de antes de 1914: da velha Áustria.

O estudante, na terceira e quarta cenas, não deve ter cara francesa e o conde não deve ostentar farda prussiana. A peça é autenticamente vienense. É austríaca, se quiserem. Mas não reflete a Viena, a Áustria inteira. Contra isso é preciso protestar. A Viena do seu último decênio imperial teve muitas facetas, nem todas elas conhecidas; ou talvez nem todos se lembrem da origem vienense daquilo que admiram. E impõe-se escrever algo como uma apologia daquela época de aparente decadência moral, que foi na verdade um dos momentos mais brilhantes da intelectualidade européia.

A Viena de 1914 foi o centro de uma grande literatura simbolista: basta citar os nomes de Hugo von Hofmannsthal e de Rainer Maria Rilke. Mas não foi só isso. Também foi a cidade de Karl Kraus, um dos maiores satíricos e dos mais intransigentes moralistas de todos os tempos, cuja glória conquista em nossos tempos o mundo anglo-saxônico. Na Viena de 1910 escreveu Robert Musil suas primeiras obras e nasceram os primeiros contos de Franz Kafka, praguense este mas dependendo, como toda a literatura de Praga naquela época da Áustria multinacional, do centro em Viena, assim como — embora escrevendo em outras línguas — o triestino Italo Svevo e o veemente expressionista croata Miroslov Krleza. Em compensação, Viena não foi nunca um grande centro das artes plásticas, mas pelo menos a ação renovadora de Oskar Kokoschka não está esquecida; e Adolf Loos foi o grande precursor da arquitetura funcional.

Por outro lado, a música clássica dos grandes mestres nunca foi cultivada com tanta devoção quase fanática como na Viena de 1905 por Gustav Mahler, na mesma Viena em que ao mesmo tempo Arnold Schönberg, Alban Berg e Anton von Webern lançaram na mesma cidade os fundamentos da música serial ou dodecafônica que hoje domina o mundo e à qual Stravinsky prestou na velhice a devida homenagem. Não é necessário falar da Universidade, então uma das mais importantes da Europa. Ficaram e ensinaram fora dessa Universidade — para só citar os dois maiores nomes — Ludwig Wittgenstein, o grande filósofo, e Sigmund Freud.

Foi o esplendor antes do desastre. Desastre que muitos previram, que todos sentiram nos ossos, com angústia, com melancolia, com resignação, até talvez com uma alegria perversa de autodestruição. Havia um desejo frenético de gozar a vida antes que chegasse a catástrofe, e para isso contribuiu muito a situação da burguesia judaica (à qual Schnitzler pertencia), desempenhando grande papel na vida cultural, mas excluída, pelo anti-semitismo, da vida pública dominada pelo nacionalismo e pelo clericalismo; os velhos resignaram-se a esse destino, os jovens, a *jeunesse dorée,* encontraram saída fácil no erotismo frívolo do ambiente. Havia, ao lado e em torno daquele esplendor, muito brilho falso, às vezes faustoso e ligeiramente sentimental, às vezes com a inescrupulosa despreocupação do *après nous le déluge.* Costumava-se dizer: "Em Berlim a situação é séria mas não desesperada; em Viena a situação é desesperada, mas não é séria." E nasceu a lenda totalmente falsa e irresponsável da "Viena alegre". Uma cidade em que centenas de milhares de operários trabalhavam em usinas siderúrgicas e refinarias de petróleo — esperando o socialismo e armando um exército enorme para defender um império insustentável — essa cidade criou em torno de si mesma a lenda das operetas e das valsas, dos arquiduques e aristocratas decadentes e debochados em seus maravilhosos palácios barrocos, e todos e o povo inteiro intensamente dedicados aos prazeres da cozinha, *à pâtisserie* mais variada do mundo com muito creme de Chantilly, ao vinho vienense que parece ligeiro e se bebe como se fosse água e que embriaga logo, e sobretudo a esse tipo de mocinha — chamada *suesses Maedel* (pequena doce), de que Arthur Schnitzler foi o trovador.

Talvez não tenha criado esse tipo. Em todo caso, introduziu-o na literatura: a mocinha do povo, bonita, sensual e um pouco sentimental e um pouco leviana, facilmente seduzível embora lucidamente sabendo que tudo acabará em melancolia e miséria quando ela será — fatalmente — abandonada. Schnitzler não foi um libretista de operetas mentirosas. Encarou a verdade, a realidade, a alegre assim como a trágica. A faceta frívola dessa sociedade aparece numa série de suas peças em um ato, *Anatol* (1893), em que há muitas personagens femininas, mas só dois papéis de homens: Anatol, que acredita em suas ilusões eróticas, e Max, que as desmitifica com cinisno pessimista. Em uma dessas peças, *A ceia de despedida*, Anatol espera sua amante, bailarina de ópera, para cear com ela depois do teatro; também convidou seu amigo Max, porque tem medo do encontro, já tem outro amor, uma mocinha do povo, seu novo ideal, precisa separar-se da bailarina, tem medo que ela possa fazer um barulho escandaloso, não sabe como dizer a ela que tem de ser mesmo assim etc., etc. Max, embora acreditando pouco na doçura do novo amor de Anatol, está disposto a servir de pára-raios; a dançarina aparece, Anatol está muito embaraçado, mas antes de poder começar com sua confissão, a bailarina lhe declara que já tem outro amante, muito melhor que ele, e quando ela saiu, sob os protestos do indignado Anatol, então Max pode comentar: "Veja você, tudo foi muito mais fácil do que você pensava."

O outro lado da história é contado em *Namoro (Liebelei)*, peça que também já foi transformada em filme de sucesso: Fritz, o jovem rico e frívolo, tem um *affaire* com uma mulher casada da alta sociedade e, ao mesmo tempo, gosta de Cristina, pobre moça simples, filha de um músico de orquestra; aquele *affaire* é descoberto pelo marido da mulher; conforme os costumes da época, é inevitável o duelo em que Fritz encontra a morte; só agora Cristina sabe que não pode ter sido o verdadeiro amor do jovem, e a única solução possível da sua desolação é o suicídio. *Namoro* é obra de grande efeito no palco, mas a nós, de hoje, não parece realmente trágica; só é uma peça triste, o reverso das aventuras amorosas de Anatol. E nada mais. Tudo isso parece frívolo e superficial. Mas só parece. Schnitzler não teria sido o grande escritor e grande psicólogo que foi, se não soubesse tudo o que se pode censurar nessa espécie de literatura. Sabia bem. E manifestou-o naquela sua obra que é aparentemente a mais frívola de todas, naquela que escreveu imediatamente depois de *Anatol* e *Namoro*: em *A ronda*.

Arthur Schnitzler estava rodeado, na Viena do seu tempo, de grandes escritores, grandes artistas, grandes pensadores. Com vários entre eles tinha poucos contatos ou nenhuma simpatia. Muita simpatia, mas nenhum contato ligava-o àquele que foi talvez o maior daqueles seus contemporâneos: Sigmund Freud. Os dois eram da mesma classe da sociedade. Os dois eram médicos. Mas não eram amigos pessoais, e Freud, puritano severo, não gostava de literatura erótica. No entanto, chamou o escritor de "meu pensador paralelo"; e mais tarde confessou que certas idéias básicas da psicanálise já estavam presentes nas obras schnitzlerianas da década de 1890, anteriores aos *Estudos sobre histeria* e à *Interpretação dos sonhos*. É evidente que Schnitzler, escritor inventivo, não fala em termos científicos nem formula teorias. Mas basta citar uma frase característica sua: "A maior parte dos homens não sabe o que eles sabem nas profundezas de suas almas; sabem-no sem sabê-lo e sem confessá-lo." E em outro lugar afirma que "nossas resoluções e decisões nascem embaixo do limiar de nossa vida consciente".

Apesar de tudo isso, Schnitzler não foi um psicanalista, muito menos um freudiano ortodoxo. Sua psicologia não tem nada de sistemático. É a de um grande observador e conhecedor dos homens e das mulheres. É médico.

Os médicos têm fama de serem materialistas. Mas não é exato (Freud, com sua teoria dos sintomas somáticos produzidos por mecanismos psíquicos, foi um grande antimaterialista — o que ignoram os falsos espiritualistas). Só acontece que os médicos conhecem toda a miséria material do homem, através das doenças e até a morte. No fundo, o médico só conhece doentes. Só pergunta como a doença começou, mas não lhe cabe julgar as atitudes morais do paciente. O ponto de vista do médico não é imoral, mas amoral. Não existe medicina moralista. O médico será procurado quando alguém adoece, por exemplo, no sistema urogenital. Mas não será chamado quando o paciente acredita sofrer de um amor infeliz. A conclusão é evidente. O médico só chega a conhecer, nos seus doentes, o lado carnal do amor. E verifica, com melancolia, que o chamado "verdadeiro amor" não existe. E, não podendo impedir que afinal todos os doentes morram, chega à conclusão pessimista de que a morte é o fim de tudo. Arthur Schnitzler também foi médico. É um trovador do amor físico e é, também, um poeta da morte.

Uma das primeiras obras do escritor foi a novela *Morrer* (1895), da qual mestre Manuel Bandeira me confessou, certa vez, que ela o abalou profundamente na mocidade. O enredo: Félix é tuberculoso, o médico lhe dá exatamente um ano de vida. Quer que Maria, sua amante, o abandone logo para viver sua própria vida, longe do moribundo. Mas Maria quer ficar fiel, ficar com ele até o fim, e Félix aceita o sacrifício.

A experiência acaba, porém, muito mal. O egoísmo natural do agonizante transforma-se em tirania que Maria não agüenta e, no fim, o amor tornou-se ódio; o desenlace é uma libertação, para o morto e para a viva. Quanto à morte, não existe e não pode existir solidariedade entre os homens, e Schnitzler conclui: "O caminho para baixo, cada um de nós tem de percorrê-lo sozinho." A vida é uma dança macabra: uma ronda.

Vista assim, *A ronda* não é uma seqüência de cenas frívolas, mas espécie de dança macabra do amor físico: em cada uma das dez cenas estão juntos um homem e uma mulher, mas não estão propriamente juntos. Assim como terão de morrer, cada um sozinho, assim cada um fica sozinho com sua ilusão de amor ou mesmo só de prazer. O médico não julga isso. Descreve-o: divertido, mas também entristecido.

As dez cenas de *A ronda* são dez variações, quase musicais, sobre atração sexual, sedução e separação. E assim como o tempo de execução das variações musicais é regulado pelo metrônomo, assim também o mecanismo de atração, sedução e separação é regulado por uma medição de tempo: são encontros casuais e, digamos, limitados no tempo.

Até acontece que uma das personagens, em momento culminante, consulta o relógio. Não confessam, evidentemente, a nenhuma seriedade do encontro, daquilo que os franceses chamam de *la bagatelle*. Todas as palavras, todas as frases trocadas entre os dois parceiros são deliberadamente mentirosas. O sexo cru esconde-se atrás dessas frases e palavras. Seria, naturalmente, melhor se esse *amor* também fosse acompanhado de um pouco de sentimento. Então, finge-se sentimento, mas não muito. Por que não? Fingimos sempre. Desempenhamos sempre um papel qualquer para impressionar os outros ou para agradar aos outros. Todos os homens agem assim. E todas as mulheres agem assim! E já se vê que *A ronda* não é uma peça frívola ou obscena, mas uma análise, digna de um Maquiavel, do nosso comportamento na vida.

A ronda não é, como pensavam os puritanos, uma peça obscena. Também as célebres linhas pontilhadas, que interrompem cada uma das dez cenas, não são sinais pornográficos. Só servem para separar o *antes* e o *depois*: o desejo urgente e a desilusão fria. As linhas pontilhadas não significam uma experiência fisiológica; são uma lição de psicologia humana. Os dez encontros fugidios demonstram a incompreensão total entre os dois sexos. Não esquecemos que também demonstram — soldado, estudante, escritor e conde, prostituta, empregada, senhora e atriz — a incompreensão total entre as classes sociais. Enfim, significam a incompreensão total entre todos os homens e todas as mulheres, cujo permanente procurar-se e perder-se é simbolizado pela imagem da ronda: uma dança macabra da vida, que leva enfim à dança macabra da morte.

Tudo isso é geralmente humano. Por que, enfim, essa obra parece ou parecia tão especificamente vienense? O problema permanente de Schnitzler é a relação entre *ele* e *ela* entre o homem e a mulher. Mas seu tema permanente é o ambiente em que observou aquela relação: é mesmo a Áustria. Em várias obras, das suas melhores, tratando seu velho problema da morte inexorável, retratou Schnitzler seu país, sua cidade. Às vezes, de maneira burlesca, como na novela *Tenente Agostinho* (1901), em que um jovem oficial do exército imperial, rudemente ofendido por um rico padeiro, teria de duelar-se com ele para satisfazer ao código de honra do oficialato, mas não tem coragem de enfrentar a morte; passa a noite inteira ao relento, desesperado, pensando paradoxalmente em suicídio, até ouvir, de manhã, a notícia salvadora da morte do padeiro num acidente de rua. Por causa dessa pequena obra que é, 20 anos antes de *Ulysses*, o primeiro exemplo de monólogo interior, teve Schnitzler cassada sua patente de oficial da reserva: sentiram na carne a burla contra os valores oficialmente consagrados da velha monarquia.

Dez anos mais tarde escreveu Schnitzler a melhor das suas peças, *Professor Bernhardi*, tratando um problema ideológico, específico da velha Áustria: um conflito entre o médico, que deseja deixar morrer em paz uma moça agonizante, e o padre que exige acordá-la para ouvir-lhe a confissão e ministrar os sacramentos. É uma peça séria, em que todos os personagens secundários são mais ou menos acanalhados ou, pelo menos, cômicos, ao passo que o médico e o padre são representados com toda a dignidade dos seus ofícios e das suas antagônicas filosofias da vida e da morte. O censor, em 1912, declarou, irritado: "Esta peça só poderia ser representada quando a

Áustria não existisse mais"; e ela foi representada em 1919 quando a velha Áustria tinha deixado de existir. A velha Viena também morreu; mas a Viena de hoje certamente não é diferente. E essa Viena existe em toda parte, hoje como ontem, com seus amores falsos e sua morte verdadeira. A ronda continua e *A ronda* continua.

19/1/74

Woyzeck

de Georg Buechner

(por Otto Maria Carpeaux)

Na biblioteca dos nossos bisavós não costumava faltar a tradução francesa de um livro filosófico ou pseudofilosófico alemão, Energia e matéria, *de Louis Buechner, bíblia de um materialismo diluído e politicamente inofensivo. Foi uma das obras de divulgação mais lidas do século XIX. Louis Buechner, um nome famoso... Só poucos especialistas sabiam que esse Louis tinha tido irmãos, entre eles um escritor fracassado, morto com apenas 24 anos de idade, Georg Buechner, cujo nome nem sequer constava das histórias da literatura alemã.*

Mas o destino tem seus caprichos. Hoje em dia, aquele Louis Buechner está totalmente esquecido. Mas o esquecido Georg Buechner é considerado o maior dramaturgo do século XIX antes de Ibsen: precursor do expressionismo e influência determinante sobre Bertolt Brecht. É hoje internacionalmente famoso. É verdade que, nascido em 1813 e morto prematuramente em 1837, não teve o tempo para escrever muito. Mas as suas principais peças, *A morte de Danton* e *Woyzeck*, pertencem hoje ao repertório internacional. Graças ao esforço de Mário da Silva, também já foram representadas no Brasil. Não é preciso apresentar ao público brasileiro esse ilustre conhecido.

A morte de Danton é a única obra de Buechner que foi publicada em sua vida. Foi em 1835, quando na Alemanha dos pequenos régulos e grão-duques, ciosos de seu poder absoluto sobre a vida e a morte de seus súditos, a Revolução Francesa tinha cheiro de enxofre infernal. Mesmo muito depois, nos tempos de Bismarck e do Kaiser, a bandeira tricolor e a guilhotina no palco eram altamente indesejáveis. Só os expressionistas, depois de 1920, redescobriram a obra, que em 1948 também foi representada nos jardins do Castelo dos Papas, em Avignon, e da qual existe nova tradução francesa de Arthur Adamov. Ainda hoje há pessoas às quais a grande Revolução de 1789 inspira o mesmo santo horror como revoluções mais recentes: não tomam conhecimento do fato de que a Revolução Francesa foi a do liberalismo, iniciando a ascensão da burguesia. *A morte de Danton* apresenta, com extraordinário vigor, cenas dessa Revolução. Mas não é uma peça de tendência revolucionária. É uma obra fundamente pessimista, de um fatalismo desconsolado. Danton, nessa peça, assim como seu autor, está decepcionado até o desespero pelos acontecimentos históricos, dos quais sua morte é o resultado predeterminado. Teria Buechner sido um adversário da Revolução? Seus censores e perseguidores não teriam percebido isso? A verdade é outra. Em 1835, toda a oposição ao absolutismo monárquico era liberal, invocando o grande exemplo da Revolução Francesa e cantando a *Marseillaise*. Só Buechner, embora pertencendo a esses círculos oposicionistas, foi o primeiro na Europa a compreender que a Revolução do liberalismo não tinha resolvido, mas agravado os problemas sociais. Num panfleto clandestinamente distribuído, *O mensageiro rural de Hesse*, chegou a instigar reivindicações muito mais radicais aos camponeses de sua terra. Foi o primeiro a compreender a situação do proletariado rural (na Alemanha de então ainda não havia indústria) e essa situação inspirou-lhe a tragédia *Woyzeck*.

A interpretação revolucionária de *A morte de Danton* estaria tão errada como a contra-revolucionária. Quanto à outra peça de Buechner, está errado o próprio título. Os originais manuscritos da obra só foram publicados em 1879: então, o papel estava amarelecido, o texto dificilmente legível. O primeiro editor leu *Wozzeck*, em vez de *Woyzeck*. O erro continuou em todas as edições posteriores, até depois de 1920. Ainda Alban Berg, o grande discípulo de Schoenberg, deu o título de *Wozzeck* à sua ópera que utiliza quase integralmente o texto de Buechner como libreto: é a única ópera da música moderna que entrou definitivamente para o repertório operístico, fato que contribuiu muito para ressuscitar no século XX o nome de Georg Buechner.

O enredo de *Woyzeck* baseia-se num fato da crônica policial da época. Em 1821, o barbeiro e ex-soldado Johann Christian Woyzeck matou em Leipzig sua amante. Foi condenado à morte e, em 1824, degolado pelo carrasco. O caso provocou, na época, debates entre os médicos: alguns deles consideravam o assassino como mentalmente insano, por causa de sua incapacidade de comunicar-se em frases articuladas. É justamente este o ponto que inspirou a Buechner o maior interesse. Não, afirmou, esse criminoso não era um débil mental: ele perdeu a fala porque não deram educação nenhuma a esse paupérrimo trabalhador rural, que por desespero se alistou soldado e que durante anos só tinha que obedecer, mudo, às ordens que lhe davam. Na peça, o soldado Woyzeck é criado do capitão, que o humilha a toda hora; tem de servir de cobaia às experiências do médico; os seus próprios camaradas zombam dele: quer dizer, Woyzeck é vítima da prepotência, da falsa ciência e técnica dos homens "cultos" e da falta de consciência de seus companheiros de infortúnio. Também é vítima de sua amante Maria, moça leviana que o engana com qualquer outro. Vendo-a dançar, na taverna, com o sargento brutal e prepotente, Woyzeck não agüenta mais sua humilhação. Numa cena noturna na floresta — é o ponto mais alto da peça e, também, da obra de Alban Berg — mata a infiel, para suicidar-se depois. Só sobrevive o filhinho inocente que brinca e canta, não entendendo nada da tragédia.

A obra tem o encanto de uma balada popular, sinistra e profundamente fatalista. Afinal, Buechner morreu com 24 anos de idade, sem ter contribuído em nada para modificar este seu mundo que sabia tão genialmente interpretar. Teria sido, apesar de tudo, um romântico? A época foi mesmo a do romantismo, que contou entre seus adeptos tantos poetas que morreram com 20 ou 24 anos de idade, com preferência de tuberculose, e que seus amigos e os críticos contemporâneos consideravam como "gênios", sem que existam provas convincentes de talento superior. Mas o caso de Buechner é diferente. Não morreu de tuberculose. Não foi endeusado pelos contemporâneos. E foi um gênio, no próprio sentido dessa palavra: a maior prova disso é sua vida, comparável a um pesadelo febril como aquele em que morreu.

O estudante Buechner foi filho de um médico a serviço do Grão-Ducado de Hesse, então uma das regiões mais atrasadas da Alemanha.

No colégio, o rapaz já se rebelou contra a disciplina e contra as solenidades pseudopatrióticas em que os estudantes tinham que cantar coros com textos bajulatórios ao grão-duque. Na festa da formatura pronunciou um discurso provocatório sobre a Liberdade e sobre a fome do povo e foi devidamente punido. Mas só tem 17 anos de idade e é, como todos os estudantes da época, altamente romântico: lê Shakespeare, entusiasmando-se com o assassinato de César e com as dúvidas melancólicas de Hamlet; e passa noites inteiras nos campos, admirando o luar. Terminados os estudos secundários, quer iniciar os cursos de Zoologia e de Anatomia Comparada que o fascinam — talvez seja esta sua verdadeira vocação, a de cientista, em vez da literatura que só lhe parece um romantismo pseudopoético e inútil.

Não se matricula em Giessen, na universidade do Hesse: está farto da estreiteza da vida em pequena cidade de província e não quer fazer, outra vez, as experiências humilhantes do colégio. Matricula-se em Estrasburgo, então cidade francesa. Está-se em 1831, logo depois da revolução de julho de 1830, que expulsou para sempre a dinastia dos Bourbons. A bandeira tricolor na torre da catedral é para os muitos estudantes alemães em Estrasburgo um símbolo da liberdade, da mesma liberdade que também — estão sonhando — triunfará na Alemanha. Mas o jovem Buechner não participa do entusiasmo dos seus companheiros. Vê a miséria do povo que não tem nada de esperar do regime do Rei Luís Filipe, do governo da burguesia liberal. Escreve ao pai, lá no Hesse, que "em nosso tempo só adianta a violência". O pai, assustado, o chama de volta: não quer ver seu filho envolvido nos tumultos dos republicanos franceses; Georg devia voltar para conquistar seu diploma de médico, renunciar aos sonhos de tornar-se cientista ou grande escritor, estabelecer-se como clínico, fundar uma família. Georg tem um momento de fraqueza. Noivo da jovem alsaciana Minna — talvez seja este o futuro? Volta.

No Hesse não há tumultos populares. O povo é apático, resignado. Mas os estudantes em Giessen estão contaminados pela inquietação na França vizinha. Formam-se sociedades secretas, exaltando as "liberdades revolucionárias", quer dizer aquelas liberdades nada revolucionárias que hoje são lei em qualquer país civilizado. Mas nos anos de 1830, a polícia não tolera essas coisas. Espiões infiltrados nos meios estudantis participam de um banquete em que se canta a *Marseillaise*. Vários estudantes são presos. Buechner não está, por enquanto, envolvido. Só abre seu coração nas cartas que remete para Estrasburgo, a Minna. Estuda a história da Revolução Francesa, primeiro com entusiasmo, depois sentindo-se esmagado pela implacabilidade da História: "Os chamados grandes homens não passam de joguetes dos acontecimentos históricos." Fica cada vez mais sombrio. Adoece. Os médicos falam em meningite (mas que sabiam de meningite os médicos de então?). Na febre, o estudante tem alucinações: o clube dos jacobinos, reunido em conspiração noturna; discursos de Robespierre e de Saint-Just; Danton é levado à guilhotina. Levantando-se da cama, escreve ele as primeiras cenas de *A morte de Danton*.

Em março de 1832, Buechner sente-se restabelecido. Quem lhe parece doentio é seu ambiente da pequena cidade, de gente que não sabe nada e não se preocupa com o mundo lá fora. Não tem plena consciência de ter escrito a maior tragédia histórica depois de Shakespeare (quem considerar, porventura, exagerado isso, procure outro título — não achará). Não sabe o que é sua missão prioritária: lutar contra o estado policial ou dedicar-se ao estudo dos segredos da natureza. Também não sabe que sua correspondência com Minna está sendo aberta e lida pelos esbirros.

A polícia descobre suas relações com outros estudantes, membros de uma "Sociedade dos Direitos Humanos". Mesmo assim, não sabem que ele é o autor de um panfleto anônimo, *O mensageiro rural do Hesse*, em que se aconselha aos camponeses usar a violência revolucionária em vez de pagar impostos ao grão-duque para este brincar comandando um exército tão inútil como os soldados de chumbo. Vários estudantes são presos: um deles, o melhor amigo de Buechner, chega a ser torturado na prisão. Outro se suicida. O perigo é iminente. É preciso fugir, atravessar clandestinamente a fronteira francesa. A polícia baixa um mandado de captura: "Georg Buechner, estudante expulso da universidade, 21 anos, cabelos louros, muito míope."

De Estrasburgo manda o *Danton* a um editor em Leipzig; este aceita a obra, que será lida por poucos e compreendida por ninguém. A insegurança do exílio — as autoridades francesas querem extraditar o asilado subversivo — impõe nova fuga, desta vez para a Suíça, onde pretende reassumir os estudos científicos. Lê o relatório dos médicos sobre a suposta insânia mental do assassino Woyzeck. Não acredita. Está convencido de que o crime tem motivos sociais. Lembra-se das cenas de miséria popular que viu na Alsácia. Passa noites esboçando a peça, o primeiro grande drama proletário da literatura universal: Woyzeck, humilhado pelo capitão, sujeito a experiências pelo médico, cenas na taverna, na floresta, o crime, a criança que brinca e canta, não entendendo nada da tragédia. São estas as visões noturnas de Buechner.

Durante o dia, trabalha no laboratório de Anatomia Comparada na Universidade de Zurique. Prepara uma tese sobre o sistema nervoso dos peixes, tese que, não chegando às mãos das autoridades universitárias de Zurique, só será publicada quase 100 anos depois da morte do autor: mas então, será uma publicação sensacional, pois se descobrirá que o estudante de 24 anos antecipara as idéias essenciais do evolucionismo de Darwin. Se Buechner tivesse tido mais tempo para viver, seria um dos fundadores da biologia moderna. Seu cérebro, talvez já lesado pela meningite, não agüenta a sobrecarga. Adoece novamente. Essa vez, os sintomas são diferentes. O médico suíço fala em tifo (mas que sabiam de tifo os médicos de 1837?). Recomeçam as alucinações, a febre alta, as insuportáveis dores de cabeça. A doença foi rápida. Poucos dias depois — ninguém acompanhou o enterro. Hoje, o maior prêmio de literatura da Alemanha ocidental tem o seu nome: o Prêmio Georg Buechner.

2/11/74

Folhas de relva

de Walt Whitman

(por Paulo Mendes Campos)

Sua poesia e seu estilo de vida fazem de Walt Whitman um dos grandes precursores da geração americana dos anos 50 e 60. A cadência dos seus versos, o ritmo de sua prosa aparecem nos poemas beatniks *de Allen Ginsberg, nos romances de Jack Kerouac, nas letras das canções de Bob Dylan. Seu engajamento político lembra por vezes o panfletarismo de um Norman Mailer. Com suas roupas, seus cabelos e barba, seu amor pelos grandes espaços e pela liberdade do corpo, Walt Whitman foi também um* hippie avant la lettre. *Mais do que tudo, persiste até hoje sua visão cósmica da América, da qual* Folhas de relva *é o mais autêntico guia.*

Walt Whitman, um cosmos, o
filho de Manhattan,
Turbulento, carnal, sensual, comendo, bebendo e procriando,
Não um sentimental, não assentado acima de homens e mulheres, ou
[deles apartado.
Nem modesto nem imodesto.

[...]

Através de mim as vozes proibidas.
Vozes de sexos e concupiscências, vozes veladas das quais arranco o véu,
Vozes indecentes por mim clarificadas e transfiguradas.

[...]

Creio na carne e nos apetites,
Ver, ouvir, sentir são milagres, e cada parte é um milagre,
Divino sou por dentro e por fora, e torno santo o que toco ou me toca,
Mais sutil que a oração é o aroma destas axilas,
Esta cabeça mais que as igrejas, as bibliotecas e todos os credos.

Nova York já era uma cidade em tumulto; Brooklyn, um vilarejo; Long Island, uma paisagem rural. Foi na ilha em forma de peixe que em 1819 nasceu Walter Whitman, com sangue inglês e holandês, filho de pequeno fazendeiro e uma doce matrona *quaker*. O campo, o mar e o ambiente moral da infância persistem em Whitman até a morte. O *quaker* não tira o chapéu para ninguém, certo da fraternidade e da igualdade que o espírito de Deus concedeu a todos os seres humanos; atende, antes de tudo, a um apelo interior, o apelo que determinou as decisões de WW e pode ser a chave de sua originalidade humana e poética.

Originalidade no sentido daquilo que é virgem e permanente em nossa natureza, mas que o medo do indivíduo e a comédia social esconde ou abafa.

Quando Whitman tinha 4 anos, a numerosa família deixa o trato da lavoura e vai morar em Brooklyn, onde o pai se faz carpinteiro, construindo casas de madeira sob encomenda. A educação formal do menino não vai além de 6 anos de escola. Ainda garoto, é mensageiro de escritório e aprendiz de tipógrafo, ofício este por que passam outros escritores americanos da mesma época. Adolescente, já é jornalista e leitor dos romances de Walter Scott. Aos 17 anos, ao voltar a família para Long Island, torna-se mestre-escola e funda um jornalzinho. Cinco anos depois volta para Nova York um rapaz atlético, tez morena, cabelos pretos, olhos azuis.

Durante cinco anos trabalha em impressoras, ajuda na lavoura patriarcal no verão e publica a primeira novela.

Aqui está um dos enigmas do gênio de Whitman: pessoalmente, era um jovem atraente, cheio de vida mas de serena compostura; mas do ponto de vista literário suas produções são de uma mediocridade jamais negada por qualquer admirador que haja pesquisado essa paleografia. WW produzia então novelas e artigos do mais chato gênero moralizante (dizem todos), tornando-se defensor das causas rotineiras do humanitarismo impreciso. Tem boa tiragem seu romance contra o álcool e a favor da alimentação sadia. Igualmente convencionais são os versos. É razoável que tarde tanto o estalo de Vieira naquele rapaz mais habituado à caixa do tipógrafo que aos livros. A vida é uma boa universidade para as inteligências agudas, mas seus resultados são mais lentos.

Por enquanto, ele perambula pela Broadway, abre os olhos para o povo e faz política como democrata exaltado, participando de reuniões e campanhas eleitorais, compondo artigos contra a escravidão. Vai perdendo um depois do outro seus empregos de jornalista — a fim de não mudar de opinião.

O teatro é um dos seus cultos, sobretudo a ópera italiana, da qual surgiria mais tarde — confissão sua — a liberdade formal de seu verso. Freqüenta na Broadway o eterno restaurante de artistas e escritores novos e carrega nos bolsos os autores preferidos: Homero, Dante, Ésquilo, Shakespeare. Tinha a mania de passear no cais e andar de ônibus, buscando amizade de cocheiros e marinheiros, hábito que permaneceu e através do qual se pretendeu chegar a uma evidência de seu homossexualismo, reprimido ou não.

A vida sexual de Walt Whitman é obscura. Em verso e conversa, gabava-se de muitas aventuras femininas, inclusive de ser pai de seis filhos ilegítimos (um teria morrido na Guerra Civil, outro lhe teria dado um neto), que jamais foram descobertos. Daí terem visto nessa proclamada virilidade a máscara da impotência ou da disposição anormal. A glória de Whitman coincide com o amplo impacto das teorias de Freud: o cantor da camaradagem entre os homens tinha de ser fatal cobaia do novo instrumento de análise psicológica.

Mas só de má vontade duvidaríamos da autenticidade de sua paixão por uma *créole*, quando, aos 29 anos, dirigiu um jornal de Nova Orleans. A essência emocional dessa paixão seria transposta para *Folhas de relva*:

"Uma vez atravessei uma grande cidade, imprimindo em meu cérebro, para usá-los mais tarde, os seus aspectos, edifícios, costumes, tradições. Agora entanto daquela cidade toda só me lembro da mulher que lá encontrei e que por amor me reteve. Dias e noites, noites e dias, ficamos juntos — há tanto tempo, que me esqueci de tudo o mais. E só me lembro (digo ainda) dessa mulher que a mim se agarrou apaixonadamente. Uma vez mais andamos à toa e nos amamos e nos separamos; uma vez mais ela aperta a minha mão para que eu não me vá embora. E a vejo a meu lado, lábios mudos, triste e trêmula."

A experiência existencial de Whitman é menos uma seqüência de *razões* do que uma ininterrupta *absorção*. Lê William Blake, a Bíblia, os hinos védicos, a filosofia de Hegel, como todos os intelectuais da época. Mas é vivendo, cheirando, tocando, e sobretudo ouvindo aquele apelo interior que descobre sua originalidade e se livra da personalidade, isto é, da máscara.

Todo bom poeta — já se disse — torce o pescoço do mau poeta que existe nele. Não é bem o caso de WW, que praticou uma operação mais difícil, sufocando devagar o homem convencional que havia nele, para que lhe irrompesse do seio uma alma nova e virgem, uma alma aos gritos de exultação e pasmo como a ave do mar em seu vôo inaugural.

As noções de espírito da época (*Zeitgeist*) e de espírito nacional (*Volksgeist*), colocadas em circulação pelo Movimento Romântico e desenvolvidas mais tarde por Taine (*meio, raça e momento*), são indispensáveis à configuração do fenômeno Walt Whitman.

No plano mundial, a primeira metade do século XIX vê a independência de vários países latino-americanos, Argentina, Colômbia, Peru, México, Brasil, Venezuela... Desaparece Napoleão. Na segunda metade são fatos capitais a abolição da escravatura e da servidão em diversos países, a guerra franco-prussiana, a Comuna, o poder de Bismark, a prosperidade da Inglaterra vitoriana, a realização da primeira Internacional, a intervenção francesa no México, a doutrina de Darwin, a filosofia de Hegel... Mas a maior novidade, a alimentar a fantasia das massas, continua sendo o Novo Mundo, os Estados Unidos especialmente.

Descobre-se o ouro da Califórnia, estende-se a trama ferroviária, ligam-se dois continentes por um cabo, rasga-se o Canal de Suez. Acredita-se ilimitadamente na tecnologia, na democratização do capital, na maquinaria, no progresso, na igualdade. Nova York dos meados do século passado passa por uma euforia de reformas, por um surto de idealismos espiritualistas, frenologistas, mesmeristas, comunitários... Swedenborg renasce na terra do pragmatismo; Fourier deixa sua marca e, mais do que tudo, o americano se impressiona com um dos pontos de partida de sua utopia, aquela pela qual as paixões são irreprimíveis. Confia-se no poder absoluto da mente.

Nessa cultura efervescente de realismo que se pretende mágico e de magias que se pretendem realistas, forma-se o espírito de Whitman. Como cidadão era este a favor dos movimentos libertários europeus; da liberdade; da democracia; da República; do progresso; da fidelidade ao homem; do amor físico e espiritual; da comunhão entre os homens, as cidades, as nações; do negro e do índio. E era contra a monarquia; a escravidão; o anti-semitismo e todas as formas de racismo. Como poeta, foi a favor ou contra esses mesmos princípios, mas os revestiu de uma ou várias auras simbólicas.

Na França, na mesma época, Baudelaire queria viver *em qualquer lugar, contanto que fosse fora deste mundo*. Whitman queria viver nos Estados Unidos, em Long Island, Manhattan ou Brooklyn, no alto da montanha ou à beira-mar, em qualquer lugar, contanto que fosse neste mundo.

Folhas de relva pode ser considerada a bíblia da adaptação terrestre ou a carta geográfica da terra prometida: a terra prometida é esta mesma, o turbilhão da Broadway, a pedra à beira do arroio, a África, a Ásia, o lugar onde nos encontrarmos. Através do corpo, que é a alma, e através da alma, que é o corpo, o homem se ramifica, *aqui e agora*, prendendo-se à terra da qual vive, a terra que é sua, que é ele mesmo. Rimbaud reconheceu, em brusca e ferina iluminação, a alienação do homem: "A verdadeira vida está ausente. Não estamos no mundo." Whitman já seria um dos tipos raros da humanidade só por este motivo: dedicou evangelicamente sua força física e espiritual a descobrir os caminhos de retorno ao mundo, a reencontrar a residência do homem, a colocar-nos na presença da vida. Quem não entender isso, não entendeu Whitman.

A primeira versão de *Folhas de relva* está pronta em 1855: o livro cresceria e seria modificado até os últimos dias do poeta. Não achando editor, compõe e imprime ele mesmo os 1.000 exemplares de uma tiragem de mau gosto. Não aparece seu nome na capa e sim um retrato do autor em roupas plebéias. Dentro: *Copyright by Walter Whitman*. O diminutivo Walt seria adotado no ano seguinte.

Não encontra também livreiros, assustados com o conteúdo da obra, que passa a ser distribuída por uma sociedade de frenologistas, amigos seus. Oferece exemplares a escritores e jornais. As opiniões começam a surgir: lunático, indecente, imbecil, bestial. Sem assinatura, o próprio WW redige e publica na imprensa as primeiras exegeses de seus poemas (uma versão primitiva de *Songs of Myself*). Quem não fica mordido pelo realismo dos versos, refuga a forma (estrofes livres, não metrificadas, ausência de rimas); apesar dessa dupla liberdade bíblica cantar nas orelhas protestantes desde a Renascença.

O mais importante escritor americano era Ralph Waldo Emerson: pregava a coerência íntima do universo, a correspondência simbólica entre as leis da natureza e as leis morais. Tudo intrinsecamente semelhante ao recado que WW trazia; este afirmou que só conheceu os ensaios de Emerson mais tarde.

A carta que o pensador da Nova Inglaterra escreveu a Walt Whitman a 21 de julho de 1855 ficou assinalada na história da literatura dos Estados Unidos; continha o que outro contemporâneo (Melville) chamou, não a propósito, o *choque do reconhecimento.*

Com serenidade e grandeza Emerson dizia: "Meu caro senhor: Não sou cego para o valor do maravilhoso presente de *Folhas de relva.* Considero-o o mais extraordinário trabalho de engenho e sabedoria para o qual a América já contribuiu." Entre visões compreensivas, vinha a fase famosa que, se não redime aos críticos, lisonjeia a crítica: "Eu o saúdo no começo de uma grande carreira."

Emerson teve ainda a solicitude de recomendar a obra a alguns dos melhores nomes do tempo, inclusive Carlyle. Conheceu Whitman e dele se fez amigo para o resto da vida. Sua cosmovisão de filósofo intuitivo encontrara na intuição filosófica de Whitman a asa paralela para uma revoada audaciosa sobre a terra dos homens. No ano seguinte a segunda edição trazia na capa a profecia de Emerson. Não gostou este que fosse usado em público o conteúdo de uma carta particular, mas não chegou a brigar pelo motivo. Como não brigou quatro anos depois, quando a terceira edição foi acrescentada de vários poemas (*Os filhos de Adão*) muito incômodos para a hipocrisia da época: o ensaísta de Concord, não por pudicícia, tentara em vão convencer o poeta a eliminar certas passagens.

Depois de duas horas de argumentos, quando já sentia rendido pela mente, Whitman ouviu o famoso *apelo interior*, e este prevaleceu mais uma vez.

Na madureza dos 40 anos WW é figura imponente, saudável, reconhecida literariamente por uns poucos, ele que se queria um poeta para multidões. Thoreau, que iria morrer tuberculoso logo depois, faz parte dos iniciados, entre os quais se acham dois novos amigos: John Burroughs, seu futuro biógrafo, e Douglas O'Connor, jornalista a favor da abolição, capaz de violência e sarcasmo na defesa de idéias. Uma circunstância na biografia de Whitman desaponta a posteridade: os relâmpagos americanos da segunda metade do século 19 não se conheceram e nem tomaram conhecimento um do outro.

Herman Melville nasceu sessenta dias depois de Whitman na mesma cidade de Nova York. Era, como Whitman, descendente de ingleses e holandeses. A publicação de *Moby Dick* antecede apenas de quatro anos o aparecimento de *Folhas de relva*. Freqüentemente viveram os dois em localidades próximas ou dentro da mesma cidade. Uma distância de seis meses separa os dois óbitos. Apesar das diferenças, tiveram intensos pontos de contato. Mas não deram a mínima bola um para o outro esses dois renovadores que ficarão para sempre atrelados na mesma carreta da história literária. O choque do reconhecimento não houve. A Guerra Civil fende a serenidade de Whitman, embora a previsse e procurasse conformá-la à unanimidade de tudo, à fatalidade do universo. Dói-lhe a alma americana com uma contundência física. O profeta da comunhão não é contra os separatistas mas contra a amputação do corpo americano. Informado no ano seguinte de que um irmão se ferira em combate, parte para o campo de batalha, onde aprende nova missão. WW será enfermeiro, pai, mãe, irmão, amigo de todos os feridos, de todos os que sofrem, rebeldes, negros, sem distinção. Em Washington, para onde segue com feridos mais graves, passa a ocupar um quartinho na casa de O'Connor, tratando de feridas nos hospitais, ajudando nas brutais intervenções cirúrgicas, escrevendo cartas para os soldados, contando-lhes histórias, recitando-lhes poemas, lendo-lhes livros devotos, tudo de acordo com as aptidões e a alma de cada um:

"Sou fiel à minha tarefa, não me rendo, pernas e joelhos fraturados, feridas no abdome, todas essas chagas e muitas outras, eu as trato de mão impassível (no entanto, sinto um fogo no fundo de meu peito, uma labareda que me consome)."

O dinheiro curto do emprego que lhe arranjam serve para comprar pequenas coisas para os feridos mais abandonados. Decide-se enfim a escrever a um benfeitor de Massachusetts; este mostra a carta a Emerson; amigos e desconhecidos angariam donativos para os infelizes de Whitman. Fere a mão durante uma cirurgia de emergência, a infecção se complica, a saúde baqueia, os médicos prescrevem repouso. Passa seis meses em Long Island, não acha editor para os poemas de guerra, volta a Washington, envelhecido, para ocupar um cargo público. Encontra-se em Brooklyn quando Lincoln é assassinado. Viram-se algumas vezes mas nunca se falaram. *Folhas de relva* terá um parêntese fúnebre, as *Memórias do presidente Lincoln.*

Whitman iria pronunciar em diferentes cidades uma conferência sobre o morto, vendo na tragédia "a mesma ausência de objetivo especial", conformando-a à sua medida: "O acontecimento principal, o assassínio em si, ocorreu com o silêncio e a cumplicidade do mais comum acontecimento, o eclodir do botão ou da fava durante o crescimento das plantas." Lincoln combateu os monopólios nascentes como uma diátese dentro do tecido democrático. Depois de sua morte, agrava-se o processo de concentração de poder e capitais nas mãos de minoria.

A industrialização é uma arrancada repentina, sem comparação histórica. WW sabia que fazer dinheiro era primordial, mas, no decorrer do tempo, começava a preocupar-se com "o monstruoso crescimento dos interesses comerciais, e colocou-se cada vez mais ao lado das massas exploradas" (Van Wyck Brooks).

Regozijava-se com o telégrafo, a estrada de ferro transcontinental, o progresso da imprensa, a abertura de canais, a construção de pontes, tudo aquilo que pudesse destruir barreiras, unir o Ocidente e o Oriente, unir os credos, as classes, as raças, os costumes, as cores e os idiomas, mas via por toda parte a degradação do dinheiro, as fraudes eleitorais, a mesquinharia social, o aviltamento do indivíduo.

Quando admite em 1871 — escreve Robert E. Spiller — que os fatos americanos não se ajustavam ao ideal do homem democrático, apenas exprime o velho dilema de um mundo novo: Fenimore Cooper havia dito a mesma coisa em seu tempo e Sinclair Lewis iria repeti-la no seu. O corpo da nação crescia sem alma. Essa crise coincide com o sentimento do mundo de WW. Em 1871, como reflexo do progresso mecânico e da agonia do idealismo democrático, publica *Democratic Vistas*, onde aponta a corrupção dos estados, traidores da *velha causa*, ligando o destino americano ao surgimento futuro de uma arte e uma poesia nativas.

Aumenta o número de admiradores. O esteta Ruskin, os irmãos Rossetti, o poeta Swinburne, o romancista Robert Louis Stevenson, os ensaístas Symonds e Simons são alguns de seus leitores de primeiro time.

A amizade de Peter Doyle, um rapazinho que encontrou ferido na guerra, não o deixará até o fim. Uma inglesa inteligente, Anne Gilchrist, viúva de um exegeta de William Blake, torna-se sua fiel apaixonada, acabando por passar alguns anos perto dele: foi a *maior amiga*. Como seqüela da infecção durante a guerra, aos 54 anos, sofre paralisia súbita da perna e braço esquerdos. Morre-lhe a mãe octogenária e vai morar com o irmão e a cunhada em Camden.

Sofrimentos físicos alternam com períodos de relativo bem-estar, mas a falta de dinheiro é permanente. A doença não o impede de ir a Baltimore, onde se inaugura um monumento a Edgar Allan Poe. Nas tardes inteiras que passa à beira de um riacho, na companhia de um cão, aspira de novo as forças da vida. Edward Carpenter vem da Europa só para vê-lo. Faz amizade com um jovem médico canadense, Maurice Brucke, que se tornaria o mais minucioso e fervoroso de seus biógrafos.

No trem transcontinental viaja até as Montanhas Rochosas, encontrando a mesma lei de seus poemas naquela natureza agigantada. Com o doutor Brucke visita o Canadá, *absorvendo* a mensagem do Ontário azul. Os jovens o celebram em Boston (tivesse aí ficado mais uma semana, disse, teria morrido à força de bondade). A Sociedade para a Supressão do Vício o persegue! Aos 65 anos de idade o *viejo hermoso* de Garcia Lorca, com sua barba *llena de mariposas*, mora numa cabana (própria) em Camden. Os amigos compram-lhe coisas. A charrete com cavalo é recebida com lágrimas de júbilo. Breve, nem isso: é a cadeira de rodas que lhe traz consolo.

Quando faz 70 anos recebe uma carta pública de Mark Twain, carta que o lúcido Lewis Mumford considera sinistra piada involuntária. Nela o humorista e pessimista do Mississippi fica sério e otimista, ao dizer que Whitman tinha vivido os anos mais grandiosos da história do mundo, os mais fecundos em benefícios e progressos para os povos, arrolando entre essas dádivas o vapor, a siderurgia, a estrada de ferro, o fonógrafo, a luz elétrica, a fotogravura, o eletrotipo, a máquina de costura, a anestesia, a abolição da escravatura, a extinção da monarquia na França, etc. O ponto crucial era este: WW esperasse mais 30 anos para ver as maravilhas novas. Mumford conclui que as maravilhas de fato vieram sob a forma de aviões, dirigíveis que atacaram cidades indefesas, lança-chamas, gases venenosos...

Muitos dos grandes amigos morreram; o velho sábio os enterrou com serenidade. Em dezembro de 1891 uma broncopneumonia começa a colocar fora de combate o atlético Walt Whitman. Em fevereiro do ano seguinte escreve uma carta de adeus aos amigos. No leito pode folhear a décima edição de *Folhas de relva*, encerrando 411 poemas. Uma espécie de segundo tomo, apenas imaginado, morre com ele ao pôr-do-sol de 26 de março de 1892, no mesmo dia em que o poeta Robert Frost fazia 18 anos. Seu cérebro é entregue à Sociedade Americana de Antropologia — um gesto cientificamente estranho. O enterro se faz sem qualquer serviço religioso, mas acompanhado por uma multidão em improvisado ritual pagão. As reações a WW foram intensas e desencontradas: ódio, ironia, desprezo, amor, culto supersticioso, admiração estética com exclusão das *mensagens*, vice-versa, timidez crítica, desvarios de entusiasmo.

Entre os mestres do mesmo ofício muitos passaram do fervor à frieza, enquanto outros, como Ezra Pound, foram da ira ao entendimento. De 1855 para cá o americano Walt Whitman tem perturbado muito.

Disse Edmund Gosse: "Nunca ninguém voltou de uma visita ao autor de *Folhas de relva* com uma *mensagem inteligível*." O crítico inglês conheceu o *velho gatão angorá* e ficou dividido entre a reserva intelectual ao escritor (negação das leis e dos rituais da literatura!) e a rendição ao magnetismo pessoal do poeta. Gosse está bem morto, mas a perplexidade diante do *bom poeta grisalho* vive ainda.

Irritado com tantas dissenções, o poeta whitmaniano Carl Sandburg arrolou os fatos, os fatos indiscutíveis pelos quais *Folhas de relva* é o mais peculiar e notável livro de literatura americana:

1) por seu estilo é considerado por muitos o livro mais original da América; 2) é também o livro mais estranho, provocando ódio e amor nos dois lados da rua; 3) é o livro mais pessoal da literatura americana; 4) em termos de trabalho cobre uma vida que durou 73 anos; 5) nenhum outro poeta americano, exceto Poe, teve uma audiência mais persistente em todo o mundo; 6) nenhum outro livro americano granjeou tantos fervorosos amigos, advogados e patrocinadores; 7) trata-se do mais solene dos juramentos: a América tem um sentido, um propósito, um destino.

Por estes sete motivos, e por outros de natureza mística, que não poderiam ser capturados em um rol, *Folhas de relva* é livro que deve ser possuído, guardado, emprestado e lido até ficar sujo e em frangalhos.

9/11/74

Os cantos

de Gonçalves Dias

(por Josué Montello)

O índio, o amor, a natureza, a pátria são os temas dominantes da poesia de Gonçalves Dias, um dos gigantes do romantismo brasileiro. A força de sua lírica tem sido elogiada por críticos nacionais e estrangeiros, qualquer que seja a sua tendência literária, bem como por críticos de sua época e da época atual. Nela, um Cassiano Ricardo viu a obra mais complexa do nosso período romântico — complexa "como toda alta poesia universal digna desse nome". Transformando em versos eloqüentes a sua sofrida experiência de vida, Gonçalves Dias foi um dos primeiros artistas brasileiros a projetar universalmente a imagem do homem do Novo Mundo.

Em 1851, quando o poeta Antônio Gonçalves Dias publica no Rio de Janeiro, na Tipografia Imperial de F. de Paula Brito, os seus *Últimos cantos*, ainda não chegou aos 30 anos.

Tem ele, exatamente, 28 anos de idade, pois nascera em Caxias, no Maranhão, a 10 de agosto de 1823. Restam-lhe, ainda, uns saldos de juventude. Mas, para o poeta, já é o termo de sua obra poética.

Daí em diante, realmente, com exceção de um poema épico, *Os timbiras*, de que apenas publicará alguns cantos em 1857, e de poesias avulsas, que Antônio Henriques Leal reunirá nas *Obras póstumas de A. Gonçalves Dias*, quatro anos depois da morte do grande conterrâneo, o mestre maranhense acrescenta muito pouco à sua obra de poeta.

Esse poeta estreara em 1846 com os *Primeiros cantos*, numa edição da Tipografia Universal do Laemmert, e a que se seguiram, dois anos depois, numa edição da Tipografia Clássica de José Ferreira Monteiro, os *Segundos cantos* e *Sextilhas de Frei Antão.*

Toda a obra poética de Gonçalves Dias é, assim, uma obra de mocidade. A maturidade do homem lhe deu boa prosa, que ele empregou sobretudo em estudos históricos, mas foi a juventude que lhe trouxe a poesia admirável que imediatamente o colocou no primeiro plano dos grandes poetas de língua portuguesa. Toda ela foi realizada na casa dos 20 anos.

Manuel Bandeira, que apreciou meticulosamente a obra gonçalvina, assinala que o cantor maranhense, foi tão precoce quanto os outros nossos grandes românticos. E adianta: "Se não foi mais precoce do que os outros, teve mais do que eles o senso da sobriedade e da harmonia. Tudo se equilibra em sua poesia: o sentimento amoroso e religioso, o gosto da natureza, o patriotismo, a simpatia pela raça indígena dizimada."

Em 1857, publicou Gonçalves Dias, num único volume de 654 páginas, sob o título geral de *Cantos*, editado por F. A. Brockhaus, em Leipzig, na Alemanha, os três livros anteriores, com a supressão de algumas poesias e o acréscimo de 16 outras, a que deu o título de *Novos cantos.*

Particularmente importante, para o conhecimento lúcido da poesia gonçalvina, são as palavras que antecedem cada um dos três livros reunidos nos *Cantos*. O poeta não se limita, nessas palavras prologais, a dizer o seu propósito — dá-nos ainda elementos para a penetração do mistério de sua poesia, na ordem dos sentimentos humanos e da criação estética.

Aos 22 anos, confessava ele, abrindo os *Primeiros cantos*: "Com a vida isolada que vivo, gosto de afastar os olhos de sobre a nossa arena política para ler em minha alma, reduzindo à linguagem harmoniosa e cadente o pensamento que me vem de improviso, e as idéias que em mim desperta a vista de uma paisagem ou do oceano — o aspecto enfim da natureza. Casar assim o pensamento com o sentimento, o coração com o entendimento, a idéia com a paixão, colorir tudo isto com a imaginação, fundir tudo isto com a vida e com a natureza, purificar tudo com o sentimento da religião e da divindade, eis a Poesia — a Poesia grande e santa, a Poesia como eu a compreendo sem a poder definir, como eu a sinto sem a poder traduzir."

Explicando as poesias desse primeiro livro, diz ainda o poeta: "Não têm unidade de pensamento entre si, porque foram compostas em épocas diversas, debaixo de céu diverso, e sob influência de impressões momentâneas. Foram compostas nas margens viçosas do Mondego e nos píncaros enegrecidos do Gerez, no Doiro e no Tejo, sobre as vagas do Atlântico, e nas florestas virgens da América. Escrevi-as para mim, e não para os outros; contentar-me-ei, se agradarem; e se não... é sempre certo que tive o prazer de as ter composto."

Na Europa vivera o poeta, quando por lá estudou, saído do Maranhão. Em 1838 está ele em Coimbra, como aluno do Colégio das Artes. Dois anos depois matricula-se na universidade, para fazer o curso de Direito. Em 1845 regressa ao Maranhão, hospedando-se em São Luís na casa de seu amigo e antigo companheiro de universidade, Alexandre Teófilo de Carvalho Leal. Aí conhece a prima e cunhada deste, Ana Amélia Ferreira Vale, que será a musa e a frustrada paixão de seu destino.

Gonçalves Dias era filho de uma mestiça maranhense, Vicência Mendes Ferreira, e de um comerciante português, João Manuel Gonçalves Dias. A cidade onde nascera, Caxias das Aldeias Altas, fora cenário das lutas da Independência, no ano do nascimento do poeta. O poeta assim a canta, nos versos em que lhe celebra a autonomia: "Caxias, bela flor, lírio dos vales. / Gentil senhora de mimosos campos. / ..."

O poema de abertura dos *Primeiros cantos*, a *Canção do exílio*, daria ao seu autor imediata popularidade. A propósito, diz-nos José Veríssimo, num de seus estudos sobre o poeta: "Nenhuma popularidade foi tão grande como a de Gonçalves Dias, e essa a deveu somente ao seu doce e calmo lirismo, sobretudo à emoção com que fez vibrar a alma popular com a *Canção do exílio*."

Machado de Assis, que conheceu o poeta maranhense, dá sobre ele este depoimento, numa página de reminiscências: "Estava eu na sala da redação do *Diário do Rio* quando ali entrou um homem pequenino, magro, ligeiro. Não foi preciso que me dissessem o nome, adivinhei quem era — Gonçalves Dias! Fiquei a olhar, pensando, com todas as minhas sensações da adolescência. Ouvia cantar em mim a famosa *Canção do exílio*.

Além de seu valor formal, como modelo de simplicidade (Aurélio Buarque de Holanda notou que o poema não tem um só adjetivo), a *Canção do exílio* faz sentir, abrindo os *Primeiros cantos*, estes dois aspectos da personalidade de Gonçalves Dias: o sentimento de exílio, que é um dos temas de sua poesia, e a sua identificação com o índio brasileiro, de que o poema constitui expressão nostálgica.

Com efeito, convém não perder de vistaesta circunstância: a *Canção do exílio* é um poema indianista. Daí abrir, nos *Primeiros cantos*, as *Poesias americanas*, que têm no índio a sua motivação essencial.

O sentimento do exílio — exílio no espaço, exílio no tempo e exílio em face da vida — vai dominar de tal modo a poesia de Gonçalves Dias que será com outra canção de exílio que o poeta suspirará pela terra natal, no ano mesmo de sua morte, para terminar reconhecendo: "Pois do que por fora vi, / A mais querer minha terra, / E minha gente aprendi."

No conjunto dos *Cantos*, pode-se-lhe distribuir a temática dominante nesta seqüência: poemas de inspiração indianista, poemas de inspiração amorosa, poemas de intenção narrativa ou épica, poemas inspirados na natureza e poemas de expressão filosófica. Sobrelevam a todos os poemas de inspiração lírica, em que o poeta faz do verso o canto de seu júbilo, de sua inquietação ou de sua desventura amorosa.

Um dos maiores críticos espanhóis, Menendez Pelayo, não hesitou em dar ao poeta brasileiro, no plano do lirismo, esta preeminência: "O Brasil é ainda mais rico do que Portugal em poetas líricos, e os tem tido de primeira ordem, como Gonçalves Dias."

Mas Alexandre Herculano, que saudou com entusiasmo a publicação dos *Primeiros cantos*, logo que o livro apareceu, se inclinava em favor, não dos poemas líricos, de inspiração amorosa, mas dos poemas que refletiam o homem e a natureza do Novo Mundo: "Quiséramos que as *Poesias americanas*, que são como o pórtico do edifício, ocupassem nele maior espaço. Nos poetas transtlânticos há por via de regra demasiadas reminiscências da Europa. Esse Novo Mundo, que deu tanta poesia a Saint Pierre e a Chateaubriand, é assaz rico para inspirar e nutrir os poetas que cresceram à sombra de suas selvas primitivas."

Dado o contingente de sangue índio, que lhe advinha da herança materna, o indianismo de Gonçalves Dias é ainda uma forma de falar de si mesmo, própria de sua condição de poeta lírico.

Daí esta conclusão importante: é na vida do poeta, com seus pendores, seus sofrimentos, suas paixões, que iremos encontrar a chave de boa parte dos poemas que dele fazem, na opinião de José Veríssimo, confirmada por Manuel Bandeira, o maior poeta do Brasil, no plano da criação lírica.

Já nos *Primeiros cantos* iremos encontrar a presença de Ana Amélia Ferreira Vale, que lhe inspira os versos de *A leviana*, que assim começam: "És engraçada e formosa, / Como a rosa, / Como a rosa em mês d'abril: / És como a nuvem doirada, / Deslizada, / Deslizada em céus d'anil."

Ana Amélia, de belos olhos negros — olhos que um de seus admiradores, o Conselheiro Albino Barbosa de Oliveira, dizia serem únicos no mundo — domina soberanamente, como figura feminina, a vida de Gonçalves Dias. Os seus mais belos poemas de amor foram inspirados por ela, notavelmente o *Ainda uma vez adeus*, que só apareceria na edição dos *Cantos* feita na Alemanha.

Sabe-se que o poeta, numa de suas viagens ao Maranhão, decidiu pedir a conterrânea em casamento. Já era ele, por esse tempo, a grande figura da poesia brasileira, membro do Instituto Histórico, amigo pessoal do imperador. A mãe de Ana Amélia, D. Lourença Ferreira Vale, opôs-se ao casamento, dada a circunstância de ser Gonçalves Dias, a despeito de seus títulos e de sua posição social e cultural, mestiço e filho bastardo. Em face da recusa, o poeta casa-se no Rio de Janeiro com D. Olímpia Coriolana da Costa, filha do Dr. Cláudio Luís da Costa. Ana Amélia, logo depois, casa-se com outro conterrâneo, Domingos Porto, também mestiço e sangue bastardo. A família Vale, revoltada, dá a medida de seu desgosto e de seu ódio nas iniciativas que toma contra o casal. O pai de Ana Amélia, por escritura pública, divulgada na imprensa de São Luís, deserda a filha, ao mesmo tempo que mobiliza a burguesia de São Luís contra Domingos Porto, que tinha casa de comércio e era ao tempo um dos vice-presidentes da província, além de comandante da Guarda Nacional. O resultado é que Porto vai à falência e se vê obrigado a sair do Maranhão, fugindo para Lisboa.

Casualmente, sem saber o que havia ocorrido em São Luís, Gonçalves Dias, que também se encontrava na Europa, defronta-se com Ana Amélia numa das ruas da capital portuguesa. Conversa rapidamente com ela, inteira-se de seu drama, e volta ao seu quarto de hotel, onde escreve, sob a influência do encontro doloroso, o mais pungente poema de amor da literatura brasileira, o *Ainda uma vez adeus*. Uma estrofe desses versos líricos basta para dar a idéia de sua comovedora beleza: "Enfim te vejo! — enfim posso, / Curvado a teus pés, dizer-te, / Que não cessei de querer-te, / Pesar de quanto sofri. / Muito penei! Cruas ânsias, / Dos teus olhos afastado, / Houveram-me acabrunhado, / A não lembrar-me de ti!"

Todo o poema se desdobra no mesmo compasso de redondilha, para terminar de modo ainda mais patético: "Adeus qu'eu parto, Senhora; / Negou-me o fado inimigo / Passar a vida contigo, / Ter sepultura entre os meus; / Negou-me nesta hora extrema, / Por extrema despedida, / Ouvir-te a voz comovida / Soluçar um breve Adeus! / Lerás porém algum dia / Meus versos, d'alma arrancados, / D'amargo pranto banhados, / Com sangue escritos; — e então / Confio que te comovas, / Que a minha dor te apiade, / Que chores, não de saudade, / Nem de amor — de compaixão."

Graças a Ivan Lins, que o tinha entre os seus documentos de família, pôde ser publicado o único retrato de Ana Amélia que se conhece. É uma fotografia de corpo inteiro, e em que ela, com uma fisionomia suave, segura um livro, que se acha sobre um consolo. Esse livro é a edição alemã dos *Cantos*, em que foram publicados pela primeira vez os versos do "Ainda uma vez adeus".

Conta-se que, já velha, Ana Amélia costumava dizer aos netos, com indisfarçável orgulho:

"Eu fui amada pelo maior poeta do Brasil."

Certo, passaram pela vida de Gonçalves Dias outros vultos femininos. Sua correspondência passiva, recentemente publicada pela Biblioteca Nacional, dá-nos o testemunho de que o poeta, mesmo por longes terras, sabia sacudir corações. Ele próprio, nas cartas aos amigos do Maranhão, ia confidenciando as paixões que afloravam no seu caminho. De uma delas dizia que, muito bonita, tinha uns olhos pestanudos e lentos, que lhe lembravam o pano de boca do Teatro de São Luís...

Em 1848, ao publicar os *Segundos cantos*, reconheceu Gonçalves Dias que o novo volume nada mais era que a continuação do primeiro. E explicitava: "E ainda o mesmo estilo, o pensamento dominando em todo o verso, mas que seja menosprezada a metrificação, e a rima que naturalmente se lhe sujeita, e o metro que se dobra em todos os sentidos, e o verso que se acomoda a todos os tons como instrumento harmonioso, que sempre agrada, mesmo tangido por mãos inexperientes."

Completavam o novo livro quatro conjuntos de sextilhas, as *Sextilhas de Frei Antão*, escritas em linguagem arcaica, e que o poeta, no prefácio do volume, assim explicou: "A segunda parte é um ensaio filosófico — são sextilhas, em que adotei por meus a frase e o pensamento antigo, procurando tornar o estilo liso e fácil que não desagradasse aos ouvidos de hoje, e dar ao pensamento a cor forte e carregada daqueles tempos, em que a fé e a valentia eram as duas virtudes cardeais, ou antes as únicas virtudes."

Correu durante longo tempo a versão de que Gonçalves Dias teria escrito as *Sextilhas de Frei Antão* em português antigo como resposta à crítica que, no Conservatório Dramático, havia recusado o seu drama "Beatriz de Cenci", sob a justificativa de que apresentava erros de linguagem e de estilo.

Mas isso não é verdade. A crítica do conservatório ao drama baseava-se num ponto: julgou-o imoral. O próprio poeta dá notícia do fato em carta ao seu amigo Alexandre Teófilo de Carvalho Leal. A explicação das *Sextilhas* é mais singela: Gonçalves Dias inspirou-se em Thomas Chatterton, que escreveu poemas arcaicos, atribuindo-os a um suposto Thomas Rowley. E é ainda o mesmo Gonçalves Dias quem isso confessa, quando diz, em carta a outro amigo, Antônio Henriques Leal, datada de 23 de janeiro de 1847, que estava compondo uns "rimances à semelhança de Chatterton".

Convém citar o começo de um dos conjuntos, o da "Loa da Princesa Santa", para que se ajuíze do estilo das *Sextilhas*: "Bom tempo foyo d'outr'ora / Quando o reyno era christão; / Quando nas guerras de mouros / Era o reynosso pendão, / Quando as donas consumião / Seos teres em devação."

Em nota elucidativa, esclareceu o poeta: "Os vocábulos que emprego nestas sextilhas se acham todos no *Dicionário de Morais*, bem que as mais das vezes no sentido antiquado."

As *Sextilhas de Frei Antão*, além de constituírem uma nova experiência do poeta, no plano da elaboração literária, correspondem a um testemunho a mais de seu domínio da língua portuguesa. Gonçalves Dias tinha apenas 24 anos quando as escreveu, pensando em atribuí-las, quando as publicasse, a um Reverendo Padre de São Domingos.

Na dedicatória a Alexandre Teófilo de Carvalho Leal, que serve de prefácio aos *Últimos cantos*, Gonçalves Dias atribui ao livro o termo de sua vida poética: "Eis os meus últimos cantos, o meu último volume de poesias soltas, os últimos harpejos de uma lira, cujas cordas foram estalando, muitas aos balanços ásperos da desventura, e outras, talvez a maior parte, com as dores de um espírito enfermo — fictícias, mas nem por isso menos agudas —, produzidas pela imaginação, como se a realidade já não fosse por si bastante penosa, ou que o espírito, afeito a certa dose de sofrimento, se sobressaltasse de sentir menos pesada a costumada carga."

A sensibilidade romântica do mestre maranhense, exagerando o sentimento de suas desventuras, levava-o a essa conclusão pessimista, que lhe inspirava o remate prematuro da obra de poeta.

No entanto, a verdade é que ele tinha razão em admitir que havia chegado ao fim de seu caminho, na ordem da criação poética. Daí em diante, voltou-se para a ciência, para as pesquisas históricas, para os estudos lingüísticos. Na realidade, só uma grande obra épica, *Os Timbiras*, em que celebraria os seus irmãos de raça, ocupou-lhe depois o espírito de mestre do verso em língua portuguesa, sem embargo dos poemas esparsos que se lhe impuseram à pena, ao sabor das ocasiões e das circunstâncias.

Cassiano Ricardo viu no legado poético de Gonçalves Dias a obra mais complexa de nosso período romântico — complexa, "como toda alta poesia universal digna desse nome".

Os *Cantos*, não obstante constituírem um conjunto de poemas escritos na quadra dos 20 anos (com poucos acréscimos da maturidade), têm a unidade da obra de arte conscientemente realizada. Gonçalves Dias, quando estreou, já era um poeta com o pleno domínio de seus instrumentos de expressão.

O gênio criador lhe leu a substância poética; mas o apuro formal, lucidamente trabalhado, adveio-lhe do espírito precocemente amadurecido para a plena experiência do verso. Vale a pena recordar aqui a lição de Manuel Bandeira, na apreciação da poética de Gonçalves Dias: "Se considerarmos a obra publicada em vida e em livro pelo poeta, mas com exclusão dos *Timbiras* e das traduções, verificamos que, nos *Primeiros, Segundos* e *Últimos cantos*, primeira edição, nos *Novos cantos*, há, num total de 142 poemas, 75 em que variam os metros e muitas vezes as estrofes. A variação obedece sempre a uma necessidade de expressão, e é curioso notar que, onde há movimento belicoso ou sentimento de orgulho, indignação, revolta, surge freqüentemente o ritmo ternário do anapesto, não só nos eneassílabos e hendecassílabos, de que é o elemento característico, mas ainda em outros metros de pausas menos constantes, como o decassílabo e a redondilha maior."

Homem universal pela variedade de sua cultura e pelos muitos lugares onde viveu, Gonçalves Dias nunca deixou de ser o homem de sua província, que escreveu sincera e sentidamente os versos da "Canção do Exílio", com a nostalgia das "palmeiras onde canta o sabiá".

Na dedicatória dos *Últimos cantos*, confessaria ele, a esse propósito, dirigindo-se ao velho amigo e companheiro de Coimbra, que se deixara ficar no Maranhão, Alexandre Teófilo: "Minha alma não está comigo, não anda entre os nevoeiros dos Órgãos, envolta em neblina, balouçada em castelos de nuvens, nem roquejando na voz do trovão. Lá está ela! — lá está a espreguiçar-se nas vagas de S. Marcos, a rumorejar nas folhas dos mangues, a sussurrar nos leques das palmeiras: lá está ela nos sítios que os meus olhos sempre viram, nas paisagens que eu amo, onde se avista a palmeira esbelta, o cajazeiro coberto de cipós e o pau-d'arco coberto de flores amarelas. Ali, sim — ali está — desfeita em lágrimas nas folhas das bananeiras, desfeita em orvalho sobre as nossas flores, desfeita em harmonia sobre os nossos bosques, sobre os nossos rios, sobre os nossos mares, sobre tudo que eu amo, e que em bem veja eu em breve! Aí, outra vez remoçado e vivificado de todos os anos que desperdicei, poderei enxugar os meus vestidos, voltar aos gozos de uma vida ignorada, e do meu lar tranqüilo ver outros mais corajosos e mais felizes que eu afrontar as borrascas desencadeadas no oceano, que eu houver para sempre deixado atrás de mim."

Em 1846, ao despedir-se de seus amigos do Maranhão, no poema com que encerrou os *Primeiros cantos*, vaticinou Gonçalves Dias que iria morrer no mar: "... a desgraça,/ Do naufrágio da vida há de arrojar-me / À praia tão querida, que ora deixo. / Tal parte o desterrado: um dia as vagas / Hão de os seus restos rejeitar na praia, / D'onde tão novo se partira, e onde / Procura a cinza fria achar jazigo."

E isso realmente aconteceu, a 3 de novembro de 1864.

16/11/74

A arte de amar

de Ovídio

(por Narceu de Almeida)

Entre os grandes clássicos da literatura erótica mundial — ao lado do Satiricon *de Petrônio, do* Kama Sutra *indiano e do* Jardim das delícias — *figura* A arte de amar, *de Ovídio. Um dos mais refinados manuais sobre a arte da galanteria, é também um documento precioso dos agitados dias da decadência do império romano. Ao contrário da obra de Petrônio, porém,* A arte de amar *não foi filmada por Fellini, nem por qualquer outro cineasta, e é, por isso, realmente, uma obra-prima que muito poucos leram.*

No plano literário, uma das maiores surpresas de minha vida aconteceu numa noite de outubro de 1963, em Madri, quando comecei a ler pela primeira vez um longo poema chamado *A arte de amar*, de Ovídio. Devido ao péssimo método de ensino do Latim que vigorava no Brasil nos meus tempos de estudante, eu criara uma sólida aversão pela língua e, de certo modo, pelos autores — Virgílio, Ovídio, Cícero — dos intrincados trechos que era obrigado a analisar e traduzir no colégio. Naquele ano, eu estava *fazendo* a Europa, solteiro e sonhando com aventuras. O outono era dourado na Espanha e, Hemingway de Anápolis, eu vibrava com as espanholas, as touradas e o *jerez de la frontera*. No Museu do Prado, apaixonava-me diariamente pelas mulheres de Velázquez e Goya. Nessa situação, quando vi por acaso *A arte de amar* numa livraria, comprei-o na hora. Jung explica, como diria Freud. Achei o livro delicioso em 1963, e voltei a achar a mesma coisa quando o reli agora. Qual é o segredo da permanência viva desse poema que, em plena era da tecnologia e da tecnocracia, continua a fascinar leitores do mundo inteiro?

O segredo, naturalmente, começa no título e acaba no último verso do poema. Enquanto houver amor na Terra, *A arte de amar* continuará fascinando pessoas. Enquanto um jovem ficar trêmulo diante de uma garota, apaixonado mas vacilante, sem saber o que dizer ou fazer, então o poema de Ovídio prosseguirá transmitindo seu recado escrito há quase dois mil anos. Enquanto o talento e a habilidade poética seduzirem as pessoas, a obra de Ovídio será lida. E enquanto se quiser conhecer os costumes da sociedade romana na época da decadência, o livro será consultado.

No primeiro verso do livro, diz Ovídio: "Se, neste povo, existe alguém que desconheça a arte de amar, que leia este poema e ame, instruído por mim." Daí em diante, com graciosas filigranas de retórica, alusões à mitologia grega e referências históricas, o poeta faz um detalhado manual sobre como conquistar uma mulher e conservar seu amor. Sem qualquer modéstia, intitula-se "preceptor do amor" e afirma: "Vênus confiou-me a direção do terno amor." Mais adiante, ainda expondo o que será o livro: "A prática inspirou-me esta obra; ouvi um poeta que é realmente entendido." E fazendo uma ressalva: "Cantarei o amor permitido, coisa alguma em meu poema será ilícita." Mal sabia ele que iria pagar caro por ter escrito *A arte de amar*. Por isso, antes de entrar mais detalhadamente no livro, vale relembrar um pouco a vida de Ovídio e a época em que escreveu.

Públio Ovídio Nasão — ou, em latim, Publius Ovidius Naso — nasceu no ano de 43 a.C. em Sulmo, atual Sulmona, no dia 20 de março. Sua família era rica e ele teve uma bela infância entre os bosques e regatos da propriedade do pai. Junto com seu irmão mais velho, Lúcio — morto aos 22 anos — foi educado em Roma pelos melhores mestres de eloqüência e retórica que existiam no império. Seu pai queria que fizesse uma brilhante carreira de jurista e acabasse no Senado. Ovídio queria mesmo era ser poeta, mas o pai fechou a questão e obrigou-o a prometer que seguiria o caminho natural dos jovens nobres da época, abandonando para sempre os versos. Mais tarde, numa elegia autobiográfica — *Tristes, iv, 10* — Ovídio contaria: "Mas as palavras vinham juntar-se por si mesmas na medida, e resultavam versos tudo o que eu escrevia." Quando o pai lhe dava uma bronca, ao descobrir que continuava poetando, Ovídio respondia — sempre com versos — para pedir perdão e renovar sua promessa de que não voltaria a fazer poemas. O rapaz era um gozador.

Depois de terminar sua educação em Roma, Ovídio fez uma longa viagem com o poeta Macer, seu amigo e parente, para estudar filosofia e belas-artes em Atenas. Dali seguiram para outras cidades da Grécia, Ásia Menor e Sicília. De volta a Roma, Ovídio exerceu sucessivamente cargos de árbitro, juiz, triúnviro, membro do Tribunal Supremo do centuvirato e do decenvirato. De acordo com o próprio Ovídio, ele teria demonstrado nessas funções virtudes e faculdades que muito o distinguiram. O poeta diz que rejeitou então a idéia de entrar para o Senado, por acreditar que não exerceria bem o cargo. E explica: "Além disso, não tinha ambição alguma, e não escutava outras vozes que não as das musas, que me aconselhavam a doce ociosidade." Um bom gozador.

Roma era então o palco ideal para o temperamento e a vocação de Ovídio. Depois das sangrentas guerras de conquista, o império vivia finalmente em paz e marchava suavemente para a decadência. A sofisticada sociedade romana busca apenas os prazeres, os festins, os jogos e os saraus literomusicais. Aos 29 anos, Ovídio lança seu primeiro livro, *Amores*, uma coleção de elegias a respeito de sua suposta paixão por Corina, mulher que provavelmente só existiu na imaginação do autor. Embora insinceros e artificiais, os poemas trouxeram fama imediata a Ovídio, por sua brilhante técnica e requintada abordagem do erotismo. Pouco depois, publicou *Heroidas*, igualmente envolvendo paixões imaginárias. Desprezando por completo a verdade histórica, o poeta inventa uma série de cartas amorosas escritas por amantes famosos como Penélope, Fedra, Dido, Helena, Páris e outros. Como nos *Amores*, Ovídio mostra aqui o prazer sexual como a principal atração que vê na mulher. Um porco chauvinista, diria Betty Friedan.

A terceira obra de Ovídio, *Medicamina Faciei*, é um frívolo poema didático ensinando às mulheres como maquilar o rosto para vencer na vida. Embora somente 100 linhas tenham sobrevivido até nós, é um curioso e único documento sobre os produtos e técnicas de maquilagem na Roma antiga. *A arte de amar* — *Ars Amatoria* — é o quarto livro de Ovídio e, para muitos críticos, sua obra-prima. Originalmente, tinha duas partes, mas o enorme sucesso que conquistou levou o autor a escrever uma terceira, endereçada às mulheres. Por duas vezes, no poema, Ovídio adverte que fala somente de "amores lícitos" e que não está ensinando ninguém a conquistar senhoras casadas, mas apenas mulheres livres ou cortesãs. Na verdade, suas afirmativas destinavam-se somente a aplacar os puritanos e a censura do Imperador Augusto: as lições de conquista são claramente aplicáveis às casadas.

Refinando a um ponto talvez jamais alcançado o verso elegíaco, Ovídio compõe um brilhante e colorido manual didático das artes e artimanhas da galanteria, ao mesmo tempo em que traça um revelador painel da vida e dos costumes de Roma. Recorrendo ao humor, à sátira social, às elegantes digressões mitológicas e às comparações barrocas, o poeta cria a primeira obra-prima da história da literatura erótica. *A arte de amar* influenciou poetas e pintores pelos séculos afora, de Dante a Milton, de Chaucer a Shakespeare, de Delacroix a Picasso, de Baudelaire (que o chamou de "poeta das elegâncias") a Musset, para citar somente uns poucos. Os séculos XII e XIII — período em que sua popularidade eclipsou a de Virgílio — foram chamados, por seu brilho, de "era de Ovídio".

Sem nunca ser pornográfico, *A arte de amar* pode ser considerado um livro "imoral" por todos os padrões sociais conhecidos. Ovídio não demonstra qualquer respeito pelos deuses, os templos religiosos, as festas patrióticas ou as regras da sociedade — e quando tenta fazê-lo, não consegue revelar sinceridade alguma. Essa ausência de preceitos morais é, sem dúvida, uma das razões do continuado sucesso do poema. Logo depois de publicado, o livro teve uma formidável acolhida em Roma. Em pouco tempo, era utilizado em representações mímicas nos teatros, acompanhadas da leitura dos trechos mais picantes. Ovídio tornou-se o artista mais badalado de Roma, presença obrigatória em qualquer festa ou reunião que se prezasse. Belas mulheres, casadas ou livres, ardiam de impaciência para se submeter a uma prova prática com o celebrado "mestre do amor". Era realmente um gozador.

Nos círculos moralistas de Roma, *A arte de amar* foi considerado um verdadeiro escândalo de libertinagem, um convite ao adultério e à corrupção dos costumes. Para maneirar a sua barra, Ovídio escreveu apressadamente o *Remedia Amoris*, uma espécie de *A arte de não amar*, sem inspiração e sem graça. Um crítico fulminou com uma frase famosa o medicamento contra o amor: "O remédio é pior do que a doença." Nos seus últimos anos em Roma, o poeta dedicou-se a dois livros que, segundo esperava, iriam glorificá-lo pelo resto dos tempos: *Metamorphoses* e *Fasti*, o primeiro de inspiração grega — como era moda no império romano — e o segundo voltado para fontes latinas. *Metamorfoses* é outra obra-prima, e sozinha garantiria a imortalidade que o poeta buscava. Abandonando a elegia, Ovídio escreveu o mais longo de seus poemas em versos hexâmetros, num total de 15 livros, contando as mais variadas histórias a partir das transformações de figuras da mitologia (Zeus, metamorfoseando-se em touro para raptar Europa, ou mulheres sendo transformadas em estrelas ou ilhas, por exemplo).

Fasti, um poema quase de encomenda para cantar os fastos romanos e as glórias do império, tem pouco valor artístico, porque Ovídio soa mal sempre que escreve sobre coisas em que não acredita. Mas, como documento da época, é o mais fiel e detalhado conjunto de observações e descrições existente a respeito das festividades de Roma. Ovídio planejava escrever 12 livros, um para cada mês do ano, mas quando completou o sexto, foi subitamente banido de Roma por Augusto, no oitavo ano da era cristã, quando tinha 51 anos de idade. Até hoje perdura o mistério sobre as verdadeiras razões do exílio de Ovídio, e até hoje historiadores e pesquisadores escrevem livros para apresentar hipóteses que o justifiquem.

Augusto vinha adotando uma linha cada vez mais dura em seu império, no terreno da moral. No ano 2 d.C., baniu de Roma a própria filha, Júlia, acusada de imoralidade. *A arte de amar*, apresentada como a razão do exílio de Ovídio, foi lançada naquele ano, quando a grande fofoca da sociedade romana era o "caso Júlia". Mas o poeta só foi banido 10 anos depois, no auge da glória e precisamente quando trabalhava numa obra perfeitamente integrada no "plano de restauração moral" do imperador, como era *Os fastos*. Algumas das hipóteses lançadas para explicar o ato de Augusto: 1) Ovídio teria sido amante de Lívia, mulher do imperador; 2) ou amante de Júlia, filha do mesmo; 3) ou de Júlia, neta do mesmo e filha da primeira Júlia; 4) ou confidente da Júlia neta no caso do adultério desta com um cidadão chamado Silano; 5) ou por razões políticas, ao tentar convencer Augusto a tornar herdeiro do trono o jovem Agripa, filho do imperador, desterrado por pressão da imperatriz, que desejava ver no poder a Tibério, fruto de seu primeiro casamento. O mistério nunca será desvendado, porque as únicas explicações que restaram são as do próprio Ovídio, escritas durante seu doloroso exílio. E como esperava ser perdoado pelo imperador e voltar à sua doce Roma, o poeta fica na sua e não abre o jogo.

Augusto baniu Ovídio através de um edito imperial, sem ouvir o Senado ou qualquer tribunal de justiça — como se faz até hoje, aliás, em alguns países. Na madrugada do dia 19 de novembro do ano 8 d.C., uma escolta apanhou-o em sua casa e, depois de muitas peripécias e viagens marítimas, depositou-o em Tomes, um aglomerado de bárbaros situado nos confins do império romano, onde se encontra hoje a cidade de Constanta, na Romênia, à beira do mar Negro.

A forma de banimento utilizada foi a chamada *relegatio*, considerada suave porque não implicava no confisco dos bens da vítima. Para um sofisticado hedonista como Ovídio, no entanto, era algo parecido com a própria morte. Além da barreira da língua que o separava dos habitantes de Tomes, ele sofria com o clima gelado do lugar e com os trabalhos que tinha de executar, como o de sentinela.

Nas lamentosas elegias que escreveu no exílio — as *Tristes* e as *Pônticas* — o poeta fez apelos desesperados e louvações descaradas a Augusto, na esperança de ser perdoado. O imperador não o atendeu, e nem o fez seu sucessor, Tibério. De nada valeram, igualmente, as gestões desenvolvidas por sua terceira mulher, para quem Ovídio só tem palavras de afeto e respeito. (Em sua juventude, ele tivera dois casamentos de curta duração. A única filha que teve, e a quem se refere, é provavelmente de sua segunda mulher.) Numa enigmática confidência que faz sobre as causas de seu banimento, Ovídio diz que foram *A arte de amar* e um erro (*error*) que cometera. Nega, entretanto, que tivesse praticado qualquer crime (*scelus*), afirmando que seu único pecado foi ter visto algo, ter sido testemunha de um acontecimento. Como não esclarece o que viu, muitos pesquisadores concluíram que, por alguma razão, Ovídio tornara-se cúmplice ou confidente do adultério da neta de Augusto. A hipótese é baseada no fato de que a jovem Júlia, seguindo o mesmo destino da mãe, foi também banida de Roma na época do exílio do poeta. Augusto era fogo: como demonstrou com os próprios descendentes, ele não curtia a arte de amar.

Embora tenha sido apenas o pretexto empregado por Augusto para punir Ovídio por seu *error*, é inegável que *A arte de amar* era o melhor pretexto que ele poderia desejar, no contexto de sua campanha moralista. Alguns trechos — extraídos da tradução em prosa de David Jardim Júnior — mostram que Ovídio desafiou amplamente, e felizmente, todo o código que Augusto pretendeu impor:

"Assim como Gargara tem seus trigais e Metina suas vinhas, assim como as águas têm peixes, as árvores têm pássaros e o céu tem estrelas, assim Roma te oferece mulheres formosas."

"Se preferires o encanto da adolescência, a teus olhos se oferecerá uma donzela de fato; se te seduzem as jovens já em pleno viço, mil te agradarão e ver-te-ás embaraçado para fazeres a escolha. Se, por acaso, preferires a experiência das mais vividas, então, podes acreditar-me, mais compacta será ainda a legião." Depois de sugerir bons lugares de Roma para se apanhar mulheres — certas ruas, praças, teatros, circos e pistas de corridas — diz Ovídio: "Senta-te perto da mulher, nada te impede, aproxima o teu corpo do seu o mais possível. Felizmente, as dimensões do lugar obrigam as pessoas a se apertarem umas contra as outras, quer queiram quer não, e a moça tem de se deixar tocar."

Os conselhos descem a detalhes mínimos: "E se, por acaso, a poeira atingir o colo da jovem, trata logo de tirá-la, e se não cair poeira, tira-a também: tudo deve servir de pretexto para teus cuidados. Se o manto demasiadamente comprido se arrasta na terra, segura-o e, pressurosamente, levanta-o da sujeira do chão. Sem demora, como recompensa pelo teu zelo, teus olhos verão uma perna digna de ser vista, sem que a moça tenha motivo para se aborrecer." Depois de advertir o pupilo contra a enganosa claridade das lâmpadas e o excesso de vinho, diz: "Os defeitos somem-se de noite, as imperfeições desaparecem: qualquer mulher parece bela àquelas horas. Consulta o dia para julgares as jóias ou a lã tinta de púrpura, consulta o dia para julgares os rostos e os corpos."

No trecho que considera "o ponto capital desta obra", aconselha o poeta: "Antes de mais nada, convence-te de que todas as mulheres podem ser apanhadas; tu as apanharás: depende apenas da maneira de colocar as armadilhas. Em verdade, será mais fácil os pássaros deixarem de cantar na primavera e as cigarras no verão, será mais fácil o cão da Menália voltar as costas à lebre, do que a mulher resistir às delicadas insinuações de um jovem. Aquilo mesmo que podes acreditar que ela não queira, ela quer. O amor furtivo agrada tanto aos homens como às mulheres; o homem dissimula mal, a mulher esconde o que deseja. Se ficasse combinado que nós não tomássemos a iniciativa, a mulher, vencida, assumiria aquele papel. Nos verdejantes prados, é a fêmea que chama o touro com seus mugidos, é sempre a fêmea que relincha chamando o cavalo."

Lembrando que "as searas são mais ricas nos campos dos outros e as vacas do vizinho têm sempre os ubres maiores", Ovídio recomenda que o apaixonado corrompa a serva para que esta o ajude na conquista da patroa, mas não confunda as prioridades: "Se, portanto, a serva, entregando-te ou recebendo um bilhete, agradar-te tanto pela beleza do seu corpo quanto pela sua diligência, trata, de preferência, de possuir a ama, que a outra virá em seguida. Não é pela serva que deves começar o amor." O poeta não esquece também os aspectos financeiros: "Toma cuidado com o aniversário de tua amante e que esse dia, em que é costume dar presentes, seja tido por ti como nefasto. Aliás, por mais que evitares, ela saberá receber: a mulher descobriu a arte de depenar o ardoroso amante." Em matéria de promessas, entretanto, o conquistador pode ser generoso: "Promete sempre: que mal pode fazer a promessa? De promessas qualquer um pode ser rico. A esperança dura muito tempo, se houver credulidade: é uma deusa enganadora, mas bem prestativa."

O estilo das declarações deve ser caprichado: "Aperfeiçoa-te nas profissões liberais, juventude romana, mas não somente para defenderes os trêmulos acusados, pois da mesma maneira que o povo, que o severo juiz e que o egrégio Senado, a mulher convencida curvar-se-á à tua eloqüência.

Que sejam eliminadas de tuas palavras todas as expressões alambicadas. Quem, a não ser que tenha perdido o juízo, declamará diante da delicada amante? Muitas vezes, uma carta dá motivo a um ódio profundo. Que escrevas com naturalidade, com palavras comuns, porém carinhosas, de tal maneira que pareças falar." A aparência pessoal e a higiene são objeto de várias recomendações, entre as quais estas: "Que a unhas estejam curtas e limpas e nenhum pêlo saia para fora das narinas; que um hálito desagradável não saia de tua boca e que não fira as narinas um cheiro de bode. O resto, deixa por conta das mulheres lascivas e daqueles homens que, contra a regra, procuram o amor dos homens." Em Roma, como os romanos, já disse um célebre humorista.

Ao final de um banquete em que o amante paquerou longamente a amada, o poeta recomenda: "E, quando os convivas se retirarem da mesa, o próprio ajuntamento dar-te-á oportunidade de te aproximares. Entra no meio da multidão, aproxima-te bem da jovem, apalpa-lhe a ilharga e toca-lhe o pé com teu pé." Ovídio recorre aos deuses com um pragmatismo digno dos países consumidores de petróleo em 1974: "Invoca o testemunho de todos os deuses que quiseres." É vantajoso que os deuses existam e, como é vantajoso, acreditamos que existem: ofereçamos vinho incenso aos seus venerandos altares."

"Não basta que meus versos tenham trazido a mulher amada para junto de ti: ela foi conquistada graças a minha arte, será conservada graças à minha arte", diz Ovídio no livro 2, onde se dedica a ensinar como o conquistador vitorioso deve agir para prender a amada. Ele descarta os filtros amorosos ("prejudicam a razão e provocam a loucura") e prega o cultivo do espírito, "que há de durar e será o sustentáculo de tua beleza: ele apenas permanecerá até o fim, até a pira funerária". Depois de enumerar as pesadas tarefas que o apaixonado deve cumprir para manter a mulher em seu leito, Ovídio explica: "O amor é uma espécie de serviço militar." Desaconselhando presentes caros, sugere: "Quando os campos oferecem suas riquezas, quando os ramos se curvam sob o peso dos frutos, que um jovem escravo leve para a tua amante um cesto deles. Poderás dizer que te foram mandados do campo, ainda que os tenha comprado na Via Sacra."

Quando a mulher suspeitar de alguma infidelidade do homem, o poeta adverte: "Não poupe teu corpo; a paz está só nisso; no leito é que deves provar que não cultuaste Vênus antes." E mais: "Trata logo de cingir com teus braços seu níveo pescoço e encosta em teu peito seu rosto banhado de lágrimas. Beija as lágrimas, oferece às lágrimas os prazeres de Vênus. Haverá a paz. É este o único modo de apaziguar a ira. Quando estiver bem enfurecida, quando se apresentar como inimiga declarada, solicita-lhe um tratado de paz firmado no leito. Ela se abrandará."

Entrando em maiores detalhes, Ovídio diz que "para que o prazer seja completo, é preciso que tanto o homem como a mulher dele participem", acrescentando: "Gosto de ouvir palavras em que ela confesse o prazer e me peça para ser mais lento e conter-me." Ainda na área da técnica, confessa: "Crê em mim: a voluptuosidade não deve ser apressada, e sim alcançada bem tarde, através de uma excitação gradual. Quando encontrares o lugar em que a mulher gosta de ser tocada, que o pudor de modo algum te impeça de tocá-lo. Verá seus olhos brilhantes de um trêmulo fulgor, como acontece muitas vezes quando o sol se reflete na água transparente. Seguir-se-ão arrulhos, murmúrios amáveis, doces gemidos e palavras adequadas à situação. Jamais, porém, desdobrando mais tuas velas, abandones tua amante ou permitas que ela vá à tua frente; avancem juntos para a meta. É plena a voluptuosidade quando o homem e a mulher jazem vencidos ao mesmo tempo. Esta é a conduta que deves seguir, quando o ócio te dá liberdade e o temor não te obriga a apressar o trabalho. Quando a demora não oferece segurança, será conveniente acometeres com todas as forças dos remos e calcar as esporas no cavalo em disparada."

Solitário e triste, Ovídio morreu em Tomes, em 17 ou 18 d.C., em circunstâncias desconhecidas. Mas ainda hoje ressoa o brado — caracteristicamente imodesto — que escreveu ao final do livro 2 de *A arte de amar*:

"Celebrai vosso poeta, ó homens, exaltai-me; que o meu nome seja cantado no mundo inteiro. Eu vos dei as armas; Vulcano as havia dado a Aquiles. Que minha oferenda vos faça vencer, como o fez vencer. Mas que todo aquele que, graças à minha espada, vencer a de uma amazona, escreva sobre seus despojos: Nasão foi meu mestre." Falou, Ovídio.

7/12/74

Don Juan Tenório

de José Zorrilla

(por Josué Montello)

Desde que um monge mercedário, Frei Gabriel Tellez, sob o pseudônimo de Tirso de Molina, na Espanha do Século de Ouro, criou o seu Don Juan Tenório, *sintetizando numa figura de comédia um personagem desabusado que teria o seu modelo na vida real, o tipo se incorporou de tal forma à consciência da humanidade que se pode dizer, sem exagero, que ao longo de três séculos ninguém é mais vivo e lembrado do que ele. Molière o explorou no palco, Mozart fez uma de suas mais famosas óperas,* Don Giovanni, *baseado nele, Byron o transformou em poesia e os psicanalistas de hoje estudam o dom-juanismo como uma forma arquetípica do comportamento humano. Uma das interpretações mais lúcidas deste personagem tão forte quanto Édipo e Fausto é a do teatrólogo espanhol do século passado, José Zorrilla.*

Mudam as modas, alteram-se os costumes, o estilo de vida se transforma e aperfeiçoa, muitas glórias se desfazem, inúmeros nomes se apagam, e Don Juan Tenório ainda continua citado, recordado e representado, como aquela figura em que o nosso Manuel Bandeira, num soneto de sua primeira fase, via o símbolo eterno da "imortal ânsia humana". Dizia ainda o poeta, celebrando o herói de Tirso de Molina: "Ser de eleição em cujo olhar a natureza / Acendeu a fagulha ativa que fascina, / Tu trazias aquela aspiração divina / De realizar na vida a perfeita beleza."

Debalde, em Portugal, um grande poeta reboante, Guerra Junqueiro, lhe anunciou a morte, num poema de feição panfletária. Don Juan, se morreu nas estrofes junqueirianas, não tardou a renascer. Agora, que o sexo está em moda, sem que nada mais o esconda, Don Juan é ainda um símbolo famoso: o da virilidade inquieta, que só na variedade encontra a sua transitória satisfação. Já houve quem se louvasse nessas mudanças contínuas de companheira — de que Don Juan faz praça e com a qual compôs a sua lenda e a sua glória — para denunciar-lhe a debilidade sexual. Mas a verdade é que, a despeito de interpretações como essa, a figura não se despojou de seu fascínio.

A literatura espanhola, que lhe serviu de berço, não lhe é privativa. Diz-nos o Professor Américo Castro, na sua edição crítica da peça de Tirso de Molina: "Desde o século XVII até agora mesmo, a literatura européia não cessou de submeter a contínuas elaborações o tipo de Don Juan, que em cada país e em cada momento tem servido de pedestal para maneiras originais de considerar o amor e a vida."

Mas não somente nas literaturas européias Don Juan está presente, com a sua alma de aventureiro, o seu dom da galanteria e a sua concupiscência. As literaturas ocidentais, que derivam dessas literaturas, também o recolheram e recriaram. E assim, por quase todo o continente americano, tem ele andado, ora ajustado a outros céus e a outras terras, ora fiel ao seu tipo espanhol e à sua capa andaluza. Nas novas literaturas africanas, que começam a despontar, é bem possível que já tenha encontrado quem o haja recriado.

Quer isto dizer que, não obstante a sua origem genuinamente espanhola, o personagem é universal. E não apenas universal — também perene, visto que tem atravessado o tempo, sobrepairando à mutação do gosto e aos valores rebeldes das novas gerações. Um poeta brasileiro, Assis Garrido (e que também o celebrou num poema de clara influência junqueiriana), definiu-lhe a perenidade, pela voz do próprio personagem: "Eu nunca tive outono, eu nunca tive inverno,/ Sou como o tempo: eterno."

À maneira do que ocorre com o Fausto, a que Goethe insuflou a perdurabilidade de seu gênio, o Don Juan tem origem popular. Antes de aparecer na literatura, como obra de um grande escritor, já ele andava na tradição popular. Um mestre espanhol, Don Ramon Menendez Pidal, rastreou-lhe as origens nos fragmentos épico-líricos do romanceiro peninsular.

A 15 de fevereiro de 1665, quando Molière apresenta em Paris o seu *Don Juan ou le Festin de Pierre*, já o personagem de Tirso de Molina inspirara dois autores italianos: Giliberto e Cicognini. A peça de Giliberto deu origem a duas peças francesas: uma, de Dorimon; outra, de Villiers. Parece ter sido daí que Molière extraiu o seu *Don Juan*. La Serre, nas memórias que antecedem a edição de 1734, do teatro de Molière, nos diz que "os camaradas deste, invejosos do sucesso que alcançavam os italianos com o *Don Juan* que representavam no Palais-Royal, impeliram Molière a escrever uma peça sobre o mesmo assunto e que este a improvisou em algumas semanas."

Byron, no Canto I do seu *Don Juan*, confessa ter neste herói um amigo: "Necessito de um herói... Escolho o meu amigo Don Juan."

Figura de teatro, ora na comédia, ora no drama, ora na tragédia, e mesmo na farsa e na pantomina, Don Juan inspiraria poemas, romances, contos, ensaios literários, ensaios científicos e ensaios filosóficos, além de servir de inspiração a argumentos cinematográficos. Ele está presente, assim, em todos os gêneros literários, e ainda nas indagações científicas, que lhe pretendem explicar o tipo, o temperamento e as atitudes. O Professor Gregório Marañon, que lhe esmiuçou a biologia, é peremptório: é um sexo, não um indivíduo. Daí a resposta que dá Don Juan, na comédia de Tirso de Molina, quando Isabela pergunta quem ele é: *"Que quién soy? Un hombre sin nombre."*

Nosso Menotti del Picchia, depois de ter sido uma das figuras turbulentas da Semana de Arte Moderna, publicou em 1927 o seu poema romântico, *Angústia de Dom João*, em versos alexandrinos. A originalidade do poema está no fato de que o poeta fez contracenar duas figuras da tradição literária: Fausto e Dom João.

Cada um deles, na seqüência do poema, dá a sua concepção do amor. No momento em que Fausto lhe pergunta qual é o seu ideal, no plano da fascinação feminina, Dom João responde, sem hesitar: "Algo de tão sutil que eu nem sei o que seja... / Uma coisa tão vasta este meu sonho quer, / Que não pode caber num corpo de mulher."

A essa concepção da perfeição extrema, justificativa do nomadismo afetivo e sensual de Dom João, retruca o Fausto: "Enganas-te, D. João. Nas nossas pobres vidas / Sempre os Faustos terão as suas Margaridas. / Fugir-lhe, não querê-la, é inútil desatino: / Aquela que há de vir vem no próprio destino! / Um dia, por acaso, a encontras, loira e bela, / e a reconheces logo. "És tu? — Sou eu..." É ela! / Quem é? De onde ela vem? Das trevas ou da aurora?! Quem sabe de onde vem a mulher que se adora? / Nada sabes... Do Céu? Do mar? Das ondas bravas? / Não! Só sabes que era essa a mulher que esperavas."

De pronto, Dom João replica, para justificar os seus muitos amores: "Tomando de uma a cor, de outra um traço indeciso, / desta, o corte do lábio e daquela o sorriso, / eu, fragmento a fragmento, a amada recomponho, / pois em cada mulher há um pouco de meu sonho!"

A despeito de ter aparecido no Século de Ouro, na sua primeira forma literária, Don Juan é um personagem nitidamente romântico — na insubordinação aos valores sociais que o cercam, no espírito de aventura, no individualismo que o caracteriza. É um romântico, antes do Romantismo. Por isso mesmo é no Romantismo que ele vai encontrar a sua feição mais expressiva.

Um poeta, José Zorrilla, com o dom de interpretar a alma espanhola nos seus valores mais significativos, retoma o tipo de Tirso de Molina, para lhe dar uma nova forma, e o certo é que, com o seu drama religioso fantástico, *Don Juan Tenório*, estreado no Teatro de la Cruz, em Madri, a 22 de março de 1844, consegue suplantar a comédia de Frei Gabriel Tellez. Desde então, não obstante a fama de *El Burlador de Sevilla*, é a peça de Zorrilla que verdadeiramente difunde, no âmbito de língua espanhola, a figura de Don Juan Tenório. Dir-se-ia ser o poeta romântico o seu verdadeiro criador.

Repetido todos os anos, durante quinze dias, a 1º de novembro, o *Don Juan Tenório* se converteu em liturgia dramática espanhola, ouvida em silêncio pelo povo e por este aplaudida com entusiasmo, num testemunho constante de sua identificação profunda com o personagem romântico.

O filósofo Ortega y Gasset, apreciando o tipo recriado por Zorrilla, nele identificou "um símbolo essencial e insubstituível de certas angústias radicais que atormentam o homem, uma categoria imarcescível da estética e um mito da alma humana". E acrescentava: "Junto de Hércules e Helena, junto de Hamlet e Fausto, no esplêndido zodíaco de nossas ansiedades, ocupa Don Juan um quadrante e irradia daí perenemente, na noite da alma, seu reflexo estelar, uma palpitação comovedora de gentileza e desespero."

O próprio Zorrilla num livro de Memórias, *Recuerdos Del Tiempo*, narra que, em hora de dificuldade, se valeu da popularidade de seu *Don Juan Tenório* para obter uma assistência do governo espanhol: "Meu *Don Juan* produz um punhado de milhares de *duros* anuais a seus editores, e eu mantenho com ele, na primeira quinzena de novembro, a todas as companhias de verso na Espanha; porém, como tua lei não tem efeito retroativo (referia-se à lei dos direitos autorais), não pelo mérito de minha obra, senão pelo que produz para os outros, não me deixe morrer no hospital ou no manicômio."

Pelas memórias do poeta, sabe-se que o *Don Juan Tenório* teve esse ponto de contato com o *Don Juan* de Molière: foi também uma peça improvisada. Zorrilla, a exemplo de Molière, escreveu seu texto em poucas semanas. Mais exatamente: em apenas vinte dias.

Foi o ator Carlos Latorre, em fevereiro de 1844, de regresso a Madri, que procurou o poeta, pedindo-lhe uma nova peça. Zorrilla, com tempo escasso para corresponder à premência do amigo, decidiu refundir a seu modo *El Burlador de Sevilla*. Daí decorre que, não obstante os seus pontos de contato com a peça de Tirso de Molina, o *Don Juan Tenório* tem uma linha própria, acentuadamente zorrilhesca, na fluência do verso, no recorte dos personagens e nos movimentos da ação — sem perder de vista a lição da tradição popular, sobretudo no aproveitamento do verso de redondilha maior, que predomina no romanceiro peninsular.

A ação da peça se passa em Sevilha. Os atos de I a IV ocorrem em 1545; os demais, cinco anos depois.

O drama está dividido em duas partes: a primeira, com quatro atos, assim denominados: *Libertinagem e escândalo, Destreza, Profanação* e *O diabo às portas do céu*; a segunda parte, com três atos: *A sombra de D. Inês, A estátua de Don Gonçalo* e *Misericórdia de Deus e apoteose do amor.*

Quando a peça principia, Don Juan está em cena, de máscara, sentado a uma mesa, na hospedaria de Cristófano Buttarelli, escrevendo. Vêem-se passar ao fundo mascarados, estudantes, gente do povo.

Ao ruído da rua, replica Don Juan:

Como gritam os malditos!
Porém mau raio me parta
Se, terminada esta carta,
Não pagam caro os seus gritos!

Don Juan marcou um encontro, ali na hospedaria, com seu amigo Luís Mejia, para que verificassem, ao fim de um ano, qual dos dois havia praticado maior número de tropelias. Estão ainda em cena Don Gonçalo de Ulhoa, pai da jovem de quem Don Juan está noivo, e que está igualmente de máscara, juntamente com outro mascarado, Don Diego, pai de Don Juan.

Cada um dos amigos traz a sua testemunha: Don Juan, o Capitão Centelhas; Don Luís, Avelaneda. Don Juan passou o ano na Itália; D. Luís, em Flandres.

Don Juan fala primeiro. E aludindo ao que fez em Roma:

Reporto-me à só memória
Que ali deixei: minha glória
Nunca parou de subir.
As romanas caprichosas,
As usanças licenciosas,
Eu bravo e desabusado,
Quem reduzira a contado
Minhas proezas amorosas?

De Roma vai a Nápoles, e ali se anuncia deste modo:

Aqui está Don Juan Tenório,
Galhardo, bravo, infiel,
Desde a princesa orgulhosa
A que pesca em pobre barca,
Todas reduz, pois tudo ousa;
Em qualquer empresa abarca,
Se em ouro ou valor repousa.
Busquem-no os altercadores,
Rodeiem-no os jogadores,
Quem se preze aqui apareça,
A ver quem mais que ele cresça,
Em jogos, lides, amores.

O número de vítimas, pelo relato de Don Juan, é superior ao apresentado por Don Luís. Don Juan matou 31 pessoas, enquanto Don Luís chegou a 23. Passam os dois a relacionar as conquistas: Don Luís, se desvanece de 56; Don Juan apresenta 70. Don Luís confere a lista das conquistas de Don Juan, e entre as quais figuram uma princesa real e a filha de um pescador. Don Luís moteja do companheiro: falta uma. Quem? quer saber Don Juan. E Don Luís:

> Uma noviça
> Que esteja por professar.

Ao que retruca Don Juan, aceitando o desafio:

> Pois eu vos satisfarei
> Em dobro, porque vos digo
> Que à noviça ajuntarei
> A noiva de cedo amigo,
> A quem eu a raptarei.

Esta última será a noiva do próprio Don Luís; a outra, a noiva do próprio Don Juan, que se acha num convento.

Nesse momento, Don Gonçalo de Ulhoa tira a máscara e diz a Don Juan que a sua filha nunca será dele. Don Juan sorri, aceitando o novo desafio. O ato termina de maneira imprevista: Don Juan e Don Luís são detidos por algazis, que o criado de um foi chamar para o amo do outro, por instruções secretas de seu próprio amo.

No segundo ato, Don Juan, por intermédio de uma alcoviteira, Dona Brígida, envia a D. Inês, dentro de um Breviário, uma carta de amor, que ela lê na sua cela. Às 9 horas da noite, D. Inês vê entrar ali Don Juan, que a rapta. Pouco depois, chega ao convento Don Gonçalo, para advertir à Madre Abadessa que redobre de vigilância quanto à cela da filha. Nesse momento, já D. Inês estava longe, levada por seu raptor.

No terceiro ato, D. Inês volta a si na quinta que Don Juan possui à margem do rio Guadalquivir. Dizem-lhe que houve um incêndio no convento e que de lá a trouxeram desacordada. E mais: que Don Juan, expondo a vida, a retirou de lá. Está Don Juan com D. Inês quando chega à quinta Don Gonçalo, em busca da filha. A verdade é que Don Juan gosta de D. Inês e quer casar com ela; mas Don Gonçalo o repele. Don Luís, que surge em cena, zomba de Don Juan, acusando-o de covarde. Este reage e mata Don Gonçalo e Don Luís. Em seguida foge.

No quinto ato, com o qual se inicia a segunda parte, a cena se passa no palácio da família Tenório. Ali, Don Diego, pai de Don Juan, mandou erguer um panteão, para sepultar as vítimas de seu filho.

Entre as esculturas, que representam os mortos, figura a de D. Inês, que morreu de desgosto, logo após a fuga de Don Juan. Este chega ao palácio, vê ali a sepultura de suas vítimas, entre elas a de D. Inês. É agora um homem arrependido. E nisto vê que a estátua de D. Inês se dissipou. Em seu lugar aparece uma sombra. É esta sombra que lhe diz ter oferecido a sua alma a Deus em troca da de Don Juan. Deus concordou, mas estabeleceu que, se Don Juan for condenado ao inferno, ela será condenada com ele. Quando a sombra desaparece, Don Juan vê surgirem os seus amigos Capitão Centellas e Avellaneda. Riem do que lhes conta Don Juan, a propósito da sombra de D. Inês. E este crê que sonhou. Marcam um jantar no palácio, quando Don Juan lhes narrará as suas últimas aventuras — ao mesmo tempo que desafia, por basófia, a estátua de Don Gonçalo, a comparecer também.

No sexto ato, os dois amigos se reúnem para jantar em casa de Don Juan. Sobre a mesa, estão quatro talheres: um para Don Juan, os outros para os amigos, e o quarto para Don Gonçalo. Já iniciado o jantar, ouvem bater à porta. E surge a sombra de Don Gonçalo. É tão grande a emoção dos presentes que Avellaneda e Centellas desmaiam. Don Gonçalo adverte Don Juan de que este está para morrer. Logo a seguir desaparece, metendo-se pela parede. É quando Centellas e Avellaneda voltam a si, e surge então a sombra de Inês, que confirma as palavras do pai, adiantando que Don Juan vai morrer no dia seguinte. Os amigos acusam Don Juan de lhes ter dado um narcótico. Don Juan se irrita e os desafia para um duelo.

No sétimo ato, Don Juan está outra vez no panteão. Abre-se a sepultura de Don Gonçalo e dali surge uma mesa, com um prato de cinza, uma taça de fogo e um relógio de areia. Em redor, espectros, e a sombra de Don Gonçalo. Passa um enterro. É o enterro do próprio Don Juan, que morreu no duelo, com uma estocada de seu amigo Centellas. Don Gonçalo toma Don Juan por uma das mãos, ao mesmo tempo que convergem sobre este as sombras de suas vítimas. Abre-se a sepultura de D. Inês, e esta aparece, para dizer a Don Juan, segurando-lhe a outra mão:

Por ti a minha alma dei;
Deus deu-me o que lhe implorei:
Tua final salvação.

E a peça termina com Juan dirigindo-se a Deus:

Deus clemente, glória a ti!
Amanhã aterrar-se-ão
Os homens ao crer que à mão
Dos que assassinei caí.
Mas é justo e fique aqui
Ao universo notório:
Pois que me abre o purgatório
Um instante de penitência,
Sabei que é o Deus da Clemência
O Deus de D. João Tenório.

28/12/74

Antígona
de Sófocles
(por Otto Maria Carpeaux)

Ao estudar os padrões do comportamento humano, a moderna psicanálise acabou apelando para modelos da mitologia e da literatura gregas. A própria palavra psicanálise, *como uma quantidade de outras que usamos com freqüência em nossa vida diária, é de origem helênica. Fala-se muito de complexo de Édipo e de complexo de Electra, ambos protagonistas de duas das mais famosas tragédias de Sófocles. Fala-se menos, porém, de complexo de Antígona e, no entanto, é esta uma das obras do dramaturgo grego que permanecem mais atuais, abordando o tema altamente político do conflito entre o Indivíduo e o Poder.*

Não gosto de estátuas. Congratulei-me com a Academia Brasileira de Letras quando ela resolveu tirar de sua fachada a feia estátua do maior escritor brasileiro, indigna de perpetuar-lhe a memória. Não gosto dos monumentos que povoam as ruas das grandes cidades, em Paris, por exemplo, as numerosíssimas estátuas de generais cujos sabres de pedra constituem ameaça permanente aos transeuntes, e de oradores de bronze cuja boca aberta promete discursos intermináveis. Talvez a escultura moderna seja meio incapaz de homenagear devidamente os beneméritos da pátria? Há quem acredite nisso. Há quem considere a arte de fazer estátuas como antiga, como especificamente grega. É possível. Mas, nesse caso, confesso mais outra coisa: não me inspiram entusiasmo as famosas estátuas gregas, que se me afiguram pálidas, monótonas, idealizadas, sem muita vida. E quando um grande estudioso da literatura antiga afirma que "Antígona é uma bela estátua", sinto certo ceticismo.

Felizmente, não é verdade: Antígona não é uma estátua. Não é nada imóvel ou imobilizada. Não se enquadra bem no panorama de "simplicidade nobre e grandeza tranqüila" que a tradição dos humanistas costuma atribuir aos gregos antigos. A tragédia *Antígona*, que é ao lado do *Édipo Rei* a obra-prima de Sófocles, foi provavelmente escrita e representada no ano de 441 antes de Cristo. Teve tão grande sucesso que o autor foi premiado pelo povo, sendo eleito *estratega*, espécie de general não-profissional. Essa homenagem não deve ter tido significação militar. Pois Antígona, a heroína da peça, não é propriamente bem disciplinada. Ao contrário, é uma rebelde, uma revoltada contra as leis do país e contra os decretos do governante, uma subversiva incorrigível e, enfim, suicida.

Antígona é filha do matrimônio incestuoso de Édipo e de sua mãe Jocasta. A maldição da família pesa sobre ela assim como sobre seus irmãos Polínice e Etéocle, que se rebelaram contra Creonte, o novo rei de Tebas, e foram vencidos e mortos. No prólogo da tragédia, Antígona nos revela que Creonte, agindo contra todas as tradições sacras gregas, proibiu o enterro de Polínice, cujo cadáver será devorado pelos urubus e pelos cães. Ismene, a irmã, moça delicada e tímida, não ousa rebelar-se contra o decreto ímpio; mas Antígona, ela, desafiará o tirano.

Eis o prólogo. A própria peça inicia-se com um coro de tebanos, festejando a derrota dos rebeldes e a vitória de Creonte. O rei repete a proibição rigorosa de enterrar o cadáver de Polínice e chega a esboçar seu programa de governo: um regime autoritário, munido com poderes excepcionais contra os tolos que, como Polínice, chegam a lutar contra a própria pátria, isto é, contra o governo. Creonte não tolerará a contestação. Promete ser impiedoso.

Mas há quem não se assuste. Chega um *phulax*, espécie de guarda ou sentinela, que quase não tem a coragem de dizer ao rei o que aconteceu: Antígona já fez a tentativa de enterrar o corpo de Polínice. Creonte fica furioso: solta ameaças tremendas contra a moça que se opõe à sua vontade soberana. Quem responde é o coro, em versos célebres — é famoso o verso 334, que foi citado por Heidegger, em alusão evidente ao governo nazista: "Nada é mais terrível que o homem...", sendo que a palavra *deinòs* (terrível) significa ao mesmo tempo *heróico* e *monstruoso*. E, realmente, não demora o choque entre o heróico e o monstruoso.

Antígona é levada para o palco, presa. O próprio Creonte começa o interrogatório. Orgulhosa, a moça confessa sua desobediência ao decreto; e defende-se com tal força, com tal insistência, que até a tímida Ismene lhe adere, pedindo participar do seu destino. Também Hêmon, filho de Creonte e noivo de Antígona, defende a moça. Mas o rei é implacável. Conforme ameaçava o decreto, proibindo o enterro de Polínice, Antígona será enterrada viva. A sentença é logo executada. De cabeça erguida, embora não sem temor, ela anda lentamente para a caverna onde terá de morrer.

Assim como no *Édipo Rei*, aparece o profeta Tirésias, anunciando conseqüências terríveis ao tirano. O rei fica inquieto. Hesita. Manda salvar a condenada. Mas já é tarde demais. Antígona — relata um mensageiro — enforcou-se dentro do seu túmulo. Hêmon, noivo de Antígona e filho do rei, suicidou-se ao saber desse desfecho. Eurídice, mulher de Creonte e mãe de Hêmon, ouvindo essas notícias, sai do palco sem dizer uma única palavra. O coro comenta esse silêncio inquietante, prevendo o pior, o que não demora: ela também se matou. Com as lágrimas de Creonte e as lamentações do coro termina a tragédia.

Tenho, evidentemente, plena consciência de que o precedente resumo esquelético e prosaico não pode dar nem a mais remota idéia do efeito trágico da peça no palco nem da beleza dos versos de Sófocles. Em 1968 foi *Antígona* representada no Rio de Janeiro, pelo Teatro Opinião, e quem se lembra dessa representação sabe que a tragédia, até hoje, depois de mais de dois mil e quatrocentos anos, não perdeu nada do seu efeito terrificante (e, diriam, encorajante). Mas a beleza dos versos não se salva em tradução nenhuma para língua nenhuma (a mais admirável de todas as traduções talvez seja aquela que Hoelderlin fez, em 1803, nos últimos momentos lúcidos de sua loucura, num alemão algo arcaico e totalmente pessoal que é, por sua vez, intraduzível). Só quem suou para aprender pelo menos os elementos do grego antigo pode sentir a beleza do verso *"Houtoi sunechthein, alla sumphilein ephun"*, que quer dizer mais ou menos: "Não nasci para odiar com os outros, mas para amar com os outros."

É o verso mais famoso da tragédia e (parece-me) o menos bem compreendido. É um verso que resume admiravelmente a ética de amor do Evangelho. Mas Antígona, que pronuncia esse verso, não é cristã. A tragédia toda não é cristã. Não é cristã nem sequer pré-cristã a atmosfera de uma obra em que se proíbe enterrar um morto, em que uma moça é condenada a ser enterrada viva e em que três personagens se suicidam. O amor fraternal e o martírio de Antígona são apenas elementos secundários da obra. O tema é outro: é político.

Os poetas trágicos gregos obedeceram a determinados esquemas formais, que foram mais tarde chamados de *unidades* e dentro dos quais ainda se mantiveram Corneille, Racine e Voltaire. Dessas unidades, a do espaço (toda a ação se passa no mesmo lugar) e a do tempo (o enredo ocupa maximalmente 24 horas) são evidentemente secundárias. Mas imperativa é a unidade da ação: um único acontecimento principal, do qual decorrem logicamente os outros e o desfecho. A *Antígona* não parece, à primeira vista, obedecer a esse preceito porque a personagem principal, a heroína, desaparece muito antes do fim da tragédia. Qual é, então, o tema da peça? É o grande debate entre Antígona e Creonte: a oposição entre o mandamento divino de enterrar os mortos e, por outro lado, o decreto do rei que proíbe o enterro do cadáver de Polínice. Antígona defende a lei divina; contra ela, Creonte impõe a lei do Estado. Quem tem razão?

Durante mais de dois mil anos, a grande maioria dos críticos, dos leitores e dos espectadores não teve dúvidas: quem tem razão é Antígona. Só alguns poucos deram razão a Creonte. É claro, porque o próprio Sófocles apresenta o rei como tirano impiedoso, obstinado e antipático. No entanto, é possível raciocinar que Creonte, embora só do ponto de vista dele, pode ter vários motivos para sentir-se com o direito de proibir o enterro e condenar a moça. Chegou ao poder pela violência; não poderia manter-se no poder sem o consentimento, pelo menos tácito, dos governados, da maioria silenciosa; sente a inquietação do povo descontente; não pode abrir mão dos instrumentos de repressão, alegando a necessidade de garantir a segurança pública que, na verdade, é sua própria segurança pessoal e a do seu governo. Eis os motivos da teimosia de Creonte de manter em vigor seu decreto; e, por isso mesmo, seus súditos lhe obedecerão. É preciso obedecer. Mas nem os leitores nem os espectadores precisam acreditar naquela Razão de Estado.

Com efeito, ninguém acredita. Não somente os *crítos*, isto é, toda a posteridade, negaram o consentimento a Creonte. Dentro da própria peça, isto é, entre os personagens contemporâneos, a grande maioria, do destemido profeta Tirésias até a tímida Ismene, e até a própria família do tirano, seu filho e sua mulher, não acreditam na legitimidade do decreto. E através deles fala Sófocles, o dramaturgo, bem consciente de que a oposição revoltada de Antígona está de acordo com a tradição grega. Há provas disso, e muitas. Nos *Memorabilia* (1.2.40-46) de Xenofonte, escritor pouco politizado e de opiniões muito moderadas, pode-se ler uma discussão de

Péricles e Alcibíades, que é possível caracterizar, no caso, como representante da democracia e porta-voz da direita: os dois estão, porém, de acordo em que os decretos de um tirano, não sancionados pelo povo, não podem ser considerados como leis; seriam *não-leis*, sem legitimidade e sem validade. Mas nesta altura é preciso reapreciar, mais uma vez, a situação e os motivos de Creonte. Pois aquela doutrina da ilegitimidade das *não-leis* é realmente perigosa para o estado, para o regime de Creonte e — sejamos sinceros — para qualquer regime político. A defesa do estado contra aquela doutrina também parece uma tradição grega, até os dias de hoje: explica-se assim porque os coronéis gregos (hoje já depostos) proibiram em 1967 a representação de várias incômodas tragédias gregas e, em primeira linha, de *Antígona*.

Creonte tem, portanto, adeptos até hoje. Esse *anti-antigonismo* talvez explique, também, que todo mundo tem hoje seu complexo de Édipo, ao passo que nenhuma pessoa respeitável quer confessar um complexo de Antígona, isto é, de querer sem licença e contra a vontade das autoridades exercer a profissão de papa-defunto. Os eruditos sobretudo, que também são professores, isto é, funcionários públicos, fazem há decênios o maior esforço para nos demonstrar que Antígona não foi realmente uma Antígona e que nossa incapacidade de compreender a civilização grega antiga nos impede de captar o verdadeiro sentido da obra.

Há, aliás, muita verdade nisso. Um homem moderno sentirá, certamente, o dever de providenciar um enterro decente para um parente próximo, mas não poderá compreender a eventual impossibilidade de fazer esse ato de piedade como ofensa aos deuses. O verdadeiro sentido da religião dos gregos antigos é para nós tão inacessível como — digamos — o sentido estético da colocação de cem ou mais estátuas, sem ordem aparente, numa colina no meio da cidade (mas é isso, exatamente, o que os gregos fizeram em suas acrópoles). Talvez por esse motivo a tradução de *Antígona* por Hoelderlin, em linguagem hermética, meio incompreensível, nos pareça aproximar-se tanto do original grego.

Mas, pensando bem, a tradição *antigoniana* não é somente antiga e pagã. Também é cristã e moderna. Além das proibições de enterros também podem existir — já houve e há — outras que ofendem nossa consciência. Foi o próprio apóstolo São Pedro que o diz nos *Atos dos Apóstolos* (V. 29): *"Obedire oportet Deo magis quam hominibus"*, isto é: "É preciso obedecer mais a Deus do que aos homens."

Há leis — antigamente chamadas *Direito natural* — que colocamos instintivamente acima das leis do estado. Desde sempre. É o que explica a forte popularidade do tema da *Antígona* durante tantos séculos.

Existem numerosas versões do tema. Folheando um manual qualquer de literatura comparada, encontro as *Antígonas* de Garnier (1580), Rotrou (1637), Traetta (ópera; 1772), Alfieri (1776), Cocteau (1928); há certamente várias outras de que não tenha conhecimento, e a *Antigone* de Anouilh, representada em Paris, em 1942, durante a ocupação alemã, indica bem o motivo: o enredo é compreendido como ato de resistência a uma autoridade odiada ou desprezada.

Várias vezes, versões da obra de Sófocles foram elaboradas justamente para esse fim. Em 1917, na Alemanha, durante as orgias de sangue da Primeira Guerra Mundial, escreveu Walter Hasenclever sua *Antigone* fortemente modernizada: Creonte usa frases tonitruantes e prepotentes do Kaiser Guilherme II, Antígona fala "como uma secretária de sindicato" e o fim da peça é a revolução. De maneira parecida, mas com muito maior força dramática e sem necessidade de lançar mão de anacronismos, Brecht deu em 1948 uma versão da tradução hoelderliniana para glorificar a resistência contra o nazismo e fascismo.

O texto de Hoelderlin, sem modificações, serve como libreto da ópera *Antigone* (1949), de Carl Orff, uma das obras mais estranhas e fascinantes da música moderna. A orquestra compõem-se, na versão original, de 10 pianos, 4 harpas, 9 contrabaixos, 6 flautas, 6 oboés, 6 clarins e de uma massa compacta de 59 tímpanos, tambores, xilofones, címbalos e outros instrumentos de percussão. Essa música de Orff é, como costuma dizer meu caro amigo Paulo Geiger, "uma verdadeira caixa de surpresas", até e sobretudo no momento em que Antígona anda (ou dança) ao encontro com a morte em ritmo de tango. Quem já ouviu esse "último tango em Tebas", não vai rir da metáfora insólita, mas fica assustado. A modernidade total dessa obra sugere com força a modernidade total e permanente do tema de Antígona; e antecipamos com horror o desfecho.

Será que os espectadores de Sófocles, em Atenas, também anteciparam o desfecho? Em muitos livros sobre a tragédia antiga pode-se ler que no teatro grego não existia o elemento de *suspense* porque os espectadores conheciam de antemão o mito ou a lenda, sabendo o desfecho. Isto é verdade em muitos casos, sim, mas tragédias sobre Édipo, Ifigênia, Medéia, Oreste e Electra, Hipólito e Fedra e outras. Mas não é exato quanto a Antígona: porque sua lenda não fez parte dos grandes ciclos épicos e só se baseava numa tradição local tebana. Num caso desses, os dramaturgos tinham maior liberdade para modificar o enredo dado. O próprio Sófocles inventou o papel da tímida Ismene, contraste com a heróica Antígona, e também parece ter inventado o papel e o suicídio de Hêmon, para sufocar sob horrores a soberbia de Creonte.

O último dos grandes poetas trágicos da Grécia, Eurípides, costumava tomar liberdades ainda maiores com os enredos tradicionais. Também escreveu uma *Antígona*, que se perdeu, mas da qual conhecemos alguns fragmentos e o enredo. Nessa obra, o desfecho é totalmente diferente. Antígona não morre nem Hêmon. Os dois, juntos, enterram Polínice, desafiando o tirano, e depois conseguem fugir. Em outro país, mais livre, casam; e seu filho Maion poderá chegar a exercer a vingança e derrubar a tirania de Creonte. Pelo menos, é assim que Eurípides compreende o papel de uma nova geração, da mocidade.

8/2/75

As flores do mal

de Charles Baudelaire

(por Roberto Alvim Corrêa)

Foi Charles Baudelaire quem desencadeou, com seu livro publicado em 1857, a grande revolução da poesia moderna. Pai dos simbolistas, precursor dos surrealistas na renovação da linguagem, marcou profundamente várias gerações de poetas e romancistas: Verlaine, Rimbaud, Mallarmé, Apollinaire, Gide, Radiguet, Proust, Cocteau, são apenas alguns de uma legião. Sua inquietação existencial e a busca dos "paraísos artificiais" prenunciam, também, a contracultura dos beatniks *dos anos 50 e dos* hippies *dos anos 60. Escritor* maudit *na sua época, Baudelaire é hoje tranqüilamente aceito como um dos maiores inovadores da literatura, e* As flores do mal *como um dos mais importantes depoimentos poéticos de todos os tempos.*

Quando, em 1857, foram publicadas pela primeira vez *Les Fleurs du Mal (As flores do mal)*, ninguém imaginava que essa data seria uma das mais importantes da literatura francesa.

Apenas o título, estranho, impressionara. Aliás, não era da autoria de Baudelaire, mas, numa reunião num café de Paris, tinha sido proposto por um jovem jornalista, Hippolyte Babou, que, sem sua feliz sugestão, teria permanecido ainda mais desconhecido do que é. Porém, apesar do título, em substituição daquele que fora primeiramente escolhido, *Les Limbes (Os limbos)*, e de outro, gratuitamente provocante, *Les Lesbiennes (As lésbicas)*, o livro teve poucos leitores e poucos críticos.

Sem dúvida, houve o genial Vitor Hugo, que logo denunciou na contribuição baudelariana *"un frisson nouveau"* ("um frêmito novo"), mas, apesar do imenso prestígio hugoliano, Baudelaire permaneceu na sombra. Era o autor neurótico de um só livro de poemas, alguns classificados como "monstruosidades" pelo jornal *Le Figaro*; e de artigos e ensaios reunidos em *L'Art Romantique (A arte romântica), Les Curiosités Esthétiques (As curiosidades estéticas)* e *Les Paradis Artificiels (Os paraísos artificiais).*

Isso tudo não impede que Baudelaire seja considerado, hoje mais do que nunca, a fonte inesgotável de toda a poesia moderna. Assim mesmo, *As flores do mal* começaram mal, condenadas pelos tribunais de Paris por "ofenderem a moral pública e a moral religiosa". E em 1861, apesar de ter sido refundido, o livro foi de novo judicialmente censurado com a supressão de poemas eróticos, entre os quais alguns dos melhores do livro *Les Femmes Damnées (As mulheres perdidas)*, cujo título global era e ainda é *Epaves (Sobras do mar)*. Em 1866, tendo sido reproduzidos na coletânea *Le Parnasse Contemporain (O parnaso contemporâneo)* dezesseis poemas inéditos, esses foram elogiados por um público enfim mais vasto. Mas esse fraco prenúncio de fama chegava tarde. Nosso poeta "maldito" estava com seus dias contados. De volta de Bruxelas, onde seu estado físico e moral piorara assustadoramente, cada vez menos capaz de fazer coisa alguma, de se mexer, pouco tempo depois hemiplégico, e afásico, ele morria em Paris, sua cidade natal, em outubro de 1867. Tinha 47 anos.

Não foram os críticos nem os historiadores da literatura francesa que, primeiro, o descobriram, mas os poetas: Verlaine, Rimbaud, Mallarmé, mais tarde, confirmando a soberana eleição, Valéry, Claudel, Proust, Gide, Rivière, Mauriac, Cocteau, os surrealistas Pierre Jean Jouve, Pierre Emmanuel, Yves Bonnefoy. A lista seria longa. E no estrangeiro, em épocas diferentes, Swinburne, Wilde, Edmund Gosse, d'Annunzio, Maeterlinck, Verhaeren, Stefan Georg, Rilke, para só citar os maiores. O que mais conforta, contudo, é saber que, em 1873, apenas seis anos após a morte de Baudelaire, um jovem, e até ainda adolescente, mas que se chamava Rimbaud, se bem que revoltado contra tudo, inclusive a maior parte da literatura, em relação ao nosso poeta, inclinava-se, definindo-o com entusiasmo: "*Le premier voyant, roi des poètes, un vrai Dieu*" ("O primeiro vidente, rei dos poetas, um verdadeiro Deus").

Tendo nascido em 1821, Baudelaire tinha quase 37 anos quando saíram *As flores do mal*, e só viveria mais dez anos. Já escrevera a maior parte da sua obra, pois precisava desabafar, e desde cedo sofrera. Tinha 6 anos quando perdeu o pai, bastante idoso. Esse tinha sido padre, porém, tendo desistido do sacerdócio, casara uma primeira vez, e dessa união tivera um filho. Do segundo casamento tivera Charles, de quem já percebera as tendências artísticas. O menino gostava de desenhar, era feliz, amava apaixonadamente a mãe. Mas ela resolvera casar novamente, depois de um ano de viuvez, com o Comandante Aupick, que ocuparia posteriormente altos postos militares e diplomáticos. Por motivos que nada tinham que ver com a razão, o garoto sentiu-se frustrado, até traído por uma decisão para ele inconcebível, e recalcou seus impulsos de ternura. Sentia-se só — e a solidão constitui, justamente, um dos climas permanentes das *Flores do mal*.

Solitário, pouco sociável, passara anos como aluno interno num colégio de Dijon, cidade onde seguira sua mãe e seu padrasto, e a partir de 1836, sempre interno, passaria desta vez três anos em Paris no liceu Louis Le Grand, onde acabaria sendo despedido por insubordinação. Pouco tempo depois, com 18 anos, vencia a etapa do *baccalauréat.* Mas sua vocação, nitidamente declarada, era ser poeta. Encontrara Gérard de Nerval, Balzac, outros artistas, e também pessoas pouco recomendáveis. A família, assustada, conseguiu que fizesse uma longa viagem marítima. Assim navegou meses a fio a bordo de um veleiro até a ilha Maurice e a ilha de La Réunion. Essas regiões lhe tinham proporcionado o desprazer de ver criaturas cor de ébano, como escravas, maltratadas, mas cuja lembrança, sendo lindas algumas, determinou para sempre sua sensualidade — jovens, flexíveis, e felinas como gatos (esses gatos que ele imortalizou em vários poemas). Famílias européias o tinham acolhido; e numa delas uma senhora muito bonita lhe inspirara um soneto *A Une Dame Creole (A uma senhora das ilhas).*

Há um acontecimento capital na vida de Baudelaire, provavelmente sem precedentes na história das literaturas. Foi no mês de outubro de 1846, no dia em que nosso poeta leu, na revista *Des Deux Mondes*, um artigo sobre Edgar Poe. A partir desse dia as revoltas do autor das *Flores do mal* se tornaram mais positivas, menos pesados seus desesperos, suas angústias, sua solidão — dia de revelação, de exaltação, de libertação. E como ele disse, de "comoção singular". O fato é que, imediatamente, considerou como "irmão" o criador das *Histórias extraordinárias.* Descobrindo um volume destas, lidas com avidez, mandou vir de Londres outras *Histórias e contos*, e decidiu traduzir toda a obra de Poe.

Imagine-se o que o autor de *Eureka* trazia, intelectual e afetivamente, a Baudelaire para que este, cada vez mais doente, tenha conseguido verter para o francês toda a obra de Poe. Nunca o vira, nunca lhe escrevera e Poe, em 1849, morria na idade de 40 anos. Em que residia sua genialidade, para que outro grande poeta, Mallarmé, por sua vez, tenha traduzido a obra integral do rapsodo americano?

Sem dúvida, Poe distinguia com rara penetração, como Baudelaire e mais tarde, Mallarmé e Valéry, a inspiração inicial do mecanismo mental que possibilita a composição de poemas. O que interessava esses artistas era saber como funciona a criação artística, e nela reconhecer o papel preponderante do senso crítico e da vontade. Foi Valéry que denunciou em Poe "um engenheiro das letras".

Para Baudelaire, porém, mais do que a análise da formulação de um verso, fundamental, em arte como em tudo, era a contribuição da imaginação. *"La plus scientifique des facultés, parce que seule elle comprend l'analogie universelle"* ("A mais científica das faculdades por ser a única a entender a analogia universal").

E era essa analogia que dava um sentido às coisas deste mundo onde, infelizmente, *"l'action n'est pas la soeur du rêve"* ("a ação não é a irmã do sonho") — do sonho donde nasceram tantos versos das *Flores do mal*. Elucidar o que os fecundava não era simples, mas indispensável — e requeria labor.

A tradução da obra completa de Poe, nessas condições, podia se limitar a um projeto, como tantos outros, sem conseqüências. O que, surpreendentemente, não aconteceu. Mas, cem vezes interrompida, levou dezessete anos para ser terminada.

No fundo, Baudelaire, como já o dissemos, e o demonstra sua obra poética, sentia-se intoleravelmente só. E por várias razões, entre as quais a idéia que ele tinha da mulher, objeto de prazer, comprado e decepcionante. Era morbidamente atraído por raparigas venais, como o confirma nas *Flores do mal*.

Houve, todavia, a fase de madame Sabatier, senhora da sociedade, a quem mandava versos de amor, porém anônimos. Um dia, ele lhe confessou a verdade; e ela, encantada, aceitou entregar-se àquele que a amava com tanto ardor, o dizia com tanta arte, mas lhe reservava uma surpresa: na hora tão desejada, de modo realmente inesperado, nosso conquistador recuou, e para sempre.

A pessoa que para ele existia, no nível da arte e da inteligência, era mesmo Edgar Poe, e no sentimento do francês pelo americano, além de idealismo, havia misticismo. Pois Baudelaire era um místico. *As flores do mal* são de um poeta místico, e que anotou: *"Dès mon enfance tendances à la mysticité. Mes conversatioins avec Dieu"* ("Desde minha infância tendências à misticidade. Minhas conversações com Deus"). Mas esse místico não era um homem com quem fosse sempre fácil de se dar. Podia ser incompreensível, injusto, irritante, negativo, inapto a controlar seus nervos. Ele o reconhecia com lealdade e clarividência. Num dos seus exames de consciência declara: "Descontente de todos e descontente de mim." E nessas horas de depressões escrevia à sua mãe com um prazer perverso: *"En somme, je crois que ma vie a été damnée et qu'elle l'est pour toujours"* ("Em suma, creio que minha vida foi amaldiçoada, e o será para sempre").

Em compensação, ele tinha sentimentos de generosidade, caridade, nobreza, uma consciência aguda do Bem, e maior ainda do Mal, uma visão eclesiástica, mas singularmente sombria, do universo, dominado pelo demônio.

E, naturalmente, acreditava no pecado original, sustentando que uma das heresias modernas era negá-lo. Pecador, solicitava a intervenção daqueles que muito representavam para ele, entre os quais figurava Poe. No seu diário *Mon Coeur Mis à Nu (Meu coração posto a nu)*, título, aliás, fornecido por uma frase do próprio Poe, lemos: *"Faire tous les matins ma prière à Dieu, réservoir de toute force et de toute justice, à mon père, à Mariette, et à Poe, comme intercesseur; les prier de me communiquer la force nécéssaire pour accomplir tous mes devoirs."* ("Fazer todas as manhãs minha oração a Deus, único reservatório de força e justiça, a meu pai, a Mariette, e a Poe, como intercessores; pedir-lhes que me comuniquem a força necessária para cumprir todas as minhas obrigações").

Mariette tinha sido, querida e dedicada, a babá, da qual a mãe do poeta tinha ciúmes — a criada heroína de um dos poemas mais comoventes das *Flores do mal* cujo primeiro verso é o seguinte:

"La servante au grand coeur dont vous étiez jalouse"
("A criada de coração grande de quem tinha ciúmes").

A pessoa, porém, repita-se, mais presente em Baudelaire era Poe, que nele estimulava o melhor, como o prova, entre muitos outros, o texto breve e admirável que vamos citar — e que empenha o que mais importava para nosso autor. Tem o caráter de uma profissão de fé, e suscetível de ser gravada na laje de um túmulo: *"Vous tous qui avez ardemment travaillé à découvrir les lois de votre être, qui avez aspiré à l'infinit, et dont les sentiments refoulés ont dû chercher un affreux soulagement dans le vin ou dans la débauche, priez pour lui"* ("Vós todos que ardentemente trabalhastes para descobrir as leis de vosso ser, que aspirastes ao infinito, e cujos sentimentos reprimidos tiveram de procurar um alívio doloroso no vinho ou na devassidão, orai por ele").

Essas linhas deixam ainda entrever um dos temas baudelairianos fundamentais e metafisicamente mais significativos: a nostalgia de um paraíso perdido, nostalgia que é: *"Le témoignage d'une mélancolie irritée, d'une postulation des nerfs d'une nature exilée dans l'imparfait et qui voudrait s'emparer iméediatement sur cette terre même, d'un paradis révélé"* ("O testemunho de uma melancolia irritada, de uma postulação dos nervos, de uma natureza exilada no imperfeito e que pretenderia apoderar-se imediatamente, já na terra, de um paraíso revelado"). Paraíso revelado na infância, e relembrado num verso:

"Mais le vert paradie des amours enfantines."
("Mas os verdes paraísos dos amores da infância").

E nostalgia que, para fugir de angústias, Baudelaire, sempre como Poe, tentou diminuir recorrendo ao vinho, ao haxixe ou ao ópio (que ele preferia beber, ingerindo doses fortes de láudano).

Bebia, assim mesmo não como seu amigo Poe que não resistiu a uma das terríveis crises de *delirium tremens*. Mas este só tinha o vício da bebida, praticada, é verdade, em grande escala. No domínio do amor era quase casto, ao contrário, como vimos, de Baudelaire. Mas, como sempre com este último nada era simples; e se o exaltavam sensualmente os perfumes escolhidos por Jeanne Duval para o atrair, esses mesmos perfumes favoreciam nele evasões que não eram apenas fugas. Ao contrário, acentuavam uma realidade para ele a menos contestável, a da alma, e que atravessa *As flores do mal*, como um sopro vital. No poema *L'invitation au Voyage (O convite à viagem)* talvez o mais célebre do livro, é de evasão que se trata, e outrossim de volúpia, mas para evocar a realidade da alma:

Là tout n'est qu'ordre et beauté
Luxe, calme et volupté

(Lá tudo só é ordem e beleza
Luxo, calma e volúpia).

E acrescentava:

Tout y parlerait à
L'ame en secret
Sa douce langue natale

(Tudo falaria
A alma em segredo
Sua doce língua natal).

Estamos longe da poesia impassível de Gautier, Leconte de Lisle, Banville, Hérédia e outros, se bem que nosso poeta tivesse deixado creditar que era o discípulo do primeiro. Mas, como todas as obras-primas, *As flores do mal* existem em planos diversos, e nunca se limitam ao que parecem ser a leitores superficiais. Baudelaire, no fim da sua vida, abriu-se numa carta explosiva a Mestre Ancelle, seu curador. O trecho capital desse documento único é o seguinte:

"Faut-il vous dire à vous qui ne l'avez pas plus deviné que les autres, que dans ce livre atroce j'ai mis tout mon coeur, toute ma tendresse, toute ma réligion (travestie), toute ma haine? Il est vrai que j'écrirai le contraire, que je jurerai mes grands dieux que c'est un livre d'art pur, de singerie, de jongleris, et je mentirai comme un arracheur de dents" ("Será preciso dizer a você que, tão pouco quanto os outros nada adivinhou, que neste livro atroz pus todo meu coração, toda minha ternura, toda minha religião (travestida), todo meu ódio? Na verdade, escreverei o contrário, jurarei por todos os santos que este livro é arte pura, macaquice, malabarismo, e mentirei como um charlatão").

Era sincero. Seu livro, interiormente rico, refletia ternura, religião, caridade, indignação muito mais. E sobretudo era um livro de um poeta sem igual, ainda que poucos o reconhecessem. Na mesma carta acrescentava despeitado: "A França tem horror à poesia." Era inexato. A observação de Cocteau é mais justa: *"Les Français mangent leurs primeurs en conserves"* ("Os franceses comem as primeiras frutas de cada estação em conserva"). E, infelizmente, não só os franceses.

Deveria surpreender que tantos leitores, e até críticos das *Flores do mal*, lendo esse livro, sem dúvida extremamente pessoal, no entanto na sua enunciação lírica muito claro, não tenham distinguido o que nele se encontrava, e sim apenas o que lhes tinham dito que nele havia. O que mais uma vez prova que o melhor, em arte, é raramente logo decifrado.

Poucos são aqueles que entenderam que os poemas das *Flores do mal* eram muito pensados, e em termos de inconformismo, ou de indagações, religiosas e filosóficas, bem como de ordem estética, Baudelaire sempre se interrogou sobre o mistério da Beleza e da Arte, e de maneira que até hoje faz dele um grande crítico. A enigmática Beleza o fascinava, e o fazia abeirar problemas de nossa condição:

Viens-tu du ciel profond ou sors-tu de l'abime,
Ó Beauté?
Qu'importe, si tu rends...
L'univers moins hideux et les instantes moins lourds?

(Tu vens do céu profundo ou sais do abismo.
Ó Beleza?

Que importa, se tu tornas
O universo menos odioso e os instantes
menos penosos?)

Baudelaire foi o mestre dos primeiros simbolistas e de toda a poesia francesa do nosso século. Para ele, a natureza se estendia como uma *floresta de símbolos* por meio de *correspondências* unificadoras — como o relembram estes versos:

Comme de longs echos qui de loin se confondent
Dans une ténébreuse et profonde unité
Vaste comme la nuit et comme la clarté
Les parfums, les couleurs et le sons se répondent

(Como os ecos além confundem seus rumores
Na mais profunda e tenebrosa unidade
Tão vasta como a noite e como a claridade
Harmonizam-se os sons, os perfumes e as cores)*

Assim as coisas, com seus perfumes, suas cores, suas sonoridades, se comunicam, se incluem na imensidão una, "*vasta como a noite e como a*

*Tradução de Jamil Almansur Haddad.

claridade". Elas são as manifestações visíveis de um mundo invisível, as imagens, que estabelecem relações entre os elementos mais diversos. Como observa o poeta: *"Tout l'univers visible n'est qu'un magasin d'images... c'est une espece de pâture que l'imagination doit digérer et transformer"* ("Todo o universo visível é apenas um armazém de imagens, é como um alimento que precisa ser digerido e transformado pela imaginação").

Ele era pessimista. Mas há poemas e imagens, mensageiros de instantes menos depressivos. Numas das composições mais perfeitas do volume, *La Balcon (A sacada)*, ele se lembra de momentos felizes nos braços da "Vênus Negra" que, apesar de tantos rompimentos, reconciliações, desentendimentos, foi a mulher de sua vida. Mas essas horas luminosas haveriam de voltar? Particularmente bela é a imagem final que implica um ciclo e uma renovação libertadora:

Ces serments, ces parfums, ces baisers,
Renaîtront-ils d'un gouffre interdit à nos sondes,
Comme montent au ciel les soleils rajeunis
Après s'être lavés au fond des mers profonds?

(Essas juras e perfumes e beijos infinito
Renascerão do abismo vedado às nossas sondas
Como sobem ao céu os sóis rejuvenescidos
Depois de se lavar no âmago dos mares profundos?)

E vinculados a esta visão individual, importam o modo bem como a necessidade de formular essa visão. Todos os versos de nosso aedo têm significação, e em nós repercutem. Nada neles há de gratuito, de arte pura, embora frutos de muita arte. São de um espírito inquieto mas com raro discernimento, graças ao qual eles alcançam na gente zonas inexploradas, ao mesmo tempo visitados pelo pior e pelo melhor. Pois, como adverte nosso autor, com penetração: *"Il y a dans tout homme, à toute heure, deux postulations simultanées, l'une vers Dieu, l'autre vers Satan*" ("Em todo homem existem em qualquer hora duas postulações simultâneas, uma dirigida a Deus, outra a Satã").

Central e perturbadora aqui é a palavra *simultânea* que, particularmente exata aplicada ao nosso poeta, faz entender dificuldades de opções — e quanto ele padeceu. O escritor Pierre Emmanuel declarou que "Baudelaire era o maior poeta da dor". Sua poesia, com efeito, é de quem sofre, e, muitas vezes é o grito da alma de um homem roído pelos remorsos:

Ah, Seigneur, donnez-moi la force et le courage
De contempler mon corps et mon coeur sans dégoût

(Ah Senhor dá-me a força e a coragem,
De contemplar meu corpo e meu coração sem nojo).

Esse dístico poderia ser do monge medieval da *Imitação de Jesus Cristo*. E ainda como um monge do século XIII, só "interessavam nosso poeta as religiões", recordando que em todas elas há, no início uma transgressão, com o tempo recuperável (no cristianismo pelo Cristo), através de uma expiação livremente aceita, e considerada como uma graça divina. Era o que ele acreditava:

Soyez béni, mon Dieu qui donnez la souffrance
Comme un divin remède à nos impuretés

(Sê bendito, meu Deus, que dás o sofrimento
Como um remédio divino a nossas impurezas).

E, fato digno de atenção, essas dualidades dolorosas foram expressas em geral em peças curtas (com exceção da série *Epaves (Sobras do mar)*, com um vocabulário simples e versos que não são obscuros, mas que agem por assim dizer de maneira mágica, criam um tom, um clima inconfundíveis, e em benefício de algo essencial. Longe de aprovar os partidários da *"arte pela arte"*, Baudelaire protestou com veemência contra os abusos dessa teoria: *"Le goût immodéré de la forme pousse à des abus monstrueux et inconnus. Absorbées par la passion féroce du beau, les notions du Just et du Vrai disparaissent"* ("A predileção exagerada pela forma leva a abusos monstruosos e desconhecidos. Devoradas pela paixão feroz do Belo, as noções do Justo e do Verdadeiro desaparecem").

Sobre *As flores do mal* temos mais ou menos quinze mil estudos. Entre eles, o de Gide, que escreveu páginas de rara penetração; no seu diário o cita inúmeras vezes, e na sua *Anthologie de la Poésie Française* reproduz mais poemas dele do que qualquer outro poeta. Além do mais, para ele: *"Baudelaire avait un coeur catholique"* ("Baudelaire tinha um coração católico"), e os surrealistas, ateus e em geral iconoclastas em literatura (e não só em literatura) o respeitavam, prestando assim ao pai da poesia moderna uma homenagem singularmente significativa.

Na realidade, desde o fim da Primeira Guerra Mundial não se discute mais a superioridade das *Flores do mal.* A grandeza dessas reside no privilégio, raro, mesmo em poesia, de estimular nossa faculdade de ser, propondo ao nosso espírito e à nossa sensibilidade, por meio de imagens e símbolos, poemas indispensáveis à nossa vida profunda.

8/3/75

Poemas

de Jorge de Lima

(por Josué Montello)

Ele figura tranqüilamente entre os maiores poetas brasileiros do século, ao lado de Manuel Bandeira, Carlos Drummond de Andrade, João Cabral de Melo Neto e Cecília Meireles. No entanto, até recentemente, seu nome permanecia restrito aos círculos literários. Mas, como tudo que é bom não tarda a ser reconhecido, Jorge de Lima passou aos poucos a ser lido por jovens universitários e por uma considerável faixa de apreciadores da poesia. No carnaval de 1975, ele e seus poemas atingiram o máximo de popularidade: transformaram-se em samba-enredo da Mangueira, desfilando gloriosamente pela Avenida diante de milhares de pessoas e milhões de telespectadores.

Durante muitos anos o poeta Jorge de Lima, que era médico, teve o seu consultório na Cinelândia, no edifício de esquina com a Rua Alcindo Guanabara, no Rio de Janeiro. Embaixo, com cadeiras na calçada, como ainda hoje, ficava o Café Amarelinho, onde se reuniam poetas, pintores e artistas de teatro. No mesmo prédio, tinha a sua redação o semanário *Dom Casmurro*, dirigido por Brício de Abreu, e de que foram redatores principais Álvaro Moreyra, Jorge Amado e Marques Rebelo.

Embora se soubesse que Jorge de Lima atendia a clientes, com uma enfermeira à entrada do consultório, a verdade é que nós, os literatos jovens, que tomávamos a nossa média com pão e manteiga no Café Amarelinho e trabalhávamos na redação do *Dom Casmurro*, só víamos ali outros literatos, que certamente iam à procura do médico para fins essencialmente literários.

Por esse tempo, o querido Jorge era um grande nome da poesia brasileira. Dele já se falava fora do Brasil. Aqui mesmo, tínhamo-lo na mais alta, como um dos mestres da renovação do lirismo brasileiro, a partir da publicação dos *Poemas*, editados em Maceió, na Casa Trigueiros, em 1927, com um posfácio de José Lins do Rego.

Antes dos *Poemas*, o poeta havia publicado no Rio de Janeiro, em 1914, numa edição de Artes Gráficas, *XIV Alexandrinos*, com esta dedicatória: "A Afrânio Peixoto, a quem devo o melhor incentivo para a presente publicação, a cujos alexandrinos bem lhes bastava o bom acolhimento dos jornais e revistas que os publicaram e transcreveram."

Afrânio, membro da Academia Brasileira, romancista da moda, autor famoso de *A esfinge* (publicado três anos antes), professor de Medicina Legal e Higiene na Faculdade Nacional de Medicina, havia acolhido Jorge de Lima quando este, vindo da Bahia, onde estudara Medicina, se transferiu para o Rio, com o propósito de doutorar-se na Capital da República. E foi o romancista baiano quem sugeriu ao estudante alagoano o tema de sua tese, na cadeira de Higiene: *O destino do lixo no Rio de Janeiro*, que saiu publicada no mesmo ano dos *XIV Alexandrinos*.

Ao ler-lhe os versos, Afrânio, de Petrópolis, vaticinou a glória do poeta, na carta que lhe dirigiu datada de 1º de janeiro de 1915: "Eu ficarei no chão, e de longe, vendo-o subir a montanha, a dizer comigo que foram minhas muitas das primeiras palmas e que fui o profeta fácil das outras, que o hão de consagrar."

Entre os sonetos de Jorge de Lima, que já haviam sido reproduzidos em jornais, revistas e almanaques de todo o Brasil, além de serem números obrigatórios dos recitativos de poesia que então andavam em moda, um se destacava, como o mais divulgado: *O acendedor de lampiões:*

> Lá vem o acendedor de lampiões da rua!
> Este mesmo que vem infatigavelmente,
> Parodiar o sol e associar-se à lua
> Quando a sombra da noite enegrece o poente!
>
> Um, dois, três lampiões, acende e continua
> Outros mais a acender imperturbavelmente,
> À medida que a noite aos poucos se acentua
> E a palidez da lua apenas se pressente.
>
> Triste ironia atroz que o senso humano irrita:
> — Ele que doira a noite e ilumina a cidade,
> Talvez não tenha luz na choupana em que habita.
>
> Tanta gente também nos outros insinua
> Crenças, religiões, amor, felicidade,
> Como este acendedor de lampiões da rua!

A rigor, para a sua consagração como poeta, Jorge de Lima não precisava mais do que esse soneto. Não lhe faltou sequer, à hora da maior nomeada, aquela dúvida provinciana, que sempre aflora sob a forma da suspeita mordaz, destinada a denegrir a glória do conterrâneo. Primeiro, apareceu-lhe o soneto assinado por outro autor: Hermes Fontes. Foi preciso que Hermes Fontes viesse a público dizer que o soneto não era seu. Depois foi a insinuação de que a idéia central do soneto o poeta a recolhera numa confidência de Olavo Bilac a Humberto de Campos.

Mas tudo isso só fez crescer, em redor dos quatorze versos do jovem alagoano, a atmosfera da controvérsia, de que se nutrem também as reputações literárias. Jorge continuava a ser recitado com acompanhamentos de piano, nos saraus das capitais e do interior, e até mesmo um livro foi escrito por seu amigo Povina Cavalcânti sobre *O acendedor de lampiões*.

Por onde ele ia, lá ia também a sua fama:

— Jorge de Lima? O autor de *O acendedor de lampiões*? Muita honra em conhecê-lo.

Entre o poeta parnasiano, que celebrara o acendedor de lampiões, e o poeta moderno, que irrompeu em 1927, com os *Poemas*, a distância era tão grande que se podia afirmar que este nada tinha a ver com aquele — tanto na forma quanto na motivação da poesia.

Felizmente, para a biografia literária de Jorge de Lima, houve um testemunho dessa transição: o de Povina Cavalcânti, que lhe contaria a vida e estudaria a obra, no ensaio mais extenso que já se dedicou ao poeta. A circunstância de ser seu íntimo amigo desde a juventude, tendo ainda reforçado essa amizade fraterna pelo parentesco, permitiu a Povina recolher lembranças e documentos que nos retraçam o caminho percorrido entre os *XIV Alexandrinos* e os *Poemas*.

Ou seja: da experiência parnasiana à experiência modernista.

Anteriormente aos *Poemas*, publicou Jorge de Lima, no Rio, com ilustrações de seu irmão Hildebrando de Lima, um caderno de oito folhas, *O mundo do menino impossível*, que seria a preparação para a eclosão rebelde do livro que publicaria no mesmo ano em Maceió e que o engajaria no movimento modernista. Do caderno ilustrado por Hildebrando de Lima seriam tirados 300 exemplares. Um deles, conforme declarava o próprio poeta na apresentação do folheto, era dedicado a Oswald de Andrade. A dedicatória explícita era, em si mesma, um documento de filiação literária.

Os poemas dessa experiência inicial iriam abrir o livro de Maceió. Por eles se pode perceber com nitidez a evolução do poeta, rompendo com o ritmo convencional e os temas tradicionais, para buscar outros modos de captação da poesia.

Se o caderno é de 1927, a verdade é que já fazia três anos que Jorge se interessava pela transformação desencadeada no Rio e em São Paulo com a rebelião dos modernistas. A conferência de Graça Aranha, na Academia, em 1924, completava, como tomada de posição geracional, a insurreição de 1922, no Teatro Municipal de São Paulo, com a exposição da Semana de Arte Moderna.

Na conferência com que abrira a exposição, Graça Aranha tinha sido objetivo na sua pregação renovadora: "A remodelação estética do Brasil, iniciada na música de Villa-Lobos, na escultura de Brecheret, na pintura de Di Cavalcanti, Anita Malfatti, Vicente do Rego Monteiro, Zina Aita, e na jovem e ousada poesia, será a libertação dos perigos que a ameaçam do inoportuno arcadismo, do academismo e do provincianismo."

Na conferência da Academia, o mesmo Graça Aranha levaria ainda mais longe o seu programa rebelde: "O movimento espiritual, modernista, não se deve limitar unicamente à arte e à literatura. Deve ser total. Há uma ansiada necessidade de transformação filosófica, social e artística."

A essa ânsia, que se sentia na própria vida nacional, refletida nas artes acadêmicas, sobretudo no plano da criação literária, Jorge de Lima não poderia ser indiferente.

E no seu consultório médico, na Rua do Comércio, 113, em Maceió, entre um cliente e outro, o poeta ia rabiscando os primeiros poemas de feitio moderno. Povina Cavalcânti recolheu alguns desses poemas que o poeta não reuniria em livro. Um deles, *A vida*, é bem um poema de transição, com o verso ainda preso a uma certa ordenação tradicional:

Primeiro é assim:
Dormir, sonhar
rir e chorar...
   E depois
beijar e sonhar
rir e chorar.
   E depois, depois
é a magoa, sonho de ópio
e chorar, sempre chorar...

Noutro poema, sensivelmente mais bem realizado, o poeta cede ao impulso da sensualidade, que iria transparecer de modo mais forte e característico nos seus *Poemas negros*:

Como serão teus seios
brancos, róseos, duros, feios,
Ó como serão teus seios?
Sinto quando eles dois
Estremecem no corpinho
   depois
É o desejo de tocá-los
de beijá-los de mansinho
   de mansinho...
Tocá-los somente, pois
Quem é que vai magoar
Os seios dos teus 13 anos?
Como serão os teus seios
Como maçãs, como pêras
Eu não sei
Mas eu queria saber
Somente como eles eram.

Diz-nos Povina Cavalcânti que os quatro poemas que então recolheu, guardando-os no cofre de suas relíquias literárias, constituem a gênese da poesia modernista de Jorge de Lima.

Na verdade o que havia acontecido com o poeta alagoano é que este, cedendo às imposições naturais de seu gênio criador, havia ultrapassado o campo das primeiras experiências culturais. Se o Modernismo não houvesse ocorrido no Brasil, com a rebelião dos poetas do Sul, ele teria sido moderno, por força de sua atualização como expressão poética. A prova disto é que a experiência dos *Poemas* seria várias vezes ultrapassada, com a busca de outros caminhos, sobretudo o da *Poesia em Cristo*, que lhe abre o veio da experiência mística.

Observa Otto Maria Carpeaux, no estudo que serve de introdução à publicação da *Obra poética* de Jorge de Lima, num único volume (ed. Getúlio Costa, Rio de Janeiro, 1950), que é ele, com exceção apenas de Manuel Bandeira (poderia acrescentar Cassiano Ricardo e Carlos Drummond), o "único poeta contemporâneo do Brasil cuja obra acompanha e evidencia todas as fases da evolução da poesia brasileira moderna".

À hora em que Carpeaux fazia esse reparo, estava no prelo a *Invenção de Orfeu*, com a qual Jorge de Lima ia mais além, na ordem da experiência poética, retomando o caminho perdido do poema épico, formulado de modo pessoal, e com uma carga de experiência que lhe daria uma dimensão mais rica, mais complexa e surpreendente.

Voltando aos *Poemas*, cumpre-nos acentuar que eles se prolongariam, através da mesma linha de tema e desenvolvimento, nos *Novos poemas*, publicado dois anos depois, ou seja: em 1929, no Rio de Janeiro, numa edição Pimenta de Melo.

Entre os *Poemas* e os *Novos poemas*, Jorge havia publicado, numa tiragem de 120 exemplares, pela Casa Trigueiros, de Maceió, um folheto de oito páginas, com dois poemas: *Essa negra Fulô* (que lhe servia de título) e *Bangüê*. O primeiro abriria os *Novos poemas*, enquanto o segundo reapareceria nos *Poemas negros*, em edição da *Revista Acadêmica*, em 1947.

Tudo quanto Jorge de Lima escrevera antes e escreveria depois de *Essa negra Fulô* não teve nem teria a força de impacto desse poema. Talvez somente a *Canção do exílio* de Gonçalves Dias tenha alcançado no século XIX uma ressonância mais forte e que, a despeito de todas as mudanças da poesia, perdura até hoje.

O poema de Jorge de Lima retomava um veio lírico ensaiado por um poeta português nascido no Brasil, Gonçalves Crespo, e de que é modelo o poema *A sesta*, escrito em 1870, de sabor e sentido nitidamente brasileiro, e que assim começa:

> Na rede, que um negro moroso balança,
> Qual berço de espuma,
> Formosa crioula repousa e dormita,
> Enquanto a mucama nos ares agita
> Um leque de pluma.

Essa cena brasileira, que Debret poderia ter pintado, Jorge de Lima a retoma com uma força nativa e nova, não encontrada em outro poeta. *Essa negra Fulô* nasceu obra-prima.

> Ora, se deu que chegou
> (isso já faz muito tempo)
> no banguê dum meu avô
> uma negra bonitinha
> chamada negra Fulô.
>   Essa negra Fulô!
>   Essa negra Fulô!
> Ó Fulô! O Fulô!
> (Era a fala da Sinhá)
> — Vai forrar a minha cama
> pentear os meus cabelos

vem ajudar a tirar
a minha roupa, Fulô!
    Essa negra Fulô!
Essa negrinha Fulô!
ficou logo pra mucama
para vigiar a Sinhá
pra engomar pro Sinhô!
    Essa negra Fulô!
    Essa negra Fulô!

O poema se desenvolve dentro da mesma atmosfera, recompondo o cenário, as falas e as figuras das casas grandes de outrora. Mas é a negra Fulô que sobressai, com seu recorte humano e o seu martírio, heroína doce e obscura, maltratada pela taca de seu senhor:

Ó Fulô? Ó Fulô?
Cadê meu lenço de rendas,
cadê meu cinto, meu broche,
cadê meu terço de ouro
que teu Sinhô me mandou?
Ah! foi você que roubou.
Ah! foi você que roubou.
    Essa negra Fulô!
    Essa negra Fulô!
O Sinhô foi açoitar
Sozinho a negra Fulô.
A negra tirou a saia
e tirou o cabeção,
de dentro dele pulou
nuinha a negra Fulô.

Mas é em outro poema, *Madorna de Iaiá*, que Jorge de Lima ainda mais se identifica com o Gonçalves Crespo da *Sesta*:

Iaiá está na rede de tucum
A mucama de Iaiá tange os piuns
balança a rede,
canta um lundum
tão bambo, tão molengo, tão dengoso,
que Iaiá tem vontade de dormir.
   Com quem?
   Ram-rem.

Se a poesia de Castro Alves, na sua luta em favor do negro, tem uma veemência comicial que o tempo suplantou, a de Jorge de Lima e o próprio negro brasileiro, na sua dolência, na sua revolta e no seu dengo, tão importante, no plano da expressão humana, quanto certos lamentos que só o *jazz* pôde dar ao negro americano.

Em *Bangüê* Jorge de Lima é outro poeta — o poeta do protesto e da denúncia, e que assim se exprime:

Cadê você meu país do Nordeste
que eu não vi nessa Usina Leão de minha terra?
Ah, Usina, você engoliu os banguezinhos do país das Alagoas!

Mulher proletária — única fábrica
que o operário tem (fábrica de filhos)
   Tu
na tua superprodução de máquina humana
forneces anjos para o Senhor Jesus,
forneces braços para o senhor burguês.

Esse tom, diga-se logo, é episódico na poesia de Jorge de Lima. O circunstancial é suplantado pelos temas permanentes ou eternos que atraem o seu alto espírito criador, levando-o a caminhos de indagação mística e metafísica, que também dão forma e conteúdo à sua expressão poética, como neste poema de convertido:

Lutei convosco, fiquei cansado,
fiquei caído. Quando acordei
Tu me ungiste, Tu me elevaste.
Tu eras meu pai e eu não sabia.
Eu sofri muito. Furei as mãos.
Ceguei. Morri. Tu me salvaste.
Eu sou teu filho e não sabia.
Lutamos muito: eu Te feri.
Perdoa Pai, pensai meus olhos:
eu era cego e não sabia.

Até o fim da vida, Jorge de Lima continuou a ser aquela espécie de *work in progress* que nele identificou Otto Maria Carpeaux. Ou seja: o poeta em constante evolução. Seu *Livro de sonetos*, publicado em 1949, deu-nos a impressão de que o poeta alcançara o cume da montanha, na profundidade de seus temas e na riqueza de sua expressão depurada. *A invenção de Orfeu*, que ele publicou logo depois, com um estudo de João Gaspar Simões, demonstrou-nos que o poeta ainda se aprimorava, agora numa linha de sentido hermético.

Para nós, seus contemporâneos, que com ele convivemos, só a sua morte nos deu o Jorge de Lima despojado das imperfeições humanas, para nos deixar ver, na sua luz gloriosa, o poeta que, no Brasil, ao lado de Cecília Meireles, Cassiano Ricardo, Manuel Bandeira e de Carlos Drummond de Andrade, alcançou entre nós a linha de grandeza de um Fernando Pessoa.

Quanto a Drummond, faço aqui esse reparo tendo em mente *As impurezas do branco*, que constituem, para mim, a suma poética da sua maturidade plenamente realizada: a síntese de seus muitos caminhos.

Mas Jorge de Lima era bem um homem-orquestra. Poeta apenas? Também prosador admirável, como ensaísta, como crítico, como romancista. Foi também professor, além de médico. Não somente o médico que atendia com receitas e remédios a inumerável família literária que lhe batia à porta do consultório: médico de clientela grande, e que começou nas suas Alagoas para transbordar até o Rio de Janeiro, onde lhe foi possível recompor a vida, já homem feito, à hora em que a Província se tornou pequena demais para seu gênio, e de lá o fez sair para um cenário maior.

Em resumo: poeta, contista, romancista, crítico, ensaísta, médico, professor (era assistente de Alceu Amoroso Lima, na Faculdade de Filosofia), político, Jorge de Lima era também pintor. Distribuía seus quadros com a mesma largueza de mãos com que dava as suas receitas médicas ou o seu último livro. Eu tenho, dele, um desses melhores quadros. É uma visão do Rio de Janeiro, na janela de seu consultório.

Conta-se que, certa vez, um velho amigo, em visita ao poeta, o encontrou ao piano, tocando uma música desconhecida. E ouvindo-o tocar, fez-lhe este reparo:

— Eu sabia que você era médico, político, poeta, professor, romancista, ensaísta...

E Jorge de Lima, interrompendo-o, sempre com os dedos no teclado:

— Mas o que eu sou mesmo é compositor.

Esse o homem múltiplo que nos foi dado conhecer. Figura singular de homem de gênio que nunca perdeu a suavidade da palavra e do medo de ser, com um pouco de menino e de anjo na figura esguia. Por vezes, no Café Amarelinho, na roda dos jovens escritores, ríamos dele, sabendo do seu gosto dos elogios. Na verdade, quando o louvávamos, para corresponder aos seus desejos, estávamos aprendendo com ele aquele reconhecimento futuro, que só de louvores aureolaria a sua obra imperecível.

19/4/75

Romancero gitano

de García Lorca

(por Paulo Mendes Campos)

Pablo Neruda descreveu assim o autor do Romancero gitano*: "Era um relâmpago físico, uma energia em contínua rapidez, uma ternura completamente sobre-humana. Sua pessoa era mágica e morena e trazia a felicidade." Guillermo de Torre: "Quem poderia ter ficado imune ante seu lirismo penetrante, sua infantilidade risonha, sua alegria desabrida?" O poeta Pedro Salinas sentia que ele vinha antes de chegar, era a festa, a alegria. Império de simpatia, para Dámaso Alonso. Perto de Lorca, constatou Jorge Guillén, não havia calor nem frio,* fazia Federico.

Num dos momentos mais desagradáveis de sua vida, o próprio "império" escrevia a um amigo: "É preciso ser alegre, o dever de ser alegre."

Que importa que o mais alto cimo de Federico García Lorca, como o de todo grande poeta, não fosse o da alegria? Só poetas, não apenas grandes mas muito especiais, sabem juntar uma sombria obsessão de morte a uma ânsia vital ilimitada.

Poetas que extravasam dos versos e continuam, depois de mortos, a provocar, em quem os viu ou não viu, a nostalgia da presença sensorial. No caso dele, era tão excitante essa centelha física que quase se bastava: não se pode imaginar artista de sucesso garantido mais descuidado em "edificar" uma obra, de corporificar os poemas. Não que fosse um improvisador ou uma espécie de boêmio de gênio; costumava trabalhar um poema curto demoradamente, deixá-lo a depurar na gaveta, para retomá-lo várias vezes, certo de que era poeta por graça de Deus, ou do diabo, e do artista artífice.

García Lorca tem analogias bastante expressivas com o nosso Mário de Andrade e que poderiam ser desenvolvidas: esses olhos claros para o que é inspiração e artesanato; aquela mesma fascinação pessoal que não se explica, mas todos sentem, e que em Andaluzia pode ser causada por um *duende*; o mesmo gosto popular, equilibrado com a disciplina do que é de fato clássico na tradição; instinto simpático pelos grupos humanos pobres ou primitivos; ouvido fino para a música; espírito de ordem e de aventura; visão dos valores plásticos; e daí se poderia partir para incidências bem minudentes, como, por exemplo, o da mesma ternura pelos diminutivos (até de verbos) do andaluz e do brasileiro. Lorca dava importância ao amor de Granada pelo diminuto, uma verdadeira estética das coisas diminutas, "a neta mais distinta e o mais delicado brinquedo" dos artistas granadinos.

Quando nasceu Federico García? 1898 ou 1899? Até hoje as duas datas se revezam nos compêndios e a coisa já deu motivos a pruridos polêmicos. Por uma infantilidade qualquer, superstição ou brincadeira, o poeta deixou indecisa a data de seu nascimento, afirmando um "erudito lorquiano" que ele veio ao mundo a 5 de junho de 1899, retrucando outro que isto se deu a 15 de junho do mesmo ano ou do anterior.

Mas foi, sem dúvida, em Fuentevaqueros, nos arredores de Granada, em terras de Andaluzia, filho de proprietários rurais.

Depois de bancos escolares em Almeria e Granada, por volta dos 20 anos ele se encontra em Madri enturmado na *Residência* de estudantes e nos cafés com os jovens artistas, o cineasta Luis Buñuel, o pintor Salvador Dalí, o prosador Guillermo de Torre, o poeta Rafael Alberti, entre muitos. Dalí pinta a seu modo esse encontro: "O fenômeno poético, em sua integridade e crueza, apresentou-se por si mesmo diante de mim, subitamente, em carne e osso, confuso, rubro-sangue, viscoso e sublime, tremulante com mil fogos de escuridão e de biologia subterrânea, como toda a matéria dotada com a originalidade de sua própria forma." Numa ode famosa, por sua vez, o poeta retrataria um Dalí claro, rigoroso, pré-surrealista. Ambos se incumbem de divertir a moçada com teorias humorísticas e balés burlescos. Às vezes Federico tem de recitar os próprios poemas, o que, mesmo com o mínimo histrionismo, testemunham os outros, centuplicava o encanto dos versos e fazia de cada novo espectador um agente promocional do rapaz de Granada.

Apesar de desconhecido seu livro de estréia poética, apesar do fracasso de sua primeira comédia, a fama de García Lorca abriu-se em círculos concêntricos como a água mansa ferida pela pedra. E hoje, depois do triunfo teatral, depois da glória póstuma do sacrifício de sangue, verifica-se que o auditório de Lorca só é talvez superado na literatura espanhola pelo de Cervantes. Bem ou mal, ele está traduzido em todas as partes do mundo. E até pouco tempo, só antes dos barbudinhos e das motocas, em qualquer esquina do mundo, quem voltasse pra casa numa madrugada de verão, poderia ouvir de repente numa reunião burguesa uma voz tentando dar expressão ao romance da casada infiel: "E eu que fui com ela ao rio / pensando que era donzela / tinha porém um marido. / Foi a noite de São Tiago / e quase por compromisso. / Os lampiões se apagaram / e se acenderam os grilos. / Já nas últimas esquinas / toquei seus peitos dormidos / e se me abriram de pronto / como ramos de jacintos. / A goma de sua anágua / ressoava em meus ouvidos / como uma peça de seda / por dez facas feita em tiras. / Sem luz de prata nas copas / têm as árvores crescido, / e um horizonte de cães / a latir longe do rio. / Atravessando o sarçal, / mais os juncos e os espinhos, / sob os seus bastos cabelos / fiz um côncavo no limo. / Arranquei minha gravata. / Ela tirou o vestido. / Eu, cinturão com revólver. / Ela, seus quatro corpinhos. / Nem nardos nem caracóis / têm uma cútis tão fina, / nem os cristais com a lua / relumbram com tanto brilho. / Suas coxas me escapavam / como peixes surpreendidos, / metade cheias de luz, / metade cheias de frio. / Viajei naquela noite / pelo melhor dos caminhos, / montado em potra de nácar / sem rédeas e sem estribos. / Não quero dizer, por homens, / as coisas que ela me disse, / pois a luz do entendimento / me faz muito comedido. / Suja de beijos e areia, / os dois deixamos o rio. / Contra a brisa combatiam / as armas brancas dos lírios. / Procedi como quem sou. / Como gitano legítimo. / Dei-lhe cesta de costura, / grande, de cetim palhiço, / e não quis enamorar-me / porque, tendo seu marido, / disse a mim que era donzela / quando eu a levava ao rio."

O *Romancero gitano* é o mais alto livro de García Lorca, *trabalhado* e *sólido como uma pedra*, como ele queria seus romances. Pablo Neruda disse a mim que a obra-prima do amigo teria sido *Sonetos del amor escuro*, um livro que sumiu, também considerado por Vicente Aleixandre um "prodígio de paixão, de entusiasmo, de felicidade, de tormento, puro e ardente monumento ao amor". Registre-se mais uma vez a lamentável perda. Mas o *Romancero* é um livro perfeito.

Foi publicado pela primeira vez em 1928, e um ano antes o autor já se confessava um pouco aborrecido com o mito de sua *gitaneria*: "Procuro harmonizar o mitológico gitano com o puramente vulgar dos dias presentes, e o resultado é estranho, mas creio que de uma beleza nova." Os gitanos são o tema, mais nada, e ele preferia dizer que se tratava de um livro de Andaluzia.

Quando, numa carta, Lorca procura contar o que era a Huerta de San Vicente, onde morava, talvez estivesse traduzindo em prosa o que buscava transmitir na poesia do *Romancero Gitano*: "Há tantos jasmins no jardim e tantas damas da noite que pela madrugada nos dá a todos de casa uma dor lírica de cabeça tão maravilhosa como a que sofre a água retida. E, no entanto, nada é excessivo. Este é o prodígio de Andaluzia."

É isso aí. Como toda obra-prima que se preza, o *Romancero* é um objeto de luxo, mas que, no caso, faz questão de ser o luxo da água e do jasmim. Não excessivo. Vários críticos ressaltam no livro a insistência do contraste entre a vida natural dos gitanos e o peso repressor ou civilizado que emana duramente da Guarda Civil. Sim. Mas acreditamos que se pode esticar mais e melhor a percepção desse contraste, até o ponto feliz e tenso em que sentiremos, dentro de cada um de nós, os impulsos e as respectivas contrações, um ego e um superego, um gitano e um guarda-civil.

Lorca, sem aludir a interpretações simbólicas (a poesia de alta voltagem sempre ultrapassa o domínio que o autor possui de suas próprias intenções), não queria que o livro fosse tomado como um mural pitoresco do gitanismo. Era mais um *retábulo do andaluzismo*: "É um canto andaluz no qual os gitanos servem de estribilho. Reúne todos os elementos poéticos locais e neles coloco etiqueta mais facilmente visível. Romances de vários personagens aparentes, que têm um único personagem essencial: Granada." Melhor ainda: "A poesia é um outro mundo."

Mais sutilmente explícito, não poderia ser. Para o ensaísta inglês C. M. Bowra, a geração lorquiana aspirava a um movimento mais vigoroso do que Juan Ramón Jiménez e mais musical do que Antonio Machado; se algum livro subiu a essa altura, foi o *Romancero*.

Guillermo Díaz-Plaja o estudou exaustivamente, chegando a levantar a estatística de cores, flora, animais etc. São apenas 18 poemas, bastante curtos, em redondilha maior, de rimas toantes, uma tradição da lírica espanhola, revitalizada por alguns modernos. Um bom exemplo da arquitetura e da atmosfera de *Romancero* pode ser encontrado em *Preciosa y el aire* (na tradução de Afonso Félix de Sousa): "A lua de pergaminho / Preciosa vem tangê-la / por uma anfíbia vereda / de cristais e de loureiros. / O silêncio sem estrelas, / fugindo aos sons do pandeiro, / cai onde o mar bate e canta / sua noite cheia de peixes. / Nos altos picos da serra / dormem os carabineiros / a guardar as brancas torres / onde moram os ingleses. / Perto os gitanos do rio / matam o seu tempo erguendo / coretos de caracóis / e ramos de pinho verde. / A lua de pergaminho / Preciosa vem tangê-la. / Ao vê-la — eis que se levanta / o vento sempre desperto. / *San Cristobalón* desnudo, / cheio de línguas celestes, / olha a menina tocando / uma doce gaita ausente. / — Menina, deixa que eu erga / teu vestido para ver-te. / Abre em meus dedos antigos / a rosa azul de teu ventre. / — Preciosa arroja o pandeiro / e corre não se detendo. / Com o ardor de sua espada / machão o vento a persegue. / — Franze seu rumor o mar. / Encolhem-se as oliveiras. / Cantam as flautas da sombra / e o liso tantã da neve. / — Preciosa, corre, Preciosa, / que te pega o vento verde! / Olha-o por onde ele chega! / Sátiro de estrelas baixas / e com línguas reluzentes. / — Preciosa encontra uma casa, / onde entra, morta de medo. / Lá, muito acima dos pinhos, / mora o cônsul dos ingleses. / — Assustados pelos gritos / chegam três carabineiros, / negras capas ajustadas / e os bonés cobrindo as têmporas. / O cônsul dá à gitana / um copo morno de leite, / e um cálice de genebra / que Preciosa não aceita. / — E enquanto conta, chorando, / a aventura àquela gente, / o vento, furioso, morde / em cima a ardósia das telhas."

Embora o "caso" aí narrado contenha elementos de lendas clássicas, García Lorca escreveu a um amigo ter inventado esse mito; melhor para ele e para a autenticidade simbólica da mitologia. Díaz-Plaja vê nesse poema um exemplo típico de uma característica de todo o livro: "O uso de uma linguagem metafórica convivendo com uma linguagem extremadamente normal." Mais elaborada análise do poema faz entretanto um professor de Illinois (J. F. Nims), aproximando Preciosa da Gitanilla de Cervantes, outro modelo de castidade aos 15 anos. San Cristobalón, meio pagão, meio cristão, importante no folclore espanhol, é uma espécie de Pã, um deus da fertilidade, pronto a fazer vítimas preciosas. Para escapar, a menina recorre à proteção artificial do mundo civilizado, com seus policiais e estrangeiros ricos. Aqui o conflito entre a inocência e o sexo é cósmico, e se há moral nesse romance Lorca não foi o primeiro a dizê-la. Preciosa viu-se um instante a salvo, nos domínios do convencional, e o que pode ter acontecido mais tarde ninguém sabe, ninguém viu.

O melhor da análise de Nims é o que parece óbvio depois de enunciado: trata-se de um balé de imagens. Três personagens: a menina assustada, o desabrido San Cristobalón, o impecável cônsul inglês. Três carabineiros. Os gitanos são de água, ondulações do rio. Para o Silêncio, a Noite, o Mar, as Oliveiras, podemos imaginar dançarinos. O poeta é o coreógrafo; o poema é o que eles fazem.

Certo. García Lorca jamais perdeu seu gosto de visualizar balés ingênuos, nem mesmo nos versos ácidos e retorcidos sobre Nova York. "O artista deve chorar e rir com o povo"; isso não deve ser tomado num sentido de dramaticidade social; deve ser tomado ao pé da letra, declarado por um granadino inclinado à compreensão simpática dos perseguidos, do gitano, do negro, do judeu.

Romance sonâmbulo é outro dos poemas mais famosos de Lorca. Rafael Alberti o considerava a melhor *balada moderna* da literatura espanhola. *Verde que te quiero verde.* Bowra traduziu isto para o inglês: *Green, how I love you, green.* Francamente: foi-se a verde graça. Nims viu nesse verso um intraduzível feitiço, que significa tudo e nada significa. *Verde* significa *green*; *te quiero* significa *I love you* e *I want you*. Que, não passaria de modo algum para o inglês, significando algo como *the fact is that*, e sendo ao mesmo tempo mais que um expletivo retórico. Não dá! Concluiu com juízo o professor; e o leitor que dê um jeito de morar na integral verdade destas palavras: *Verde que te quiero verde.* Para nós, brasileiros, não é nada difícil, no caso; mas por aí temos uma idéia dos abismos que faíscam na singeleza da sintaxe lorquiana.

Às vezes, no entanto, não é por falta de alcance sintático, mas por falta de informações justas, que o leitor pode perder-se nos diminutos jogos de cena peculiares a García Lorca. Por exemplo: "Antonio Torres Heredia, filho e neto de Camborios, com uma vara de vime vai a Sevilha ver os touros."

Se não soubermos que Torres, Heredia e Camborio são nomes fidalgos da gitaneria, e que esta ressuma uns ares de aristocracia, bem típica, não poderemos avaliar o significado nobre da vara de vime que o garboso gitano conduz na jornada para Sevilha. Só depois de integrado no clima senhoril dos Camborios, o leitor poderá apreender a altivez dessa vara de vime na mão de quem dispõe da nobreza de um passado, do esplendor do presente e da ociosidade do futuro, a ponto de se dar ao luxo de ir às touradas de Sevilha.

Na metade do caminho, ele cortou limões redondos e os foi atirando à água até que a pôs de ouro. Só penetrados neste luxuoso espaço vital do gitano, percorrido com palavras tão rápidas, poderemos logo depois, com ele, sofrer os horrores da humilhação do calabouço (e esta palavra também é essencial à fortuna do texto), enquanto os guardas-civis, como os leitores distraídos (achando que não houve mais do que uma detenção por vadiagem), bebem limonada, todos.

Toda atenção é pouca na leitura do *Romancero Gitano* e quem perde demais é o desatento.

Os artistas espanhóis conseguem com uma espontaneidade quase racial harmonizar o erudito e o popular; García Lorca foi um mestre habilíssimo dessa arte, que surge com o mesmo vigor gracioso na música de seu amigo Manuel de Falla. Mas temos de levantar as orelhas para não vir a gozar uma vulgaridade onde brilha uma finura, ou para não levantar um monumento à cultura onde se improvisou uma boa palhaçada.

Guillermo de Torre é categórico: para ele, Federico García Lorca nunca teve a menor relação ativa com a política e recusava participar de atos de sentido político. Possível portanto que apenas a *Guardia Civil* teve uma relação ativa e repulsiva com a poesia de Lorca. Certo é que os falangistas de Granada o retiraram de uma casa, onde pensara refugiar-se, durante a noite. Na manhã seguinte estava fuzilado e morto. Tinha 37 anos. *Mataron a Federico quando la luz asomaba.* Quase todos os poetas, de 1936 aos nossos dias, cantaram o crime. Mas em prosa ele ainda não foi contado direito.

26/4/75

Vidas privadas

de Noël Coward

(por Ruy Castro)

No tempo em que os ricos ficavam no palco e os pobres na platéia, Noël Coward ditava a moda no teatro. Foi preciso que acontecesse uma guerra mundial para transformá-lo, de repente, no escritor mais antigo do mundo, adorado apenas por uns poucos e felizes. A crítica nunca soube direito o que fazer com ele, mas agora está descobrindo: aquelas peças, que pareciam ser apenas comédias irresponsáveis e inconseqüentes sobre o beautiful people *dos anos 20, continuam a ser exatamente isto, mas tão perfeitas que já merecem o nome de* arte.

Noël Coward não era aquele que escrevia umas peças ótimas e sem a menor importância? Era. Não esperem que eu prove aqui a importância de Noël Coward. Minha especialidade são justamente os escritores sem importância — aqueles cujos livros permitem tanto prazer que, mal fechada a última página, o leitor até se pergunta se realmente o mereceu. Tudo que Coward escreveu é menor, até mesmo *Vidas privadas*. Ainda bem, porque maior será o prazer de degustar. E melhor ainda porque será, cada vez mais, um prazer de poucos.

Poucos escritores serão tão fora de moda, hoje, quanto Noël Coward. Bem feito, porque ele sempre escreveu para o seu tempo, e nem por um minuto suspeitou que, um dia, os cenógrafos dos teatros pudessem dispensar a excelência dos seus serviços de chá. (E por que não, se atualmente os teatros já estão dispensando inclusive os cenógrafos?) Noel interpretou o papel do defunto no enterro da *peça bem feita*. Agora, quando os escolhos das suas peças vêm dar a um palco, trazidos pelas ondas da nostalgia, é sempre por causa do seu penteado de *brylcreem* ou da boquinha pintada de Gertrude Lawrence. Só uns poucos e felizes sabem que há muito mais coisas por baixo da gomalina. O que é interessante, porque, nos anos 20 e 30, isto nunca foi segredo para ninguém.

Mas, mesmo hoje, deve ser difícil fingir que se ignora um homem que, durante 60 anos de carreira, tenha sido ao mesmo tempo o perfeito teatrólogo, ator, diretor, compositor, letrista, cantor, cineasta e contista. E quando é que a posteridade vai descobrir isto? Está bem, a posteridade já ignorou gente muito mais *importante* do que Noël Coward, mas quem está dizendo que ele era importante? A história do teatro está cheia de escritores que não teriam sobrevivido nem uma semana em cartaz sem a claque de ensaístas dispostos a explicar ao espectador a importância de peças que este não conseguiu ver até o fim. Noël nunca precisará disto. Nem Molière, Feydeau ou Sacha Guitry. Pensando bem, haverá alguma importância no fato de ele ter sido apenas o melhor cronista dos anos que separaram a Primeira da Segunda Guerra?

A vida de Noël Coward é o sonho de qualquer biógrafo. Como a de Molière, Feydeau e Guitry, a dele também foi um palco iluminado. Os momentos de penumbra dos entreatos foram muito rápidos, porque havia sempre uma platéia ansiosa pedindo bis. E se vocês são como Noël, desses que adoram viver rodeados de celebridades, preparem-se para morrer de inveja. Até parece que *todo mundo* foi convidado para estrelar na vida de Noël. Mas não pensem que ele tenha se aproveitado disso para levar uma vida de devassidão. Pelo contrário: sempre preferiu um namorado firme.

Claro que ele tinha de ter nascido em Middlesex — em dezembro de 1899, ainda a tempo de ser batizado pelo Papai Noel. Noël nunca foi uma daquelas crianças insuportáveis. Sua única ambição era a de ir para Londres, a fim de se tornar ator infantil, e, se não pudesse ser logo Noël Coward, Shirley Temple também servia. Estreou em 1911 e atuou numa série de peças, dessas que os pais levam os filhos para ver e ficam fumando do lado de fora. (Exceto *Peter Pan*, de J. M. Barrie. Nesta, quem sai para fumar são os filhos, enquanto os pais ficam vibrando lá dentro. Noël interpretava um dos guris que vão para a Terra do Nunca). Como o acaso escolhe muito bem os seus eleitos, Noël sempre ganhou os melhores papéis, porque os jovens pouco mais velhos do que ele estavam na guerra e, quando chegou a idade de ele ser convocado a guerra resolveu acabar. Já nesta época Noël era tão impossível que, se você lhe dissesse que ele era um dos três melhores dançarinos de Londres, Noël arregalaria os olhos de espanto ao saber da existência dos outros dois. Modéstia nunca é de menos quando se deseja fazer carreira.

A esta altura, ele já era íntimo de Gertrude Lawrence, Ivor Novello e Beatrice Lillie, e o que mais se pode querer da vida? Com aquela segurança dos que começam cedo demais, bastou que a sua primeira peça fosse encenada *(I'll Leave it to You,* 1921) para que Noël achasse que devia ir para Nova York. "Nunca duvidei de meu talento", ele escreveu, "mas parecia meio absurdo imaginar que os americanos fossem tão inteligentes a ponto de me aplaudirem de saída. Sobre isto, eu estava absolutamente certo: eles me acharam uma droga." Mas, pelo menos, ele conheceu Alfred Lunt, na época também um ator desempregado, e os dois comeram ótimos sanduíches, às custas de Lynn Fontanne, nos melhores botequins do Bowery.

Noël resolveu voltar para Londres e vencer rapidamente na vida. Enquanto assobiava, fazendo a barba, escreveu canções como *Parisian Pierrot* e *Poor Little Rich Girl.* Nem precisava ir ao piano. (E nem adiantava. A exemplo de Irving Berlin, ele só sabia tocar numa clave, e *nunca* ia naqueles sustenidos pretinhos). Charles B. Cochran, uma espécie de Walter Pinto dos ricos, contratou-o para o seu teatro de revista e, numa daquelas peças, Noël e Gertie Lawrence cantavam *You Were Meant for Me*, com coreografia de um jovem americano que tinha ido tentar a sorte em Londres, chamado Fred Astaire. Até que, em 1924, ele escreveu *The Vortex*, uma espécie de mini-*Hamlet*, só que envolvendo drogas e incesto. Os críticos o chamaram de tarado e alguns espectadores chegaram a cuspir nele, mas Shakespeare teria ficado orgulhoso. Toda Londres passou a saber que Noël Coward existia. Até Tallulah Bankhead, outra americana perdida por lá, fez uma concessão a si mesma e apaixonou-se por Noël, mas já era tarde demais, porque ele estava apaixonado por Ronald Colman, o qual nunca o correspondeu. (Mais tarde, Noël escreveria, em homenagem a Ronald Colman, uma fantástica canção chamada *Mad About the Boy*, que, mesmo hoje, nem Bobby Short se atreve a cantar).

Depois de *The Vortex*, vieram *Hay Fever*, em 1925, *Easy Virtue*, em 1926, e *Bitter-Sweet*, em 1929. Nova York mal podia esperar que a companhia fechasse em Londres, para ver cada uma dessas peças. Quem era mesmo aquele rapaz que esquentava o banquinho de reservas nos fundos do camarim, pronto para substituir Noël no caso de ele não aparecer? Ah, era o John Gielgud. De repente, todas as pessoas se perguntavam como o teatro podia ter passado 2.500 anos sem Noël Coward. Suas peças arrancavam elogios até do crítico mais terrível de Nova York, o cruel Alexander Woollcott — de quem, aliás, era fácil arrancar um elogio, desde que se fosse seu amigo. O difícil era ser amigo dele.

Já então Noël era considerado a consciência social do seu tempo, como Oscar Wilde tinha sido antes e John Osborne viria a ser depois. A maioria dos seus personagens tinha muito boas maneiras e quase nenhuma moral, contrastando com a falta de modos e o excesso de preconceitos da platéia. Bastava comparar a justa medida da pintura no rosto dos atores com o rubor exagerado no dos espectadores. Os anos 20, na verdade, nunca foram tão avançados como fingiam ser, ou como os anos 70 insinuam que eles tenham sido. Na época, uma simples foto de Noël, vestido com um quimono de dragões, quase destruiu sua carreira. Imaginem se ele tivesse posado para um calendário.

O *beautiful people*, naturalmente, adorava Noël. Já naquele tempo os ricos começavam a descobrir que, sendo apenas ricos, precisavam de gente brilhante que dissesse coisas engraçadas em suas festas. De preferência, gente que não comesse com as mãos, porque vocês sabem como é essa gente do teatro. Alguém melhor do que Noël? Começou assim a sua carreira de alegria dos salões. Aprendeu até a rir das próprias frases, mesmo quando um dos convidados as repetia como se tivesse acabado de inventá-las. E, é claro, nunca perdeu a compostura, nem quando provocado. Certa vez, sua anfitriã, também atriz, lhe disse: "Sua última comédia me desapontou, Noël. Não ri nem um pouquinho." Ao que ele respondeu: "Interessante. Quando fui ver sua última tragédia, ri o tempo todo."

Mas, pelo menos, algumas de suas melhores canções, como *World Weary* e *A Room With a View*, escritas para as revistas de Cochran, tiveram ali uma oportunidade que até então aquelas platéias surdas não lhes haviam concedido. Noël só se tornou um compositor realmente popular a partir de *Bitter-Sweet*, cujo *score* incluía *I'll See You Again*, um enorme sucesso, e *Tokay*, que, depois de uma bela carreira, foi acabar, quem diria, como prefixo daquele cinejornal chamado *Atualidades Atlântida*. Noël nunca foi tão cantado como na época de *Bitter-Sweet*. Seu prestígio não foi abalado nem quando Nelson Eddy e Jeanette MacDonald filmaram a peça, 10 anos depois. (Foi numa dessas brincadeiras de Nelson e Jeanette que o público nunca mais quis saber de Victor Herbert.)

Vidas privadas, em 1930, não dissipou dúvidas nem firmou certezas, mas fez um bocado de escândalo. As reações foram muito variadas. Somerset Maugham, por exemplo, mal esperou baixar a cortina para afirmar entusiasmado que "o teatro dos próximos 30 anos ainda seria influenciado por Noël Coward" — errou por 20 anos. Já T. S. Eliot escreveu: "Tenho a impressão de que o Sr. Coward nunca perdeu uma hora de sua vida estudando ética" — no que acertou em cheio. Mas essas dúvidas e certezas importam muito pouco, quando se observa que o atual prestígio de Noël se deve justamente ao que Eliot considerava um defeito. Ao passo que a previsão otimista de Maugham não estava levando em conta o fato de que, a partir de 1939, as peças de Noël seriam o retrato de um remoto passado recente, a ser rapidamente escondido no porão, antes que a Luftwaffe chegasse. Talvez por esse retrato ser agora o de um recente passado remoto, os espectadores de hoje possam vê-lo na sua verdadeira dimensão.

Ah, *Vidas privadas*... Noël concebeu-a em Tóquio e escreveu-a em Xangai, em apenas quatro dias. É uma peça muito fácil de ser levada à cena. Tudo o que você precisa é de cenários extremamente chiques, quatro atores como Noël Coward, Gertrude Lawrence, Laurence Olivier e Adrianne Allen, e, naturalmente, uma platéia à altura. É favor tratar com muito cuidado as palavras do texto, porque os diálogos passam do mais absurdamente fino ao mais sutilmente grosso, com um simples arquear de sobrancelhas, e é isso que traduz a *mensagem* do autor: a de que duas pessoas que não conseguem viver juntas, e muito menos separadas, descobrem ao fim de três atos que pode haver tanto ódio num beijo como amor numa bofetada. (Por isso, nunca deixe de oferecer a outra face — pode vir tanto um como a outra.)

A cena do 1.º ato é um terraço de hotel em Deauville, França. Elyot (Noël Coward) e Sibyl (Adrianne Allen) acabam de chegar para a lua-de-mel. Ele é um homem inteligente, muito *witty* e ligeiramente cruel; ela parece ser apenas uma bem-sucedida professora primária. No mesmo hotel, na suíte contígua, à mesma hora e sem que os outros saibam, Victor (Laurence Olivier) e Amanda (Gertrude Lawrence) também chegam para a lua-de-mel. Ela é uma mulher inteligente, muito *witty* e ligeiramente cruel; ele parece ser apenas um bem-sucedido vendedor de seguros. Os dois casais estão perdidamente apaixonados, mas Sibyl não consegue vencer sua curiosidade a respeito de Amanda, a 1ª mulher de Elyot, enquanto Victor faz perguntas indiscretíssimas sobre Elyot, o 1º marido de Amanda. Elyot e Amanda estiveram casados durante três anos e, depois dessa temporada no inferno, resolveram se divorciar. Isto aconteceu há cinco anos. Agora, casados de novo, cada um para seu lado, o teatro os reúne, com seus diferentes consortes, naquele mesmo terraço de hotel. Eles ainda não sabem disto, mas não levarão muito tempo para descobrir.

Com 15 minutos de bola em jogo e brilhantes diálogos, Sibyl terá demonstrado tantos ciúmes de Amanda, e Victor de Elyot, que nem uma nem outra noite de núpcias chegará a começar. Sibyl desce em lágrimas para o restaurante, enquanto Victor segue furioso para o bar, deixando o terraço livre e desimpedido para o grande reencontro de Elyot e Amanda. E eles se reencontram ao som de *Someday I'll Find You* — a música *deles*. Mil nuances atravessam esse quadro: a princípio, eles odeiam se reencontrar; pouco depois, riem bastante de suas velhas brigas; a seguir, confessam que nunca se esqueceram um do outro; então, descobrem que ainda se amam; finalmente, decidem fugir para Paris, deixando Sibyl e Victor de mãos abanando. O pano cai e o espectador imagina o resto. Fim do 1º ato.

A cena agora é o apartamento de Amanda em Paris, alguns dias depois. Deve-se providenciar uma lua lá fora, champanha e a vitrola ao fundo. Enquanto Sibyl e Victor não os descobrem, Elyot e Amanda se dedicam ao esporte favorito dos casais, ou seja: conversar. (Não se esqueçam que se trata de uma peça.) Naqueles poucos primeiros minutos do 2º ato, eles discutem com muito humor e *aplomb* tudo o que seu casamento poderia ter sido e não foi. Mas, aos poucos, o cinismo supera o *aplomb* e começam a chover as alfinetadas mútuas. Aparentemente, os cinco anos em que eles estiveram divorciados foram muito mais infernais do que os três em que estiveram casados. Pelo tom hilariante dos diálogos nesse quadro, você terá que se esforçar para perceber que o terno interlúdio amoroso já acabou e que eles estão brigando. Uma briga que terminaria na cama, como as dos velhos tempos, se desta vez Amanda não tivesse quebrado o disco na cabeça de Elyot, e este lhe dado uma daquelas bofetadas que estalam no teatro inteiro, dependendo da acústica. E quando eles estão a ponto de se estrangular, Victor e Sibyl chegam no apartamento, com teatral pontualidade. A cortina cai sobre Elyot e Amanda, meio bêbados e engalfinhados.

Times em campo para o 3º e último ato. Mesma cena, manhã seguinte. O palco está um caos. Elyot e Amanda dormem no quarto ao lado, enquanto Victor e Sibyl acordam para o ajuste de contas com eles. Que tal um duplo divórcio, simultâneo, diante do mesmo juiz? Mas basta que Sibyl comece a dizer horrores de Amanda, e Victor passe a culpar Elyot pelo que aconteceu, para que as cinzas do breve amor de Sibyl por Elyot e de Victor por Amanda se reacendam como numa antiga comédia de *boudoir*. Elyot e Amanda reaparecem, ainda se odiando, mas, nos diálogos que se seguem, fica bem claro que eles não lamentam nem por um minuto o que fizeram, e tratam Sibyl e Victor como personagens meramente secundários. (Afinal, seus nomes vêm primeiro no elenco.)

Mas não têm muito tempo de se agredir: Victor e Sibyl estão tão ocupados se insultando e defendendo os respectivos cônjuges que nem notam quando Elyot e Amanda, com um sorriso meio moleque, vão-se embora apaixonados e os deixam falando sozinhos. A cortina desce e só se abre agora para os aplausos. Você vai para casa feliz como Somerset Maugham ou indignado como T.S. Eliot.

Vidas privadas é uma peça de características tão clássicas que por pouco a posteridade lhe negava o direito de ser também um clássico. Suas linhas são rigorosamente paralelas: os personagens entram e saem de cena como se fossem movidos pelos mesmos cordéis que fazem o cenário subir e descer. Há sempre dois casais em situação e, quando um se ama, o outro se odeia. Nem no final Noël Coward se permite quebrar a seqüência, recusando-se a reservar um final também feliz para Victor e Sibyl. Eles terminam condenados ao ódio, e, talvez um dia, quem sabe, depois de muitas bofetadas, também aprendam a se amar, como parece ter acontecido com Elyot e Amanda. (Se Noël tivesse escrito *Vidas privadas* hoje, o final seria, certamente, Elyot e Victor saindo de mãos dadas, deixando Sibyl e Amanda para trás.)

Noël Coward, Gertie Lawrence, Larry Olivier e Adrianne Allen, juntos, na mesma peça? Você deve estar brincando. Absolutamente, era este o elenco original de *Vidas privadas* em Londres, e ela não merecia menos. Foi o primeiro grande papel de Laurence Olivier, que antes havia sido recusado em *Hay Fever*. Mas, enfim, as peças de Noël sempre tiveram elencos sob medida. *Design for Living*, de 1933, foi escrita de encomenda para ele contracenar com Alfred Lunt e Lynn Fontanne. *Conversation Piece*, um ano depois, tinha Yvonne Printemps (na época, mulher de Sacha Guitry) e George Sanders, que ainda não fora para Hollywood. *Pacif 1860*, um musical de 1946, tinha Mary Martin, que ainda não fora para Goiás.

Juntamente com *Vidas privadas*, uma das três grandes peças de Noël Coward é *Present Laughter*, de 1939. A outra, naturalmente, é *Blithe Spirit*, de 1941 — escrita em cinco dias, encenada um mês depois e em cartaz durante quatro anos e meio, sem interrupção, nos piores anos da guerra. Elas são o que a história do teatro vai classificar como suas peças mais bem *realizadas* ou *definitivas* — será que nunca vão se cansar dessas classificações? Mas os fãs de Noël sempre continuarão preferindo as nove peças de um ato que compõem *Tonight at 8:30*, de 1935, da qual eles saíam se perguntando como era possível passar 5 minutos longe de Gertrude Lawrence. Das nove peças do espetáculo, *We Were Dancing* e *Fumed Oak* eram Coward no que ele tinha de melhor, cínico e romântico, mas foi *Still Life* a que mais tempo sobreviveu, por ter sido transformada 10 anos depois, pelo próprio Noël, num filme chamado *Brief Encounter (Desencanto)*, que você viu quando era criança e nunca mais esqueceu.

Com a única exceção de *Blithe Spirit*, a carreira de Noël não foi mais a mesma a partir da guerra. Não foi pior, apenas diferente. Churchill e Roosevelt o chamaram, um de cada vez, e o fizeram cantar *Mad Dogs and Englishmen*. Ficaram tão impressionados que resolveram mandá-lo para Paris, a fim de trabalhar na propaganda e fazer com que aqueles franceses tentassem se divertir um pouco. A missão era impossível, mas o trabalho de Noël não foi em vão, porque ele arrancou alguns importantes segredos de um belo espião polonês que conheceu no Ritz. Poucos dias antes de os alemães chegarem, Noël conseguiu escapar e, em sua homenagem, Jerome Kern e Oscar Hammerstein escreveram aquela canção, *The Last Time I Saw Paris*. Depois disso, a coisa mais importante que Noël fez durante a guerra, além de cantar para as tropas em todas as frentes, foi um filme que escreveu, produziu, interpretou e co-dirigiu (ao lado de David Lean), chamado *In Which We Serve*, sobre a Marinha inglesa. Para quase todo mundo, é o melhor filme de guerra de todos os tempos; para aquele louco Woollcott, era a melhor coisa que Coward fizera até então. Noël recolheu o seu Oscar por *In Which We Serve*, embrulhou-o nos recortes dos jornais e o guardou na gaveta, até que a guerra acabasse.

Bem, aí a guerra acabou e um mundo novo começou. Não apenas diferente, mas talvez pior. O teatro se tornou surpreendentemente sério, e sucumbiu à tentação de ficar cada vez mais parecido com a vida real. Diante de tanta sinceridade no palco, as platéias tinham até vergonha de rir. Com isso, teatrólogos ingleses como Noël Coward e americanos como George S. Kaufman começaram ficar embaraçosamente fora de moda. E os personagens que só saíam do Algonquin para ir ao "21" teriam que habitar agora a terra árida de Kazanistan, Ingeland e Williams, Tennessee — uma brincadeira de Dwight McDonald, referindo-se a Elia Kazan, Williams Inge e Tennessee Williams. Parecia que a ênfase tinha se desviado da comédia irresponsável para a crítica social, mas, no fundo, era apenas a paranóia dos personagens ricos que passara para os personagens pobres. O fato é que, a partir dali, as neuroses do *beautiful people* só podiam (e deviam) ser admitidas na platéia, mas nunca no palco.

Estabelecido o fato de que Noël Coward é um escritor decididamente antigo, o que se pode fazer com ele? Esta é uma boa pergunta, e que a crítica de qualquer época nunca soube responder, exceto para resmungar que o sucesso envilece terrivelmente certas vocações. É inútil procurar mensagens profundas ou originais em sua obra. (E, se eu fosse vocês, nem na obra de outros escritores considerados *profundos* — a decepção pode ser mortal.) Seus personagens eram tão belos, ricos ou charmosos que não ficariam bem em nenhum dos cenários freqüentados pelo espectador na vida real. Não é uma delícia? Pensando bem, não há mesmo nada a fazer com Noël Coward, exceto lê-lo ou ir ver as suas peças, quando pintar. Qualquer escritor razoavelmente honesto, como Shaw ou O'Neill, consideraria mais do que isto um luxo.

Sabendo-se que Noël Coward não é desses que dão em árvores, haverá algum novo na praça? Talvez Neil Simon, para escrever, ou Stephen Sondheim, para compor — mas quem vai dirigir, interpretar e receber os ovos? O teatro ficou pequeno demais para um indivíduo capaz de fazer *tudo* sozinho. Apesar disso, Noël ainda teve alguns razoáveis momentos de glória até o fim.

A maioria das suas peças, a partir de *Blithe Spirit*, era praticamente o remastigar do mesmo chiclete, mas pelo menos uma delas, *Nude with Violin*, de 1956, está entre as suas melhores. Nem isto, porém, tinha muita importância, porque Noël já havia passado a ser o bibelô favorito do passado presente.

Várias de suas peças foram filmadas, houve dezenas de especiais para a TV inglesa e americana, e centenas de *revivals* de peças antigas, das quais a mais importante foi a de *Hay Fever*, que Laurence Olivier (curando um velho trauma juvenil) e o Old Vic inteiro promoveram em 1965. Houve a famosa temporada de Noël cantando no Desert Inn de Las Vegas, em 1955, a 40 mil dólares por semana, que tal? Marlene Dietrich passou a ter medo de sair à rua sem Noël. Para se distrair, Noël escreveu diversos volumes de contos e um de romance, deixando Graham Greene temporariamente na sombra. Apareceu em filmes como *O nosso homem em Havana, Bunny Lake desapareceu* e acabou com a festa de como se chamavam mesmo aqueles outros atores? Em 1970, a rainha finalmente confessou que era sua fã e deu-lhe o título de *Sir*, o que já devia ter feito há mais tempo, não que isso tenha muita importância. E, finalmente, em 1972, houve as sensacionais montagens de *Cowardy Custard* e *Oh! Coward*, com as quais as platéias de Londres e Nova York voltaram a descobrir que todas aquelas canções tinham sido compostas por Noël Coward. Nada mal para quem já estava aposentado.

É verdade que tudo isto tinha um leve sabor pré-nostálgico, porque Noël ainda estava vivo e era bem capaz de escrever uma nova peça que bagunçasse o inventário. Mas ele morreu em fevereiro de 1973, na sua casa da Jamaica, e até nisso o seu *timing* foi perfeito — soube sair de cena na hora certa. Quando o mundo se tornar ligeiramente mais habitável e as pessoas reaprenderem a rir de si mesmas, ou tiverem motivos para isso, Noël Coward voltará à cena e começará tudo outra vez.

3/5/75

Poesias

de Manuel Bandeira

(por Lêdo Ivo)

Para alguns críticos Manuel Bandeira era o que chamam "um poeta menor", por se recusar a compor longos poemas épicos. Preferia cantar o cotidiano, o subjetivo, a "dália dominical", e "os seios imaturos". Nunca se sentou para escrever o chamado poema grande. *Mas numa época como a nossa — em que a divisão da poesia em compartimentos estanques já perdeu todo o sentido — isso não é assim tão importante. Bandeira fez incomparáveis versos líricos que vão crescendo à medida que o tempo passa. Só tendo conhecido muito tarde o amor, a glória e uma vida de relativa saúde, conservou diante das menores coisas um deslumbramento de menino. Tendo começado como poeta simbólico/parnasiano, ele passou para os versos livres do modernismo e finalmente praticava "todos os ritmos, sobretudo os inumeráveis", com imenso talento e força poética rica.*

Contou-me Antônio Cândido não ter conseguido, tempos atrás, que seus alunos da Faculdade de Letras da Universidade de São Paulo se interessassem pela poesia de Manuel Bandeira. Ao mesmo tempo que demonstravam o mais desdenhoso desinteresse pelo lírico de *Estrela da manhã*, os jovens concentravam a sua atenção e instrumentais críticos, na poesia instantânea e na prosa escatológica de Oswald de Andrade — daquele Oswald de Andrade que foi a ovelha negra do Modernismo e Manuel Bandeira não achou digno de figurar em sua *Apresentação da poesia brasileira*. Mas os tempos mudam. A obra literária é como uma ação numa estranha bolsa de valores. Os títulos oswaldianos, antes desprezados, têm atingido cotações extraordinárias no mercado cultural — o que muito haveria de surpreender Bandeira, se ele não tivesse morrido nove anos atrás, exatamente quando os papéis do poeta-inventor de *Pau Brasil*, relançados pelos concretistas, transformaram o poeta maldito num clássico: o clássico Oswald de Andrade, com as suas obras completas editadas em convênio com o Instituto Nacional do Livro, e matéria infatigável e inesgotável nas universidades.

Assim, enquanto a contracultura, a valorização do irracional e do antropofágico e a desconfiança pelo legado humanístico que deforma a liberdade ou disponibilidade do espírito, elementos imanentes na estética de Oswald de Andrade, têm o poder de aliciar tantos jovens (poetas, romancistas, cineastas, dramaturgos, *designers*, artistas de teatro, críticos), o clássico e acadêmico Manuel Bandeira tem sofrido, postumamente a descuriosidade dos moços. Poder-se-á alegar que ele foi um dos autores adotados no último vestibular. Mas ocorreu, no caso, uma adoção compulsória a que faltou o emblema da descoberta livre e espontânea, essa misteriosa aliança ideológica entre autor e leitor. Como explicar esse fenômeno à luz da sociologia literária ou da mudança de gostos que, ciclicamente, redescobre e ilumina certos autores, para sombrear e apagar outros? Ele não é novo. As histórias da cultura vivem desse ir-e-vir das reputações e valores. No Brasil, apesar da pouca densidade demográfica de nossa população literária, já podemos observar algumas notáveis variações póstumas. Entre o condor de Castro Alves, que só fitava os Andes, e o sabiá de Gonçalves Dias, a posteridade escolheu o segundo. O suburbano Lima Barreto e o urbano Adelino Magalhães sepultaram, com as verdades incômodas de suas ficções, toda a literatura saloneira do nosso desfrutável *art-nouveau*. De Bilac, Raimundo Correia e Alberto de Oliveira, o triunvirato máximo do parnasianismo, e aparentemente fadados a durar tanto quanto os mármores gregos que festejavam em seus alexandrinos apertados como os seios espartilhados das damas da Primeira República, pouco ou nada resta. O espaço histórico-cultural em que se movimentaram, com tanto desembaraço, e tão olimpicamente confiantes no juízo da posteridade, ocupa-o hoje um lobo solitário de nossa poesia: Augusto dos Anjos. Com apenas um livro, o *Eu*, que tantas gargalhadas provocou na velha Livraria Garnier, o poeta paraibano trilhou o caminho entre a chacota e a consagração. Marques Rebelo, que só postumamente, com a revelação cinematográfica de *A estrela sobe*, está conhecendo a glória, costumava repetir-me a frase de Maurice Martin de Gard: "De glória em glória até o esquecimento, de *gaffe* em *gaffe* até a imortalidade." Feliz ou infelizmente, as *gaffes* conduzem à glorificação. É o caso de Adelino Magalhães, Lima Barreto, Augusto dos Anjos, Oswald de Andrade e até do próprio Marques Rebelo, que cometeu em vida a *gaffe* suprema de escrever um romance cíclico com as miniaturas da vida cotidiana. E, semelhante a um píncaro isolado, a glória tem o péssimo inconveniente de estar sempre a meio passo do abismo. De outra parte, cabe não esquecer que, na verdade, só há dois tipos de poetas: os malditos e os mimados.

Na primeira fase de suas vidas, os poetas quase sempre conhecem a maldição. Os editores os odeiam, porque eles tiveram a ousadia imperdoável de propor-lhes obras invendáveis. Os leitores os desconhecem. Os críticos os desprezam, mesmo quando os ignoram. O octogenário mimado e glorioso que foi Manuel Bandeira conheceu, antes, a maldição. Adolescente e bem-nascido, de tradicional tronco pernambucano, viu-se marcado na alvorada de seus sonhos e ambições. Quando a vida deveria abrir-se para ele, e convertê-lo em arquiteto (a obsessão pela forma e estrutura acompanha-o a vida inteira, como uma estrela), as hemoptises indicaram o contrário. "Sou bem-nascido. Menino. / Fui como os demais feliz. / Depois, veio o mau destino / E fez de mim o que quis." Mas o que haverá de se admirar para sempre no rapazinho dentuço alvejado pela tuberculose é a altivez varonil com que enfrentou a Dama Branca responsável pela morte de seus entes queridos. Uma vez, tendo ido a Teresópolis para uma temporada de repouso, nenhum hotel ou pensão quis aceitá-lo, e ele terminou dormindo na sede da Prefeitura. Contudo, as portas que se fechavam, as pessoas que se afastavam temerosas do contágio do moço tossidor, o sentimento da solidão e diferença diante dos outros mortais, nada o abalava. A grande lição de sua vida freme nesses dias de maltratos e humilhações iniciais, em que descobriu a nobreza e a grandeza da dor: "A vida é vã como a sombra que passa.../ Sofre sereno e de alma sobranceira. / Sem um grito sequer, tua desgraça." Muitos decênios depois, quando a notoriedade bateu à sua porta, quem a recebeu não foi o homem maduro e sofrido, já professor de Literatura Hispano-Americana da Faculdade Nacional de Filosofia, e requestado pelos salões. Foi o adolescente que preferiu enfrentar sobranceiramente a desgraça e zombar ou ironizar a doença a rebaixar-se diante dela — o rapazinho convicto de que, diante da ronda da morte, "a única coisa a fazer é tocar um tango argentino".

Dizia-me Bandeira que há (ou havia, naqueles tempos em que a doença era temida e incurável) dois tipos de tuberculosos: os burros e os inteligentes. Tuberculoso burro fora o poeta Raul de Leoni, seu amigo, que tomava banho frio e morrera em plena juventude. O tuberculoso inteligente só toma banho quente — era o seu caso. E se ajustou de tal modo à doença que trabalhava sem sair da cama. Durante muitos anos esperou que a tuberculose terminasse por estabelecer com ele um pacto não em função da morte, mas em função da vida. No sanatório suíço de Cladavel, (1913/1914) ele terá aprendido a esperar, contemplando as neves dos Alpes e lendo Apollinaire Charles Gros e Charles de Guérin.

Quando vejo nas gazetas as queixas dos jovens poetas, inconformados porque não têm editores nem leitores, ou críticos dispostos a reconhecer os seus versos ou não-versos, lembro-me do exemplo de Manuel Bandeira. Só perto dos 60 anos o grande poeta conseguiu editores para os seus livros. Saiu do seu bolso o dinheiro para imprimir *A cinza das horas* (1917), sua estréia aos 31 anos. *O Carnaval* (1919) foi custeado pelo seu pai, que morreu pouco depois. Só uma vez logrou um editor, nesses tempos em que, sem o saber, estava mudando a poesia brasileira com a sua voz altiva e pungente, irônica e terna, solitária e solidária — com a sua palavra fraterna. Amigo de seu tio, o acadêmico e gramático Souza Bandeira, o também acadêmico e gramático Laudelino Freire publicou, num volume, *Poesias* (1924), seus três primeiros livros *(A cinza das horas, Carnaval* e *Ritmo dissoluto)*. Foi só. Já cinqüentão, e candidato à Academia, pagou do seu bolso a primeira edição das *Poesias completas*. Também os convites para colaborar nos grandes jornais só vieram quando o poeta se aproximava do 60 anos. Uma vez, ao saber que certo jovem poeta vendia aos jornais as suas primícias líricas, desabafou comigo: "Se quando eu era moço ousasse subir a escada de um jornal para vender um poema, seria expulso da redação a pontapés."

Sozinho no mundo, já que sua única irmã também fora levada pela morte, o poeta passou muitos anos traduzindo biografias e romances policiais para viver, e escrevendo crônicas para jornais que só pagavam aos pingos. Eram crônicas escritas num estilo informal, em que louçanias hauridas nos clássicos se arreganhavam para as vozes do dengoso falar carioca e a palavra mais pobre. Nesse prosear inestancável, e prolongado até a sua velhice, Bandeira se revelou, também sem querer, um dos melhores prosadores de nossa língua, com um estilo vivo, cheio de humor, avesso à retórica. Ele escrevia como os ensaístas ingleses: numa prosa coloquial que bem merecia a atenção dos exigentes e intolerantes alunos dos cursos de mestrado do Professor Antônio Cândido.

Não foi apenas uma experiência literária acumulada em tantos anos de solidão que trouxe Manuel Bandeira, quando a mudança do gosto poético o revelou a um país do qual ele era um dos *seus* poetas, ao cantar a infância na Rua da União, a preta Irene, os sapos parnasianos que reduzem a forma a *fôrmas*, o carnaval sem nenhuma alegria, os moleques da Rua do Sabão, a Lapa. Foi (e eu diria até principalmente) a sua experiência amorosa, a sua dor e alegria de homem, a visão erótico-sentimental que o acompanhou até os dias finais. Um dia quando, oficialmente nomeado um de seus confidentes e até porta-vozes literários (ele me autorizara a dar entrevistas, em seu nome, sem ouvi-lo previamente), lhe pedi uma informação segura sobre a sua vida íntima, recebi uma negativa. A batalha que homem e mulher travam entre quatro paredes era a seu ver tão íntima que não poderia ser confidenciada, nem mesmo como um sussurro inaudível, ao ouvido do melhor amigo. Só entre ele, o amante, e ele, o poeta, tinham o direito de evocar "Os teus seios miraculosos, / Que amamentaram sem perder / O precário frescor da pubescência, / Teus seios que são como os seios intactos das virgens."

Entretanto, apesar do pudor e reserva do poeta, quantas lembranças me ocorrem sobre a sua vida sentimental! Ele sempre se vangloriava, menos com as palavras do que com uma certa maneira de sorrir e silenciar, de possuir uma saúde sexual que muito jovem haveria de invejar. O *físico profissional* acumulara, como uma formiguinha sábia e afortunada, o combustível que alimentava os seus dias provectos. Recordo-me de uma visita ao seu apartamento no Castelo, de onde ele via o aeroporto dar-lhe uma lição de partida. Um buquê de rosas vermelhas se despetalava junto ao seu retrato por Cândido Portinari. O rumor da vida civil, que o poeta estimava, subia até nós e regia a conversa, sobre os poetas que não sabiam rimar e metrificar. Fiel a Camões e aos grandes líricos peninsulares, conhecedor profundo de toda a retórica tradicional, Bandeira considerava *aleijados de ouvido* os poetas incapazes de produzir uma peça rimada e metrificada; e dava boas gargalhadas quando, abrindo um suplemento literário, via os "sonetos" de Augusto Frederico Schmidt: um verso de nove, outro de onze, outro de dez, outro de catorze sílabas. E as tônicas, onde estavam as tônicas?... De repente, um toque de campainha. O poeta se levanta, abre a porta do apartamento e protege, com o corpo, um vulto de mulher madura que, escondendo as suas graças outoniças, se encaminha diretamente para o seu quarto. Quando ele volta, já estou de pé, para a despedida. Então, com o seu riso dentuço, Bandeira comenta: "Minha tarde está minada."

De outra feita, ao cair da noite, dou uma carona a Manuel Bandeira, que, no centro da cidade, dava uma de poeta visionário: esperava um táxi. Deixo-o numa rua de Botafogo. E o poeta, quase octogenário, diz-me, à guisa de despedida: "Vou-me à grande aventura."

Mas, destas, a mais ambiciosa não se realizou. Manuel Bandeira não queria morrer sem ter possuído uma negra. Apesar de sua consabida discrição em matérias amorosas e carnais, mais de uma vez ele se queixou a mim de que, desde sua juventude de tísico, seu comércio sexual era com as "brancarronas azedas". Não se deitava com as negras, cujos corpos enchiam a sua imaginação lírica, fiel à primeira nobreza da língua em que Camões cantou "a pretidão do amor". Tendo transmitido esse desejo supremo a um amigo empresário, este se comprometeu a torná-lo realidade, com uma frase solene: "A Casa se encarrega de tudo."

Um freqüentador da empresa, com alguns conhecimentos na noite carioca, ofereceu os préstimos e terminou parlamentando com uma vedete negra. Esta pediu um preço respeitável, alegando os riscos da empreitada, pois o poeta já frisava pelos 80 anos. Chamado para fechar a transação, o irmão do empresário, e seu gerente, decidiu que o compromisso não abrangia a despesa — por ele considerada exorbitante, verdadeiro assalto àquele ardor de pôr-de-sol do grande poeta — inclusive porque Bandeira estava auferindo, então, gordos direitos autorais.

A firma, ajuntou, considerava encerrada a sua espinhosa missão ao conseguir-lhe a negra suspirada. Estavam as coisas nesse pé quando o desapontamento de Bandeira atinge o clímax. Aos ouvidos do seu médico chegaram os rumores dessa derradeira aspiração carnal do poeta. E ele a vetou implacavelmente, sob a alegação, aliás justa, de que a idade avançada de Manuel Bandeira não autorizava cometimento amoroso tão ousado.

E ainda sobre o sentimento carnal que segue toda a trajetória lírica do autor de *Libertinagem*, e alcançou mesmo a faixa dos poemas eróticos (como aquele, que ele me deu uma vez, e que celebrava certa "rosa dos Países-Baixos") evoco outra conversa. Falávamos dos versos mais belos da nossa língua, Bandeira me citou um, de Orestes Barbosa, que confessava invejar: "Tu pisavas nos astros, distraída."

Lembrei-lhe o "Incertos muito mais que ao vento as naves", de Sá Miranda, da minha inveja maior e inarredável. Mas — ponderei — se a intenção do amador de poemas era procurar e encontrar não a pedra-de-toque de um verso maravilhoso e perfeito, mas uma totalidade, uma estrutura poética, o primeiro quarteto do seu *Soneto Inglês nº 1* atendia belamente a essa busca: "Quando a morte cerrar meus olhos duros / — Duros de tantos vãos padecimentos, / Que pensarão teus peitos imaturos / Da minha dor de todos os momentos?" Salientei a Bandeira que só um poeta viril e carnal, que sabe o preço da vida, poderia ter engastado, no quarteto, esses "peitos imaturos" que estabelecem de um lado a linha de interrogação e contraste entre o sentimento da morte e o sofrimento inútil dos homens, e do outro a beleza, a juventude e a santidade da carne viva, sem pecado e sem memória. E quando nossa conversa resvalou para os versos mais feios da língua, citei-lhe alguns, de um tal de Manuel Bandeira: "— Mamãe não avisou se vinha. / Se ela vier, mando matar / Uma galinha."

Em toda a obra de Manuel Bandeira treme o acento autobiográfico e confessional. Mesmo quando ele não fala na primeira pessoa, a voz mais presente e pungente de sua lírica, o seu olhar se estampa através do verso impessoal e encravado na realidade cega do mundo, numa contemplação comovida e irônica, como nos três versos do poema *Vozes da Noite:* "Cloc cloc cloc... / Saparia no brejo? / Não, são os quatro cãezinhos policiais bebendo água." O poeta que via a rosa "sozinha no galho", e as estrelas no céu também sabia ver os meninos carvoeiros, um jumentinho, o gatinho que faz pipi, aquelas dálias "rechonchudas, plebéias, dominicais" da pensão burguesa, o pardalzinho que morreu, o bicho-homem "catando comida entre os detritos". Quando um jovem poeta me pergunta a quem deve ler, pondero-lhe que, na poesia brasileira, ninguém ensina melhor a ver do que Manuel Bandeira. O que ele não viu — beco, enterro, umbigo de mulher — nenhum outro poeta o terá visto.

Essa visão do miúdo, doméstico ou escondido levava um amigo meu — um dos melhores poetas portugueses — a ponderar-me ser Manuel Bandeira um *poeta menor*. Invocava, como justificativa de seu juízo, o fato de ser o autor de *Mafuá do Malungo* essencialmente lírico e subjetivo, voltado para o cotidiano, incapaz de fazer um poema grande, ou um grande poema grande. Faltava-lhe o hausto de um Fernando Pessoa ou um Mário de Andrade. Com efeito, Bandeira se situa sempre perto da trova, do madrigal, do acróstico, do soneto, da baladilha, e imensamente longe das odes e outras peças de fatura ambiciosa, e que reclamam do poeta um fôlego de mergulhador. Quanto mais comprido é o poema, de Bandeira, menos acabado. Suas peças perfeitas são as pequenas, em que a emoção e a arte poética se condensam poundianamente, de preferência se o molde pertence à tradição poética da língua, com as suas formas fixas. Seus poemas longos dão a impressão de perdidos ou extraviados — ou de inacabados. Mas o que é um poeta épico, em nosso tempo?

No fim do século passado, o *Un Coup de Dés* de Mallarmé ensinava o caminho da elipse, na interpretação órfica da Terra. Os poemas épicos do nosso século deixaram de ser composições vastas, como *Os lusíadas*. São peças concentradas, verdadeiras condensações verbais do universo: *Le Cimetière Marin*, de Valery, as *Elegias do Duino*, de Rilke, *The Waste Land*, de Eliot, *Vents*, de Saint-John Perse, *The Age of Anxiety*, de Auden, *Os cantos* de Pound. Realmente, Bandeira não ostenta a mais leve predisposição para uma poesia que abdique do lirismo pessoal e se seqüestre de si mesma, para veicular os sonhos, aspirações e sentimentos históricos da tribo. Dos nossos poetas da primeira nota, é o mais desaparelhado de qualquer frêmito épico. De tal modo se entranha no confessional e no subjetivo que parece difícil ao leitor que com ele não conviveu, ou desconhece a sua parafernália afetiva, usufruir de certos *vers de circonstance*, louvações e jogos onomásticos. Outro problema relevante relaciona-se com a própria modernidade de Bandeira. Começou ele simbólico/parnasiano e, se tivesse morrido após *A cinza das horas*, este livro haveria de conquistar, postumamente, a aura gloriosa do *Eu* de Augusto dos Anjos. Viveu, no *Carinho triste* de *O ritmo dissoluto* a transição para o verso livre e, uma vez inserido no Modernismo, praticava indiferentemente "todos os ritmos, sobretudo os inumeráveis". Contudo, após viver, em *Libertinagem* (1930) e *A estrela da manhã* (1936) a plenitude de um lirismo que era libertação, o poeta se concentrou num modernismo moderado ou mitigado.

Em 1937, com a comemoração do seu cinqüentenário, começou para ele um novo caminho. O poeta se classiciza, retornando às suas origens pré-modernistas. Pouco a pouco o seu passado simbolista e parnasiano volta a galope. *A Lira dos Cinquent'anos* abre com um soneto em alexandrino: "Ouro branco! Ouro preto! Ouro podre! De cada / Ribeirão trepidante e de cada recosto / De montanha o metal rolou na cascalhada / Para o Fausto del-Rei, para a glória do imposto." Poeta civil e urbano, Bandeira reafirma a sua adesão à vida cotidiana, no quarto da Lapa onde se refugia com o seu passado. E proclama: "Sei que amanhã quando acordar / Ouvirei o martelo do ferreiro / Bater corajoso o seu cântico de certezas." A Lapa substitui Pasárgada, embora este poema não seja uma peça de evasão, como o propala a crítica matinal, e sim de reinserção mais profunda nos rituais e convenções da existência — um plágio da vida real e uma recriação da realidade. Note-se que, em Pasárgada, "Tem prostitutas bonitas / Para a gente namorar" e a infância perdida se faz retornada. O problema da morte assume nítida persistência, em numerosos poemas. Durante mais de trinta anos, Bandeira passará a versá-lo, ora pelo caminho da interrogação iluminada pelo amor à vida, ora como um solitário "sem família / Religião ou filosofia; / Mal tendo a inquietação do espírito / Que vem do sobrenatural".

Até que ponto devem os poetas, principalmente os grandes, continuar produzindo versos? Para Eliot, o sinal da legitimidade da vocação poética está na permanência do ofício na idade madura, quando a maior parte desiste. Mas o exame da poesia de Bandeira mostra que a sua melhor poesia foi produzida entre os 20 e os 50 anos. Com a glorificação, acentuou-se nele a vocação menor para os jogos onomásticos. Mesmo os seus poemas políticos se integram nesse lirismo circunstancial: após rápida permanência no Partido Socialista, pelo qual foi candidato a deputado federal, tangeu mais de uma vez a sua lira a serviço da UDN.

Numa ou noutra ocasião, renasce o grande poeta amoroso, como naquele soneto, *A Ninfa*, em que celebra o púbis de uma senhora branca e ruiva: "... Logo a seu lado / Buliu na luz do lar, na luz do leito, / Como um brasão de timbre indecifrado, / O ruivo, raro isóscele perfeito." Num de seus mais belos poemas de amor, Apollinaire, um dos poetas preferidos de Bandeira, homenageia o púbis de sua bem-amada Madeleine: *"O toison triangle isocèle tu es la divinité même à trois côtés touffue innombrable comme elle..."* Plágio de Manuel Bandeira? Empréstimo? Coincidência? Uma vez, como eu lhe perguntasse quais as suas influências, respondeu-me: "Mais que as estrelas do céu, mais que as areias do mar." Num clássico esquecido, na frase de uma criança, numa notícia de jornal, numa canção popular, na voz do morro, ele ia buscar a sua matéria poética. Um de seus poemas mais pessoais e antológicos, *Profundamente*, corresponde, no fundo, a uma paráfrase inconfessada de poemas do *Spoon River Anthology* do poeta norte-americano Edgar Lee Masters, especialmente do *The Hill.* Bandeira quer saber "Onde estavam os que há pouco / Dançavam / Cantavam / E riam / ao pé das fogueiras acesas?" Numa reiteração desolada, menciona nomes de parentes e protagonistas de sua infância. Em Edgar Lee Masters há o mesmo apelo pungente aos nomes — "Elmer, Herman, Bert, Tom and Charley" — e igual reiteração perplexa em que a morte é comparada a um sono: *"All, all are sleeping, sleeping on the hill"*, correspondente ao "Estão todos dormindo profundamente" do nosso bardo. Curioso: admirável tradutor, Bandeira verteu para a nossa língua vários poetas norte-americanos, como Emily Dickinson, Archibald Mc Leish, Langston Hughes, mas nem traduziu Lee Masters nem jamais o citou em qualquer sítio de sua obra.

Mas houve um dia em que Manuel Bandeira também foi dormir profundamente. Ele se confessava cansado de viver. Os festejos de seu 80º aniversário o tinham arrasado. O Sistema, quando se apropria de um poeta provecto, só o larga na hora da entrega do cadáver à agência funerária. A mim sempre dizia que estava cansado de viver. "Sem ambições de amor ou de poder / Nada peço nem quero — e entre nós — ando / Com uma grande vontade de morrer", assegurava num dos seus poemas derradeiros. E queria morrer como um passarinho, embora já tivesse visto muitos deles morrerem entre estertores. Teve, porém, uma morte de homem. Penou durante meses. Caiu da cama, fraturando uma perna, o que lhe agravou ainda mais os sofrimentos. Em seu leito de *aquém-túmulo*, o poeta ateu que tanto celebrara o Cristo, o Menino Jesus, Santa Maria Egipcíaca, a Virgem Maria e até uma Nossa Senhora da Prostituição, além do papa — gemia baixinho, chamando por Deus. Mas, como no seu poema *Conto Cruel*, "Jesus Cristinho nem se incomodou."

24/5/75

Poesias

de Olavo Bilac

(por Josué Montello)

Teria passado para sempre a poesia de Olavo Bilac? Ou ainda voltaremos a recitá-la, embalados pelo ritmo cantante de seus versos? Apoiada no rigor formal e impregnada de transparente sensualidade, tudo fazia crer, há trinta anos, há vinte anos, que ela continuaria prestigiada pelo gosto do grande público, que não cessava de esgotar as sucessivas edições dos poemas bilaquianos. Ao tempo dos recitativos, quando era de bom-tom, na sociedade da capital da República, a declamação dos grandes poetas, poemas como A tentação de Xenócrates, O julgamento de Frinéia, *ou* O caçador de esmeraldas *eram números obrigatórios nos salões mais requintados.*

Por outro lado, reproduziam-se poemas de Olavo Bilac nas antologias escolares, nos almanaques, nos jornais de estudantes, nas revistas de clubes e associações, como testemunhos sucessivos da glória do poeta. Em toda a vasta área da língua portuguesa no mundo, repetia-se Bilac. Nenhum poeta brasileiro era mais lido, mais amado e admirado. Amado é bem o termo.

Em 1913, através de um concurso instituído pela revista *Fon-Fon!*, elegeram-no príncipe dos poetas brasileiros.

O paulista Amadeu Amaral, que o sucederia na Academia Brasileira, reconheceu, saudando-lhe o principado numa crônica de jornal, que não havia um lugar do Brasil onde seus versos não fossem "lidos, decorados, reproduzidos e imitados".

Lembra-nos R. Magalhães Júnior, em *Olavo Bilac e sua época* (Rio, 1974), que Emílio de Meneses, temido poeta satírico, mestre na arte de destroçar os adversários e companheiros com um epigrama, foi assim que saudou Bilac, na festa a este oferecida, no salão do *Jornal do Commercio*, comemorando-lhe a eleição:

> Como é bom elogiar, quando nasce o elogio
> De um entusiasmo assim, de uma emoção sincera.
> Corre, sobre o papel, a tinta, como um rio
> A correr no caudal que o declive acelera!
>
> Os vocábulos vêm, espontâneos, a fio,
> Como os sorrisos sãos que um são deleite gera!
> Rebenta o aplauso em nós, vigoroso e sadio,
> Como rebenta a flor em plena primavera!
>
> Eis porque sou feliz, em ver glorificado,
> Fora da inveja hostil, do despeito perverso,
> O prosador querido, o poeta muito amado!

Da arte, no sangue real, tens o teu estro imerso,
Porém não basta, Mestre! um simples principado
— A quem é rei na prosa e imperador no verso!

Olavo Bilac, por esse tempo, ainda não fizera 50 anos. Desde cedo, ainda no princípio de sua vida literária, soubera suscitar à sua volta, com o verso e a prosa que lhe saíam da pena, o louvor unânime dos companheiros. Em 1886, um desses companheiros, Alberto de Oliveira, iniciava o elogio de Bilac com estas palavras: "Foi na antiga Rua da Vala (Uruguaiana) que nasceu esse adorável poeta. Era por uma manhã de 16 de dezembro de 1865; cantavam as aves, que ele mais tarde devia cantar, as patativas, e os pintassilgos, os canários e serradores, os coleiros, os avinhados selvagens e esse bom sabiá que, por tanto tempo, redobrou seus melhores gorjeios empoleirado nas estrofes dos nossos poetas."

Só dois anos depois do elogio de Alberto de Oliveira, ou seja, em 1888, pela editora Teixeira & Irmão, de São Paulo, Olavo Bilac publicou as suas *Poesias*, reunindo a produção escrita no período de 1884 a 1887.

Compunham a coletânea os poemas de *Panóplias, Via Látea* e *Sarças e fogo*. Com ela Bilac alcançava a notoriedade do livro, e logo se firmava como um dos poetas mais importantes de sua geração.

Em 1886, um soneto, *Ouvir estrelas*, abrira-lhe o caminho da popularidade nacional. Publicado a 31 de julho desse ano, em *A Semana*, no Rio de Janeiro, logo esse soneto se difundiu por jornais, revistas, almanaques, álbuns, cartões-postais. Facilmente foi decorado.

Antes de ser incluído na coletânea de 1888, como XIII soneto da *Via Láctea* com uma alteração no sexto verso (a expressão *cofre aberto* passou para *pálio aberto*), era este o seu texto:

"Ora (direis) ouvir estrelas! Certo
Perdeste o senso!" E eu vos direi, no entanto,
Que, para ouvi-las, muita vez desperto
E abro as janelas, pálido de espanto...

E conversamos toda a noite, enquanto
A via látea, como um cofre aberto,
Cintila. E ao vir do sol, saudoso e em pranto,
Inda as procuro pelo céu deserto.

Direis agora: "Tresloucado amigo
Que conversas com elas? Que sentido
Tem o que dizem, quando estão contigo?"

E eu vos direi: "Amai para entendê-las
Pois só quem ama pode ter ouvido
Capaz de ouvir e de entender estrelas."

Ao publicar as *Poesias*, tinha Bilac 23 anos. A despeito da juventude, já era um mestre, consciente de seu ofício. Na *Profissão de fé* com que abria o livro soubera exprimir de modo perfeito o seu ideal de arte, tomando para dístico estes dois versos de Victor Hugo:

Le poète est ciseleur,
Le ciseleur est poète.

E confessava:

Invejo o ourives quando escrevo:
Imito o amor
Com que ele, em ouro, o alto-relevo
Faz de uma flor.

Adiante, recomendava:

Torce, aprimora, lima
A frase; e, enfim,
No verso de ouro engasta a rima,
Como um rubim.
Quero que a estrofe cristalina,
Dobrada ao jeito
Do ourives, saia da oficina
Sem um defeito.

E noutra estrofe, acentuava:

Porque o escrever — tanta perícia,
Tanta requer,
Que ofício tal... não há notícia
De outro qualquer.

Ao escrever essa *Profissão de fé*, de clara e transparente maturidade intelectual, Olavo Bilac andava pelos 21 anos de idade. Já era senhor de seus instrumentos de expressão; seu espírito estava plenamente preparado para o exercício do lavor de poeta. Nenhuma hesitação se nota na sua frase. E também nenhuma demasia. Podendo ter recolhido algo do Romantismo, que também se caracterizara pela ampla fluência verbal, o poeta carioca soube encontrar, mal saído da adolescência, tanto no verso quanto na prosa, o perfeito equilíbrio da palavra.

Vem a propósito recordar o terceiro poema das *Panóplias*, primeira parte de *Poesias*, e que é dedicado a Gonçalves Dias:

Celebraste o domínio soberano
Das grandes tribos, o tropel fremente
Da guerra bruta, o entrechocar insano
Dos tacapes vibrados rijamente,

O maracá, as flechas, o estridente
Troar da inúbia, e o kanitar indiano...
E, eternizando o povo americano,
Vives eterno em teu poema ingente.

Estes revoltos, largos rios, estas
Zonas fecundas, estas seculares
Verdejantes e amplíssimas florestas

Guardam teu nome: e a lira que pulsaste
Inda se escuta, a derramar nos ares
O estridor das batalhas que contaste.

Esse louvor a Gonçalves Dias é mais do que um testemunho de admiração — é um traço de afinidade nítida entre o poeta carioca e o poeta maranhense. Bilac continuaria fiel a seus mestres de juventude: Camões, Bocage, Gonçalves Dias.

À hora em que a poesia genuína de Bocage era esquecida, valendo o nome do poeta português como uma recorrência escatológica, Bilac tomou-lhe a defesa, e nele viu "o grande arquiteto da expressão verbal, o admirável artista da palavra, o inexcedível metrificador". E acentuava: "Em Portugal, a arte de fazer versos chegou ao apogeu com Bocage, e depois dele decaiu."

A consciência do valor excepcional de Bocage, com o reconhecimento de que nenhum outro poeta, em língua portuguesa, "o excedeu nem igualou no brilho da expressão", é uma conclusão da juventude, que a maturidade de Bilac confirmaria. O vigésimo-quinto soneto da *Via Látea* é dedicado a Bocage, e já aí diz Bilac o que diria em prosa, na conferência que, sobre o mestre português, proferiu em São Paulo, a 19 de março de 1917:

Tu, que no pego impuro das orgias
Mergulhavas ansioso e descontente
E, quando à tona vinhas de repente,
Cheias as mãos de pérolas trazias;

Tu, que do amor e pelo amor vivias,
E que, como de límpida nascente,
Dos lábios e dos olhos a torrente
Dos versos e das lágrimas vertias;

Mestre querido! viverás, enquanto
Houver quem pulse o mágico instrumento,
E preze a língua que prezavas tanto:

E enquanto houver num canto do universo
Quem ame e sofra, e amor e sofrimento
Saiba, chorando, traduzir no verso.

Nos poemas de seu derradeiro livro, *Tarde*, de publicação póstuma, e que concluiu em outubro de 1918, dois meses antes de morrer, Bilac se volta para Camões, descrevendo o suplício do poeta em Goa, no protesto deste soneto:

Camões sofre, na infâmia da clausura,
Pária sem honra, náufrago sem nome;
E rala, na saudade que o consome,
O pobre peito contra a pedra dura.

O seu gênio ilumina a abjeta lura...
Mas a vida das carnes se lhe some:
Míngua de pão, e, outra mais negra fome,
Indigência de beijos e ventura.

Do próprio fel, dos íntimos venenos,
Faz a glória da pátria e a luz da raça;
E chora, na ignomínia. Mas, ao menos,

Possui, na mesquinhez da terra crassa
E na vergonha de homens tão pequenos,
O orgulho de ser grande na desgraça.

Nalguns sonetos da *Via Láctea* (segunda parte de *Poesias*) Bilac alcançou a perfeição suprema, notadamente nos poemas de inspiração amorosa. Neles o poeta consegue ser o amante extremado, com uma expressão nova a traduzir-lhe os sentimentos. Sem se desprender de seus motivos habituais, o poema de amor individualiza-lhe a presença. Bilac tem neles, ao mesmo tempo, uma força aflitiva e também coibida, que não se confunde com o tom magoado de outros grandes poetas, na área de língua portuguesa, como neste exemplo:

Pouco me pesa que mofeis sorrindo
Destes versos puríssimos e santos:
Porque, nisto de amor e íntimos prantos,
Dos louvores do público prescindo.

Homens de bronze! um haverá, de tantos,
(Talvez um só) que, esta paixão sentindo,
Aqui demore o olhar, vendo e medindo
O alcance e o sentimento destes cantos.

Será esse o meu público. E, de certo,
Esse dirá: "Pode viver tranqüilo
Quem assim ama, sendo assim amado!"

E, trêmulo, de lágrimas coberto,
Há de estimar quem lhe contou aquilo
Que nunca ouviu com tanto ardor contado.

Esse soneto fecha a série da *Via Látea*. Não será o de mais patética beleza. Embora tenha sido reproduzido em não sei quantas revistas e jornais, desde que veio a lume, ainda no século passado, este outro certamente o suplanta:

Inda hoje, o livro do passado abrindo,
Lembro-as e punge-me a lembrança delas:
Lembro-as, e vejo-as, como as vi partindo,
Estas cantando, soluçando aquelas.

Umas, de meigo olhar piedoso e lindo,
Sob as rosas de neve das capelas;
Outras, de lábios de coral, sorrindo,
Desnudo o seio, lúbricas e belas...

Todas, formosas como tu, chegaram,
Partiram... e, ao partir, dentro em meu seio
Todo o veneno da paixão deixaram.

Mas, ah! nenhuma teve o teu encanto,
Nem teve olhar como esse olhar, tão cheio
De luz tão viva, que abrasasse tanto!

Outra característica da poesia de Bilac é a sua ardente sensualidade. Nos *Tercetos*, que fazem parte de *Alma inquieta* (também nas *Poesias*), essa sensualidade assim se exprime:

E, já amanhã, quando ela me pedia
Que de seu claro corpo me afastasse,
Eu, com os olhos em lágrimas, dizia:

Não pode ser! não vês que o dia nasce?
A aurora, em fogo e sangue, as nuvens corta...
Que diria de ti quem me encontrasse?

Ah! nem me digas que isso pouco importa!...
Que pensariam, vendo-me, apressado,
Tão cedo assim, saindo a tua porta,

Vendo-me exausto, pálido, cansado,
E todo pelo aroma de teu beijo
Escandalosamente perfumado?

Manuel Bandeira sabia de cor, e o repetia com admiração, um soneto que Bilac não reuniu nas *Poesias*, e em que celebra, nos mais ardentes versos, os seus encontros com uma viúva:

Domingo. Chove. Como é triste a chuva!
Como é triste e monótono o domingo!
Ouço a chuva cair de pingo em pingo...
Ah! se chegasses, pálida viúva!

Sonho que chegas: livro-te da capa;
Todas as vestes úmidas te arranco;
Como de um ninho, o teu pezinho branco
Da bota como um pássaro, se escapa...

Tremes de frio, entrechocando os dentes...
Bátegas e água, trépidas, lá fora,
Rufam nas pedras, encharcando a rua!

E dos meus lábios, trêmulos, ardentes,
Outra chuva te cai, quente e sonora,
— Chuva de beijos — sobre a espádua nua.

Embora se conheçam dois noivados de Bilac (um, com uma irmã de Alberto de Oliveira; outro, com uma filha do violinista Pereira da Costa), sendo que o primeiro foi desfeito pela família da noiva e o segundo pelo próprio noivo, a verdade é que nunca se teve notícia de qualquer ligação amorosa do poeta. A sensualidade de seus versos constituiria uma exaltação cerebral. A despeito de todas as pesquisas realizadas, quer em vida do poeta, quer depois de sua morte, uma cortina de mistério desceu sobre esse aspecto de sua vida, e tudo quanto dele se sabe, realmente, como ser apaixonado, se resume às confissões que deixou no papel, umas em prosa (nas cartas às namoradas), outras em verso (nas várias fases de sua obra poética).

Acentue-se ainda em Olavo Bilac a coexistência do poeta satírico com o poeta lírico. Dispersa em jornais e revistas, a obra satírica do poeta está a reclamar a codificação em livro. Mais do que um conjunto de poesias de circunstância, inspiradas pela veia jovial, há nesse acervo um espelho risonho das lutas que se travavam na imprensa e no parlamento. Os versos risonhos de Bilac correspondem ao comentário faceto, desses acontecimentos. Um pequeno episódio da vida corrente bulia-lhe com a musa travessa, e logo o poeta se expandia em redondilhas como as deste epitáfio, a propósito do prefeito que semeou buracos sem conta nas ruas do Rio de Janeiro:

Às queixas não deu cavaco,
Do povo sempre zombou;
Dorme agora num buraco
Das ruas que não calçou.

Ao tempo em que o Deputado Érico Coelho apresentou na Câmara um projeto instituindo o divórcio no Brasil, um sacerdote deputado, Monsenhor Mourão, opôs-se com vigor à medida. Logo Bilac sacudiu sobre o monsenhor a galhofa deste comentário:

Também Monsenhor Mourão
Contra o divórcio litiga.
Permita-me que lhe diga:
Não pode entrar na questão.

Só quem dá de esposo a mão
E co'a esposa em casa briga
É que diz se quer ou não
Livrar-se daquela espiga...

Só eles, bons ou bilontras,
Conhecem os prós e os contras.
Na questão não se atravanque.

Não vá, livre do consórcio,
Protestar contra o divórcio
Pra ver touros de palanque.

Olavo Bilac pertenceu a uma geração literária que se bateu em duas campanhas cívicas: a da abolição do cativeiro e a da implantação da República.

Em dois livros, nos quais a imaginação do romancista se nutriu da verdade factual trazida pela recordação, *Conquista* e *Fogo fátuo*, Coelho Neto recompôs alguns dos lances dessas campanhas. E o que se conclui, após o conhecimento dessa recomposição, é que a geração dos jovens escritores, que surgiram ao principiar o derradeiro quartel do século XIX, não se limitou à vida boêmia e à colaboração dos jornais: ela atuou de modo coordenado, em livros, na imprensa, nas tribunas, para sair vitoriosa com o 13 de Maio e o 15 de Novembro.

Sobrevivendo aos seus triunfos, essa mesma geração iria defrontar-se, andando o tempo, com o conflito imposto pela geração de 1922, que lhe era hostil. Daí ter sido Coelho Neto a figura representativa dos valores que a geração modernista pretendia suplantar. Como ele reagisse, com a flama de juventude que ainda ardia no seu temperamento, atraiu para si o peso das hostilidades excessivas. Por esse tempo, já Olavo Bilac estava fora da luta, pois falecera em dezembro de 1918: testemunhara o ocaso da Primeira Guerra Mundial, mas não chegara a sentir-lhe os efeitos, com as novas teorias de valores que viriam logo a seguir, traduzindo um novo estado de consciência da humanidade.

A campanha da República não seria, na ordem dos valores cívicos, a derradeira de Olavo Bilac. A última, na qual ele se empenhou como a figura mais destacada, e em que jogou todo o peso de seu prestígio, de sua glória e de seu entusiasmo, foi a campanha pelo serviço militar obrigatório — a campanha cívica de 1915. O clima da guerra mundial deu-lhe campo propício para a pregação necessária. Bilac juntou-se aos moços, atravessou as arcadas das velhas faculdades, subiu à tribuna dos mestres, falou nas praças públicas, e a flama de vibração nacionalista que insuflou não tardou a crescer em triunfo com as suas pregações.

Na atitude do cidadão, que assim se empenhava por uma efetiva participação dos moços na defesa nacional, atuava também o poeta, que assim cantou o amor à pátria, no seu derradeiro livro:

Pátria, latejo em ti, no teu lenho, por onde
Circulo! e sou perfume, e sombra, e sol, e orvalho!
E, em seiva, ao teu clamor a minha voz responde,
E subo do teu cerne ao céu de galho em galho

Dos teus liquens, dos teus cipós, da tua fronde,
No ninho que gorjeia em teu doce agasalho,
Do fruto a amadurar que em teu seio se esconde,
De ti — rebento em luz e em cânticos me espalho!

Vivo, choro em teu pranto; e, em teus dias felizes,
No alto, como uma flor, em ti, pompeio e exulto!
E eu, morto, — sendo tu cheia de cicatrizes,

Tu golpeada e insultada, — eu tremerei sepulto:
E os meus ossos no chão, como as tuas raízes,
Se estorcerão de dor, sofrendo o golpe e o insulto!

O próprio poeta, em grossos livros de recortes, guardou os lances de sua campanha:

Colava-os nas páginas dos livros, com as anotações correspondentes. E tudo isso está hoje guardado no Arquivo da Academia Brasileira (arquivo iniciado ali pelo poeta), para testemunho de suas lutas porfiadas a serviço de um nobre ideal.

Já tocado pela morte, Bilac polia os seus poemas, cuidava de seu testamento, consolava-se com os seus triunfos. E a um amigo, que lhe pedia novas da saúde, mandou este postal:

Respondo, quando hoje em dia
Alguém pergunta por mim:
Eu e a minha hipertrofia
Vamos indo assim, assim.

30/8/75

O grande testamento

de François Villon

(por Otto Maria Carpeaux)

Certa vez, manifestei dúvidas quanto ao saber enciclopédico de Aldous Huxley, embora ele fosse — conforme sua própria declaração — leitor constante da Encyclopaedia Britannica. *Suas digressões, em* Point Counter Point *sobre sonetos de Shakespeare e biologia experimental, e sobre as suítes de Bach e mitologia hindu, sobre Freud e Beethoven e a arte trecentesca de Siena e as bailarinas de Degas e a anatomia patológica do cérebro e os* Possessos *de Dostoievski e os quadros de Dufy não me convenceram. Mas o que, sobretudo, estranhei, foi sua resposta a um inquérito sobre se um criminoso seria capaz de escrever poesia: disse não, e acrescentou algo sobre a bondade como fundamento da arte poética. Pois desse modo revelou que ainda não tinha chegado, no seu livro de preferência, até a letra V e não tinha lido o verbete* Villon.

Villon, com efeito, desmente pela sua existência aquela bobagem. Villon foi mendigo, escroque, vagabundo, sacrílego e assassino. É um desmentido a tudo que é honesto e culto e fino; mas não ao humano. Foi um homem degradado e foi um grande, um grandíssimo poeta. Sabemos relativamente muito sobre ele, mas tudo é fragmentário e desconexo, nem sequer sabemos quando encontrou a morte. Nasceu em Paris, provavelmente em 1431, a data não está certa. Estudou na Sorbonne e diplomou-se, em 1452, *magister artium*. Mas não saiu, depois, dos círculos universitários. Ligou-se aos goliardos ou clérigos *itinerantes*, vagabundos, o primeiro exemplo daquilo que seria, muito mais tarde, a boêmia. Foi uma existência alegre, mas miserável, desafiando o mundo oficial e suas leis. No dia de *Corpus Christi* de 1455 matou, numa rixa, um sacerdote, escapando — não sabemos como — à punição. Na noite de Natal de 1458, participou de um assalto à tesouraria do Collège de Navarre, devendo fugir de Paris. Durante os três anos seguintes, percorreu, como espécie de parasita das pequenas cortes feudais, o norte da França. Voltando à cidade, meteu-se, em 1462, num tumulto noturno de ruas, matando uma pessoa. Desta vez foi condenado à morte na forca. Mas apelou, e possuímos o decreto de 5 de janeiro de 1463, em que a pena capital foi comutada em desterro vitalício, sendo-lhe proibida a permanência em Paris. Não se sabe aonde foi. Ou antes: não se sabe mais nada. Villon desapareceu. Ignora-se a data e o lugar de sua morte de boêmio e criminoso. Mas ficou, editada pela primeira vez em 1489, sua obra. Villon é — acho que a grande maioria dos críticos e leitores concordará — o maior poeta da língua francesa.

É na edição de Castéra que Manuel Bandeira me deu de presente um volume de apenas 156 páginas. São dois poemas longos, o *Pequeno testamento* e sobretudo o *Grande testamento*, espécie de testamentos humorísticos em que lega aos seus inimigos suas misérias e tudo que o aborrece; no meio dessas disposições testamentárias espirituosas, há reflexões morais, trechos autobiográficos de desconcertante sinceridade e as famosas baladas (algumas independentes dos *testamentos*), poesias de um encanto irresistível.

Villon é extraordinário. É um fenômeno surpreendente. Passaram-se nada menos que 500, quinhentos anos. Mas Villon, porta-voz de uma civilização totalmente desaparecida, nos fala como se fosse nosso contemporâneo. Sente, como nós, o encanto e o terror da natureza. Exprimiu o furor e o desdém irônico da rebelião social. Espantou-se, como nós, da morte: lamentando o desaparecimento de sua amante (ou antes, de uma das suas várias amantes), escreve:

Mort, j'appelle de ta rigueur,
Qui m'a ma maitresse ravie...
Mais que te nuysoit-elle en vie,
Mort?

É moderníssima a audácia dessa última linha em que a Morte aparece isolada, como um cruel ponto de interrogação.

O próprio Villon é um ponto de interrogação e ele o sabia. Num poema enumera todas as coisas que já experimentou, e conclui: *"Je connais tout hors moi-même."* "Conheço tudo menos a mim próprio." Esse sujeito do século XV é um homem moderno e também sabia disso. Pois, ameaçado de morrer na forca, grita: *"Frères humains qui après nous vivez..."* "Irmãos humanos que depois de nós vão viver..." Esta voz é ouvida até hoje.

A poesia de Villon venceu o tempo pela simplicidade. É uma poesia de lugares-comuns humanos e, dir-se-ia, demasiadamente humanos — amor, devassidão, desgraça, degradação, desespero, morte, sobretudo a morte que inspira tantos versos seus — são lugares-comuns, sim, mas numa linguagem incomparavelmente direta. Fala como os homens sempre falavam e sempre falarão. É o mais humano dos poetas. Sente-se inteiramente submetido à condição humana e confessa todos os seus defeitos: *"Je ne suis homme sans desfault"*, homem com todos os frêmitos e delírios e angústias próprios da nossa espécie, inabolíveis, eternos como a poesia de Villon.

É este o primeiro verso desse estranho testamento de um homem que só tem de legar pobreza, sujeira, infâmias, gritos, desesperos e uns versos. Chama-se *escollier*, estudante, o que, no ano da graça de 1456, na época da decomposição do mundo medieval, significava: clérigo-vagabundo, perdido na sarjeta da sociedade. Villon é plebeu, de origens humildes (parece que nunca conheceu seu pai), está consciente de sua condição social. É porta-voz de uma revolta de mendigos e vagabundos furiosos contra os ricos invejados. Quer viver como estes e confessa, com o mais ingênuo dos materialismos, que "não há outro tesouro que viver à vontade", verso que Brecht amou: *"Il n'est trésor que de vivre à son aise."* Mas não o deixam. Tratam-no como um cão, soltando-o da prisão apenas quando lá já quase perdeu a vida: *"Au retour de dure prison — Où j'ai laissé presque la vie..."* Ele se vinga: furta, rouba, assalta, assassina. Mas os outros também se vingam, querem pendurá-lo na forca e deixar seu esqueleto balançar para cá, para lá, como o vento muda: *"Puis ça, puis là, comme le vent varie."* Não se julga inocente. Escreve *Justice* com maiúscula, lamenta sinceramente que não estudou como devia no tempo de sua mocidade louca: *"Hé Dieu! se j'eusse estudié — Au temps de ma jeunesse folle..."* Era aluno preguiçoso, dando seu tempo todo às tavernas e às moças: *"Tout aux tavernes et aux filles."* Chega a celebrar o bordel em que se sentiu em casa como um rei: *"ce bourdel où tenons nostre estat"*.

Seu verdadeiro lar são os esconderijos escuros de Paris medieval, ou então as estradas reais de uma França despovoada e miserável. O vagabundo Villon conhece os tempos mais duros do inverno, na "estação morta de Natal, quando até os lobos famintos só vivem de vento": *"En ce temps que j'ai dit devant — Sur le Noël, morte saison, — Que les loups ne vivent de vent."*

Então, não resta outra solução senão furtar, roubar e às vezes quebrar os ossos de um camponês ou rasgar a barriga de um cônego. Villon é, em todos os sentidos, um desgraçado e degradado. Começou a redigir seu testamento aos 30 anos, quando tinha "bebido todas as minhas vergonhas": *"L'an trentiesme de mon âge, — Que toutes mes hontes j'eu bues."* Com sua mão manchada de sangue escreve para sua velha mãe as rezas mais ternas à Virgem: *"Dame du ciel, régente terriènne."* E do alto da forca grita a toda a gente, pedindo graça: *"Je crye à toutes gens merciz."*

No coração, escurecido pela sujeira terrestre, começa a brilhar a estrela da manhã. No último dos seu famosos refrãos apela para o *Prince Jésus* e pede a todos os seus companheiros de miséria e de crime rezar para que Deus queira absolver a todos nós:

"Mais priez Dieu que tous nous veuille absoudre."

Um crítico chamou à poesia de Villon "a melhor ordem de palavras que existe em língua francesa". Essa melhor ordem de palavras está, porém, rodeada pela aparente incoerência dos temas e assuntos no *Pequeno testamento* e sobretudo no *Grande testamento*. São acumulações de estrofes áureas e de versos sujos, sem conexão ostensiva. Parece a poesia mais confusa do mundo. E essa (aparente) confusão é certamente a conseqüência das circunstâncias em que os poemas foram escritos. Certa hipocrisia intelectual diria: "Assim mesmo é a boêmia." Mas cumpre protestar contra essa mistura de desprezo burguês e de admiração meio invejosa. Apenas é falsa uma boêmia secretamente garantida pela mesada do pai. A verdadeira boêmia é uma vida muito dolorosa: é a própria forma de viver dos inadaptados, dos "tipos acabados de sujeito que não se arranja nesta vida". Este verdadeiro boêmio era a forma de viver de Villon. A desordem confusa, a incoerência fantástica dos seus poemas longos está ritmicamente bem ordenada por cesuras: são certos versos inesquecíveis, certas baladas e aqueles famosos refrãos que ressoam pelos séculos. Mas no espaço entre essas cesuras também existe uma ordem secreta, que foi magistralmente esclarecida pelo grande crítico Leo Spitzer.

Analisou ele a famosa *Ballade des Dames du Temps Jadis*, o célebre lamento pelas belas damas de outros tempos; hoje estão desaparecidas como "a neve do ano passado?" É a poesia mais famosa de Villon, e no entanto não foi bem compreendida. Spitzer observou na desordem aparente do *Testament* uma ordem secreta, inspirada por certas regras da lógica escolástica e da composição musical da época.

A própria balada é melancólica: *"Dictes-moy où, n'en quel Pays"*, pergunta o poeta pelo paradeiro das Helenas e Cleópatras, e responde com outra pergunta: *"Mais où sont les neiges d'antan?"* Essa balada aparece no *Grand Testament* após as estrofes 40 e 41, descrição de todos os horrores de morte: face hipocrática, suor frio, expectorações nojentas, como nos terrificantes sermões de penitência dos frades medievais. Com efeito, a balada é imitação poética de disputas escolásticas sobre o tema; *imitação* no sentido em que empregaram esse termo os polifonistas do século XV, *imitando* em fugas e cânones um determinado tema musical. E o tema musical de Villon, nas estrofes 40 e 41 e na *Ballade des Dames* é a morte.

Villon foi filho de uma civilização requintada: a de Borgonha do século XV, época de cronistas pitorescos à maneira de Froissart e de pintores diabólicos à maneira de Bosch e do gótico *flamboyant*. Mas Villon, plebeu à margem dessa sociedade aristocrática, é poeta de surpreendente simplicidade e naturalidade. Sua poesia dá, em palavras simples e comuns, o essencial. Seu tema preferido, como já se disse é a morte; mas esta não significa, para ele, o flagelo dos pecados nem a porta de entrada ao Paraíso; em face da extrema desordem social do seu tempo, com as massas do povo reunidas diante das catedrais góticas, gritando fúrias revolucionárias e angústias místicas, Villon transformou o grito inarticulado em ordem musical de palavras: em poesia da condição humana limitada por um ponto de interrogação: *Mort?*

Villon é o representante mais completo de sua época e, ao mesmo tempo, um representante completo da humanidade de todos os tempos. Nada de humano está excluído de sua poesia nem de sua vida. Confessa a rebelião, a devassidão, a blasfêmia, o crime, a vergonha. Mas não se gaba disso boemiamente. Está consciente da fragilidade de nossa natureza. Chega a suplicar: *"Je crye à toutes gens merciz."* Chega a rezar: *"Mais priez Dieu que tous nous veuille absoudre."* Na música dos seus refrãos consoam as fugas de órgão de ontem e as marselhesas de amanhã. Eis sua poesia. Ele tinha a consciência de pertencer a uma época de morte, mas também a certeza de que a sua voz não emudeceria durante os séculos, certeza manifestada num verso que antecipa a poesia de Apollinaire:

"Allé s'en est, et je demeure." "O tempo passou, e eu fico." Realmente, Villon fica e para sempre.

18/10/75

Édipo
de Sófocles
(por Otto Maria Carpeaux)

Édipo *é geralmente considerado como a obra-prima do teatro grego e a maior peça de Sófocles. Não vou perder tempo com pormenores históricos que qualquer um pode encontrar, e bem mais detalhadamente, em qualquer enciclopédia ou em uma história da literatura grega antiga. Sófocles nasceu em Atenas por volta de 495 antes da nossa era. Escreveu, afirma-se, 123 peças, das quais 7 continuam conservadas, além de numerosos fragmentos de outras. Sua vida estende-se por todo o século V antes de Cristo, isto é, o auge do poder político e cultural de Atenas: a época de Péricles. O dramaturgo obteve imenso sucesso: conquistou nada menos que 18 vezes o primeiro prêmio oficial de dramaturgia (embora seja conveniente mencionar que justamente o* Édipo *teve de contentar-se com um segundo prêmio). Sófocles foi amigo pessoal de Heródoto, de Tucídides, de Sócrates, dos arquitetos que construíram o Partenon, do escultor Fídias e do pintor Polygnoto que embelezaram o templo. Quando morreu, em 406 a.C. um contemporâneo mais jovem escreveu-lhe o necrológio: "Seja abençoada a memória de Sófocles, que foi um homem bom e feliz, que morreu depois de longa vida, tendo imortalizado seu nome pelas magníficas tragédias que escreveu..." A mais famosa delas, escrita por volta de 430, é* Édipo.

É uma das obras do espírito grego que — como as epopéias homéricas ou as esculturas de Fídias — há mais de dois mil anos passam por imortais. Essas obras são consideradas como supremos modelos de arte, dignos de serem permanentemente estudados e imitados há dois milênios — mas estou precisando de um certo esforço para deixar de colocar no fim da frase precedente um ponto de interrogação. Quer dizer: não tenho a audácia de negar o valor daquelas obras-primas, mas duvido muito da nossa capacidade de admirá-las com a devida compreensão. Vamos colocar-nos, na imaginação, na Acrópole de Atenas no tempo de Péricles e Sófocles. Então, nossa primeira impressão seria a de uma confusão completa. Em torno de um templo encontraríamos dezenas e até centenas de estátuas, de deuses, de heróis lendários e de grandes homens contemporâneos daquela época, sem qualquer ordem; uma floresta de estátuas de mármore, todas quase iguais, ostentando a mesma beleza impessoal, uma assembléia pálida como o gesso em que foram tantas vezes imitadas mas — que horror! — não são brancas essas estátuas, pois os séculos posteriores lhes destruíam as cores com que os gregos as tinham adornado, estátuas vermelhas, azuis, amarelas, um verdadeiro horror bárbaro. Pois a arte grega não foi assim como a imaginamos depois de séculos e milênios de idolatria. É uma arte, é uma civilização remota e muitíssimo estranha.

Todas as épocas têm falsificado a imagem da Grécia antiga: a Idade Média, a Renascença, o Barroco, o Rococó, o Classicismo, e desde que as descobertas arqueológicas dos séculos XIX e XX começaram a revelar a verdadeira Grécia antiga, ela se tornou cada vez mais incompreensível e alheia. Tudo isso também vale para o teatro grego e a tragédia antiga. Em todas as épocas modernas, os autores dramáticos fizeram o possível e o impossível para surpreender os espectadores por meio de enredos novos, impressionantes. Mas os dramaturgos gregos, não. Dramatizaram sempre os mesmos mitos e lendas já conhecidos de todos, embora atualizando-os um pouco, modificando este ou aquele detalhe. E quando havia a mais remota possibilidade de ignorância ou incompreensão por parte dos espectadores, mandavam recitar, antes do início da peça, um prólogo em que era contado o enredo, inclusive o desfecho. Do teatro grego estava rigorosamente excluída a ficção. Conhecendo desse modo, de antemão, os enredos das peças, o público concentrava toda sua atenção na declamação dos versos, que eram declamados com aquela eloqüência cara a todas as nações mediterrâneas; não como se fala entre pessoas comuns, mas como se pronunciam imponentes discursos públicos ou como se recitam as palavras de uma liturgia, de um culto religioso.

Os atores deviam renunciar — se é que alguma vez tiveram essa idéia — a qualquer tentativa de caracterização. Vestidos pomposos, todos iguais, cobriam eles o corpo todo, tornando impossível a gesticulação dramática. Sapatos com saltos extraordinariamente altos, os coturnos, obrigavam os atores a fazer apenas movimentos lentos e solenes. Suas caras estavam cobertas de máscaras, que ocultavam a mímica e serviam, ao mesmo tempo como alto-falantes. Só havia, aliás, em qualquer peça, apenas três atores, dos quais o *protagonista* personificava o herói da peça, ao passo que os dois outros se incumbiam, alternadamente, dos outros papéis. E esses atores nunca se encontravam sozinhos na cena. Sempre estava presente no fundo, ou avançando para o primeiro plano, o coro, interrompendo a ação dramática com longas meditações líricas, que eram cantadas e acompanhadas de danças, de modo que a representação antiga de uma tragédia grega dava a impressão de uma ópera ou de um balé, interrompido por recitação de versos declamados.

É evidente que esse teatro não tinha semelhança nenhuma com nossas representações dramáticas. Na verdade, não era um teatro como o nosso. Era uma instituição meio religiosa, em homenagem a Dioniso, e meio política. O público era formado pela mesma gente que se reunia na Ágora, na Assembléia Legislativa de todos os cidadãos em gozo de seus direitos políticos. As mulheres estavam excluídas das representações desse teatro, cuja suprema finalidade era a distribuição de prêmios aos dramaturgos. Tudo isso custava muito dinheiro. Para financiar as representações dramáticas, todos os anos a República de Atenas arrecadava as *liturgias*, isto é, um imposto extraordinário que recaía sobre os cidadãos mais ricos. É como se os sócios da Federação das Indústrias do Estado de São Paulo fossem obrigados a financiar o teatro de Arena. Basta isso para demonstrar que o teatro grego antigo é de uma extrema inatualidade.

Os textos desse teatro grego antigo parecem totalmente impossíveis no teatro moderno. A não ser que haja modificações radicais. Mesmo assim, as peças de Ésquilo só servem hoje para a leitura (ou como libretos de óperas de música moderna). É verdade que, nos últimos decênios, as obras de Eurípides estão sendo muito representadas, mas nas traduções modernizantes de Gilbert Murray, que transformam o dramaturgo antigo em espécie de precursor de Ibsen. Quanto a Sófocles, sua *Antigone* pertence ao repertório moderno, mas em versões que transformam o conflito entre a Lei Divina e a lei do Estado em conflito, sempre atual, entre o anseio da liberdade e opinião e de consciência e, por outro lado, as normas de repressão do estado de polícia.

Mas o *Édipo* não precisava dessas atualizações. Também é característico o fato de que, durante os últimos quatro séculos, todas as versões modernas do enredo fracassaram lamentavelmente, inclusive o *Oedipe* de Voltaire. Mas o próprio *Édipo*, do próprio Sófocles, vive. Está sempre sendo representado, em traduções mais ou menos fiéis. Tornou-se mesmo peça popular. E isto é muitíssimo estranho.

Ainda terei a oportunidade de dizer algumas palavras sobre o enredo da peça. Nesta altura, basta lembrar que Édipo mata um homem sem saber que acaba de matar seu próprio pai, e, depois, casa com a viúva dele sem saber que é sua mãe. O enredo é de uma inverossimilhança gritante e de uma crueldade bárbara. Parece totalmente inaceitável. No entanto, a peça é sempre e muito representada.

Uma crítica inspirada por conceitos estéticos explicará esse fato paradoxal pelas extraordinárias qualidades dramáticas e poéticas da obra. Antes de tudo, a construção dramática da peça é de uma maestria quase sem par (quase, pois Ibsen conseguiu realizar em *Espectros* o mesmo milagre dramatúrgico).

Todas as peças dramáticas do mundo começam com umas cenas chamadas de *exposição*, em que o espectador é informado, pelo diálogo dos personagens, sobre o que aconteceu antes de se iniciar a representação; depois, desenvolve-se no palco o enredo. Mas o *Édipo* é diferente. Quando começa a representação, todo o enredo já aconteceu e os crimes de Édipo são coisas do passado. A peça consiste na revelação gradual desse passado, de modo que a *exposição* é o próprio enredo da tragédia. Quanto mais Édipo insiste em saber a verdade, tanto mais se revela aquilo que ele deveria saber, e toda alusão ao passado trágico é de uma ironia que faz esfriar o sangue do espectador que já sabe a verdade toda. O pessimismo fatalista e resignado de Sófocles exprime-se em versos que — outra ironia — são extremamente melodiosos (infelizmente, essa melodia perde-se em todas as traduções porque as línguas modernas não a podem imitar). Mas toda essa argumentação não explica nada. Pois não são os valores artísticos que garantem o sucesso de uma obra junto ao público. E *Édipo* não é somente obra de sucesso. Tornou-se mesmo popular, de tal modo que qualquer pessoa tem hoje seu complexo de Édipo, enquanto a mulher tem de contentar-se com um complexo de Electra. A base da popularidade atual da peça de Sófocles é a difusão da psicanálise.

Ao reler o volume amarelecido de uma obra de Sigmund Freud, caiu-me nas mãos uma velha fotografia do mestre: sentado à mesa de trabalho, em cima da qual há uma pequena escultura grega, Édipo respondendo à pergunta da Esfinge. Foi um presente de amigos ao homem que decifrara, não o enigma da Esfinge, mas o do próprio Édipo.

O mito e a tragédia de Sófocles tinham ocupado durante séculos e séculos os melhores espíritos. Mas o médico de Viena parecia ter explicado melhor o terrível efeito emocional da peça. Essa obra comove profundamente os homens de todos os tempos e de todas as raças porque os crimes de Édipo são uma possibilidade escondida em nosso inconsciente. Quando crianças aparentemente inocentes, um irresistível afeto pré-sexual nos ligou à nossa mãe, e o reverso desse afeto foi o desejo de matar, de ver morto o pai. Na crise da infância, esses desejos foram recalcados e reprimidos. Mas continuaram no inconsciente.

Está estabelecido o tabu do incesto. Mas quando o adulto chega a assistir a uma representação de *Édipo*, os desejos esquecidos da infância, em vez de serem lembrados, manifestam-se num horror emocional que é a base da impressão trágica com que nos perturba a peça. Depois dessa descoberta de Freud, a tragédia de Sófocles deixou de ser propriedade dos filólogos e dos teóricos da estética. Voltou, viva, para o palco. E, olhando aquela velha fotografia, ocorreu-me a expressão lapidar de um inglês: "*Life into marble.*" Ao mármore antigo insuflou Freud uma nova vida.

Não me parece possível desmentir essa interpretação psicanalítica da obra (e do mito). O mal dessa interpretação só reside na possibilidade de qualquer um, agora, poder interpretar igualmente assim os monstros de sua própria imaginação. Sobretudo nas mãos sacrílegas dos biógrafos profissionais, o complexo de Édipo serve para explicar tudo. Também são numerosos os dramaturgos e romancistas contemporâneos que construíram seus enredos, deliberadamente, à base da teoria freudiana, deixando aos críticos o trabalho de descobri-la, triunfalmente, dentro da peça ou do romance. É, disse um observador americano, como se alguém sondasse as profundidades da terra em Fort Knox (onde o governo dos Estados Unidos guarda suas reservas de ouro), anunciando que descobriu uma mina de ouro. Assim é fácil encontrar o complexo de Édipo em obras de autores que estudaram os livros de Freud. Mas só o próprio Freud o encontrou na tragédia de Sófocles.

Estou pronto para aderir à tese de que o complexo de Édipo é a base de *Édipo Rei*. Mas a idéia de Sófocles teria sido esta? É possível, sim, que a tragédia sofocliana tivesse sido a expressão do inconsciente do dramaturgo, sem ele saber disso. Não teria percebido o que aconteceu ao escrever o *Édipo*. Mas também deve ter tido idéia certa do que quis escrever. Mas esta idéia não pode ter sido o conceito psicanalítico do complexo de Édipo, porque

Sófocles não tinha lido os escritos do Dr. Sigmund Freud. Qual teria sido a intenção consciente do dramaturgo?

Os estudiosos do drama grego afirmam que os dramaturgos antigos sempre ou muitas vezes escolheram seus enredos conforme uma atualidade, acontecimentos políticos ou outros, a que podiam aludir. Os enredos eram dados pelo mito ou pela lenda, mas foram acontecimentos atuais que forneceram ocasião propícia para dramatizar este ou aquele enredo mítico. *Édipo* também pode ter sido uma peça escrita a propósito de um acontecimento atual.

Quando a tragédia começa, Édipo, rei de Tebas, aparece perante seu povo desesperado: em Tebas está grassando uma terrível epidemia de peste. Não sabemos exatamente o ano (talvez 430?) em que *Édipo* foi representado em Atenas. Mas nada impede pensar naquele ano, durante o domínio de Péricles, quando a cidade de Atenas foi visitada por terrível epidemia de peste. O povo de Tebas, na peça, não cometeu nada de mal capaz de irritar os deuses que, por castigo, teriam enviado a praga. O povo de Atenas tampouco se julgava culpado de crime nenhum, de responsabilidade nenhuma que explicasse a desgraça. Também o próprio Édipo não sabia porque os deuses puniram tão cruelmente sua cidade e, com ela, a pessoa do rei. É porque ele, sem o saber, matou seu pai e casou com sua mãe.

O assunto desse enredo não é apenas horroroso. Também é preciso notar que entre centenas de milhões de pessoas talvez nem uma única sequer possa ter passado por essa experiência. O enredo da peça, o enredo em si, não é capaz de provocar *empatia*, isto é, o espectador não seria capaz de identificar-se com o herói da peça. O efeito assustador só se explica pela tese psicanalítica de tratar-se de espécie de *exumação* de esquecidos e enterrados desejos, nunca localizados, da infância. E assim estará tudo explicado.

Realmente? Parece-me que não. Pois ainda surge, inexplicada, a questão da culpabilidade de Édipo. Na verdade, Édipo não tem culpa nenhuma. Não tinha ele culpa de ter sido um enjeitado que nunca conheceu pessoalmente seus pais.

Naqueles tempos primitivos matar um homem numa briga na estrada, não era crime tão extraordinário; e Édipo ignorava tratar-se de seu pai. Também ignorava suas relações de parentesco com Jocasta. Seria crime casar com uma viúva? Não adiantam as sutilezas: Édipo é inocente. Quando muito, será possível acusá-lo de ter sido irascível e precipitado. Foi. Mas desde quando costumam os deuses punir de maneira tão excessiva um venial defeito de temperamento?

Contudo, há um grão de verdade naquela acusação. Édipo foi um homem precipitado, quase um energúmeno. Mas não foi esse defeito que o levou a assassinar o pai e a casar com a mãe. Aquele defeito levou-o a querer, insistentemente, descobrir a causa da peste em Tebas; e levou-o a descobrir seus ciúmes ocultos de que ninguém sabia. Sem a irascibilidade temperamental de Édipo, nunca se teria descoberto a terrível verdade: é este o enredo da tragédia *Édipo*.

Lembra-se a paixão dos gregos pela procura da Verdade, pela pesquisa científica. Os gregos antigos foram homens que quiseram saber o fundo das coisas, tudo. Édipo também quis saber tudo. E chegou a sabê-lo...

Temos, aliás, herdado essa curiosidade grega, quase diabólica. Também queremos saber tudo, cientificamente, sem consideração das conseqüências morais e até sem consideração das conseqüências físicas. Ciência que ajuda a viver e que ajuda a morrer. Começamos com a atualidade da peste na Atenas de Péricles; e chegamos à atualidade, de hoje, da bomba atômica.

Mas seria anacronismo grotesco querer descobrir atualidades de hoje numa obra do século V antes da nossa era. Sófocles pensava tão pouco na paixão de sua raça pela verdade científica como nos complexos da psicanálise. Escreveu, apenas, um drama em que se descobre gradualmente a verdade dos fatos, a realidade. E essa realidade é trágica. É essa realidade que inspira ao gênero humano o luto doloroso, o pessimismo resignado de que se fez porta-voz o poeta Sófocles. Poeta dos maiores, transformou sua verdade na harmonia serena de versos gregos, marmóreos. *"Life into marble."*

14/2/76

Lisístrata

de Aristófanes

(por Otto Maria Carpeaux)

O feminismo ainda não existia quando Aristófanes escreveu Lisístrata *— história de um movimento organizado de mulheres, na Grécia do ano 411 a.C. Como a censura também ainda não existia, a peça desenvolve o seu enredo através de cenas que dificilmente passariam num palco moderno. As atenienses, fartas das guerras dirigidas pelos demagogos e pelos generais, resolveram forçar a paz, apelando para a greve do sexo. A líder entre elas era Lisístrata, a* desmembradora de exército. *A greve foi unânime e, se houve perigo de traição — Myrrhina esteve para* furar *o movimento, por causa do seu amado Cinésias —, acabou prevalecendo a unidade da classe. Os homens se desesperaram e resolveram firmar a paz entre Atenas e Esparta. A peça transformou-se num clássico. O que não impediu que Atenas perdesse a guerra — e a democracia.*

Muito entre nós (não tenho a coragem de dizê-lo em voz alta), as estátuas gregas antigas, conservadas em nossos museus, não são muito diferentes de cópias em gesso. O Apolo do Belvedere ou a Vênus de Milo já não nos inspiram o mesmo entusiasmo de séculos passados; e os artistas de hoje não podem ser e não são modelos para ninguém, assim como nenhum arquiteto, fora dos construtores de capitólios em pequenas capitais da província norte-americana, pensa em imitar as colunas do Parthenon. Por outro lado, em todas as escolas secundárias do mundo inteiro o ensino da língua grega antiga foi retirado do currículo, de tal modo que a literatura escrita nessa língua se transformará ou já se transformou em assunto para estudos especializados. Até os teólogos lutam para libertar-se do estrangulamento pelas fórmulas e termos da filosofia grega. E, por favor, não me falem de *democracia* grega, porque a cotação da democracia nas bolsas de valores políticos de hoje não é propriamente alta. Traduzido para a linguagem dos cartazes e dos gritos: "Os admiráveis gregos de hoje, sim; a Grécia antiga, não."

Mas há uma exceção: o teatro. As tragédias de Sófocles, *Édipo* e *Antígona* sobretudo, pertencem ao repertório de todos os palcos de hoje, e as de Eurípedes foram incorporadas pelo menos (graças às traduções de Gilbert Murray) ao repertório de língua inglesa. Muito mais difícil é o caso das comédias de Aristófanes — vou logo mais explicar os motivos. Mas pelo menos *Lisístrata* está sendo, sempre de novo, encenada em nossos teatros, embora (por aqueles mesmos motivos) em versões sabiamente atenuadas: pois a época de Aristófanes ainda ignorava a instituição da censura. Enquanto esta existe, vale a pena dar uma olhada para os originais. Aristófanes foi ateniense. Nasceu por volta de 445 antes da nossa era e morreu aproximadamente em 385. Eis tudo que sabemos de sua vida. Essa ignorância involuntária inspirará grande satisfação àqueles críticos literários que pretendem examinar só o texto de uma obra, sem intervenção de detalhes biográficos ou psicológicos ou sociológicos ou históricos ou de tendências políticas. Infelizmente para eles, não é possível compreender os textos de

Aristófanes sem sair daquela torre de marfim *made in USA*, pois nosso autor nunca escreveu uma peça sem tendência política e não pode ser bem entendido sem tomar nota das circunstâncias históricas de sua época: da grande guerra entre Atenas e Esparta que durou 30 anos e terminou com a derrota dos atenienses. Mas em vez de envolver-me em digressões históricas, prefiro, antes de tudo, analisar rapidamente uma das peças, talvez *Os pássaros*, para o leitor saber melhor de que espécie de comédia se trata.

Os pássaros foi escrita em 414, num momento em que a guerra já começou a dar dores de cabeça aos atenienses e a situação política interna da cidade também estava piorando.

Aborrecidos com tudo isso, os cidadãos atenienses Pisthtairos e Euelpides resolveram fugir para o céu: para tornar-se tão livres como os pássaros. Chegados lá, recebidos por um admirável coro lírico das aves, resolvem ficar, fundando no céu uma espécie de anti-Atenas, uma cidade utópica, cujo nome se tornou depois proverbial para sempre: *Nephelococcygia*, o que significa cidade do cuco nas nuvens, onde reinará a felicidade perfeita. Aristófanes parece parodiar, até aqui, o otimismo insensato de todos os utopistas. Mas, na verdade, ataca mais outros alvos. A cidade nas nuvens será um grande obstáculo entre a terra e os deuses, e estes perderão o cheiro agradável dos sacrifícios. Realmente, enquanto se pode falar disso num mundo pagão, a peça é violentamente anticlerical, zombando dos deuses e dos que, na terra, se aproveitam da devoção oficial dos atenienses. O desfecho é espécie de glorificação do bom senso, contra o qual os homens e os deuses já pecaram tanto.

É evidente que este resumo ou pseudo-resumo não pode dar idéia nenhuma da eficiência literária e dramática da obra de Aristófanes. Mas permite, pelo menos, analisar os elementos constitutivos da arte do comediógrafo. Antes de tudo, é ele um grande poeta: os coros dos pássaros são de fascinante beleza lírica, como se ouvíssemos uma ópera de Mozart. O contrapeso é a obscenidade, sem freios, dos diálogos; sobretudo os deuses, na comédia de Aristófanes, são francamente burlescos; basta dizer que os figurinos exibem tudo: nada em cima e nada em baixo. Não há outro exemplo, em toda a história universal da literatura, de censura tão totalmente permissiva. É porque na Atenas do tempo de Aristófanes não havia censura nenhuma. E pelo mesmo motivo podia o comediógrafo proclamar, em suas peças, tendências políticas das mais radicais.

Aristófanes era mesmo um radical: mas não da esquerda. A guerra contra Esparta foi travada e prolongada pelo partido democrático. E o poeta odiava essa aliança de democracia e militarismo. Seu radicalismo era tão violentamente conservador ou reacionário que suas peças, lidas hoje, se nos afiguram incisivamente subversivas, destinadas a instigar o público a, saindo do teatro, derrubar o regime político em vigor. Pois: não havia censura. Se houve uma coisa que Aristófanes odiava ainda mais que a guerra e a democracia, teriam sido os intelectuais que, então como sempre, estavam aliados à *esquerda*. Daí os permanentes ataques de Aristófanes contra Eurípedes, cujas tragédias inspiradas pelo ceticismo psicológico pareciam subverter o comportamento moral dos atenienses. Daí o ócio do comediógrafo contra os filósofos, que teriam sido, todos eles, uns sofistas. Como sofista atacou, na peça *As nuvens*, o grande Sócrates, denunciando-o como corruptor da mocidade, como ateu que não acredita nos deuses, como autor de um palavrório vazio, abusando da liberdade de falar, própria da democracia. Tudo isso nos parece, hoje, vagamente familiar, com a diferença, porém, de que Aristófanes era grande poeta.

A ausência de censura permitiu ao comediógrafo atacar e denunciar no palco pessoas vivas e presentes. Conta-se que o próprio Sócrates assistiu à representação das *Nuvens*, levantando-se para permitir ao público apreciar a semelhança entre sua cara e a máscara do ator que fez o papel de Sócrates no palco. O ódio radical de Aristófanes contra Cleon, chefe do partido democrático, chega ao paroxismo na peça *Os cavaleiros*, representada em 424, quando Cleon se encontrava no ponto mais alto do seu poder. Chega-se a perguntar, no palco "se existe em Atenas um malandro pior do que Cleon".

Mas tampouco escapam à fúria do comediógrafo os aliados militares do partido dominante: em *Os acarnianos* aparece no palco o General Lamachos (também presente no público) caracterizado como fanfarrão e poltrão. Na mesma peça, o personagem principal é Dikaiópolis que, desesperando da democracia, da guerra e do militarismo, resolve concluir sua paz em separado, pessoal, com Esparta.

Aristófanes nunca parece ter compreendido que suas comédias só eram possíveis e só poderiam ser representadas numa democracia, naquela democracia que combatia. Seu radicalismo é francamente subversivo.

Como todos os grandes humoristas e satíricos era Aristófanes, no fundo, um homem triste e desesperado. Não acreditava na possibilidade de uma salvação. A uma fé no futuro preferiu a invenção de soluções fantásticas, como em *Os pássaros*; ou francamente impossíveis, como em *Lisístrata.* Conforme o consenso geral, as melhores peças de Aristófanes seriam *Os pássaros* e *As nuvens*, sobretudo por causa da belíssima poesia lírica dos coros. Mas a única peça sua que pertence ao repertório moderno é *Lisístrata*, embora sua representação, hoje em dia, só seja possível em versões autocensuradas, enquanto no ano de 411 antes da nossa era não existia, em Atenas, censura nenhuma.

O ano de 411 foi para Atenas um ano triste. A guerra contra Esparta já estava quase perdida. E a obra começa com uma grande lamentação das mulheres atenienses: perderam seus irmãos e seus filhos, sentem sua solidão em casa enquanto lá fora, nos campos, os demagogos furiosos e os generais incompetentes continuam a guerra. Então se levanta uma dessas mulheres, a mais enérgica, Lisístrata (o nome significa: desmembradora dos exércitos), propondo às suas irmãs uma solução radical: a greve de sexo. Enquanto os homens não querem fazer a paz, as mulheres de Atenas não permitirão aos maridos nenhuma aproximação na cama. O ponto alto dessa intriga é a cena entre Cinésias e sua mulher Myrrhina, que quase lhe parece ceder, mas no último momento fica intransigente: uma cena que não poderia ser representada no palco moderno. Naturalmente, na peça, as mulheres lideradas por Lisístrata ficam vencedoras sobre os homens já desesperados. E conclui-se triunfalmente o tratado de paz entre Atenas e Esparta. O efeito da peça no teatro é até hoje indiscutível. O efeito político foi, naturalmente, nulo. Atenas perdeu a guerra e Aristófanes viveu até 385, assistindo às numerosas e infrutíferas tentativas de estabelecer instituições políticas novas, condizentes com a derrota da democracia. Mais uma vez, em 392 ou 391, interveio o poeta nos debates, com sua peça *A assembléia das mulheres*, em que apresenta a única emenda constitucional até então ainda não tentada: as mulheres, fantasiadas de homens, ocupam o lugar da Assembléia e votam uma nova constituição. A idéia é boa, mas não é bem elaborada. As alusões políticas são poucas e são brandas. Explica-se o fracasso: tinha-se estabelecido em Atenas uma censura. Desde então e em toda parte, a censura não permitiria representações integrais de qualquer peça de Aristófanes. Os termos da proibição mudam, mas os motivos da condenação sempre seriam os mesmos: subversivo e obsceno.

Realmente? Aristófanes teria sido subversivo? Mas não consta que suas peças tenham tido, até o fim, a menor influência sobre o desfecho da guerra e a queda do regime. E obsceno? Peço licença para citar o grande e erudito advogado norte-americano Charles Rembar (*The End of Obscenity*, pág. 336): "Um inquérito realizado há poucos anos pelo New York City Bureau of Social Hygiene revelou que entre 409 mulheres com instrução secundária, interrogadas sobre aquilo que consideravam sexualmente mais estimulante, 18 responderam: filmes; 40 diziam: teatro; 95 diziam: livros e 218 responderam simplesmente: homens."

Ninguém precisa aceitar esse resultado, e nesse caso as considerações sobre Aristófanes teriam perdido grande parte do seu poder argumentativo. Mas mesmo assim o presente artigo sobre *Lisístrata* teria cumprido seu dever: foi, com atraso, uma homenagem a 1975, Ano da Mulher.

17/4/76

Senhorita Júlia

de August Strindberg

(por Otto Maria Carpeaux)

Não tenho a menor intenção de aborrecer as mocinhas e as solteironas que se deleitam com a leitura das páginas de Selma Lagerlöf, amplissimamente conhecida como a maior representante da literatura de língua sueca. Nem sequer pretendo duvidar dos encantos dessa suave escritora. Apenas me permito afirmar que o maior escritor sueco é August Strindberg, que não era nada suave e foi sistematicamente ignorado pela Academia Sueca, que não chegou a conferir-lhe o Prêmio Nobel. Para nós aqui no Brasil, ainda considerando Paris como metrópole literária do mundo inteiro, os permanentes e recentes sucessos de Strindberg na França são um motivo de lembrar-se dele; o outro motivo é a fama internacional desse strindbergniano autêntico que é Ingmar Bergman.

As Obras Completas de Strindberg são uma coleção de nada menos que 55 volumes. É um colosso: mais de 70 peças dramáticas, uns 12 romances, vários volumes de contos, poesias e poemas em prosa, uma grande autobiografia em 4 volumes, numerosos ensaios, escritos científicos etc. etc. Nem tudo isso tem, evidentemente, o mesmo valor. Mas Strindberg nunca escreveu nada de medíocre e um número surpreendentemente grande de seus livros são obras-primas. Por que escolher justamente *Senhorita Júlia*? O fato de essa peça ser muito lida e muito representada (inclusive já foi encenada no Brasil) não é motivo suficiente. Mas pode se demonstrar que essa obra curta reúne, *in nuce*, os elementos mais característicos daqueles 55 volumes todos que são, no fundo, uma autobiografia colossal. Com toda a razão preferem-se hoje, para a interpretação das obras de Strindberg, os métodos críticos novos; relega-se para o segundo plano o estudo de sua biografia. Mas mesmo assim admite-se que nenhuma obra do escritor pode ser compreendida sem o conhecimento das circunstâncias que a inspiraram. Talvez a vida de Strindberg seja a maior das suas obras.

August Strindberg nasceu em 1849 em Estocolmo, filho de um comerciante à beira da falência que tinha casado com sua empregada doméstica; o escritor sempre se sentiu "filho de criada", proletário. A educação em casa e na escola era tirânica e estritamente religiosa, criando um rapaz humilhado e revoltado. Duas tentativas de estudar na Universidade de Upsala ampliaram-lhe muito os horizontes intelectuais, mas não deram resultado prático. Strindberg, voltando para Estocolmo, freqüentou os círculos da boêmia literária e artística, que descreveu em *O quarto vermelho*, o primeiro romance naturalista, à maneira de Zola, nas literaturas escandinavas, que provocou o devido escândalo. Tentativas de fazer literatura dramática culminaram no drama histórico *Mestre Olof*, que feriu, pela sua iconoclastia, as sensibilidades patrióticas; é, ao lado daquele romance, a primeira grande obra do autor. Mas escândalo maior fez o casamento de Strindberg com a atriz Siri von Essen, que por sua causa se divorciou de um oficial aristocrático. A revolta do escritor contra todos os tabus e convenções da época culminou no volume de contos *Giftas (Casamentos)*, em que condenou o casamento burguês e a educação religiosa, tomando o partido do amor livre e do ateísmo.

A Suécia de então não era a de hoje: era um país conservador e atrasado. Por causa do volume *Casamentos*, foi Strindberg judicialmente indiciado e acusado. O processo terminou com sua absolvição. Mas o episódio causou-lhe colapso de nervos e uma exacerbação da atividade de revoltado. Vivendo no estrangeiro, na França e na Suíça, em condições materiais precárias, escreveu os volumes de sua autobiografia, *O filho da empregada*, declarando-se proletário oprimido e revoltado. Essa obra revela os primeiros sintomas de uma grave mania de perseguição, que logo se voltou contra a esposa. Perseguiu-a com veementes acusações de infidelidade. Sentiu-se ameaçado por ela e pelas amigas dela, enfim, acreditava numa verdadeira conspiração de mulheres contra ele e tornou-se campeão de um antifeminismo violentíssimo. Nessa época, escreveu, em língua francesa, o panfleto autobiográfico *Confissão de um louco*, que parece mesmo obra de llouco, mas de um louco de eloqüência fulminante e irresistível. No entanto, era capaz de escrever nesses mesmos anos uma série de obras dramáticas em estilo naturalista, *Camaradas, O pai, Senhorita Júlia* e várias peças em um ato, todas elas com tendência virulentamente antifeminista e todas elas obras-primas de alta categoria. Só em 1891, depois de rumoroso processo, conseguiu o divórcio.

Acreditava-se livre. Mas essa liberdade envolveu-o em crises cada vez mais graves. Viveu durante certo tempo em Berlim, nos círculos boêmios. Suas peças começaram a ser representadas, com sucesso e com escândalo, na Alemanha e na França; o crítico dinamarquês Brandes tornou-lhe o nome conhecido no mundo inteiro. Mas Strindberg viveu na miséria, acreditando-se perseguido por todo mundo. Um segundo casamento, com a austríaca Frieda Uhl, também fracassou. Multiplicaram-se os sintomas de grave esquizofrenia.

Vivendo sozinho e sem meios de sustentação, em hotéis obscuros em Paris, Strindberg dedicou-se a experiências de alquimia.

Acreditava ter feito importantes descobertas científicas e ser por isso perseguido pelos rivais. Teve visões, alucinações, aparições demoníacas e foi forçado, enfim, a internar-se numa clínica psiquiátrica. O milagre é que, apesar de tudo isso, conservou a lucidez e objetividade de um grande escritor. No volume *Inferno* (1897), descreveu com clareza minuciosa suas visões, toda a grande crise de 1896 em Paris. Na trilogia dramática *Para Damasco*, talvez sua maior obra, colocou no palco toda sua vida passada, a revolta, a crise e um fim hipotético numa conversão a uma religiosidade pessoal e heterodoxa, meio swedenborguiana; é a única obra dramática ostensivamente autobiográfica da literatura universal.

Como explicação e justificação das polêmicas antifeministas do passado, aparece *Doedsdansen (Dança dos mortos)*, a maior das peças trágicas de Strindberg e a mais sombria; é evidente a forte influência dessa tragédia sobre Ingmar Bergman.

Parece certo que Strindberg nunca conseguiu se libertar totalmente dos fantasmas da loucura e das sombras do passado (um terceiro casamento, com a atriz norueguesa Harriet Bosse, também fracassou). Mas os esquizofrênicos semi-reequilibrados costumam ficar incapazes para o trabalho, ao passo que para Strindberg — caso inteiramente atípico — começou então a maior fase das suas atividades literárias: num ciclo de peças históricas colocou no palco os maiores episódios do passado da Suécia, e até aos críticos céticos e mais exigentes aquele ciclo sempre lembrou o nome de Shakespeare. *Páscoa* é a peça de sua reconciliação com o mundo. Dirigindo o Pequeno Teatro de Estocolmo, Strindberg desenvolveu um novo estilo de encenação, antecipando o expressionismo; e escreveu mesmo as primeiras grandes obras do teatro expressionista, *Peça de sonho* e *Sonata de espectros*. Mas passou os últimos anos, até a morte em 1912, em solidão completa. A obra enorme de Strindberg é inspirada por dois elementos, que só em nosso tempo, mais de meio século depois da morte do escritor, revelaram toda sua importância e virulência: a revolta e o sexo. Mas Strindberg não foi filósofo sistemático, nem agitador político. Teve o direito de manifestar contradições íntimas permanentes. É um revoltado de convicções revolucionárias e, ao mesmo tempo, um tímido, atormentado por complexo de inferioridade. É um antifeminista furioso, mas não pode viver nem um dia sem o amor, emocional e físico, de uma mulher. Essas atitudes — pró e contra a revolta, pró e contra o sexo — encontram-se em todas as suas obras, mas só se enfrentam, estas e aquelas, em uma peça determinada: *Senhorita Júlia*.

Foi escrita em 1888 e passa-se em ambiente especificamente sueco. Mas só pouco depois foi representada em Paris e está hoje traduzida para todas as línguas; e o efeito dramático é tão forte que o espectador nem percebe as alusões (poucas, aliás) àquela época. *Senhorita Júlia* é de hoje.

É uma peça naturalista, isto é: sem grandiloqüência nenhuma e falando sem reticências dos fatos da vida; é uma peça curta, em um ato, para não perturbar por intervalos a ilusão teatral; de modo que se apresenta no palco só o conflito dramático e, logo depois, o desfecho.

A peça passa-se na cozinha de um castelo aristocrático na Suécia. O conde e os outros membros da família estão ausentes, em casa só ficou a filha, Júlia, que resolveu participar das festas de São João, que na Suécia rural são celebradas pelos camponeses e pelos empregados domésticos com canções e danças nem sempre pudicas. O eco dessas festas ouve-se na cozinha onde Júlia se encontra em companhia de Jean, o *valet* ou criado pessoal do conde: homem belo, forte, ambicioso. Júlia confessa, como nas entrelinhas, que se encontra excitada, em estado pré-menstrual. Dança com Jean, empregando todos os recursos de sua juventude sedutora, ora atraindo-o, ora rejeitando-o. Uma canção obscena que se ouve de fora é o sinal para os dois se retirarem na câmara ao lado da cozinha. Entram na cozinha, agora vazia, os dançadores e cantores, representando espécie de balé cujo sentido, de encher a pausa, é óbvio.

Os dançadores saem e Júlia e Jean voltam. O que aconteceu aconteceu, mas agora estão os dois desiludidos, e seu diálogo transforma-se em luta violenta. Abre-se o abismo social entre a moça e o criado. Jean observa, cinicamente, que as jovens aristocráticas não são menos lascivas que as criadas e camponesas, ao passo que Júlia mostra repugnância ao materialismo grosseiro de Jean, que explica sem reticências seu plano: obrigar o conde a admitir o casamento dos dois e pedir-lhe dinheiro, muito dinheiro, para abrir um hotel internacional. A revolta social, de Jean contra Júlia e de Júlia contra Jean, transforma-se imperceptivelmente em luta dos sexos que nunca chegarão a se compreender mutuamente. Nessa luta, Júlia será vencida. O conde poderia voltar a qualquer momento e, se Júlia não concordar, Jean seria incapaz de defender seu comportamento. O homem, embora tremendo de medo, impõe sua vontade à moça. Ela dirá ao pai o que Jean quer que ela diga. Mecanicamente, como um autômato, repete, literalmente, as palavras de Jean sobre o casamento, o dinheiro e o hotel — e sai da cozinha para suicidar-se.

O forte efeito da peça no palco não é devido à habilidade dramatúrgica, que nunca foi o lado forte de Strindberg. É devido ao desenrolar inexorável do conflito e à fatalidade inevitável do desfecho. É devido ao sentido superior da peça, verdadeira reviravolta de todos os valores, demonstrando a decadência da classe dominante e a ascensão do proletário — luta de classes que se apresenta como luta dos sexos.

Senhorita Júlia foi escrita em 1888. Mas parece que só hoje a peça pode ser plenamente compreendida.

15/5/76

Poesia-coisa

de Rainer Maria Rilke

(por Paulo Mendes Campos)

A poeira que se acumula num demorado de-repente sobre livros da estante que já foram lidos, relidos e machucados reformula aquela perplexidade machadiana: teria mudado o autor ou o leitor? Provavelmente mudaram ambos, ainda que o autor esteja petrificado na lápide tumular. Nascido em 1875, morto com 51 anos de idade, Rainer Maria Rilke mudou muito no espaço deste século, e continuará mudando. Foi essencialmente um mutável; seus cultuadores chegaram a ver nele o mutante, uma ponte entre o visível e o invisível, entre o homem e o Anjo.

Apesar de ter dito tantas coisas enigmáticas, o próprio Rilke é ainda a melhor fonte contra os admiradores que o mistificam. Ele foi e deverá continuar sendo o poeta dos que buscam uma passagem não-religiosa, uma passagem inteligente e sobretudo sensível, entre este mundo e o Outro. No entanto, mesmo tendo ouvido vozes e encontrado fantasmas, Rilke jamais nos deu o mapa deste Outro Mundo. Muito menos procurou integrar suas visões à visão cristã. Nem mesmo o Anjo das suas *Elegias* é bíblico, mas "o ser no qual a transformação do visível no invisível, que estamos realizando, já aparece realizada. Para o Anjo das *Elegias* todas as torres e todos os palácios do passado são existentes por serem, já há muito, invisíveis, e as torres e pontes ainda existentes de nossa existência já lhe são invisíveis, ainda que — para nós — ainda estejam fisicamente presentes. O Anjo das *Elegias* é o ser que assegura que é preciso reconhecer no invisível um grau superior da realidade."

Nesta carta famosa a seu tradutor polaco, Rilke chega a transferir sua *visão* para o próprio Anjo, só passando à primeira pessoa ao enunciar: "A morte é a face da vida que não é visível para nós, não é iluminada por nós: devemos tratar de adquirir a máxima consciência de nossa existência, que reside em ambas esferas não separadas, e é inesgotavelmente nutrida por ambas... A verdadeira forma vital atravessa ambas as regiões; o sangue da circulação maior corre através de ambos; não há um aquém nem um além, mas a grande unidade na qual residem os seres que nos superam, os *Anjos*."

Que as citações acima pelo menos sirvam de amostra do recado espiritual de Rilke, matéria que só pode ser tratada com muito cuidado e sobretudo extensivamente. Numa frase que ficou jornalística, disse Rilke que a fama é o resultado dos equívocos em torno de um nome. Se esse conceito pode ser aplicado com justeza até para a glória das vedetes, no caso específico deste poeta a fama é um caleidoscópio de equívocos; pois foi ele mesmo um dinamizador de mal-entendidos. O fronteirismo foi o forte de seu comportamento e por isso mesmo o qualificou de modo fora do comum para o exercício das ambigüidades poéticas. Todos os retratos o traíam, disse dele André Gide; principalmente os auto-retratos, podemos acrescentar. Por sua origem e consentida disposição neurótica, Rilke foi sempre um transeunte de fronteiras. Nascido em Praga, numa família da minoria alemã, tornou-se um cosmopolita sem pátria, buscando pais em alguns homens e mães em muitas mulheres. Um livro de Peter Demetz, comentado com prazer por Otto Maria Carpeaux, ajuda a desfiar a *fable convenue* da sua biografia encomiástica: Rilke era menos alto e menos magro do que se pensa; era de saúde muito menos frágil do que se espalha, e de apetite invejável; filho de um funcionário, só conheceu na infância o castelo em que nasceu, dividido em apartamentos modestos.

Durante cerca de cinco anos, foi infeliz aluno de colégios militares quem mais tarde reafirmaria sua incompreensão pelas atitudes dos homens e seu enternecimento pelas mulheres. Que choveram na sua vida: sentimentais quando ele escreveu poesia sentimental, argutas quando evoluiu para altas finuras estéticas, mas sempre prestimosas e devotadas. E foi ainda jovem que casou com a escultora Clara Westoff, pela qual se manteve sempre enternecido, embora os estatísticos concluam que a vida conjugal de ambos, muito fragmentária, somando meses e dias, dê apenas um resultado modesto de três anos de convivência.

Se Clara o conduziu a Rodin, antes dela, outra mulher estupenda o conduziu a uma outra experiência marcante: da Rússia. Foi em 1897, em Munique, que conheceu Lou Andreas Salomé, cuja ampla biografia pode ser violentamente condensada em três linhas: revirou a cabeça do maior lobo solitário da época, Nietzsche; foi mulher de um erudito orientalista; com encontros intermitentes, manteve com Rilke uma relação carinhosa que durou até o fim do poeta; e acabaria tornando-se uma fervorosa discípula do doutrinador mais ousado de seu tempo, Sigmund Freud.

De Rodin, Rilke pretendeu deduzir uma visão estética, que talvez possa ser resumida em três lições: o mais ínfimo tem importância; a arte não pode prescindir do concreto; o trabalho é a mais segura forma de inspiração. Foi através do escultor que ele passou do subjetivismo ao objeto, à coisa, à figura. Na Rússia esteve por duas temporadas, em 1899 e no ano seguinte, ambas em companhia de Lou Andreas Salomé. Escreveria ele: "Quando pela primeira vez cheguei a Moscou tudo me pareceu familiar e conhecido. Era a Pátria." A terra estranha torna-se para ele a realidade e, ao mesmo tempo, o reconhecimento profundo e cotidiano de que a realidade é uma coisa primeiramente longínqua, que somente se torna próxima com a infinita lentidão dos que possuem paciência. Os homens na Rússia eram solitários, cheios de obscuridades como as montanhas, cheios de distância, de incerteza, de esperança, homens que se tornam. E embora talvez pertençamos somente ao país da infância, mais dois *espaços* pelo menos completam a dimensão espiritual de Rilke: a Espanha ("de repente é tudo apenas chama") e Paris (que tem cheiro de gordura de batatas fritas e de angústia). Mas Rilke, que se quis um monge, foi um devorador de espaço e de almas femininas, girando num périplo que talvez aspirasse à perfeição ou ao desespero do círculo. Moscou, Iasnaia Poliana (queria saber de Tolstói como se deve viver), Itália, França, Dinamarca, Suécia, Espanha, Alemanha, Norte da África, Suíça, ele vai e vem como um claustro ambulante. Por desgraça a conflagração de 1914 o pega na Alemanha: são os "anos indizíveis".

Em 1905 encontra editor e na mulher deste nova amiga definitiva: Katharina Kippenberg. É o do *Livro de horas* e de *Novos poemas*. Dois anos depois descobriria ardentemente a pintura de Cézanne. Mais dois anos e encontraria outra mulher que se lhe seria eterna, a Princesa Thurnund Taxis. Mais algum tempo e é uma Duse outonal que o cativa em Veneza, logo seguida de outra artista, Benevenuta Hattimberg. Liga-se a uma pintora chamada Lulu e vai rever emocionado em casa de outra amiga um quadro de Picasso (*Os saltimbancos*) que o impressionara em Paris. Liga-se a uma Merline na Suíça e uma "bela egípcia" entra na vida do poeta cinqüentenário. São 50 e um anos de vida com muitos amores, muitas viagens, muitas lacunas de depressão e uma grande guerra moralmente arrasadora para um cidadão da Europa. Contudo, Rilke conseguiu escrever uma vasta e meditada obra poética, romances, contos, ensaios, e cultiva amizades que se teceram através de imensa correspondência. Rilke ainda se deu ao luxo de ser amoroso tradutor de obras que lhe eram queridas, reunindo autores aparentemente desconexos, tais como Elizabeth Barrett Browning, a portuguesa Mariana Alcoforado, Louise Labé, André Gide, Miguel Ângelo, Paul Valéry, Dante, Baudelaire, Maurice de Guérin, um sermonista francês do século XVII. Compôs também delicados poemas franceses. E houve o momento em que pretendeu largar a atividade literária, entregar-se à psicanálise e ao estudo de medicina. Uma circunstância (equívoca) lhe favoreceu: nenhum grande poeta vivo de seu tempo teve tantos leitores; e uma faculdade lhe facilitou a vida: tinha o dom de ser convidado para residir, o tempo que lhe aprouvesse, em mansões bonitas e sossegadas. Acabou ganhando uma clausura, uma torre castelã isolada em montanhas tristes, onde Paul Valéry se espantou com o abuso de intimidade do poeta com o silêncio.

No momento em que Rilke abandonou o sentimentalismo surgiram as imagens do sentimento:

"Quem chora agora em alguma parte do mundo, sem motivo chora no mundo, chora por mim. / Quem ri agora em alguma parte da noite, sem motivo ri na noite, ri de mim. / Quem anda agora em alguma parte do mundo, sem motivo anda no mundo, vem a mim. / Quem morre agora, em alguma arte do mundo, sem motivo morre no mundo, olha para mim."

Você não sabe ver — disse-lhe um dia Rodin — aconselhando-lhe uma visita ao Jardin des Plantes. Para o escultor tudo era belo na natureza, mas era preciso descobrir essa beleza, apanhar nos olhos e no movimento do animal toda a sua humilde vida interior, ser o confidente da árvore. Foi decerto a partir de um conceito em busca da objetividade das formas e da essencialidade das coisas que ele quis *ver* os objetos, as flores, os animais, o espaço. Nasceu daí a fase mais importante de sua poesia: as *Dinggedichte*, a *Poesia-coisa*. Chega a essa nova expressão sem meditações literárias, atento principalmente ao trabalho de Rodin, aos quadros de Van Gogh e Cézanne, aspirando a realizar uma *coisa de arte* "que tenha a densidade da coisa natural". No momento em que Rilke descobriu a *poesia-coisa* as teorias parnasianas e simbolistas deixaram de se defrontar e tiveram de encarar uma terceira realidade.

Geir Campos traduziu admiravelmente bem uma coletânea de poemas de Rilke, e tinha de ser assim, pois o nosso poeta é, sem qualquer outra influência rilkiana, um mestre em *Dinggedichte*, revelado em seu livro de estréia. Citemos as três famosas estrofes sobre a pantera: "Varando a grade, a nada mais se agarra / o olhar tomado dum torpor profundo: / para ela é como se houvesse mil barras / e, atrás dessas mil barras, nenhum mundo. / Seu firme andar de passos gráceis, dentro / dum círculo talvez muito apertado, / é uma dança de força em cujo centro / ergue-se um grande anseio atordoado. / — De raro em raro, só, o véu das pupilas / abre-se sem ruído — e deixa entrar / a imagem, que sobe, pelas tranqüilas / patas, ao coração, para aí ficar."

Escreve Angelloz: "Um pintor de animais teria descrito a pantera, da qual apenas vemos o andar ondulante; um poeta sensitivo teria dito suas impressões dolorosas na presença da fera cativa; alguém afeito a exotismos teria oposto à exigüidade cruel da jaula a imensidade da mata; sempre o artista se teria situado ante o cativo com seu talento, seu coração ou sua imaginação. Rilke não está diante do animal, mas dele."

Rilke pretendia apreender a essência da pantera, colocando-se no núcleo cristalizador do assunto.

Também de Geir Campos é a tradução do magnífico *Dançarina espanhola*, inspirado, esclarece a filha de Rilke, numa festa de batizado na casa do pintor Zuloaga:

"Tal como um fósforo na mão descansa / antes de bruscamente arrebentar / na chama que em redor mil línguas lança / — dentro do anel de olhos começa a dança / ardente, num crescendo circular. / — E de repente é tudo apenas chama. / — No olhar aceso ela o cabelo inflama, / e faz girar com arte a roupa inteira / no calor dessa esplêndida fogueira / de onde seus braços, chocalhando anéis, / saltam nus como doidas cascavéis. / — Quando escasseia o fogo em torno, então, / ela o agarra inteiro e o joga ao chão / num violento gesto de desdém, / e altiva o fita: furioso e sem / render-se embora, sempre flamejando. / E ela, com doce riso triunfal, / ergue a fronte num cumprimento: e é quando / o esmaga entre os pés ágeis, afinal."

O mesmo procedimento poético foi ortodoxamente seguido pelo poeta em poemas que levam títulos tais: *A gazela*, *Hortênsia azul*, *Hortênsia rosa*, *Os flamingos*, *O carrossel*, *O unicórnio*, *O cisne*, *A bola* etc. Rilke via no círculo e na esfera as imagens da perfeição; e dele mesmo disse Angelloz que pensava *redondo*.

Mas pode-se dizer sem susto de erro que a experiência feliz da *poesia-coisa* foi definitiva e está presente no resto do percurso rilkiano. Sua obra-prima foi de fato o descobrimento dessa introvisão do espaço, dos objetos (*Diggendichte*).

Foi no castelo do Duino que Rilke começou a compor suas *Elegias*, dez ao todo. Para muitos, sua obra máxima; para todos, uma obra extremamente difícil, mesmo para os leitores de língua alemã. Os que estão aptos a ultrapassar todos os sombrios abismos das *Elegias* dizem que a experiência é maravilhosa e deslumbradora, emergindo dessa aventura uma imagem incomparável de vida-morte-amor. Outros, como eu, devem contentar-se com os trechos de evidente beleza e com o eco de grandiosidade que aperceberem no complexo sinfônico. Em estado de graça poética (depois da guerra), data-se da mesma época outra obra difícil, de grande sedução espiritual: os *Sonetos a Orfeu*. Um deles *(Torso Arcaico de Apolo)* foi traduzido por Manuel Bandeira: "Não sabemos como era a cabeça, que falta, / De pupilas amadurecidas, porém / O torso arde ainda como um candelabro e tem, / Só que meio apagada, a luz do olhar, que salta / E brilha. Se não fosse assim, a curva rara / Do peito não deslumbraria, nem achar / Caminho poderia um sorriso e baixar / Da anca suave ao centro onde o sexo se alteara. / Não fosse assim, seria essa estátua uma mera / Pedra, um desfigurado mármore, e nem já / Resplandecera mais como pele de fera. / Seus limites não transporia desmedida / Como uma estrela; pois ali ponto não há / Que não te mire. Força é mudares de vida."

Rilke deixou também uma obra-prima em prosa: *Os cadernos de Malte Laurids Brigge*. É o livro da cegueira, da invalidez, da pobreza, da morte. Paris — que é o seu pesado espaço — não é a cidade em que se vive, mas a cidade em que se morre. O tempo talvez haja intumescido um pouco (ou bastante) a beleza dos *Cadernos*. Ou talvez Rilke saque excessivamente sobre a espaçosa emotividade da nossa juventude e a gente volte, com frieza, na idade madura para acertar as contas. As contas apresentadas por Otto Maria Carpeaux, por exemplo, são claras: "Falsas são as primeiras obras." Falsa é a maior parte das cartas. Falsos são muitos "resíduos" no *Livro das Horas* e no *Brigge*. Obras cuja inquietação é, porém, autêntica; nada temos com as raízes psicológicas dela. O olho armado chegará a reconhecer alguns poucos restos daquela falsidade até numa obra tão autêntica como são as *Elegias do Duíno*. Integralmente "puros" só são os *Novos poemas*.

E, no entanto, para o nosso grande ensaísta, Rilke, ao lado de Yeats, é o maior poeta deste século XX. De qualquer forma, os *Novos poemas* são precisamente os que assinalam a entrada de Rilke no seu reino particular: o da *poesia-coisa*. Talvez o que haja de "puro" no Rilke que precede os *Novos Poemas* sejam os primeiros vestígios da *poesia-coisa*; e o que há de "puro" no Rilke depois dos *Novos poemas* sejam os resíduos da mesma fabulosa intuição artística que determinou este livro.

Rilke morreu de leucemia aguda a 29 de dezembro de 1926. Recusou opiáceos, fiel à idéia abstrusa de que devemos morrer a nossa própria morte, e não a morte dos médicos: todos os heroísmos, mesmo os absurdos, são válidos; só que não devem servir de exemplo ou causar enlevo.

Repousará na mão de Deus? O Deus de Rilke é contraditório, um ser criado pela vontade de cada criatura ante o angustioso pressentimento da eternidade.

2/8/75

Esperando Godot
de Samuel Beckett
(por Otto Maria Carpeaux)

O teatro de Samuel Beckett é bastante conhecido no Brasil (os seus romances, de leitura muito difícil, são quase intraduzíveis) e um dos melhores livros sobre o assunto, o de Martin Ensslin, foi traduzido para o português e, como acredito saber, muito lido. Acontece que Ensslin trata Beckett ao lado de Ionesco e outros representantes do gênero chamado Teatro do absurdo; e acontece que a leitura, pelo menos a primeira leitura, e as representações já tentadas confirmam esse aspecto da obra teatral do escritor franco-irlandês. Seriam, sim, peças vagamente metafísicas, mas principalmente de aspecto farsista, de aspecto cômico mais ou menos assim como A cantora careca *ou* A lição *do franco-romeno Ionesco, tentando ridicularizar a nossa vida cotidiana para demonstrar o absurdo da nossa existência num universo absurdo. Concedo os aspectos cômicos e concedo o absurdo. Mas pretendo, antes de tudo, que este não é o verdadeiro Beckett: que seu teatro não é absurdo, mas uma espécie de antiteatro ou de não-teatro, um gênero inteiramente novo, que parece absurdo só aos absurdos representados na platéia; e também aos que substituíram os nomes dos personagens Estragon e Vladimir, em* Esperando Godot, *por Didi e Gogo: em vez de vagabundos, como no original, aparecem palhaços. Está na hora de acabar com essa palhaçada.*

Quando, em *En Attendant Godot*, se levanta o pano, o público vê uma paisagem inteiramente vazia; só há, no meio, uma árvore solitária. Esse vazio é povoado por dois vagabundos, Estragon e Vladimir, que pararam ali para esperar um certo Godot: não sabem quando ele chegará, nem sequer sabem por que esperam. Mas estão esperando Godot. Já estão ligeiramente desesperando e desesperados, até de viver, pois não poderiam viver sem Godot. Mas ele prometeu chegar. E este é o pretexto dos dois para viver juntos e esperar juntos. Por que juntos? Tampouco sabem. De vez em quando, um deles já tentou separar-se do outro, talvez fazendo uma espécie de excursão. Mas sempre volta. Nada feito. Só resta esperar. Até quando? Perguntam. Ninguém responde. A paisagem e o céu continuam vazios. Não acontece nada (*"Rien se passe"*). O único fato é este: esperam.

Entrementes, conversam. Mas não há tema de conversa, a não ser o de que o tempo passa e Godot não chega. Essa conversa é fatalmente muito monótona, repetitiva, um diálogo que é na verdade um monólogo, irresistivelmente cômico, farsista, como numa farsa de Ionesco. Afinal, a gente se diverte como pode, esperando Godot.

De repente, chega ou antes: chegam. Não é Godot. É Lucky com seu escravo Pozzo. Lucky, o dono, trata seu escravo com brutalidade inédita, pior que um cão. Devora uma galinha e joga-lhe só os ossos. Ao terminar a refeição, espanca-o. Pozzo agüenta tudo, mas não parece que Lucky esteja gostando muito disso. Obriga o escravo a dançar e cantar uma canção inteiramente absurda, cômica mesmo.

Agora, os dois vão partir. A despedida é uma troca de absurdas fórmulas de gentileza. Vladimir e Estragon chegam a rir. Mas seu riso acaba quando aparece um menino, um mensageiro, anunciando que Godot não chegará hoje de noite, chegará amanhã. O tempo passou sem se passar nada.

Segundo ato: um novo dia. Esperando Godot. Repete-se o mesmo diálogo vazio de sentido. Por um momento voltam os dois visitantes, agora um pouco mais velhos: Lucky é cego e Pozzo é mudo. Saem. Aparece o mensageiro: Godot não chegará hoje, mas amanhã certamente. Já não acreditam. Pretendem enforcar-se na árvore, mas as cordas se rompem. Que fazer? Esperar Godot? Última e inútil tentativa de revolta: "Vamos embora" — "Sim, vamos embora." Mas não se mexem. Ficam imóveis. E cai o pano.

En Attendant Godot foi representado, pela primeira vez, em 13 de janeiro de 1953, num pequeno teatro de vanguarda, no Théâtre de Babylone, em Paris. Ficou em cartaz durante o ano inteiro. Teve o mesmo sucesso em Londres, em 1955, e em Nova York, em 1956. A peça foi traduzida para dezoito línguas e representada em todos os teatros do mundo, em Roma e Hamburgo, em Madri e Varsóvia, em Praga e Estocolmo. É, até hoje, o maior sucesso teatral de uma peça nova neste século. É um sucesso totalmente misterioso, inexplicável: uma peça teatral cuja ação consiste em não se agir, cujo enredo é este: não acontece nada. Não é teatro. No entanto, o público riu muito e saiu, depois, tremendo de angústia, como se o caso fosse o dos próprios espectadores. E todo mundo perguntou: quem é esse Beckett?

Samuel Beckett nasceu em 1906, em Dublin, mas de família rigorosamente protestante, de um rigor só compreensível na minoria de um país tão rigorosamente católico como é a Irlanda. Estudou filologia românica. Foi, durante três anos, professor de língua inglesa na École Normale Supérieure em Paris, esse berço de livres-pensadores, socialistas e anarquistas. Voltou para Dublin como professor de francês e italiano no Trinity College, a famosa universidade protestante da cidade. Passou por uma grave crise moral e nervosa, da qual ignoramos os detalhes. Em 1937, fixou-se em Paris; foi, durante certo tempo, espécie de secretário particular de Joyce, então já quase cego. Seu romance *Murphy*, escrito em inglês, não tinha sucesso, tampouco o romance *Watt*, em que aparece, pela primeira vez, o vagabundo típico de Beckett, esta vez a serviço do tirânico Mister Knott, que é o primeiro avatar de Godot. Beckett participou da Resistência francesa; mas não se sabe de um concreto compromisso político seu. Voltou a escrever romances, mas em língua francesa: *Molloy; Malone Meurt*. Em 1953, *En Attendant Godot* foi representado em Paris, com o sucesso que se sabe; depois em Londres e Nova York, como *Waiting for Godot*, em tradução inglesa realizada pelo próprio autor bilíngüe. Mais tarde, Beckett traduziu para o inglês todas as suas obras escritas em francês, e para o francês todas as suas obras escritas em inglês. Em 1969, recebeu o Prêmio Nobel de Literatura. *Esperando Godot* já não era representado em pequenos teatros de vanguarda, mas nas grandes casas, até na conservadoríssima Comédie Française, o teatro nacional da França. A obra virara um clássico. E começaram a chover as interpretações.

O filósofo marxista alemão Theodor W. Adorno foi o primeiro que esclareceu o sentido dos dois episódios de Lucky e do seu escravo Pozzo. Ninguém contesta mais, hoje, essa interpretação: os dois personagens são a representação dramática do capítulo *Dono e servo*, na *Fenomenologia do Espírito* de Hegel, interpretado por Marx como descrição (genialmente antecipada) do regime capitalista, em que Pozzo é explorado e maltratado por Lucky, sem este tirar verdadeira satisfação disso.

Já é menos segura a tese de Adorno sobre o segundo episódio: Lucky cego e Pozzo mudo significariam a tirania fascista, ou então a decadência do capitalismo. Mas certo é que se trata apenas de episódios. Beckett não acredita no papel decisivo das relações sociais, que apenas agravam, mas não determinam condição humana. (Por isso mesmo, Beckett foi, embora representado em Praga, Varsóvia, Belgrado, Budapeste e Bucareste, atacado com veemência na União Soviética, como escritor representativo da última decadência européia e ocidental.) O verdadeiro problema é, para Beckett, a condição metafísica do homem neste mundo, ao qual veio sem ter sido perguntado e sem saber aonde vai ser levado. O culpado dessa condição é, evidentemente, aquele que a criou. É espécie de teologia pessimista. Já no romance *Watt* aparece um dono implacável e inacessível, Mr. Knott, que é evidentemente o precursor de Godot; e o nome deste último é, sem dúvida, derivado de *God*, a palavra inglesa que significa *Deus*.

É o Deus *oculto* ou desconhecido da teologia calvinista, que escolhe arbitrariamente quem será condenado ao inferno, conforme o mistério inescrutável da Predestinação. O próprio Beckett manifestou isso claramente, em conversa com Harold Hobson: "Há uma frase maravilhosa em Santo Agostinho: Não desespere, pois um dos ladrões foi salvo; não presuma, pois um dos ladrões foi condenado."

Mas assim como o episódio Lucky-Pozzo não pode ser citado para definir Beckett como marxista, assim a citação da frase de Santo Agostinho não pode ser empregada para definir Beckett como calvinista. Godot não salva nem condena: ele não vem como se não pudesse vir ou como se não existisse. Essa última hipótese é plenamente confirmada numa obra posterior de Beckett, em *Fin de Partie*, onde Hamm se dirige diretamente já não a Godot, mas ao próprio *God*, a Deus. Não recebendo resposta, Hamm exclama: *"Le salaud! Il n'existe pas"*, isto é: "Este miserável! Ele não existe."

É esta a situação: vivemos num universo vazio; num universo imóvel; num silêncio total; sem esperança; sem meio de comunicação com os outros (e com o Outro). Eis um dos motivos do estranho bilingüismo de Beckett, que não acredita na língua francesa nem na língua inglesa nem em língua alguma. Por isso mesmo, reduz cada vez mais, nas obras posteriores, o diálogo-monólogo, até chegar, enfim, à espécie de pantomima simbólica em que os gestos (gestos sem sentido, aliás) substituem as palavras. Beckett parece, em suas obras posteriores, repetir sempre, e com radicalismo sempre mais feroz, a situação de *Esperando Godot*: seu tema é o mais universal de todos os temas, ao lado do qual não existem outros assuntos. Mas a língua humana não é capaz de exprimir esse tema, a não ser mediante metáforas e símbolos novos que não faltam ao grande escritor que Beckett é. A vida em sociedade? Veja-se *Fin de Partie*, onde Hamm é paralítico e cego; Nagg e Nell, os pais, sem pernas e recolhidos em recipientes de lixo. O esforço humano? Veja-se o curto romance *Comment c'est*, em que o homem passa três fases "antes de Pim, com Pim e depois de Pim": antes de Pim, o homem é uma espécie de verme que, em noite totalmente escura, pretende avançar na lama de um pântano que o envolve (uma visão dantesca do Inferno); depois, encontra Pim que não quer responder às suas perguntas cada vez mais urgentes; enfim, já sem Pim, espera a chegada de Bom, que ele pretende torturar assim como já torturou Pim que, por sua vez, espera o próximo que pode tormentar. Enfim, *Oh! les beaux jours* em que o monólogo de uma mulher sufocada pela lama nos pretende dar a lição definitiva contra nosso "otimismo perigoso e incurável".

É preciso ter a coragem de dizer que Beckett, como pensador, é muito menos original do que parece. Não me refiro a Joyce, cuja influência — apesar das relações pessoais entre os dois escritores — só se sente em certos detalhes lingüísticos. Mas o autor de *Esperando Godot* certamente leu muito Schopenhauer que, embora considerando sem sentido o universo, não acreditava na salvação pelo suicídio (quando Vladimir e Estragon se querem suicidar, rompem-se as cordas). Antes penso nos ateus que Dostoievski descreveu com tanto horror e com tão íntima simpatia. Penso em Pirandello e sua dúvida quanto à identidade humana. E, sobretudo, em Kafka e sua teologia *negativa*: no dono do *Castelo*, que é inacessível e que só concede autorização para viver na aldeia quando o agonizante já não precisa dela; e no tribunal do *Processo* que condena os inocentes porque não sabem de seu crime. Kafka e Beckett são os maiores *divulgadores da angústia* do século XX que se sabe perdido sem saber por que, embora, em Kafka, a culpa esteja certa acima de todas as dúvidas e, em Beckett, a condenação esteja certa acima de todas as dúvidas. Resta uma pergunta: como foi possível aos acadêmicos suecos conferir seu Prêmio, láurea dos esforços em prol do progresso da humanidade, ao autor dessa negação total, a esse profeta do vazio. E só resta uma resposta: porque o consideram *absurdo*, isto é, tão divertido como o franco-romeno Ionesco, que foi eleito para ocupar uma poltrona na Academia francesa. Pois "a glória é um conjunto de equívocos em torno de um nome".

19/6/76

Volpone
de Ben Jonson
(por Otto Maria Carpeaux)

Quando eu ainda podia escrever nos jornais desta república, ocorreu-me uma ou outra vez a oportunidade de citar o nome de Ben Jonson, mas os linotipistas e os revisores eram recalcitrantes: sempre saiu Johnson. Ou será que eles queriam atribuir a autoria de Volpone *ao então presidente dos Estados Unidos? A um desses revisores, homem muito inteligente, eu dei de presente um exemplar de* Volpone. *Ele leu e me deu uma resposta inesperada: "Esta obra foi, conforme a folha de rosto, escrita em 1606, e apesar de tão velha é* quase *(sublinho o quase) tão boa como uma comédia de Ionesco. Como é possível ser desconhecido entre nós?" Estou, por minha parte, convencido que as peças de Ben Jonson sobreviverão às do falsamente ilustre membro romeno da Academia Francesa. Mas também sei agora que* Volpone *merece, realmente, pelo menos no Brasil, o apelido de obra-prima desconhecida.*

O Sr. Julius Nyerere, presidente da Tanzânia, não será nunca, conforme as fotos disponíveis, premiado num concurso de beleza. Em compensação, é ele um notável estadista e um grande intelectual, e estou informado que acaba de ser representada sua tradução do *Julius Caesar*, de Shakespeare, para a língua *swahili*. Lendo essa notícia, me ocorreu o fato de que o Brasil é um dos pouquíssimos países deste mundo em que as peças de Shakespeare não constam do repertório teatral. Não sei quem é responsável por essa certidão de pobreza intelectual franciscana. Será que os censores já perceberam que no teatro inglês são freqüentes os palavrões, as expressões irreverentes e as cenas subversivas? Nesse caso, seria conveniente proibir também a mera leitura das traduções, ao passo que será livre e lícita a venda das obras de Shakespeare no original inglês; assim como os brasileiros que sabem ler inglês não são considerados moralmente prejudicados pela leitura de *Fanny Hill* e obras parecidas cuja tradução para o português é proibida pelo Ministério da Justiça. Vamos portanto aprender a língua inglesa, para ler *Fanny Hill* e para ler as peças de Shakespeare e talvez também uma ou outra obra dos seus contemporâneos. Entre essas obras há muitas de grande valor e algumas que seriam perfeitamente dignas do mestre: *The White Devil* e *The Duchess of Nalfi*, de John Webster; *The Revenger's Tragedy*, de Tourneur; *The Changeling*, de Middleton; e várias outras, de valor não tão grande, mas que seria interessante ver no palco.

Realmente, os diretores já fizeram muitas tentativas de encenar as melhores peças dos contemporâneos de Shakespeare, mas com sucesso reduzido. Os motivos disso são vários e não é este o lugar para analisá-los. Mas pelo menos um dos companheiros do mestre de Stratford deixou um grande nome e uma peça inesquecível: é Ben Jonson e seu *Volpone*. Inesquecível é, aliás, maneira de dizer. Esse Ben Jonson, sem *h* no meio, seria personalidade interessante, mesmo se não tivesse escrito *Volpone* e outras obras notáveis. Nasceu em Londres em 1572 e estudou na escola de Westminster, onde adquiriu sólidos conhecimentos de grego e latim e das literaturas antigas, que então faziam parte dos estudos fundamentais de um *gentleman* letrado.

Mas depois da morte prematura de seu pai, a mãe casou em segundas núpcias com um *brick-layer*, o que não parece ter sido um fabricante de tijolos, mas antes um operário, espécie de pedreiro. A carreira natural do enteado — o caminho para a Universidade de Oxford — se tornara impossível, e o jovem Ben (diminutivo de Benjamin) também devia trabalhar como *brick-layer*. Mas foi, pelo menos na mocidade, um aventureiro. Fugiu de casa e alistou-se no Exército inglês, que naquele tempo lutava em Flandres contra os espanhóis. Conta-se que foi de uma bravura excepcional. Mas — não sabemos por que — voltou logo em 1592 para Londres, onde vivia em extrema pobreza e casou (os biógrafos de Jonson não conseguiram até hoje descobrir a base material desse casamento precoce). Associou-se a uma companhia teatral itinerante, mas seu brilho como ator foi tão efêmero como suas atividades militares. Voltou a Londres, ganhando dinheiro, muito pouco dinheiro, como autor de peças teatrais. E teve sorte. Sua primeira peça, *Everyman in His Humour*, isto é, mais ou menos, *Cada um conforme seu caráter*, teve sucesso extraordinário, colocando no palco vários tipos conhecidos da vida londrina. Não é obra para entusiasmar espectadores modernos, mas foi um gênero inteiramente novo, a comédia de tipos característicos, e continuou popular na Inglaterra até o século XVIII.

Quem não estava satisfeito com esse sucesso foi o próprio Jonson com suas aspirações mais altas. Aproveitando seus conhecimentos clássicos, escreveu uma tragédia, *Sejanus*, enredo tirado da história romana, com algumas cenas boas e muita erudição dispensável; quase cada uma das réplicas está, ao pé da página impressa, documentada com referências a Tácito. Talvez o dramaturgo quisesse competir com o *Julius Caesar* de Shakespeare, muito menos erudito e muito mais impressionante no palco. *Sejanus* não obteve sucesso.

É um erro muito divulgado atribuir à rainha Elizabeth I o mérito decisivo quanto à grande época do teatro inglês. As maiores obras de Shakespeare e de seus contemporâneos foram escritas e representadas depois da morte da rainha em 1603, de modo que se deveria falar menos em teatro elizabetano e mais em teatro *jacobeu*. O Rei James I era homem antipático, até repelente, e monarca de rara incapacidade. Existe, em seu favor, um fator atenuante: seu interesse pela arte teatral de Ben Jonson que lhe embelezou, com seus *masques*, as festas da corte. Nessa época, o dramaturgo escreveu a maior parte das suas peças: a farsa alegre *Epicoene*; as grandes comédias *Bartholomew Fair* e *The Alchemist* (esta segunda tem, conforme o consenso unânime da crítica, o enredo mais bem elaborado da literatura dramática inglesa); *Catilina*, tragédia histórica que foi em nosso tempo muito elogiada por T. S. Eliot, mas que é pouco superior a *Sejanus*; e *Volpone*.

Vivendo já em situação abastada, Jonson retomou os estudos clássicos e fez viagens à Escócia e à França. Em 1616, depois de ter editado suas *Obras completas* (o primeiro caso de um dramaturgo que considerava suas obras teatrais dignas de uma edição assim), a Universidade de Oxford conferiu-lhe o título de mestre *honoris causa*, bem mais merecido que os doutorados *honoris causa* que hoje se costuma conferir a ministros e *tutti quanti*. E em 1617 o rei criou o título de *Poet Laureate*, espécie de Poeta Nacional da Inglaterra. Jonson foi o primeiro portador desse cargo honorífico. Nesses mesmos anos o poeta assim coroado estabeleceu sua própria *corte* literária numa taverna londrina, a Devil's Lavem, onde seu espírito perspicaz e malicioso o tornou famoso e temido.

Mas esse brilho e essa glória não duraram muito. Depois da morte do rei, em 1625, o gosto literário mudou. Jonson perdeu o favor da corte. E morreu, em 1637, abandonado e na miséria. Mas foi enterrado no Panteão dos ingleses, na Westminster Abbey, onde se lêem no seu túmulo as palavras de admiração dos séculos: "O rare Ben Jonson!" Jonson foi, entre todos os dramaturgos da época, o único que possuía extensos conhecimentos da antigüidade clássica, o único erudito. Era orgulhoso disso. E esse seu complexo de superioridade chegou a determinar suas relações com Shakespeare, seu colega de ofício e freqüente comensal na taverna. Uma tradição fidedigna informa que Jonson costumava censurar a estrutura pouco coerente das peças de Shakespeare e certos defeitos do seu estilo poético. O motivo dessas críticas também é conhecido: Jonson observou que "Shakespeare sabe pouco latim e menos grego". No entanto, eram antigos. Jonson esteve em Stratford, visitando o poeta poucos dias antes da sua morte. E para a famosa edição *in folio*, de 1623, das obras completas de Shakespeare escreveu Jonson famosa e belíssima ode que elogia tanto o *Cisne de Avon*, exaltando-o acima de todos os poetas e para sempre.

Essa ode, que todo colegial inglês sabe de cor, é ao mesmo tempo o mais belo monumento do próprio Ben Jonson. O poema nos lembra o fato de que Jonson possuía grande talento de poeta lírico, talvez pouco inferior ao do próprio Shakespeare. No resto, ninguém pensará em compará-los. O *Cisne de Avon* é incomensuravelmente superior. Mas, em compensação, Jonson inventou um gênero que Shakespeare, deliberadamente, quis ignorar: a comédia povoada de tipos característicos em ambiente burguês; é o gênero dramático em que, pouco mais tarde, Molière será o maior mestre. *The Alchemist* e *Bartholomew Fair* já são modelos desse gênero, pela coerência inexorável do enredo e pela caracterização, fatalmente um pouco exagerada e caricatural dos personagens. A obra-prima do gênero é *Volpone*, que foi representado pela primeira vez em 1606 e saiu impresso em 1607. Nesses anos, Shakespeare estava no auge de sua força criadora. Infelizmente, ignoramos o que ele pensava da obra-prima do outro.

Ben Jonson nunca esteve na Itália. Ignorava a literatura italiana e provavelmente a própria língua. O grande crítico italiano Mario Praz atribui a Giovanni Florio, um erudito italiano que vivia então em Londres e era amigo de Shakespeare e Jonson, o surpreendente conhecimento do ambiente veneziano em *Volpone*: a animação na Piazza San Marco e nos canais, a vida nos palácios e até detalhes do processo penal da República. O velho Volpone é um *magnifico*, isto é, pertence à aristocracia dominante. É muito rico e quer ser mais rico, não tem filhos, não tem parentes nem amigos. Mas tem falsos amigos que esperam ansiosamente seu testamento e sua morte. Sabe disso. Resolve aproveitar essa situação. Seu ajudante, na farsa que pretende montar, é o parasita Mosca, caráter digno de figurar ao lado do seu dono.

Volpone finge estar gravemente enfermo, quase na agonia.

Enquanto isso, Mosca procura os falsos amigos do seu amo, informando-os de que a situação é séria e que se pode obter a assinatura de um testamento favorável; mas para tanto é necessário visitar o enfermo, oferecer-lhe presentes valiosos (a ele e talvez também ao próprio Mosca). E todos eles caem, correndo, na cilada.

O velho e avarento usurário Corbaccio, ele próprio muito doente, chega a deserdar seu filho Bonário para conseguir um lugar de preferência no testamento de Volpone.

Voltore, um advogado desprezível, emprega todos os meios de corrupção; Corvino, embora muito ciumento de sua bela e pura esposa Célia, chega a levá-la à casa de Volpone, oferecendo-a ao velho. Todos eles foram enganados por Volpone, que já fez um testamento fictício, instituindo Mosca como herdeiro universal. Mas agora, Mosca começa com sua chantagem: só desistirá, se Volpone lhe entregar todos os presentes oferecidos ou esperados. Enquanto isso, Voltore denuncia a farsa cruel ao Senador. Volpone, assustado, aparece perante o tribunal como mortalmente enfermo para poder melhor pedir clemência. Em face dessa sua *doença*, os próprios enganados dão testemunho em seu favor, alegando as mais estranhas mentiras para restabelecer a situação e suas esperanças. Mas o tribunal é implacável: Mosca é condenado às galeras; Volpone, à prisão perpétua, e sua fortuna confiscada para ser entregue ao Hospital dos Incuráveis; Voltore perde o direito de exercer a profissão de advogado; Corbaccio será encarcerado num convento e seu filho Bonário herdará tudo; enfim, Corvino tem de mandar a pobre Célia voltar à casa do sogro, ela e o dote que recebeu no casamento. A última palavra tem Volpone: dirigindo-se ao público e pedindo aplauso.

Ben Jonson, que conhecia bem os autores antigos, achou o enredo da peça prefigurado em anedotas contadas por Luciano a Petrônio. Mas não se pode deixar de admirar a habilidade técnica com que transformou em peça, eficientíssima no palco, aquelas velhas histórias. A construção cênica do enredo digna de Molière. O desfecho desastroso é produzido pelos próprios malfeitores: pelos exageros de Volpone e de Mosca, pela pressa de Corbaccio, pela infâmia de Corvino, pela raiva do decepcionado Voltore. (Só Célia é tratada com simpatia.) Assim como nas maiores tragédias de Shakespeare, também nessa comédia amarga o enredo é a conseqüência dos caracteres dos personagens, que não são vítimas de um destino adverso, mas forjam eles próprios seus destinos.

A esse enredo corresponde perfeitamente a atmosfera da peça: a corrupção geral em Veneza, a especulação desenfreada, o afã em enriquecer depressa. Nesse mundo tudo pode ser comprado. Os homens tornam-se animalescos. E, realmente, têm nomes (italianos) que designam animais: Volpone, a raposa; Mosca, a mosca; Corbaccio, o corvo velho; Corvino, o corvo jovem; Voltore, o urubu. É um mundo que conhecemos bem: é por isso que *Volpone* está vivo até hoje em nossos palcos: na tradução alemã de Stefan Zweig, na tradução italiana de De Stefano, na adaptação francesa de Jules Romains e no original inglês. Existe tradução brasileira, representada pelo Teatro Brasileiro de Comédia, de São Paulo.

Todos são criminosos, nessa peça (com exceção de Célia). Mas Volpone é algo mais que um criminoso. Não é a avareza que o inspira, mas a vontade de exercer seu poder sobre os outros. Tem o título de *magnifico*; e é realmente magnífico nos seus crimes. Tem o direito da última palavra, pedindo o aplauso, para seu autor e para si próprio:

The seasoning of a play is the applause.
Now, though the Fox be punished by the laws.
He yet doth hope, there is no suff'ring due
For any fact which he hath done 'gainst you.
If there be, censure him; here he doubtful stands;
If not, fare jovially, and clap your hands.

8/1/77

Canto geral

de Pablo Neruda

(por Paulo Mendes Campos)

Poeta, diplomata, político, ele foi uma das vozes mais autênticas das aspirações latino-americanas. Pablo Neruda, Prêmio Nobel de Literatura em 1971, completaria 70 anos em julho. Mas não conseguiu sobreviver aos acontecimentos de setembro de 1973 em seu país. Sua obra, porém, permanece. Os poemas de Neruda influenciaram diversas gerações de escritores, particularmente no mundo de fala hispânica — e, em especial, muitos poetas brasileiros do último pós-guerra. E, certamente, o canto de Neruda continuará influenciando todos aqueles que pensam e escrevem. Eles encontrarão na magia verbal do poeta chileno uma lição de gênio.

Foi durante a guerra que a minha geração mineira descobriu os poemas mais desesperados e retorcidos de Pablo Neruda. A França se desarticulava sob os nazistas, a Inglaterra era incendiada pelas bombas, a União Soviética era invadida, brasileiros rastejavam em vales e colinas da Itália. Não tivemos a tempo uma linguagem que exprimisse esses episódios violentos. Nossa fome poética dependia das incertezas editoriais. Era indiretamente que a pungência da guerra nos atingia, ampliando e aprofundando a perplexidade dramática da juventude. Por isso mesmo os versos corroídos e corrosivos de *Residencia en la Tierra* correspondiam perfeitamente ao caos que se revolvia dentro de nós, como também se assentavam à balbúrdia que revirava o mundo.

Encontráramos no poeta chileno, fascinados como crianças diante dum filme de terror, um equivalente para a nossa treva iluminada de clarões absurdos. *"Sucede que me canso de ser hombre. El olor de las peluquerías me hace llorar a gritos. Seria delicioso asustar a un notario con un lirio cortado o dar muerte a una monja con un golpe de oreja."*

Esse idioma aparentemente desconexo enroscava-se em nós, jovens estátuas truncadas, como o único possível.

Essas referências pessoais talvez esclareçam melhor os encontros e desencontros das gerações que coexistiram em nosso tempo. No emaranhado da selva moderna houve espaço e armadilhas para todas as disposições sentimentais e ideais; para marchas e contramarchas; para profissões de fé e apostasias repentinas; para entusiasmos ardentes e decepções cruentas. O turbilhão que vem do fim da *belle époque* e prossegue em nossos dias, em vez de perder, ganhou intensidade. Acharemos a saída? Ou coube ao nosso tempo o destino funesto de explodir as paredes que separavam todos os círculos do inferno? No abismo dantesco os erros estavam nitidamente catalogados; havia ordem. Mas nada nos afiança que não estejamos caminhando para o inferno global; temos apenas o direito, ou até mesmo a obrigação, de esperar que do caos de hoje surja enfim a decantada estrela.

A poesia de Pablo Neruda está impregnada dos nossos desesperos e das nossas esperanças; quer o prefiramos na primeira ou na segunda atitude, temos de reconhecer que ele refletiu a sordidez de nossa época (ou o sentimento trágico de todas as épocas) e acenou para a luminosidade de uma constelação distante mas acessível à derrota humana.

Vim ao Rio, em julho ou agosto de 1945, para conhecer um poeta que chorava aos gritos com o cheiro dos cabeleireiros, o poeta cansado de seus pés, de suas unhas, de sua sombra, o poeta cansado de ser homem; encontrei um poeta militante, que se desfazia da sombra e procurava caminhar para a luz. Era a participação política que ele buscava em um Ato Poético no centro da cidade; era a luz que buscava nas alturas de Machu Picchu, poema que leu para amigos no Leblon, na casa de Vinicius de Moraes.

Nasceu em Parral, terra de uvas, de ventos e chuvas. Dentro de meses, a 12 de julho, completaria 70 anos. Pai ferroviário. A mãe morreu poucos dias depois do parto: "Não tenho memória da paisagem, nem do tempo, nem rostos, nem figuras, só poeira impalpável, a cauda do verão e o cemitério aonde me levaram para ver entre os túmulos o sonho de minha mãe. E como nunca vi seu rosto a chamei entre os mortos, para vê-la, mas como os outros mortos, não sabe, não ouve, nada respondeu, e ali ficou sozinha, sem seu filho..."

Passa a infância e a adolescência em Temuco, cursando no liceu os seis anos regulamentares. Nesta cidade pioneira, sem passado, onde as lojas ostentam figuras representando os objetos que vendem, pois os índios não sabem ler, encontram-se dois chilenos que conquistariam o Prêmio Nobel: ela, Lucila Godoy Alcayaga (Gabriela Mistral) e ele, Neftalí Ricardo Reyes Basoalto (Pablo Neruda). Ela, 15 anos mais velha que o ginasiano, assumira em Temuco a direção do liceu feminino:

"Eu era demasiado jovem para ser seu amigo, e demasiado tímido e ensimesmado. Poucas vezes a vi. O bastante para que saísse cada vez com alguns livros que me presenteava. Eram sempre romances russos que ela considerava como o mais extraordinário da literatura mundial. Posso dizer que Gabriela me embarcou nesta séria e terrível visão dos romancistas russos, e que Tolstói, Dostoievski, Tchecov, entraram na minha mais profunda predileção. Continuam a acompanhar-me. Não é esse o único bem que recebi de Gabriela Mistral. Sua dramática poesia e seu sorriso de menina travessa são coisas que continuo entesourando."

Antilivresco, tendo sempre ironizado os que pretendem apreender o conhecimento do mundo nos livros, é de se notar que Neruda foi sempre um viajante de todas as literaturas, sabendo de modernos e antigos. Essa disposição precoce deve ter-lhe facilitado a expressão escrita, que lhe nasceu ainda na infância e que, ainda na adolescência, espantaria companheiros e escritores mais velhos. Já antes dos 10 anos compunha os primeiros versos; durante cinqüenta anos escreveria com uma profusão hugoana.

Tendo adotado o pseudônimo que mais tarde registraria oficialmente, chega em Santiago aos 17 anos de idade. Destinava-se ao professorado secundário, escolhendo a língua francesa. Não chegou a colar grau, mas fez o curso completo de poetas como Verlaine, Samain, Maeterlinck, Rimbaud, Laforgue, Lautréamont. A precocidade continua verdejante com dois livros de poemas que fariam sucesso: *Crepusculario*, aos 19 anos de idade, e *Veinte Poemas de Amor y Una Canción Desesperada*, publicado no ano seguinte.

Eram poemas de amor (ou de amores) e de solidão (ou crepúsculos): "Minha alma é um carrossel vazio no crepúsculo." Aplausos e namoradas não lhe amolgam a índole melancólica. O livro *Vinte poemas*, onde podemos distinguir a sombra (azul) de Rubén Darío, iria ter uma carreira, editorial, literária e mundana, das mais gloriosas. Ainda hoje, nos países de fala espanhola, devem existir avôs e avós que de Pablo Neruda não passaram do poema 20, aprendido de cor durante o noivado. Transcrevo-o na tradução de Eliane Zagury (*EZ* aqui, nas demais citações):

"Posso escrever os versos mais tristes esta noite. / Escrever, por exemplo: 'A noite está estrelada, e tiritam, azuis, os astros, ao longe. O vento da noite gira no céu e canta.' / Posso escrever os versos mais tristes esta noite. Eu a amei, e às vezes ela também me amou. / Nas noites como esta eu a tive entre os meus braços. Beijei-a tantas vezes sob o céu infinito. / Ela me amou, às vezes eu também a amava. Como não ter amado os seus grandes olhos fixos. / Posso escrever os versos mais tristes esta noite. Pensar que não a tenho. Sentir que a perdi. / Ouvir a noite imensa, mais imensa sem ela. E o verso cai na alma como no pasto o orvalho. / Que importa que o meu amor não pudesse guardá-la. A noite está estrelada e ela não está comigo. / Isso é tudo. Ao longe alguém canta. Ao longe. Minha alma não se contenta com tê-la perdido. / Como para aproximá-la o meu olhar a procura. Meu coração a procura, e ela não está comigo. / A mesma noite que faz branquear as mesmas árvores. Nós, os de então, já não somos os mesmos. / Já não a amo, é verdade, mas quanto a amei. Minha voz procurava o vento para tocar o seu ouvido. / De outro. Será de outro. Como antes dos meus beijos. Sua voz, seu corpo claro. Seus olhos infinitos. / Já não a amo, é verdade, mas talvez a ame. É tão curto o amor, e é tão longo o esquecimento. / Porque em noites como esta eu a tive entre os meus braços, a minha alma não se contenta com tê-la perdido. / Ainda que esta seja a última dor que ela me causa, e estes sejam os últimos versos que lhe escrevo.'"

Como não teremos oportunidade de transcrever aqui outro poema completo, por longo demais ou menos característico, é bom que se fixe pelo menos a integridade de uma peça, e a mais popular entre todas que Neruda compôs.

É por via poética (amizades no Ministério das Relações Exteriores) que se iniciam simultaneamente duas carreiras na vida do jovem poeta: a de diplomata; e a de Simbad o Marujo, que tanto se adaptou ao avião como retrocedeu ao lombo do cavalo e mesmo do camelo.

Levando consigo os temporais de Temuco, em 1927 ele se instala como cônsul em Rangum. Muitos anos mais tarde lembrará no *Canto General:* "Vivi na Birmânia entre as cúpulas de metal poderoso e a espessura onde o tigre queimava seus anéis de ouro sangrento. Das minhas janelas em Dalhousie Street, o cheiro indefinível, musgo nos pagodes, perfumes e excrementos, pólen, pólvora, de um mundo saturado pela umidade humana subiu até a mim."

Também não amou a Índia, com sua desarmada população em farrapos, mas ama uma holandesa em Java e com ela se casa. É no Oriente que escreve grande parte da mais contravertida de suas obras (contravertida até por ele próprio), *Residencia en la Tierra,* uma ilha de sombra e angústia no arquipélago cheio de contrastes da poesia nerudiana. Amarrado aos penhascos da Ásia, Prometeu uiva de solidão, de asco, de falência cósmica, de desejo sexual, de desagregação humana.

O marxista negará o livro mais tarde (três livros na verdade), embora não impedisse as reedições desses versos que não ajudavam a viver, mas a morrer. Mas *Residencia en la Tierra* poderá permanecer pelo menos como a experiência poética mais original de Neruda. A torrencial afluência surrealista talvez não tenha dado à literatura nada de mais substancioso. Trata-se de uma obra antiartística (mais do que antiacadêmica), um complacente desregramento de emoções, como em certos quadros de Goya ou de Van Gogh. A incidência de tropos de mau-gosto era indestrinçável dessa experiência de desintegração da personalidade. O processo é puramente emocional, como o da música; a sintaxe desgovernada esbate-se na lógica absurda dos sonhos. Talvez até então inédito na história da poesia, canta-se aí o erotismo do cavalheiro solitário a sofrer de inanição sexual; não mais o madrigal da dama ausente, torneada durante séculos pelo lirismo ocidental, mas a canção crua da ausência de damas:

"Os jovens homossexuais e as moças amorosas, e as longas viúvas que sofrem a delirante insônia, e as jovens senhoras engravidadas faz 30 horas, e os roucos gatos que cruzam o meu jardim em trevas, como um colar de palpitantes ostras sexuais rodeiam a minha residência solitária, como inimigos estabelecidos contra a minha alma, como conspiradores em traje de dormitório que trocaram longos beijos espessos como instruções." (EZ)

Essa dissonância onírica está presente em todos os poemas de *Residencia*. É como se o poema fosse construído não de peças manufaturadas — tijolos, telhas, vigas — mas de destroços encontrados pelo náufrago da ilha deserta.

Um dos poemas exemplares dessa fase é autobiográfico; a moça, Josie Bliss, morrendo de ciúmes, ameaçava o poeta com uma faca indígena. Intitulam-se os versos *Tango do viúvo* e, contrariando o que disse antes, não resiste ao desejo de transcrevê-lo na íntegra quem ainda o sabe de cor depois de 30 anos:

"Oh Maligna, já terás achado a carta, já terás chorado de fúria, e terás insultado a lembrança de minha mãe chamando-a de cachorra suja e mãe de cachorros, já terás bebido só, solitária, o chá do entardecer, olhando os meus velhos sapatos vazios para sempre, e já não poderás recordar as minhas enfermidades, os meus sonhos noturnos, as minhas comidas, sem me maldizer em voz alta como se estivesse ali ainda me queixando do trópico, dos coolies corringhis, das venenosas febres que me fizeram tanto mal e dos horríveis ingleses que odeio ainda. / Maligna, a verdade, que noite tão grande, que terra tão só! Cheguei outra vez aos dormitórios solitários, a almoçar nos restaurantes a comida fria, e outra vez jogo no chão as calças e as camisas, não há cabides no meu quarto, nem retratos de ninguém nas paredes. Quanta sombra da que há em minha alma daria para te recuperar, e que ameaçadores me parecem os nomes dos meses, e a palavra inverno que som de tambor lúgubre tem. Enterrada junto ao coqueiro acharás mais tarde a faca que escondi ali por temor de que me matasses, e agora repentinamente eu queria cheirar o seu aço de cozinha acostumado ao peso de tua mão e ao brilho do teu pé: sob a umidade da terra, entre as surdas raízes, das linguagens humanas o pobre só saberia o teu nome, e a espessa terra não compreende o teu nome feito de impenetráveis substâncias divinas. / Assim como me aflige pensar no claro dia das tuas pernas recostadas como detidas e duras águas solares, e a andorinha que dormindo e voando vive nos teus olhos, e o cão de fúria que asilas no coração, assim também vejo as mortes que estão entre nós desde agora, e respiro no ar a cinza e o destruído, o longo, solitário espaço, espaço que me rodeia para sempre. / Daria este vento de mar gigante pela tua brusca respiração ouvida em longas noites sem mistura de esquecimento, se unindo à atmosfera como o chicote à pele do cavalo. E para ouvir-te urinar, na escuridão, nos fundos da casa, como vertendo um mel delgado, trêmulo, argentino, obstinado, quantas vezes entregaria este coro de sombras que possuo, e o ruído de espadas inúteis que se ouve na minha alma, e a pomba de sangue que está solitária no meu rosto chamando coisas desaparecidas, seres desaparecidos, substâncias estranhamente inseparáveis e perdidas." (EZ)

Pena que se esmaeçam em português os acordes deste tango.

As funções consulares do poeta são transferidas em 1934 para a Espanha, e quem o apresenta numa programação da Universidade de Barcelona é García Lorca. No ano seguinte é removido para Madri, onde também se encontra Gabriela Mistral. Da Guerra Civil Espanhola surgem os versos *España en el Corazón*; Lorca é assassinado; o amoroso crepuscular dos vinte poemas e o destroçado cavalheiro solitário da residência na terra retiram-se definitivamente do proscênio, surgindo o iracundo poeta antifascista: "O mundo mudou e minha poesia mudou." É também na Espanha que conhece a argentina Delia del Carril, sua segunda mulher, antes de seguir para Paris. São anos de idas e vindas, de providências, de reuniões, de contatos, tudo norteado pela bússola esquerdista que o poeta desde então carrega consigo. Perde o pai e a madrasta, liga-se ao poeta peruano César Vallejo, consegue embarcar de Paris para o Chile um bando de refugiados espanhóis. Cônsul-geral no México durante os primeiros anos da guerra, é agredido por um grupo de nazistas em Cuernavaca. Em terra mexicana publica *Canto Para Bolívar, Carta a Stalingrado, Nuevo Canto de Amor a Stalingrado*.

Desaparece (talvez não tanto quanto ele desejava) o antigo poeta dos lilases, das chuvas, da metafísica coberta de amapolas. Ante velhos admiradores perplexos Neruda explicava algumas coisas: vivia em um bairro de Madri numa casa chamada a casa das flores, com gerânios estalando por todos os lados; uma bela casa com cães, crianças, amigos; um profundo bater de pés e mãos enchia as ruas: "E uma manhã tudo estava ardendo e uma manhã as fogueiras saíam da terra devorando seres, e desde então fogo, pólvora desde então, e desde então sangue. (...) Chacais que o chacal rechaçaria, pedras que o cardo seco morderia cuspindo, víboras que as víboras odiariam."

Essa reviravolta o levaria ao Partido Comunista em 1944. No ano seguinte é eleito senador depois de percorrer as províncias que iria representar. Recebe também o Prêmio Nacional de Literatura, só concedido anteriormente a três prosadores. Para perplexidade ou indignação de muitos, o poeta, além de comunista, contava apenas 41 anos de idade.

Mais tarde fazia o balanço das suas atividades senatoriais: "Ao Senado dificilmente chegavam as amarguras que eu e meus companheiros representávamos. Aquela cômoda sala parlamentar estava como que acolchoada para que nela não se repercutisse o vozerio das multidões descontentes."

Em 1946 Neruda chefia a campanha da candidatura de González Videla à Presidência da República do Chile. Rompe violentamente com o Presidente Videla, publicando, no fim de 1947, em Caracas, uma *Carta íntima para milhões de homens*. Processado, perde a cadeira de senador e vê sua prisão decretada.

Conseguiu viver escondido durante muito tempo, em diversas cidades. Ganhou o Sul do país a cavalo, atravessando a cordilheira dos Andes na companhia de dois amigos e um guia. Cruzou em fevereiro de 1949 a fronteira Chile-Argentina: "Na última árvore do Chile escrevi com a minha faca a minha despedida: umas iniciais." As suas iniciais.

O périplo nerudiano deixa de ser consular ou poético e passa a ter um traçado político: União Soviética, Polônia, Hungria, México, Guatemala, Tchecoslováquia... Recebe em Pequim, das mãos da viúva de Sun Yat-sen, o Prêmio Internacional da Paz. Revogada a ordem de prisão, retorna ao Chile.

Mas as viagens continuam. Casa-se, pela terceira vez, com Matilde Urrutia. E as viagens continuam.

É no México que Neruda publica em 1950 o imenso painel que se denomina *Canto general*. Trata-se evidentemente da obra mais importante daquele que viria a receber o Prêmio Nobel de Literatura, quer o leitor concorde ou discorde das suas proposições ideológicas, total ou parcialmente. Incluída entretanto nesta série de obras-primas, dando mesmo título a este trabalho, preferimos que não concentremos nossa atenção sobre o *Canto general* como a obra-prima de Neruda, assomando muito acima de todas as outras. A não ser em casos muito especiais, é muito raro que uma obra isolada de um poeta lírico se destaque definitivamente das demais. Quase sempre as obras-primas de um poeta se dispersam em peças isoladas ao longo de todos os livros. O que mais interessa ao leitor, o que mais lhe aproveita como experiência estética e humana, é a figura global do poeta, investigando mundos poéticos diferentes e muitas vezes contrastantes, totalizando triunfos e fracassos, desmentindo a si mesmo, partindo sempre em busca de novos caminhos, procurando dar uma linguagem satisfatória às inapeláveis mutações íntimas de quem olha, de quem lê, de quem ouve, de quem sente, de quem envelhece, de quem vivencia em tempo breve um tumulto infinito de sensações, sentimentos e idéias. É na pluralidade do poeta, e não na singularidade de uma única obra, que está a obra-prima. O *Canto general*, com as 567 páginas compactas, é de fato a obra mais ampla e ambiciosa de Pablo Neruda; vale como um monumento de seu gênio; nela estão contidas longas passagens de perfeita maturidade poética; mas, por tratar-se de um poeta lírico, o próprio conhecimento dessa maturidade ficaria mal informado sem uma visão panorâmica de um poeta que teve sempre momentos extraordinários, antes e depois do *Canto general*, do verdor da adolescência até os seus últimos dias.

O próprio plano da obra sofreu alterações em plena execução: "Minha primeira idéia — conta o autor — foi só um canto chileno, um poema dedicado ao Chile. Quis estender-me na geografia, na humanidade de meu país, definir seus nomes e seus produtos, a natureza vivente. Muito cedo me vi complicado porque as raízes de todos os chilenos se estendiam debaixo da terra e saíam em outros territórios."

O canto multiplicou-se, o quadro chileno virou um políptico, assim dividido: *A lâmpada na terra*; *Alturas de Machu Picchu*: *Os conquistadores*; *Os libertadores*; *A areia atraiçoada*; *América, não invoco teu nome em vão*; *Canto geral do Chile*; *A terra se chama Juan*; *Que acorde o lenhador*; *O fugitivo*; *As flores de Punitaqui*; *Os rios do canto*; *Coral de Ano Novo para a pátria em trevas*; *O grande oceano*; *Eu sou*.

Iniciada em 1939, a orquestração da obra levou cerca de 10 anos. O *Canto* começa com uma visão ambiental da América, bichos, rios, minerais, homens. Um dedo mínimo de exemplo:

"Amazonas, capital das sílabas da água, pai patriarca, és a eternidade secreta das fecundações, caem-te rios como aves, cobrem-te os pistilos cor de incêndio, os grandes troncos mortos te povoam de perfume, a lua não pode velar-te nem medir-te. Carregado de esperma verde como uma árvore nupcial, prateado pela primavera selvagem..."

Segue-se, como um parêntese, o descortino de Machu Picchu:

"Janela de névoas, pomba endurecida. Planta noturna, estátua dos tronos. Cordilheira essencial, teto marinho..."

Chegam os conquistadores:

"Balboa, morte e garra levaste aos rincões da doce terra central, e entre os cães caçadores, o teu era tua alma."

É neste canto que os intelectuais imparticipantes entram na dança:

"Que fizestes gidistas, intelectualistas, rilkistas, misterizantes, falsos bruxos existenciais, amapolas surrealistas acesas numa tumba, europeizados cadáveres da moda..."

A arte de insultar, em todo o canto, reveza-se com o lirismo: "Grotescos, falsos aristocratas da nossa América, mamíferos recém-educados, jovens estéreis, asnos teimosos, fazendeiros malignos, heróis da bebedeira no Clube, salteadores de banco e bolsa, falsos elegantes, grã-finos, metidos a besta, ataviados tigres de embaixada, pálidas meninas principais, flores carnívoras, cultivos das cavernas perfumadas, trepadeiras chupadoras de sangue, esterco e suor, cipós estranguladores, cadeias de jibóias feudais..." (EZ)

O grande oceano é "um dos mais impressionantes frescos poéticos escritos por Neruda" (Raul Silva Castro):

"Se dos teus dons e das tuas destruições, Oceano, a minhas mãos pudesse destinar uma medida, uma fruta, um fermento, escolheria o teu repouso distante, as linhas do teu aço, a tua extensão vigiada pelo ar e pela noite, e a energia do teu idioma branco que destroça e derruba as suas colunas na sua própria pureza demolida."

O longo e imbricado canto termina com profissões de amor ao socialismo e disposições testamentárias:

"Companheiros, enterrai-me em ilha Negra, diante do mar que conheço..."

Termina o *Canto General*, escrito "sob as asas clandestinas de minha pátria":

"Hoje 5 de fevereiro, neste ano de 1949, no Chile, em 'Godomar de Chena', alguns meses antes dos quarenta e cinco anos de minha idade."

Mas não terminou: outros poemas foram destinados ao vasto painel espetacular e agreste como as estampas de um Rivera e um Siqueiros, que ilustram as guardas da edição original.

Depois deste imenso poema de dons e destruições, é como se o poeta, sem se desfazer das duas disposições de amor e ódio partidários, chegasse ao país do sossego, a uma espécie de relativa reconciliação, feita através do humor, com os seus antagonismos idiossincráticos, e até mesmo com os seus antípodas ideais. Já não segue pelo mundo "mudo e impenetrável como um cisne de feltro". Já não chora aos gritos diante do corroído cotidiano. Pelo contrário, abre-se em núpcias com o universo. É tempo de outono. É tempo de frutos. É tempo das odes elementares.

Os poemas marcantes dessa fase estão reunidos em três volumes: *Odas Elementales* (1956), *Nuevas Odas Elementales* (1956), *Tercer Libro de las Odas* (1957).

Cheguei a ouvi-lo a recitar um punhado dessas odes numa sala de Copacabana: fazia-se então evidente que se divertira muito ao escrevê-las. Era um livro de bom amor e também de bom humor, mesmo quando os cantos circunscreviam os velhos motivos de fúrias e penas. Raul Silva Castro gasta algumas das 230 páginas de seu ensaio sobre Pablo Neruda para demonstrar a improcedência da disposição tipográfica desses poemas. Que seguem quase invariavelmente este desenho:

Rio de Janeiro, a água
é tua bandeira,
agita suas cores,
sopra e soa no vento,
cidade,
náiade negra,
de claridade sem fim...

Não concordo com o crítico: mesmo sem a autorização de qualquer padrão métrico, essa distribuição de linhas favorece a valorização visual, não das palavras, cujo ritmo permanece inalterável, mas dos objetos, das coisas que elas representam.

São cantos elementares, fotografias líricas, paisagens, retratos, naturezas-mortas. Pelos três volumes desfilam todas as coisas, a cebola, a inveja, o dicionário, a simplicidade, a primavera, o corrupião, cidades, países, amigos, tudo. É uma súmula poética de Neruda, emoções apanhadas em flagrante ou relembradas na tranqüilidade.

Muitos outros livros vieram depois deste e tudo indica que o poeta deixou uma vasta quantidade de inéditos. Entre os publicados é possível que o mais interessante seja o *Memorial de Isla Negra*, em quatro volumes. Como se fossem uma continuação sistematizada das odes elementares.

O resto sabemos. Aconteceu ontem. Salvador Allende no poder. Pablo Neruda embaixador em Paris. Pablo Neruda Prêmio Nobel. Pablo Neruda volta ao Chile gravemente enfermo. Morte de Allende. Morte de Neruda.

23/3/74

Este livro foi composto na tipologia AGaramond,
em corpo 12/17, e impresso em papel
off-white 80g/m² no Sistema Cameron da
Divisão Gráfica da Distribuidora Record.